【第三辑】

主　编
乐黛云

分册主编
潘静如
胡士颍

北京联合出版公司
Beijing United Publishing Co.,Ltd.

目 录

一学人述忆

一著作介述

Academic Speech | 学者演讲

关于东方哲学学科建设的几点思考

演讲者：魏常海[*]

时　间：2020 年 10 月 24 日

地　点：山东大学人文东亚研究中心

很荣幸能受邀参加这次山东大学犹太教与跨宗教研究中心、山东大学哲学与社会发展学院等单位举办的"回顾与反思：东方哲学研究"的学术研讨会。山东大学是东方哲学研究与学科建设的重镇，尤其在阿拉伯伊斯兰哲学、日本哲学、韩国哲学、犹太教及跨宗教等的研究与教学方面，都取得了突出的成就，在全国处于领先的地位，值得我们学习。

有关东方哲学研究回顾与反思的著作和文章已经有不少，读了很受启发。我没有能力全面论述，只借此机会，对东方哲学的学科建设提出几点粗浅的想法，供大家讨论、批评。

一、关于东方哲学学科的设置

按照国务院学位委员会和教育部共同制定的现行的学科划分，共分为 13 个

---

* 魏常海，男，河北安平人，北京大学哲学系教授、博士研究生导师。主要研究中国哲学、东方哲学、佛教，主要著作有《空海》《日本文化概论》《中国文化在朝鲜半岛》《东方哲学概论》(合著)、《古代中国人的美意识》(译著)。

学科门类，哲学门类居首。各门类之下的一级学科共有百余个，而哲学门类只有一个一级学科，就是哲学。教育部规定哲学这个一级学科之下有8个二级学科，即马克思主义哲学、中国哲学、外国哲学、逻辑学、伦理学、美学、宗教学、科学技术哲学。东方哲学附属在外国哲学之内，不是独立的二级学科，其发展受到极大的限制。但这是后来变成这个样子的，当初不是这样。

以北京大学哲学系为例，1958年即设立了东方哲学教研室（组），东方哲学作为一个与中国哲学、西方哲学等学科并列的学科，由朱谦之先生负责，有计划地积极开展东方哲学的教学与研究工作，开设了日本哲学史、印度哲学史和印度佛教史等课程，招收了研究生，出版了朱谦之先生的《日本哲学史》等几部专著和东方哲学教研组编的《日本哲学史资料选集》（古代之部与德川之部）。但是1964年，北大哲学系的东方哲学组成员都被调到了中国社科院，后来又遭遇"文革"，东方哲学的教学与研究就陷入停顿状态。"文革"后，东方哲学的教学与研究开始复苏。1984年底，教育部为制订高校"七五"哲学社会科学发展规划，开展调查，组织专家学者撰写咨询报告。1985年7月，北京大学出版社出版了教育部（时称"教委"）高教一司编订的《哲学社会科学研究现状和发展——高校"七五"科研规划咨询报告》，其中有"东方哲学"学科，报告是我在黄心川先生指导下写的，署名是时任哲学系主任的黄楠森先生和我。报告简略叙述了日本哲学、印度哲学、朝鲜哲学、阿拉伯哲学等东方哲学学科研究与教学活动的历史和现状，之后提出几点建议。"建议"的开头说：

> 东方哲学是世界哲学史中不可缺少的一个重要组成部分，它对西方哲学乃至西方近代哲学都有深刻的影响，所以研究外国哲学必须研究东方哲学。同时，中国哲学思想的发展与东方邻近国家的哲学思想发展有极密切的关系，自古以来两者都是在互相交融、互相影响中发展的，所以研究中国哲学也需要研究东方哲学。……

接着提了三条建议：

1. 重点高校哲学系应有东方哲学教研室（组），开设东方哲学课程；

2. 尽快组织力量编写东方哲学统编教材，编译教学资料；

3. 建立东方哲学的教学和研究队伍。

当时教育部认可了这个报告，北大哲学系随即成立了东方哲学教研室，开设了东方哲学（包括印度哲学、日本哲学、韩国哲学、阿拉伯哲学）一系列的课程，编写出版了教材式的《东方哲学概论》，招收了东方哲学方向的研究生，并且继承朱谦之先生的事业，着手继续编写"东方哲学资料选集"，还集体编著、出版了《东方文化大观》等书籍。与此同时，东方哲学教研室的各位老师也都取得了可喜的个人研究成果。然而到 20 世纪末，正当世纪之交东西方思想文化"三十年河东，三十年河西"的转变时期，正当东方哲学的研究应当强化的时候，教育部却取消了东方哲学作为哲学之下二级学科的地位，把它和西方哲学捆在一起，统称为外国哲学学科。这一变动貌似合乎逻辑，实则对刚要兴盛起来的东方哲学的教学和研究是明显打击。在这样的规则下，北大哲学系不得不取消了东方哲学教研室，原教研室成员分散到不同的教研室（据说山东大学哲学系也是如此），东方哲学学科的发展失去了统一性和计划性，研究和教学力量被打散。这是建国半个世纪后的一次倒退。

中国社会科学院系统由于不受教育部学科规则的束缚，社科院哲学所的东方哲学研究室自 1984 年成立以来，不断发展壮大，取得了累累硕果。2010 年出版的五卷本《东方哲学史》，是东方哲学研究的标志性成果。2007 年，社科文献出版社出版了中国社科院科研局编写的《人文社会科学 100 学科发展报告》，其中的"东方哲学学科发展报告"有这样一段话：

"文化大革命"以后，东北师范大学哲学系、辽宁大学哲学系、延边大学哲学系、山东大学哲学系、北京大学哲学系等先后成立了东方哲学研究室（应是教研室——注），但在 20 世纪末由于学科合并，上述大学的东方哲学研究室都被合并到外国哲学之中，没有一个专门研究东方哲学的学术机构。

而中国社科院"1984 年经院部批准，东方哲学研究室正式成立。迄今为止，我院哲学所的东方哲学研究室成为全国（包括港澳台地区）唯一的研究东方哲学的学术机构"。的确，这是实情，他们有理由这么牛气。这样的对比不得不令人反思，教育部取消东方哲学二级学科地位的举措，到底后果如何。当然，中国社科院招收的研究生，其学科归属也要遵循教育部的规定。

二、东方哲学与中国哲学

东方哲学的学科发展应与中国哲学的学科发展密切结合起来。中国哲学本就是东方哲学中举足轻重的组成部分，并且与东亚、东南亚哲学，印度哲学，阿拉伯伊斯兰哲学等都有不可分割的联系。

东亚的朝鲜半岛，与我国唇齿相连，思想文化交流自古以来就非常频繁和深入。至迟在唐朝初年，中国以儒释道为代表的思想文化就已经在朝鲜半岛的三国产生了广泛的影响，其中尤以儒佛为显著。可以说，中国有什么儒学、佛教的派别，朝鲜半岛就有什么儒学、佛教的派别，而且朝鲜的儒学、佛学对中国的儒学和佛学思想既有接受和研究，也有所发展。中国与朝鲜半岛的传统思想文化，一直是交流互动的关系。例如，儒学方面，中国的程朱理学在朱熹之后，其发展的高峰不在中国，而是在朝鲜王朝的李退溪、李栗谷等人；佛教方面，新罗元晓、义湘和高丽义天、知讷等，在继承中国佛学的基础上更发展了中国佛学，反过来对中国佛教界也产生了显著影响。此外，比如新罗圆测，三岁出家，十五岁入唐请业，师事玄奘法师，遂留在唐朝译经传法，八十四岁终老于唐，对中国的唯识学做出了卓越贡献。又如新罗崔致远，十二岁舶海入唐求学，十八岁科举登第，在中国为官多年，同时精研儒释道三教，二十八岁返回新罗。他主张三教一致、三教融合，在三教方面都留下了不少光辉的篇章。这样的事例不胜枚举。

东亚的日本，与我国一衣带水，中国传统的儒佛思想在公元 3 世纪后期和 6 世纪中期即从朝鲜半岛的百济传到日本。不久之后，圣德太子制定的《十七条宪法》，即大量吸收儒家思想、佛教思想及其他中国传统思想，为 7 世纪中期的"大化革新"奠定了思想基础。后来，中国的儒学与佛教各思想派别，也相应地在日本陆续出现。日本儒学在德川时代达到鼎盛，儒家各派哲学较中国儒学和朝鲜儒学有自己的特色，在我看来，各派有一个共同点，就是重在实用。日本儒学不像中国儒学和朝鲜儒学那样看重理论体系的完整和完善，所以，仅就理论思维的系统性和高度而言，或不及中国和朝鲜的儒家哲学。但其结合社会实际理解和运用儒家经典，注重事功实效，则优于中国儒学、朝鲜儒学，所以日本儒学各派思想也许可以统称为实学。如日本的阳明学，其理论思辨明显不及中国的阳明学，但却在明治维新时发挥了显著的积极作用。日本佛教与中国佛教一脉相承，但也有自己的特色，如日本镰仓时代新佛教中的净土真宗、日莲宗等，就与中国佛教宗派多有不同处。即使在佛学理论方面，对中国佛教也时有发展。例如，平安时代的名僧空海，曾入唐求法，学习由印度传入不久的真言密教，他回国后创建日本真言宗，创造性地建构起中国唐土密教未能完成的思想理论体系及系统的判教学说。唐末五代之后，中国的唐土密教（唐密）失传，到近代才有日本真言宗回传我国。我在台湾大东文化出版公司 2000 年出版的《空海》一书中论述了空海自己创立的学说及其贡献。镰仓时代的道元禅师，入宋求法，归国后开创日本禅宗曹洞宗，虽然在当时不算是很有影响，但他的禅学巨著《正法眼藏》在近现代颇受重视，傅伟勋先生著有《道元》一书，他说：

> 道元划时代的名著《正法眼藏》，是中日禅宗的哲学基础，足以代表禅宗最高哲理。
>
> （道元）是中日禅宗史上以非语录体的长篇大论方式正式标出禅宗哲学的第一人。

日本固有的民族宗教——神道教在其思想理论形成和发展过程中，对中国传统的儒释道学说也多有吸收。

这些情况都说明，研究朝鲜半岛和日本的古代哲学，如果离开对中国哲学的研究，就有可能变成无源之水，许多问题不容易搞清。即使日韩的近现代哲学，虽然融入了西方哲学的内容，但仍然离不开中国哲学及东方哲学的底色。当然，研究中国哲学，也应该了解朝鲜半岛和日本的哲学，否则就不能整体把握中国哲学的传播与发展。

越南及其他东南亚国家和地区的哲学与中国哲学的联系也不可忽视，特别是与中国儒教、佛教的关系，应该深入研究。

印度哲学在东方哲学中占有重要地位，古印度哲学对阿拉伯伊斯兰哲学、中国哲学和亚洲其他国家的哲学都有深刻的影响。起源于印度的佛教传遍东亚、东南亚、南亚各地，印度佛教与中国佛教是源流关系，这自不待言。尽管佛教中国化，并且对印度佛教有大的发展，但研究中国佛教，必须与印度佛教相联系。然而另一方面，我们研究印度佛教乃至印度古代哲学的一个主要的途径，是考察和研究汉译佛典，汉译佛典无论是使用早期的"格义"等方法，还是后来较为准确的编译，都不可避免地会融入中国固有的哲学思想，所以研究印度哲学也要与研究中国哲学结合。

阿拉伯伊斯兰哲学是东方哲学的重要组成部分，其形成和发展过程中多受希腊、印度等东西方古代哲学的影响。公元7世纪中期伊斯兰教产生，后来发展为世界三大宗教之一。伊斯兰教产生不久就传到了唐朝，在公元8世纪中期[1]中国就有了定居的信仰伊斯兰教的群体。到元代，伊斯兰教的信众猛然大增，社会地位和影响力显著提高，并且与域外的伊斯兰教连上线，这样就产生了伊斯兰思想文化与中国传统的思想文化如何协调的问题。明末清初，一批中国穆斯林学者借助儒学等中国传统的哲学思想，诠释伊斯兰教的教理、教义，"以儒释回"，融通回儒，奠定了伊斯兰教中国化或曰中国伊斯兰教的理论基石。时至今日，中国伊斯兰教已成为中国的宗教之一，信奉伊斯兰教并且是"族教一体"的回族等10个少数民族是中华民族大家庭的重要成员，中国伊斯兰教的哲学理论也是中国哲学的组成部分，理应重视研究。

当然，东方哲学与中国哲学的关联性研究已经有许多成果问世，但有待深入探讨的环节也还不少。而在教学活动中，在教学内容和课程设计方面，如何体现东方哲学与中国哲学的结合，是一个值得进一步探讨的课题。

---

[1] 依秦惠彬研究员的说法，在唐肃宗至德二年，即公元757年。

三、重要文献的译介与教学资料的编集

东方哲学重要文献的译介与教学资料的编集应进一步加强。东方哲学是由几个大的有显著差异的区域性哲学体系并列组成的，不像西方哲学那样有比较统一的系统；东方哲学的语言文字载体也极其复杂多样，更增加了研究的难度。在东方哲学文献的编译方面，学界已有一些重要的成果，但还是不够。因此我想，我们研究东方哲学的专家学者，应当学习和发扬我国古代佛教学者汉译佛经的执着精神，多做一些东方哲学重要著述的编译工作，以作为深入开展东方哲学研究的基础。尽管编译成果在评职称时可能无足轻重，我们也得认真做好。

对东方哲学特别是东亚、东南亚哲学中的汉文文献也应该注意收集整理。像我参与编纂的教育部的重大专项《儒藏》，还有张立文教授主持的《域外儒藏》，都收录、整理了韩国、日本、越南的儒学重要文献，这不仅对研究中国儒学有帮助，也为研究东亚儒学提供了便利条件。

另外，东方哲学的学科建设，需要把东方哲学的研究工作和教学活动联系起来，统一起来，使两者相辅相成、相互促进，共同深入发展。因此，文献资料的编译整理，除考虑专门的研究工作外，还要考虑教学的需要，编写辅助教学的系统的文献资料选集。

早在 1962 年 1 月北京大学哲学系东方哲学史教研组编写"日本哲学史资料选集"时，其前言开头就说：

> 日本哲学史资料选集是为初步研究日本哲学史的读者编辑的，是东方哲学史资料选集组成部分之一。

可见当时的东方哲学组计划要编的不仅是日本哲学资料，而是东方哲学的系统教学资料。但是，令我们遗憾的是，由于当时的历史情况，朱谦之先生等连日本哲学资料的近现代部分也没来得及编写就停下来了。而且，更让我们研究东方哲学的学者应该内疚汗颜的是，从第一本"日本哲学资料选集"问世，距今将近 60 年，"东方哲学史资料选集"的系统编写仍望不见完成之日。

我曾是北大哲学系东方哲学教研室的一员，深感朱谦之先生等前辈编撰东方哲学教学资料的重要性，想为继续完成朱先生等前辈的未竟之业做一点力所能及的工作。我在1999年组织几位中国和韩国的学者编选了《韩国哲学思想资料选辑》上下两册，2000年由国际文化出版公司出版，尽管编得不算理想，也算了了一桩心事。此后，我以《日本哲学资料选编》为题，申请并获得批准2003年的"教育部人文社会科学重点研究基地重大项目"，2007年底结项。但因为缺少经费，这么多年没能够修改定稿并付诸出版。去年，幸赖北大出版社慷慨承诺可以出版，才又加紧修定，前不久已将定稿交出版社。

现在的《日本哲学资料选编》分为上下两册。上册包括第一编日本古代和第二编德川时代，是在保留朱谦之先生等前辈学者编撰的《日本哲学资料选集》全部内容的基础上增补、修改而成的。其一，增加了有代表性的人物及其著作（选录），如增加了日本佛教净土宗的创始人法然及其著作《选择本愿念佛集》，日本儒学阳明学的重要人物熊泽蕃山及其著作《集义和书》，日本复古国学的代表性人物本居宣长及其《古事记传》。他们和他们的著作在日本哲学史上是不可忽视的。其二，增补选录了原《选集》中所收人物的代表性著作，如最澄的《守护国界章》、空海的《即身成佛义》、道元的《正法眼藏》、日莲的《观心本尊抄》、中江藤树的《翁问答》、佐藤一斋的《〈传习录〉栏外书》、吉田松阴的《松阴文抄》（梁启超编）等，都是这些人的代表作。其三，对原《选集》中收录的文献进行了校勘，对影响文义的错漏之处出校勘记纠正；对注释中不当或不够明确之处作了必要的修改。

下册包括第三编明治时代和第四编大正时代与昭和时代前期（第二次世界大战结束前），编选、翻译了这个时期二十九位有代表性哲学思想家的重要著作，为深入研究日本近现代哲学提供了较为系统和可靠的文献依据。下册中所收译注文献，凝聚了诸多学者的心血，有一部分已发表过，我们按"选编"的体例和内容要求进行了选择、整理加工；还有相当多的译文没有发表过，是译者的新成果。

朝鲜哲学、日本哲学的教学资料编写还有待于深入和完善，而东南亚哲学、印度哲学、阿拉伯伊斯兰哲学等方向的教学资料的编写，我不知道具体进展如何，但也听到了一些好的消息。例如有学者在整理规模约 100 万字的"佛教典要"，有学者在编译日本战后哲学的代表性著作，有学者在系统编译整理日本神道的文献，等等，这些都是学术研究成果，同时又是教学资料。60 年前朱先生的愿望何时能够实现？我想，要做到并不那么困难，关键是下决心和肯坚持。盼望着研究东方哲学的学者们像取得其他研究硕果一样，在这方面也不断给我们带来惊喜。同时，我们热切期待教育部能出台激励东方哲学研究和学科建设的英明举措。

Study of Chinese Traditional Poetry in the 20th Century | "二十世纪中国旧诗"

专题研讨

"退向未来"

——20 世纪中国旧诗的叙事与抒情 *

潘静如 **

20 世纪旧诗，在庚子事变、北伐、"九一八"、抗日战争等"民族—国家"议题上有广泛的书写，这与诗史传统密切相关。但如果局限在这个框架内，20 世纪旧诗的价值就被削弱了。因为新文学本就是国族危机、国族意识的产物，"民族—国家"及与此相关的"革命""启蒙"是其题中应有之义，且愈到后来，愈加激烈而狭隘。旧文学因为被排斥在"革命""启蒙"的轨道之外，得以被"荒置"为作者"自己的园地"。在这种文学生态中，旧诗写作是个人的，但同时又往往是非私人的，最终以边缘、隐微的姿态介入并健全了 20 世纪中国的文学史与思想史。

容我先对题目和大致思路作一个简略的解释。"退向未来"这个说法现在很老套，但掩不住俊俏、机智的底色，很容易让我们联想起据布朗同名畅销书改编而成的电影《回到未来》（*Back to the Future*）。这种穿越的科幻设定，在 20 世纪 80 年代算得新鲜，故事或剧情非常引人入胜。与此相类似，但脱去了科幻色彩的设定是，有些当代人在高科技的裹挟之下，越来越缅怀自然、田野、"高贵的野蛮人"这些似乎逐渐远去或异化的东西，以至于有这样一种说法，我们所

---

* 本文系国家社科基金青年项目"同光记忆与清遗民的文学书写研究"（批准号：19CAW051）阶段性研究成果。

** 潘静如，男，1986 年生，江苏灌南人。北京大学中文系文学博士。现任中国社会科学院文学研究所助理研究员，主要研究近代文学、古典诗学，旁及清代金石学。

祈求的未来图景实际上应该是往工业化的反面走，即"退回自然和人本的生活方式"。[1]巧的是，2017 年我在读夏中义《百年旧诗 人文血脉》的时候，注意到书前有一篇王德威的序言——《"诗"虽旧制，其命惟新》。与王德威近些年转向现代文学"抒情传统"的论述一样，他在序言中力图召唤一种有别于"启蒙""革命"的文学典范，因此他借助了激进的革命诗学最终逼迫众人"反身向后"（写起旧体诗来）这一充满讽刺意味的事实来检讨革命诗学本身，从而也就检讨了现当代文学史的书写。于是旧体诗词既在修辞上担当了列奥·斯特劳斯的"潜在写作"（esoteric writing），也在现代化最初的独断特质上应验了本雅明的"退向未来"。[2]"退向未来"可能只是王德威不经意的一笔，却在我的脑海中久久挥之不去。本雅明之所谓"退向未来"，应该来自这段话：

> 保罗·克利的《新天使》画的是一个天使看上去正要从他入神地注视的事物旁离去。他凝视着前方，他的嘴微张，他的翅膀展开了。人们就是这样描绘历史天使的。他的脸朝着过去。在我们认为是一连串事件的地方，他看到的是一场单一的灾难。这场灾难堆积着尸骸，将它们抛弃在他的面前。天使想停下来唤醒死者，把破碎的世界修补完整。可是从天堂吹来了一阵风暴，它猛烈地吹击着天使的翅膀，以至他再也无法把它们收拢。这风暴无可抗拒地把天使刮向他背对着的未来，而他面前的残垣断壁却越堆越高，直逼天际。这场风暴就是我们所称的进步。[3]

这正是本雅明心目中"历史天使"之形象。这里的"背对着的未来"即王德威笔下"退向未来"的不同译法。无需多言，读者自能感受到本雅明这段话富有相当深厚与邃远的阐释空间，仔细品来，其蕴含的力量令人惊异。此刻，我想到的正

---

[1] 参见姜奇平《退向未来的生活方式》，载 finance.sina.com.cn/roll/20080715/01302327178.shtml。

[2] 参见王德威《"诗"虽旧制，其命惟新》，夏中义《百年旧诗人文血脉》卷首，上海文艺出版社，2017 年，序第 5 页—7 页。

[3] 〔德〕本雅明：《历史哲学论纲》，《启迪：本雅明文选》，〔德〕阿伦特编，三联书店，2008 年，第 270 页。

是 20 世纪中国旧诗的命运：它被"进步"的飓风"刮向未来"。本来，它早已自绝于"进步"，因而只能"背对着未来"。然而，恰恰是这种"背对"，使它获得了某种近似本真的东西。回首百年，时过境迁，当一切尘埃落定之后，往日"进步"的飓风所带来的很多喧嚣反而越来越沉寂，旧诗的脉搏却仍在跳动，为 20 世纪中国文学史的书写提供了另一种可能。

一、诗史传统与诗社传统

20 世纪的序幕由庚子事变拉开。这仿佛一个预兆，整个 20 世纪的文学始终笼罩在家国兴亡这一愁云之下。

尽管在 19 世纪末、20 世纪初，裘廷梁等人已经展开了"崇白话而废文言"的运动，但回到历史现场，大概很难有谁能预见这一运动的成效。窃以为，以历史主义的眼光来看，称之为"运动"都不见得非常恰当。近代文学史与文学批评史以一种胜利者的姿态与目的论的视角精心挑选并放大了这些个别言论。毫无疑问，这场"运动"与五四新文化运动是可以构成一条贯通的脉络的，但在晚清的文学生态中，这种影响是有限的。即如近代"诗界革命"的主角黄遵宪在书写庚子事变的时候，用的也仍然是旧诗这一体式。1962 年中华书局出版了阿英编纂的《庚子事变文学集》上、下两册。相较各种体裁，此集收录的旧体诗词篇目最多，而且是压倒性的。这并不意外。庚子事变，震动全国，当时诗家大概都被一种可以称之为"诗史意识"的东西所笼罩着。[1]

在中国古典诗学传统中，"诗史传统"是一个异常有生命力的传统。这一传统在名目上定谳于唐宋之际，宋人将少陵"诗史"悬为榜檄，垂之后世。简而言之，以孟棨《本事诗》为发端，宋祁《新唐书·杜甫传》因之，宋人笔记如姚宽《西溪丛话》、陈岩肖《庚溪诗话》、李朴《余师录》等再加以祖述、赓扬，遂造成了一个影响至远的创作传统与批评传统。在其影响之下，晚清词论家还发展出

---

[1] 参见郭道平《庚子事变的书写与记忆》，北京大学 2011 年博士学位论文；李柏霖《庚子事变文学研究》，山东大学 2018 年博士学位论文。

了"词史"[1]一说。仔细审视，就会发现作为一种批评，"诗史"一说几乎综合了传统文学思想的很多资源，像"载道""言志""变风变雅""兴观群怨""诗亡而春秋作"等等。

"诗史"问题，相当多的一流学者曾参与过讨论，这里不能一一缕述。我们只需重新翻绎孟棨《本事诗》这段文字："杜逢禄山之难，流离陇蜀，毕陈于诗，推见至隐，殆无遗事，故当时号为诗史。"[2]不难发现，"诗史"说至少蕴含或启发了以下三个方面：第一，"推见至隐"四字，有符于《春秋》"微而显，志而晦，婉而成章，尽而不污，惩恶而劝善"之义，宋人阐发得十分精到，像魏泰《临汉隐居诗话》、蔡绦《西清诗话》、黄彻《䂬溪诗话》都有发挥；第二，"毕陈于诗""殆无遗事"八字，讲的是铺叙之法，宋人就把杜诗笔法与太史公纪传笔法相比拟，叶梦得《石林诗话》、蔡梦弼《杜工部草堂诗话》的相关议论就很典型；第三，"逢禄山之难，流离陇蜀"九字，将个人的流离与家国的兴亡并为一体，与传统的"变风变雅""诗亡而后《春秋》作"诸说相和合，增加了"诗史"的厚度。[3]

概言之，"诗史"的生发及其批评与《诗经》《孟子》《春秋》《太史公书》等典籍息息相关，经由"杜诗"而成了一个经久不息、逢乱弥盛的传统。旧诗的这一传统在新文化运动以后绝未中断，更在"民族—国家"的包装下渗透到了"新文学"里。然而，因文学观念、文学话语的转变以及通行文学史叙事的特殊处理，1911年后特别是1919年后，类似于"庚子事变文学"这类带有公共性质的旧诗书写仿佛中断了，但实际上非但不是这样，反而得到了空前的继承。这一现象，用最醒豁的话来说，便是旧体诗词在"文学史上的缺席"。根据笔者的初步考察，即便是民国时期的诗词别集也有至少四五千种之多，更不用提数以千万计的期刊报纸。以针对抗日战争的个人诗词专集而言，像方兆鳌《蓼居集》、李炳南《煨余集》《蜀道集》、黄光《历劫吟》、马一浮《避寇集》、庄良俦《乐清倭乱纪

---

[1] 晚清常州派词人周济《介存斋论词杂著》里明确提出："诗有史，词亦有史。"

[2] （唐）孟棨：《本事诗》，广益书局，1933年，第43页。

[3] 参见潘静如《民国诗学》，北京联合出版公司，2017年，第96页—99页。

事诗》、余绍宋《寒柯堂避寇诗草》、饶岱章《劫余草》、冼玉清《流离百咏》、王用宾《半隐园侨蜀诗草》、陈树人《战尘集》、王蘧常《抗兵集》等等，几乎不胜枚举。即此一例，可概其余。旧体诗词的家国书写，并不限于旧文人群体，也包括了大量的新文人。

国事书写常常依托于群体性的诗社或雅集。这不难理解，因为只有国事才能激起每一个个体的精神涟漪。比如，1924年溥仪被冯玉祥驱逐出宫，孙雄正是依托于北京的漫社而广为号召，形成了全国性的唱和，对"溥仪出宫"这一历史事件作了广泛的书写；"落叶"作为一种意象，正与溥仪作为"托食之君"[1]相切合。根蒂不坚，花叶飘零，还具有一种超越性的美学意味，这在当时文人群体中引起巨大共鸣，有其必然性；或者说，这种美学并不局限于忠清这一语境。再如，章士钊、陈中凡、高二适、苏渊雷、王用宾、潘伯鹰、曾克耑等人在战时重庆结饮河社，颇对抗日战争中的种种态势加以书写。清末民国时期的诗词结社，即今可考者，尚有千余家之多。[2]这意味着虽然文人结社并非制度性的存在，然而其源流既长，习俗遂盛，在新文学运动取得"胜利"以后，依然林立于山河两戒，差不多是作为一种微型的社会结构而存在。

1949年以后，文人结社，仍流风未沫。比如1950年，在北京，关赓麟偕同当时的文人、知识分子如汪曾武、林葆恒、冒广生、夏仁虎、许宝蘅、梁启勋、靳志、陈祖基、章士钊、叶恭绰等人成立"咫社"，后来作品结集油印为《咫社词钞》。同一年的上海，柳亚子、沈尹默、江庸、江问渔、贺天健、胡厥文、马公愚、潘伯鹰、白蕉等人成立了乐天诗社，印发《乐天诗讯》。1964年，山西大学历史系教授罗元贞与赵云峰、宋剑秋、宋谋瑒、陈佩颖、高子健、松窗、胡频秋等人在山西太原晋阳饭店举行"红五月雅集酬唱诗会"，编有《红五月雅集酬唱集》。"文革"后期，即1975年、1976年间，陈声聪在上海发起"茂南小沙龙"，实亦诗社之类。在社群意义上，这种传统"诗社"正可比拟于新兴的都市

---

[1] 这里的"托食之君"一词借自《管子》。《管子·国蓄》云："无壤之有，号有百乘之守，而实无尺壤之用，故谓之托食之君。"实际上，对故宫内的溥仪来说，连"号有百乘之守"都不存在。

[2] 参见曹辛华《前言》，《清末民国旧体诗词结社文献汇编》，南江涛编，国家图书馆出版社，2013年。

"沙龙"[1]，与"文学生产"息息相关。

就"诗史传统"或针对国家事件的书写而言，此一时期仍有迹可循。比如1950年10月19日，北京咫社第四次雅集，以"北海展重阳"为题命同人分赋，寄调《紫黄香慢》，实际上就是对国共政权更替与解放军出兵朝鲜的书写。诗社成员的意见与情感并不划一，乃是以隐微书写的方式展开委婉对话。当然，随着时势的迫促，书写环境确实也逐渐逼仄起来。像刚才提到的上海的乐天诗社、太原的红五月雅集，都各自形成了"诗案"，或被视为"典型事件"而加以取缔，或被定为"反革命集团"而加以论处。[2]事实上，当1963年，继承前辈流风的残存者借纪念关赓麟逝世周年之名再次发起雅集时，他们在结集作品扉页的第一列写上了"本集不定期，非卖品，专供吟友互相观摩学习之用，文责自负"[3]的警示语。这是环境的折射。

在20世纪中国的旧诗书写中，"诗史"与"诗社"这一里一表两个传统具有相当的生命力，家国的伤痕与荣耀，俱伏藏或闪耀于字里行间。过去的文学史书写对此基本无视，可称之为"现代性的傲慢"。我们对这一"诗史传统"不能视而不见。不过，20世纪的中国旧诗如果说有什么特别价值的话，那么大概绝不局限在"诗史传统"的框架之中。我的意思是，由诗史传统而衍生的种种宏大叙事、国族书写固然是引人注目的存在，但与新文学相比，这一存在不见得有何特异或无可替代之处，因为在某种意义上，"新文学"正是国族危机或国族意识的产物，换句话说，新文学在其诞生之初即带着使命与紧迫感。惟其如此，在后期的发展中，"新文学"愈加趋于一偏，以至滔滔汩汩，流荡不返。窃以为，就20世纪的文学语境与社会语境来说，旧体诗之荣耀实乃别有所在。

---

[1]　"沙龙"研究，参见费冬梅《沙龙：一种新都市文化与文学生产（1917—1937）》，北京大学出版社，2016年。

[2]　参见谢泳《私人油印诗集的评价问题》，《南方文坛》2018年第2期。

[3]　关赓麟编：《秭园癸卯吟集未定稿》，《清末民国旧体诗词结社文献汇编》第13册，南江涛编，第137页。按：丛书编纂者在《秭园癸卯吟集未定稿》上署关赓麟编，是不对的。关赓麟早在前一年就已经去世。根据《秭园癸卯吟集未定稿》前的《缘起一则》，可知秭园复课，正是为了纪念关赓麟逝世一周年，其编纂者应该是戴亮吉、沈仰放、周苕青、江笔花几人。

二、"自己的园地"：退守一隅的旧诗

20世纪的中国文学有好几个相当重要的节点或关捩，但最重要的一个无疑是新文化运动。经此运动，白话文学奠定了不可动摇的地位，构成了现当代文学史叙事的唯一主干。

按照胡适、陈独秀等人的意见，旧文学是贵族的、阿谀的、僵化的、雕琢的、晦涩的；换言之，从形式上对其作了价值审判。所以1919年以来的旧文学，如诗、词、古文等，基本就不进入现当代的文学史书写。相反，假如是白话文学，只要是一个时代的类型或典型，就会进入文学史。新文学的成绩及其影响有目共睹，谁也不能否认。从文学的角度讲，从1917年到抗日战争爆发前后，是新文学的第一个黄金时期，具有尝试和多元化的特质，诸如创作上个人主义的张扬、小说上"新感觉派"的尝试，等等。但由于新文学自始便带着使命和危机感，从抗日战争开始，其发展的轨迹逐渐激进或偏颇起来。在此之前，已经有过对幽默文学、闲适文学的批判。此后，尽管20世纪40年代也仍有不少成就，比如诗歌上的现代派，但整体格局是在收缩。建国后的土改文学、工农兵文学、颂圣文学，广泛地反映了时代图景，在艺术上也有一些经典问世，但也充斥着大量的艺术粗糙、内容僵化的作品，一旦时过境迁，便无人问津。

20世纪80年代，学术界开始反思文学史的书写。对现当代旧体诗词的关注，首先来自于现当代文学研究者。这是文学研究者的自省精神，无论如何评价都不过分。另一方面，正因为来自现当代文学研究者，其关注的重点乃是落在现当代新文学作家的身上，例如鲁迅，例如周作人，例如郁达夫，例如聂绀弩。这些作家的诗词都有笺注本，甚至是好多种笺注本。我们对此的解释可以是：文学研究者熟悉这些作家，因而首选他们的旧体诗加以研究。然而暗含着的某种"前见"同样可能是真实存在的：他们是重要的现当代新文学作家，所以他们的旧体诗词比同时代其他人的旧体诗词更有价值。我想，作出这样一个假设，不至过于生硬。

从现当代文学研究者的实际操作来看，他们关注现当代作家的旧体诗词主要是这些诗词反映了作家们的思想、情感，也展现了作家们的交往，有些诗词的主

旨还与他们的新文学创作及历史事件形成了互文性关系。对于这些积极的探寻，我们当然是受益无穷的。不过，我想从另一个角度对此作一个整体把握。如前所述，新文学始终带着使命和紧迫感，对于作家与文学自身来说，这不见得是一个好的兆头或原则。我们今天当然看得很透彻，旧文学固然脱不去"载道"的底色，然而从诞生背景来看，新文学有过之而无不及。那么，现当代作家个人的一切情感如何安放？当然，个人与国族完全是可以统一的。但是，假如不统一呢？假如作家偶而倦怠、疲惫了呢？或者"载道"之念无以持续了呢？这时候，就需要一个"自己的园地"。笔者曾在一篇写蔡元培的文章中这样写过：

> 蔡元培一生的旧体诗作大体可分为三个时期，一是翰林前后（1883—1900），一是投身革命与教育的中年时期（1900—1923），一是辞任北大校长后的晚年（1923—1940）。第二个时期最长，而作的诗却最少，甚至少得可怜，这除了因为忙之外，大约也有新风气、新文化的原因。这种两头大、中间小的格局，在那一代新式人物身上颇具典范性。这既能反映他们与旧体诗离合的时代因素，亦能反映他们不同时期的人生况味。[1]

这一点在新文学作家或新人物身上具有相当代表性，也是我思考 20 世纪旧诗的一个视角。

我进而想到，验诸中国古代文学史，此一现象，有其伦类。中唐时，白居易、元稹等人曾展开过浩荡的新乐府、讽喻诗运动。这一运动可谓将"载道"理念发挥到了极致，处处想着政教、民生。"载道"尽管是旧文学的一个理论，但有时候仅仅是话语，实际创作者对"载道"之理解并不需要过于刻板或机械。白居易、元稹等对此理解得过于刻板、机械，全力以赴，遂不惜以此抹杀李白、杜甫，来论证这一运动的无与伦比。然而事实是，对他们自己而言，这一运动仅仅延续了几年，接下来彼此写了大量的闲适诗；从类型、手法上来说，白居易甚至可以说是闲适诗的开创者或典范。一言以蔽之，元、白最终感受到他们需要"自

---

[1] 潘静如：《前清翰林的侧影：蔡元培的生活、趣味与旧体诗》，《文史知识》2018 年 1 期。

己的园地"，不论在情感上、精神上还是在艺术上。20世纪的新文学未尝不是走了一条类似的道路。

然而，何以旧诗成为了现当代作家"自己的园地"，这恐怕正在于旧诗被审判而后，退入了私人化的领域。这正是所谓"退向未来"的一个表现。新文学作家之所以如此选择，除了上述原因之外，还有以下两点可以一提：一是旧体诗词的应酬作用，这一点无需多言。一是好多新文学作家在赠予诗词时很少是用钢笔写就，而是用毛笔写就——这一"有意味的形式"非可小觑，它实际上微妙表现了作家对优雅、闲适的追求，对传统的沉浸或放下"戒备"，是一种卸去了"道义"与"使命"的自我安顿。

以上是对新文学作家或新人物创作旧体诗词的一个观察。这个观察对于其他类型的诗词创作者，我想，基本也是适用的。旧体诗词，不再是文学中心；相比古代可以凭诗受知于达官、名流，现代旧诗的这份功能，几乎可以忽略不计，陈衍所谓"诗者荒寒之路"[1]正是产生于这一背景下。他们越发可以以此为寄托闲情之具。但与新文学作家稍有不同的是，旧诗词并不是他们一时的退居港湾，而是长久的。

三、革命诗学、个人叙事与隐微写作

夏济安曾在信中对夏志清说："中国近代缺乏一种不以 society 为中心，而以 individual 为中心的 morally serious 的文学。"[2] 信中还说，以 individual 为中心当然仍旧可以 impersonal。我想，这个问题可能一度困扰着现代文学研究者们。大致上，我们可以说，很少存在完全符合二夏预期的文学作品。但就"个人的"而"非私人的"这一角度而言，20世纪旧体诗词有其值得注意的地方。

如前所述，20世纪80年代以来，对现当代旧体诗的强烈关注，实际上正来源于现代文学研究者本身。这里可以列出一连串的名单来，诸如聂绀弩、郑超

[1] 陈衍：《陈仁先诗叙》，《石遗室诗话》，人民文学出版社，2004年，第804页。
[2] 夏志清、夏济安：《夏志清夏济安书信集》，香港中文大学出版社，2015年，第162页。

麟、扬帆、胡风、王辛笛、叶元章、黄苗子、荒芜、启功等。现代作家以外，诸如陈寅恪、吴宓、柳亚子、潘伯鹰等学者或具有较强旧文人色彩的人物的诗词也得到了强烈的关注。这里容我先举一个例子。谷卿曾注意到 1949 年以后，潘伯鹰的文学世界存在两条轨道，相比他的《玄隐庐诗》，《文存》所收短文展现出的是一个更加生活化、世俗化的自己：这关乎语言文字与思想情感的文体分离——散文和韵文可能正分别承担着蕴涵潘伯鹰"尘心"和"道心"的功能。[1] 这是一个极有意思、极有启发性的观察。这提醒我们新文学登上舞台以后，旧诗写作尽管是很个人化的，却未必仅仅是私人的，很可能与社会形成了广泛对话，完成了与思想史的接力。夏中义《百年旧诗　人文血脉》论叶元章的诗时，也特地提出了这一点。

新文学运动以后，旧体诗词写作"个人的"而"非私人的"这一特质并不限于新中国时期，在北洋政府时期、汪伪政权治下同样颇多其例。但假如为了更好地彰显这一特质，可能放在建国后这个时期更加醒豁。1949 年后的上海油印了大量当代人的诗词集，如戴克宽《果园诗抄》、陈世宜《陈匪石先生遗稿》、秦更年《婴庵诗存》、何骈熹《狄香宧遗稿》、卢弼《慎园诗选》《慎园启事》《慎园诗选馀集》、何震彝《词菀珠尘》、李释堪《苏堂诗拾》《苏堂诗续》(甲乙两种)、江恒源《补斋诗存》、陈声聪《兼于阁诗》、缪子彬《若庵诗存》、许效庳《安事室遗诗》、赵赤羽《海沙诗抄》、王巨川《两忘宦诗存》等。[2] 当时油印的掌舵者正是戴克宽。郑逸梅回忆道：

> 解放后，油印书册，反成为一时风尚。尤其诗文一类的作品，力求行式字体的古雅，往往不委托市上的誊写社，而请通文翰又擅写钢板的自刻自印。这时有一位青浦戴果园老诗人，他名禹修，应聘上海文史馆，寓居沪西康定路。为了自己印诗集的便利，备着一架油印机，请他的同乡张仁友为刻蜡纸。仁友也能诗，写得一手很秀逸小楷，端端正正，行格清朗，

[1] 参见谷卿《潘伯鹰的"尘心"与"道心"》，《南方都市报》2013 年 9 月 29 日。
[2] 参见谢泳《私人油印诗集的评价问题》，《南方文坛》2018 年第 2 期。

没有错体和俗体字，也不写简体字，天地头又很适当。印好了，用瓷青纸的书面，丝线装订，外加标签，非常大方雅观。朋友们看到了，纷纷请果园代为计画，先后印了十余种之多，几有接应不暇之势。[1]

惟其如此，陈声聪在一首诗中说道：

> 收拾残篇重抚尘，不云敝帚是劳薪。怀铅点椠烦经眼，刻蜡藏锋觉有神。身外浮名宁足数，尊前微尚致相亲。能将故纸生新命，长作骚坛护法人。[2]

"能将故纸生新命，长作骚坛护法人"这算得一个相当高的评价了。

这显示出建国以后的诗词创作与诗词出版仍是相当繁荣的。不过，更多作者可能仅仅是写，而未曾及时出版。但这类私下的个人写作，却往往并非私人的，而是与社会史、思想史密切相关。过去关于陈寅恪旧诗的争鸣便是如此。实际上，类似写作不乏其例，比方说大家很少注意的学者刘文典。其生平很少作诗，但这一时期有些诗颇可玩味：

> 天禄传经愿已违，舞衣歌扇殢情怀。剧怜头白韩熙载，乞食江南事亦佳。（《七绝》）
> 司马琴苔迹已陈，文君眉黛又翻新。而今不卖长门赋，且向昆明写洛神。（《无题》）
> 宋玉悲秋亦我师，伤心又吊屈原祠。蛾眉漫结平生恨，文藻空存异代思。县圃曾城无定所，桂旗兰枻意何之。二千三百年间事，剩有滩声似旧时。（《无题》）[3]

[1] 郑逸梅：《几种油印书册》，《芸编指痕》，北方文艺出版社，2016年，第19页—20页。
[2] 陈声聪：《呈戴果老并示张仁友》，《兼于阁诗话全编》，上海交通大学出版社，2018年，第883页。
[3] 分别见刘文典《刘文典诗文存稿》，黄山书社，2008年，第254页、255页、256页。

再如陈声聪,集中也有一些有趣的诗:

> 大力回旋政在钧,陈陈世事尽翻新。当前岂有第三路,此去应无例外人。(《大力一首》)
>
> 未许停流巨似川,又看激荡入新年。心惟物映分宾主,道自群成视后先。献岁人无小休假,投闲我愧旧流连。忍寒晨起还书胜,魂返梅花揆几边。(《元旦》)[1]

这些诗仔细回味,颇有所指,大概有当于所谓"隐微写作"。这些诗作并不用来交流或显摆,只是一种个人化的写作或抒情,但却有获得更大观照的空间。至于聂绀弩、郑超麟、杨宪益、扬帆、胡风、王辛笛、叶元章、黄苗子、荒芜等新文学作家的旧体诗则更各有其意味。

毋庸讳言,大致自清王朝甲午战败特别是戊戌变法起,"革命诗学"便弥漫中国,且愈演愈进。曾经"激进"的康有为落伍了,继而是严复,继而是梁启超,继而是胡适,继而是陈独秀,统统跟不上"革命诗学"的步伐。旧体文学被革命诗学所审判,而不复有其价值,然而正是在革命诗学的高潮处,聂绀弩、郑超麟、杨宪益、扬帆、胡风、王辛笛、叶元章、黄苗子、荒芜等新文学作家纷纷抱起了旧体诗,避在一隅,等待明天。这是革命诗学的悖论,然而亦正是个人叙事的价值之所在。旧诗的这种命运或存在当然不是无其伦类的。众所周知,中国文学曾深受俄苏文学影响,苏联作家早就有相对于官方出版物的"地下文学",在专制的南非等英语国家,"抽屉文学"是很流行的说法。他们勾勒了一种双峰对峙、二水分流的景观:地下文学与正式出版物、抽屉文学与公众书架上的文学、"潜流文学"与"主流文学","隐态写作"与"显态写作"等。这种勾勒甚至获得了文学分类的意义。[2]然而,唯有旧体诗词,在革命诗学的映照下,将此中悖

---

[1] 分别见陈声聪《兼于阁诗话全编》,第 860 页、861 页。

[2] 参见傅正明《七色斑斓的中国当代诗歌》,载 https://wenku.baidu.com/view/7a29f9ba86c24028915f804d2b160b4e777f817d.html。

论展现得淋漓尽致。其思想史的底色，愈发深厚。

基于这样的思考，笔者曾在给夏中义《百年旧诗 人文血脉》撰写的书评中作过发挥。[1] 我以为，百年旧诗与古代两晋玄言诗、唐宋佛理诗之介入思想史的方式不同：玄言诗、佛理诗是渗透式或反映式的，而百年旧诗最引人注目的则是对话式的那部分。所谓对话式，是指现当代的旧体诗并非一律简单地沦为社会观念、社会思潮的投射或同质表达，而是指随着文学场域、文学观念、文学话语的变迁，现当代旧体诗愈发变为一种个人叙事，在这种个人叙事中，诗人直面现当代的中国语境，持续提出且回应有重大意义的公共命题，从而使得这种个人叙事又并非仅仅属于私人的。缘此，百年旧诗不但成为文学史的书写对象，也成为思想史的见证者和参与者。这里说它是"思想史的见证者和参与者"，又有两重含义：百年旧诗持续直面、回应着有重大意义的公共命题，本身是思想史的一部分；而它之见黜于文学史书写，又逐渐重见于文学史书写，恰表征了思想史的流变与吊诡，因为我们都知道戴燕先生所谓"文学史的权力"。

四、结语

近些年好多人注重 20 世纪旧诗，因为它在北伐、"九一八"、抗日战争等很多国族议题上有广泛的书写。这当然是 20 世纪旧诗的价值。但我认为在这个框架内 20 世纪旧诗的价值有限，或者说反而被削弱了，因为新文学本就是国族危机、国族意识下的产物，在其诞生之初便带着使命与紧迫感。相反，我觉得 20 世纪旧诗的主要价值别有所在。在新文学话语将其打入冷宫之后，恰恰：（1）保留了个人"自己的园地"，诸如抒情空间与言说空间；（2）个人的（individual），同时又可以是非私人的（impersonal），在这个层面上它也许远远被低估了。因此，如果我们关注 20 世纪旧诗，甚至援之入史，那么关注点或书写脉络显然不应该局限于传统诗词的派别、风格等议题，而应当别有所取。

---

[1] 参见潘静如《旧体诗如何介入 20 世纪的文学史和思想史？——读夏中义〈百年旧诗 人文血脉〉》，《中国图书评论》2020 年第 4 期。

"诗者，荒寒之路"

郭文仪 *

静如兄以"退向未来"来形容 20 世纪中国旧体诗书写的某些特性，我以为确实触及了旧体诗词的某种发展脉络。

在演讲中，静如兄主要关注于 20 世纪以来受到新文学运动影响的文人群体是如何以旧体诗词写作来回应时代巨变的，而作为一个中国古典诗词研究者，我想从晚清入民国的传统诗人群体的诗词写作切入这个话题。

看到静如兄的论题时，我脑海中浮现的第一句话是陈衍的："诗者，荒寒之路。"这句话在静如兄的演讲中也被提及。陈衍在作于 1912 年的《陈仁先诗叙》与《何心与诗叙》中两次提到"诗者，荒寒之路"，显然是激于时代之变的一种诗学回应。陈衍在辛亥以前提出并反复论证的"同光体""三元说"，其一以贯之的逻辑正在于咸丰以后诗"有敢言之精神"[1]，比较辛亥后作者所谓的"寂者之事""荒寒之路"的诗学命题，可以看到士大夫的传统诗学精神失去安身立命之所后的"退守"。在我有限的阅读体验中，进入民国后的这批传统诗人（大多为遗民），在行为与创作中，多体现出这种带有"荒寒"色彩的"退守"。

这种退守，首先表现为作品营造出的时空隔阂感。以上海的遗民诗人群体为例，陈三立曾言：

---

* 　郭文仪，女，1986 年生，江苏南京人。中国人民大学国学院讲师，主要研究方向为清代诗词。

[1] 　陈衍：《近代诗学论略》，《陈衍诗论合集》，钱仲联编校，福建人民出版社，1999 年，第 1086 页—1087 页。

> 当国变，上海号外裔所庇地……而四方士大夫儒雅故老，亦往寄命其
> 间，喘息定，类摅其忧悲愤怨，托诸歌诗。[1]

在这批遗老的书写中，将僦居上海比喻为"避地海壖"的遗民行为；他们赁楼而居的生活状态，俨然寄有一种与都市万象割裂的独居高楼之意。沈曾植将自己所居的寓楼题名为海日楼，多次描述自己的楼居生活：

> 余来海上，好楼居，居且十年。运会变迁，岁纪回周，春秋寒暑晦明
> 之往复更迭，生老病死，成住坏空，一皆摄聚于吾楼堂皇阑楯之间。晨起
> 雾濛濛，下视万家，蕉鹿槐蚁，浑沦无朕。仰而瞻大圜，云彷徨乎？雷雨
> 动乎？霉霾暗乎？日杲杲月穆穆乎？气之色虹霓霞，其声风，其香味触沆
> 瀣，朝霞、沦阴、正阳、玄黄，仙人道士所存想，浮屠之观，非有非无，
> 非非有非非无，亦有亦无。心之喻，不能形诸口；意所会，不能文以辞。
> 尝以重阳与孤清居士倚阑四望，广野木落，鸿鹄之声在寥廓，喟然相谓：
> "汇万象以庄严吾诗楼，资吾诗，诗诚有其不可亡者耶？"[2]

这种经过明显修饰的个人空间，是作者的心境，最后体现为诗境，充满了荒寒、孤独、幻灭与众人皆醉我独醒的寂寞之感。

　　虚构出的空间隔阂显然是不真实的，遗民在现实中体会到的多是与现实世界格格不入的无可奈何感，他们往往以"隔世人"来形容自己的处境。如陈宝琛《落花》诗"委蜕大难求净土，伤心最是近高楼"[3]，陈三立《任公讲学白下及北还索句赠别》"辟地贪逢隔世人""大患依然有此身"[4]，沈曾植《病起自寿诗》"蟇

---

[1] 陈三立：《清故江苏候补道庞君墓志铭》，《散原精舍诗文集》，上海古籍出版社，2003年，第985页—986页。

[2] 沈曾植：《缶庐集序》，《吴昌硕诗集》，漓江出版社，2012年，第244页。

[3] 陈宝琛：《次韵逊敏斋主人落花四首》其四，《沧趣楼诗文集》，上海古籍出版社，2013年，第180页。

[4] 陈三立：《散原精舍诗文集》（增订本），上海古籍出版社，2014年，第625页。

地黑风吹海去，世间原未有斯人"[1]等等。与新时代诗人出于面对社会巨变的无所适从或是对当代文学的反思而产生的内心退居的写作需求相比，这批传统文人作品中所呈现的地变天荒的时空割裂感，则出自对世变的无所适从与个人出处的自觉维护，诗词写作是他们唯一的、可以暂时抛弃荒凉现实的自我保存之道。

诗歌写作成为遗民的自我保存之道，因此引发出遗民诗词写作的另一个特点，是由叙事转向抒情的写作倾向。这并不是说在这些文人作品中诗史传统的消退，他们仍然会对时事做出回应，但更倾向于将诗词的写作最终落实到情感层面。我曾经在论文中尝试讨论甲午以后词作对时事的记录与批评，在以写情为主的词体书写传统中以词记史的创作是相对较少的，但这种记史的写作尝试在甲午到庚子达到了一个高潮，在辛亥后又逐渐消失，这种倾向在旧体诗的写作上也有所体现。[2]这并不是说，作者在进入民国后对时事不再关注，而是对于他们来说，作为被时代所抛弃者，已经不再具备批评时政的立场与热情，作者更倾向于在作品中表达对国民所受灾难的同情与痛心，对前朝承平时期的盛世想象与追忆，由时代所产生的被抛弃感等等。

以近代影响最大的彊村词为例，朱祖谋、王鹏运、刘福姚曾在庚子国变间被困京师，共同作小词唱和度日，这些词作后来结集为《庚子秋词》。朱祖谋这一时期的作品有很强的"隐微书写"的特征，并体现出以词记史的倾向，试举《菩萨蛮·其三》为例：

> 花翻宝勒新丰骑，沉沉芳昼金铺闭。山枕腻红消。当筵鸾帕飘。　锦机无气力。密绪双双织。心事篆烟灰，春罗书字来。

这组《菩萨蛮》共13首，记录"庚子拳乱"始末，是朱祖谋一组典型的叙事性令词作品。词上阕第一句言京城乱象，"当筵"句谓廷议，"鸾帕"意象与下句

---

[1] 沈曾植著，钱仲联校注：《沈曾植集校注》，中华书局，2001年，第1140页。

[2] 参见郭文仪《甲午政局与词坛新貌》(《文学遗产》2015年第6期)、《时代变局中的家国书写与词风进境——以〈庚子秋词〉〈春蛰吟〉为中心》(《中山大学学报》〈哲学社会科学版〉2020年第6期)。

"锦机"结合，应指士人廷谏的深心，"无气力"则感慨自己人微言轻，廷谏未被采纳，因此心字成灰。"春罗书字来"用李贺《神仙曲》"春罗书字邀王母"，白敦仁注曰：

> 据阙名《悔逸斋笔乘》："侍郎（谓彊村）又疏请刻日停战，是日黎明，侍郎方入内递封事……甫至家，则枢廷交片已早到，召侍郎诣军机处，称奉旨有垂询事件。"（所谓"书字来"，盖指此也。）[1]

进入民国后，朱祖谋的叙事性作品虽然仍有创作，但多数是对前朝人事的回忆与追叙，词作中体现出的更多是"一去不回成永忆，看看，唯有承平与少年"[2]的怅惘与伤痛。

诚然，以上所提到的属于传统文人写作延续的作品所体现出的"退守"，更像是静如兄演讲中所引用的本雅明的论述：历史就像背对未来的天使，被人们称为进步的飓风鼓动它的翅膀，把它吹向未来；而它始终面向它无力修补的过去，废墟在它的面前参天而起，它没有能力停下来修补。这些作品体现出的无力、残破、幻灭之感，是被时代洪流裹挟的无力感，是对一个时代的凋落的无奈和对未来的拒绝，这让我想到吴梅村的一句诗："我本淮王旧鸡犬，不随仙去落人间"[3]。

静如兄演讲的最后一部分提到旧体诗写作承担的与社会史、思想史密切相关的功用与观照角度，承担个人书写的作品未必是"私人的"写作，如陈寅恪、刘文典在诗作中叙说带有家国之感但又不便于直言的内容，大概有当于所谓"隐微写作"。经过革命诗学洗礼的新文学作家，纷纷抱起了旧体诗，进入一种私人叙事的书写状态，并在这种私人叙事中，直面当代的语境，回应有重大意义的个人命题，从而使这类作品呈现个人的而"非私人的"特色。

---

[1] 朱孝臧著，白敦仁笺注：《彊村语业笺注》，浙江古籍出版社，2016年，第34页—35页。

[2] 朱孝臧著，白敦仁笺注：《彊村语业笺注》，第401页。

[3] 吴伟业：《吴梅村诗集笺注》，世界书局，1936年，第378页。

以近当代文学史家的观点，当诗学革命通过强有力的外援来扩展诗歌的表达功用，当新体诗以全新的文体革新了诗的创作与表达，旧体诗词似乎彻底退出了"社会性的""非私人的"写作领域。但正如静如兄所提及的可当"隐微写作"的作品，当时代与环境较为敏感时，旧体诗词本身所具有的含蓄、委婉的写作特点，以及具有强大的隐喻传统的语码系统，很适合少数的小范围群体进行"个人的"而非"私人的"表达。这种隐微写作的方式本身就是中国旧体诗歌的一种写作传统，这点最为突出地体现在当时的重要政治人物的诗歌创作中，如李鸿章、张之洞等人的诗作。张之洞晚年入京后的作品，尤其具有对当时政局的总体评价意义。如张之洞 1903 年入都后，有《四月下旬过崇效寺访牡丹花已残损》：

> 一夜狂风国艳残，东皇应是护持难。不堪重读元舆赋，如咽如悲独
> 自看。

舒元舆死于甘露之变，后唐文宗吟其《牡丹赋》而落泪，诗中的君臣暌违、时危世乱之感，是一个时代最高点的政治人物所作出的直观感受。1909 年去世前，张之洞有《读白乐天以心感人人心归乐府句》：

> 诚感人心心乃归，君臣末世自乖离。岂知人感天方感，泪洒香山讽
> 喻诗。

王树枬案：

> 宣统元年，监国将以洵贝勒筹办海军，涛贝勒管理军谘。公面诤曰："此国家重政，应于通国督抚大员中选知兵者任其事。洵、涛年幼无识，何可以机要为儿戏？"监国不听，公力争之。监国顿足色然曰："无关汝事！"公因此感愤致疾，遂以不起。此诗即为是而作。第二句作"君臣末世自乖离"，有谓君臣二字太显，恐公以此贾祸，乃改"臣"为"民"，而

不料遂成民国之谶也。噫！[1]

张之洞临终之时，已预见清室末世，对于白居易讽喻诸作，心中更有一种极其痛切的同情与理解；而王树枏的案语，也补充了这首诗所讽喻的对象与事件，以及出于政治安全而修改诗作使之更为隐微的写作策略。另如前文提及的朱祖谋等人的庚子之作，也大多具有极强的政治隐喻。如《庚子秋词》中的"西王母"以及与之类似的"瑶池""碧城""仙姥"等意象，多指西太后慈禧。又如"屏风""屏山""画屏""帘幕"等意象，在传统诗词中，这类意象多用于表示男女之情的阻隔，但在光宣时期，不仅借用"阻隔"表示君臣暌离，也借此指代垂帘听政的慈禧。这类在当时成为"圈内人士"共用的隐喻意象，证明了在新文学到来以前，旧体诗词是如何进入到公共议题的议论中的。在新文学运动到来后，这一传统并没有也不可能完全消失，只要旧体诗词的隐喻系统赖以生存的语言系统仍然存在，旧体诗词对公共议题的回应能力就不会消失。我想，重提 20 世纪旧体诗歌的"非私人的"写作角度，也是静如兄的演讲对百年旧诗研究的一个很重要的启示。

由于我对 20 世纪文学了解有限，仅能据自己有限的阅读范围进行讨论，浅陋之处还请谅解，也希望这些浅见能起到抛砖引玉的作用，期待各位同仁的批评指正。

---

[1] 张之洞：《张之洞诗文集》，上海古籍出版社，2008 年，第 151 页、185 页—186 页。张之洞临终诗的有关论述，可参见郭文仪《生死之间——晚清临终诗的多维考察》(《国学学刊》2020 年第 2 期）。

20 世纪旧体诗的现代性要素思考

张　芬[*]

很感谢潘兄这次邀我作为本次有关 20 世纪旧体诗的讲座嘉宾，去年我从诗词研究单位调到学校之后，一直埋头教学，就再也没有读过相关的书籍和论文。所以，今天来参加这个活动，有一种诚惶诚恐和"乱入"的感觉。那么，这里我只能通过对潘兄大作的阅读，谈谈几点体会。

首先，从整体看，20 世纪旧体诗作为观察和研究对象还在透彻、深入方面具有很大的延展空间。潘兄的这篇发言稿体现了这种广阔视野下的努力。

近些年，20 世纪旧体诗的整理和研究有逐渐走向精细化、专业化的趋势，但要进行全面而深入的探索，仍然需要贯通社会、思想、政治、文化等各个方面。作为比较新的研究对象或领域，它给研究者也带来了很大的挑战：古典文学专业的研究者对 20 世纪较为复杂的政治、思想、文化语境是较为陌生的，尤其是新文学环境下对旧体文学的理解变得相当复杂；而现代文学领域的研究者，则需要对古典文学的语境、意象及对其所携带的历史、思想、语码进行深入熏习。如果说到目前为止，20 世纪旧体诗研究在诗词集的整理和专门考察上已经取得较为突出的成就的话，那么，整体的"史"的研究，则还缺少在以上各方面做足工夫的探索者。潘兄的发言，深入地探讨了在一个相对革新、彰显的文学图景背后可能存在的一条隐秘而向内的旧体诗脉络，这是很给人启发的。

第二，文中涉及的几点理论，对于潘兄这篇文章背后的逻辑建构有非常重要

*　张芬，文学博士，清华大学人文学院写作中心教师。

的作用。

首先，王德威在《"诗"虽旧制，其命维新》中谈到陈独秀等新文学家在内的诗人均在晚期归向旧体诗写作是一种本雅明式的"退向未来"。[1]这种说法很形象，也很有趣。会让我想到本雅明在《历史哲学论纲》中的那个带有异常历史沧桑感的比喻[2]，这个著名而富于诗意的比喻，恰恰体现了20世纪现代性危机下的一种拯救精神。天使的"退向未来"如何能变成旧体诗的"退向未来"？后者自身能否承担起一种带有宗教或古典情怀的拯救功能？是不是所有的"退回未来"的诗歌都可以被称作是一种对现代性的"拯救"？当我们使用"退向未来"之时，这样的哲学或美学框架如何才能在面临不同的旧体诗的语境中做到自洽？这些都是需要结合历史、文献与理论进行论证、考验的。夏济安谈到过鲁迅与旧体诗：

> 尽管他对旧中国，对中国古书采取拒斥的极端立场，但有时他还是让自己完全屈服于旧诗，屈服于它的朦胧晦涩，屈服于它的传统的重压。他可以使自己适应传统文化的精华，即使在剧烈的社会动乱和政治革命年代，也仍然能从中得到安慰。[3]

鲁迅作为一个在文学和思想上都很"现代"的文人，旧文学同样和他的整体创作之间构成某种复杂的关系。也就是说，如果这种旧体文学能够被理解成一种面对新时代的方式，而不是孤立或对抗现代社会、政治、文化等多个层面的"二元"视野下的内驱力，似乎会变得更有价值。

这就需要我们的研究者具有"史"的意识和行动，即对诗歌的土壤也即历史现场有一个艰难而深入的处理。

---

[1] 王德威：《"诗"虽旧邦，其命维新——夏中义教授〈百年旧诗，人文血脉〉》，《社会科学辑刊》2016年第3期。

[2] 〔德〕瓦尔特·本雅明：《历史哲学论纲》，张旭东译，《文艺理论研究》1997年第4期。

[3] 夏济安：《鲁迅的黑暗面》，《国外鲁迅研究论集》，乐黛云译，北京大学出版社，1981年，第369页。

其次，我印象比较深刻的是潘兄在文中引用了夏济安致夏志清的信，其中有一个概念，叫作"以 individual 为中心的 morally serious 的文学"。这是夏济安在谈到"京派"和"海派"的文学时提到的。他认为它们（一种是"洋场才子"，一种是"用文艺来怡情"）和"左翼文学"相比，都缺乏"morally serious"，即"对于人生的严肃态度"：

> 我认为中国近代缺乏一种"不以 society 为中心，而以 individual 为中心的 morally serious 的文学"。Individual 为中心当然仍旧可以 impersonal。这些我相信也是你的主张。[1]

这个说法很有趣。即它不再是以"载道"与"言志"截然对立的方式来区分文学，而在其中呈现了个体（individual）内涵。这个"个体"不一定是私人化的写作主体，而是带有某种严肃的社会的、道德的元素，因此它也可以是"impersonal"的。很显然，夏济安也并非是在全盘赞成"左翼文学"都是"morally serious"的文学，而是从中发现这种质素存在较大的潜质。这该怎么理解，我以为仍然是和前面那个问题相关，即面对现代困境时个体的充分自主表达，而这又和前文中提到"退向未来"有着密切的关联。

也就是说，如果能够从旧体文学中找到这种丰富的承载，那么对于旧体文学的审美与价值判断，乃至区分旧体诗词在今天是作为一个现象还是作为一种普遍的文学体式，都有着较为积极的意义。

正如潘兄在发言中所说的，"现当代的旧体诗并非一律简单地沦为社会观念、社会思潮的投射或同质表达，而是指随着文学场域、文学观念、文学话语的变迁，现当代旧体诗愈发变为一种私人叙事，在这种私人叙事中，诗人直面现当代的中国语境，持续提出且回应有重大意义的公共命题，从而使得这种私人叙事又并非仅仅属于私人的。缘此，百年旧诗不但成为文学史的书写对象，也成为思想史的见证者和参与者"。如果我们能回到历史和文献的现场，借重旧体文学特

---

[1]　王洞主编：《夏志清夏济安书信集》卷二，香港中文大学出版社，2015 年，第 162 页—163 页。

有的内在规律，深入地挖掘其"individual"的内在价值与驱动力，重视关系与现场，充分将旧体文学参与现代的轨迹描述清楚，终将有益于对 20 世纪文学的整体观察。

　　以上是阅读潘兄的文章所得到的启发，请大家批评指正。

如何进入历史[*]

冯　庆^{**}

　　潘静如兄的发言主题是 20 世纪近体诗，看得出来，他搜集了大量的作品材料，也做了非常展现功底的背景调查。但在整个发言过程中，他并没有完全集中于对这些近体诗作品的文本分析和语境钩沉，而是梳理了未来有可能展开的一系列研究的基本思路。因此，在我看来，今天这场报告其实是为一次规模盛大的总体性研究提供一个"导言"。这次报告以"回到未来"为题，也是对面向当下甚至是面向未来的研究的展望。在这个意义上，我们或许不能单纯将潘兄的报告视为一次史学研究，而应当看到其中试图提供的规范性内容，亦即，对"如何进入历史"的方法论内容。所以，接下来我将从理论上尝试再度概括一下潘兄今天的发言，并试着就一些我尚未搞清楚或存有疑虑的概念，提出一些问题。

　　首先，"回到未来"的议题，在我看来，体现出的是一种"以退为进"的论说策略。以本雅明的"历史的天使"作为隐喻，揭开讨论的序幕，潘兄此举显然是为了延续本雅明式的对现代性危机的审视和批判。现代性的一个典型表征是潘兄提到的进步史观。本雅明的隐喻，也是为了说明，作为"时代狂风"的进步主义观念，裹挟着整个人类历史不断"狂飙突进"，可能造成一种异化的困境。问

---

*　　本文是国家社科基金重大项目"20 世纪中国文学学术话语体系的形成、建构与反思研究"（批准号：20&ZD280）阶段性成果。
**　　冯庆，中国人民大学文学博士、哲学博士后，现任教于中国人民大学哲学院，主要研究艺术哲学、中国近现代思想史、西方启蒙美学和比较美学等领域。

题在于，我们必须理解他所说的"天使"是什么。在本雅明的语境里，《历史哲学论纲》这段话旨在阐释保罗·克利的一幅关于天使的画——当然，那个画面上的"天使"和西方绘画传统中的天使图像大相径庭，显得像是一幅儿童涂鸦，也显示出一种显著的"非人感"，或者说明摆着的虚构特质。这个"天使"是什么意思呢？本雅明作为一个对犹太神学深有研究的人，在摆出"天使"意象时，或许是在隐喻这个历史观察者本身可能具有的神圣功能——天使是神和人之间的信息传达者，当天使被历史的狂风刮得不由自主平行飘荡时，它也就不再能够担负起把下方的信息传递到上方的责任，变成了一个非人化的单纯艺术图像，而非拟人化但同时具有"光晕"的"圣像"。本雅明似乎是要告诉我们，曾经承担起某种传递信息功能的历史观察者——比如传统基督教中的老派知识分子，在现代性的语境中注定被"进步"给"去魅"，他们带有年代印迹的沉思和写作也就注定显得苍白无力，只能是一个往回张望的"符号"。潘兄或许正是把握到了这个隐喻内含的这一层寓意，才会选择以此展开对 20 世纪旧体诗人的讨论。在进步的新文学大行其道的时代还坚持以旧体诗承担"史诗"或者"诗史"功能的这些诗人，似乎也正是在扮演这样一个信息传达者的角色。

于是我们看到，潘兄接下来马上进入了第一个话题，也就是"诗史"和"诗社"的话题。当我们称 20 世纪旧体诗人们为"诗史"作者时，等于是认为他们也承担着中国现代化过程之历史观察者的角色。在这里，潘兄告诉我们，"诗史"作者通过一系列带有"隐微"色彩的、对历史现场的诗化评述，通过一系列讽喻和寄托的话语实践，在一定范围内形成了文人彼此心照不宣的公共意见空间。说到这里，我就很好奇一点：到底"诗史"当中传达的"史"，是"史实"或者说"事件"，还是"史观"或者说"历史反思"？我们都知道，"历史"和"史学"是两码事：前者指的是现实中实实在在发生过的事件的序列化，后者指的是对这些事件依据一定逻辑进行重新叙述的一种学问。史学必然以"史观"为基准，不同的"史观"决定着史学的尺度和品位高低。如果说，旧体诗这一文体承载的乃是"史实"，那么，我们便无法分辨这类作品和当时的新闻报刊上的断烂朝报之间有什么区别。

我们当然不能说，单纯汇报公共事件，就可以自动形成一种"公共话语空间"。公共话语空间的实际内核，是能够为公共所分享的普遍观念，这也就和"史观"有着更大的关系。显然，除了文体上的美学差异，旧体诗的意义在于"旧"。而"旧"的出场，并非形态上的复古而已，还是观念上的复古。而我们知道，中国的"复古"大多数时候指的是"革新"。所以，旧体诗作为"诗史"而登上近代舞台，看似"复古"，但其实并不是尼采说的"好古癖"，而是要对当下的史实事件进行批判。而批判也就必然提供"史观"。

如果旧体诗之于新文学的区别性特征在于"史观"的不同，那么，旧体诗团体即"诗社"的实存，也就意味着一种历史观念的公共化。但潘兄似乎并没有在今天详细告诉我们这种公共化的"史观"是什么，而只是让我们首先了解这样一个情况，即，他们进行公共交流的基本形式是所谓"隐微"。而我感到疑惑的是：既然要传达"史观"并形成公共话语空间，那么为何还有必要"隐微"？"隐微"的动机在于什么？旧体诗的写作意图如果不是如我们过去所理解的那样带有私人性质，而是一种公共抒情，那么它又为什么要以"隐微"来对这种抒情加以节制呢？

潘兄提到了列奥·施特劳斯的隐微写作论。在我看来，施特劳斯毕生试图揭示的隐微写作现象，其实可以分为两种。

首先，是现代启蒙哲人的隐微论，他们为了和占据统治地位的主流宗教与政治立场进行观念斗争，同时保护自己不受到现实中的政治迫害，不得不采取匿名、颠三倒四、秘文和混用古代语言等手法展开公共书写。众所周知，启蒙哲人是现代性进步主义的支持者，是他们推动了自然哲学和科学的进步，并在政治哲学层面为现代国家和世界秩序设计了进步主义的宏阔蓝图。在这个意义上，现代的隐微论，确实服务于现代公共空间的开辟，也服务于进步主义，是西方"新文学"得以成立的艺术基础；其出场的目的，是逃避迫害，同时尽可能动员社会上的各界人士参与到颠覆传统的政治行动当中。

当然，施特劳斯还提到过另一种隐微论，也就是古典隐微论，即柏拉图、色诺芬和亚里士多德这些"苏格拉底哲人"曾经使用过的秘密书写形式。这类哲人担心自己关于宇宙自然万物的探究可能会威胁到人世间的伦理政治稳定，因此用隐微写作的方式把自己的表述有限地包裹起来，只有少数具有哲学天赋的人，才能从字里行间读出他们的真实意图。与现代隐微论不同的地方在于，古典隐微论者们的动机并非"明哲保身"，而是为了让自己那些具有破坏性的思想不至于伤害到既有的城邦律法，造成剧烈的观念革命。此外，古典隐微论的真意还在于，在同一个话语表述中可以读出多层涵义：比如在色诺芬的《回忆苏格拉底》里，普通人读了，可能会学习到苏格拉底遵循城邦律法的虔敬道德；史学家读了，会掌握苏格拉底这一历史人物的生平与公开言论；政治家读了，会体会到一些治理城邦的智慧；而更高层次的哲人则会从中体察到苏格拉底话语中的微妙之处，并产生对人间万事的新鲜领悟。

当然，在我们今天，有一些人用比较晦涩、含混的方式从事写作，则往往具有第三种意图，那就是刻意营造一种"优越"的区隔性，以求和普通人拉开身份上的距离，从而获取更多的文化资本。

说完上述三种"隐微"后，我们回观潘兄所讨论的这些诗人时，也就不得不提出以下这些概念辨析性质的问题。

倘若，他们采取的是现代隐微论的策略，那么，是何种特殊的政治处境导致他们必须"隐微"？如果存在这样的严酷处境，那么为何就在同一个时代，还有那么多人用显白易懂的方式，在表达他们的"史观"呢？如果说是这批使用显白手法的人在压制"隐微"的诗人，那么也就意味着"隐微"的诗人们事实上难以更好地获取公共舆论的同情，他们也就缺乏能力去动员社会和人民，或者根本就没有动员社会和人民的意图，进而，我们在何种意义上能说他们的"隐微"可以开启"公共空间"？这和现代隐微论的整体行动结构是有点矛盾的，除非，我们认为他们只是想要实现一种非常有限的公共空间，也就是少数文人的观念共同体而已。

所以我们必须考虑这样一种情况，即，他们采取的可能是类似于古典隐微论的策略。如果是这样，我们就得追问：他们私下分享的那种可能引起现实政治世界动荡的"史观"是什么，以至于让他们感到担忧，而不得不把这种"史观"潜藏起来？在这个维度，潘兄告诉我们，他们想做的事是建造"自己的园地"，以求通过"个人"的"抒情"，以"优雅、闲适"的态度传达一种自我安顿的选择。可是，我们都知道，这种自我安顿的抒情当然不会给社会造成什么困扰，也不会有人觉得这有什么应当被压制的——人都有自足、自由的冲动，多数人追求的是饮食日用、儿女情长的自由，有政治意识的人追求人身自由和言论自由，少数有智慧的人追求心灵自由。唯有后两种人才会采取隐微手段。但我们该如何理解"抒情自由"呢？从某个角度说，它是"言论自由"——尤其是当其中透露出严肃的"史观"或者"政治观"时；但更多时候，"抒情"只不过是饮食日用、儿女情长的载体。潘兄不断提及"载道"和"言志"这一对范畴，看来是受到周作人影响很深。众所周知，周作人一生都提倡"优雅""闲适"；问题在于，他基本上是一个新文学作家，他立足于文学史，依据的是白话文创作。事实上，要实现"自己的园地"，未尝非得"隐微"，更未尝非得"旧体"，只要"抒情"，即可做到。

因此，我们只能猜测，潘兄并非要延续周作人那种"优雅、闲适"的"为人生"作风——这种作风，恰恰是多数人向往的安逸生活作风。否则，潘兄不会认为这种主张应当"隐微"——因为这种主张本身人畜无害，也不会引发他人对自己的迫害。潘兄则以夏志清的"individual"论来告诉我们，其实他要想揭示的乃是一种政治性的"抒情自由"，也就是言论自由。所以，我们也就可以理解潘兄自己的"隐微"：他用周作人"优雅、闲适"的带有消极自由色彩的"自己的园地"，来隐藏夏志清和王德威试图证成的那种带有政治上的积极自由色彩的"individual"的观念，并把这种观念灌注到对20世纪近体诗的研究当中，试图挖掘更多这类在"优雅、闲适"生活之下渴望突破小众话语空间、不断朝向更大公共空间输出"史观"的英雄诗人。

但根本性的问题还是没解决：为何是"旧体"而不是新文学？众所周知，新文学传统中这类向往积极自由的政治化诗人可谓俯拾即是。潘兄对他们在美学上可能缺乏兴趣，因此试图以"旧体诗"为材料，来挖掘"individual"。但我却又发现一个观念上的难题：潘兄一开始试图审视、反省现代性，但他抱持着"individual"去研究旧体诗时，却基本上必然陷入"现代隐微论"的整个框架，把笔下的旧体诗人们描述为争夺公共空间的积极自由论者，使得他们在"史观"上显得和引发现代性进步主义危机的启蒙知识人传统无甚区别。这样一来，我们就很难说这批"诗史"作者提出了什么新鲜的"史观"，而只能看到他们和新文学史观提供者们"貌离神合"的根本情性。

　　当然，我们也可以重新对"individual"进行更高层次的估量。在潘兄的论述里，我能够感觉到这批旧体诗作者想要创作出来的审美境界及其渴望脱离的状态，是用"载道"和"言志"这一范畴难以概括的。毋宁说，传统诗学中强调的"俗"和"真"，亦即道家和儒家之间的本质性差异，更能够解释这种旧体诗中的内在张力。在"优雅""闲适"的诗性生活中得以绽现的存在意义，未尝是"自己的园地"及其隐藏的政治自由主义，还可能有更高层级的价值旨归，也就是抒情传统的真实旨归——与天地同一而获得自然正当性明证的"真性情"。"言志"的"志"可能具有个体性，但其中必然有道体的参与，才能保证"我"并非"意必固我"的"我"，并非是"吾丧我"的"我"，是由内在不断超越并获得万物照见的"大我"。我相信，旧体诗之"旧"，其与新文学不同的地方，恰恰在于其中保留了"见天见地见众生"的这种哲学基因。如果仅仅在"个人"和"公共"的二元平面中锚定"individual"，或许本身是一件太过现代的事情。但在潘兄所引用的旧体诗中，诸如"刻蜡藏锋觉有神"的语句俯拾即是，"有神"的美学期许，难道不正体现出一种本雅明所说的对"光晕"的朦胧期待？当然，其中也体现出鲜明的现代性反思的意味，比如"心惟物映分宾主，道自群成视后先"——也许，当时这些"诗史"的抒情者们早已意识到，现代危机来源于"唯物"之后"分宾主"而造成个体愈加虚弱的观念偏见，来源于把"道"置于"群"并期待其不断通过启蒙成长为成熟理性社会主体的"历史狂风"。那么，我们则可以反过来想，如果不抛掉这些偏见并"逆风前行"，如果不重新找回因"唯物"而丢失的那种宝贵的向上的神秘维度，如果不重新把握"道"本质上的孤独性和封闭性，我们又如何能够理解真正的"隐微"，又如何能够在旧体诗那带有宇宙音乐节律色彩的魅力中，体察到真正"自我"所必须依托的妙不可言的森罗万象呢？

　　期待潘兄未来的研究，能够以涵盖古今之变的魄力，把古典诗学在现代语境中可能呈现的巨大力量彰显出来，解答我的困惑并为我们提供"真我"的向上之路。

隐微写作的传统

李　科[*]

　　潘老师《"退向未来"——20世纪中国旧诗的叙事与抒情》一文，通过对近现代旧体诗叙事与抒情的关注，给我带来很多启发。在文章开篇，作者先对旧体诗中的诗史传统进行了总结性梳理，尽管作者认为"20世纪的中国旧诗如果说有什么特别价值的话，那么大概绝不在'诗史传统'的框架之中"，"由诗史传统而衍生的种种宏大叙事、国族书写固然是引人注目的存在，但与新文学相比，这一存在不见得有何特异或无可替代之处，因为在某种意义上，'新文学'正是国族危机或国族意识的产物"。因此，作者对旧体诗的关注更倾向于退出文学主流后的"自己的园地"和"革命诗学、个人叙事与隐微写作"两方面。事实上，就笔者对诗史传统的了解而言，诗史传统固然强调宏大叙事、国族书写，尤其是在国家大动荡时期，但是诗史传统又有其隐微的一面，尤其是在朝代鼎革之际，这一特点更为突出。换而言之，宏大叙事、国族书写与隐微写作，都是诗史传统的题中之意。

　　宏大叙事、国族书写作为诗史传统的特点，在既往的文学研究中也多有强调，但是将隐微写作也视作诗史传统的题中之意，或许有些费解。如果我们回到最早对"诗史"定义的孟棨之处，就不难发现。孟棨在《本事诗》中说：

---

* 　李科，男，1987年生，四川南溪人。哲学博士，现为中国社会科学院文学研究所编辑。研究方向为先唐文学、经学与经学史、古典文献学。

> 杜逢禄山之难，流离陇蜀，毕陈于诗，推见至隐，殆无遗事，故当时
> 号为诗史。[1]

潘老师在其《民国诗学》中作了三方面的演绎，即：

> 一曰明春秋之义，而孟棨之曰"推见至隐"引逗之，至宋人而愈阐
> 愈深。

其核心即是以《左氏传》"微而显，志而晦，婉而成章，尽而不污，惩恶而劝善"
和合于所谓"风人之旨"。

> 一曰得铺叙之法，而孟棨"毕陈于诗""殆无遗事"引逗之，宋人因合
> 之于太史公纪传笔法。

这主要是就叙事与谋篇而言。

> 一曰记家国之难，而孟棨"逢禄山之难，流离陇蜀"引逗之，宋以后
> 代有发挥，浸假而与"变风变雅""诗亡而后《春秋》作"相表里。诗史之
> 所以可贵，不在其能记一己之本末流离，而在一己之事能与家国存亡相经
> 纬。[2]

这三方面的分析阐述，可以说是符合孟棨原意的，也确确实实是孟棨之后诗史传
统的内涵。其中第二、三两条，更突出宏大叙事和国族书写，而第一条即有隐微
写作的内涵。

所谓"推见至隐"，《史记·司马相如列传》云：

---

[1] 孟棨：《本事诗》，丁福保辑：《历代诗话续编》，中华书局，2006年，第15页。
[2] 潘静如：《民国诗学》，北京联合出版公司，2017年，第96页—99页。

太史公曰:《春秋》推见至隐,《易》本隐之以显。

《史记索隐》引虞喜《志林》曰:

《春秋》以人事通天道,是推见以至隐也。《易》以天道接人事,是本隐以之明显也。[1]

天道微,人道显,《春秋》以人事通天道,故为由显至微,而《易》由天道接人事,故由隐以至显。这里所谓的天道,更多的还是指维持天下秩序的礼的原则,即便《易》由天道以接人事,亦以得位不得位之原则指导评判人事之吉凶。《春秋》所记之事都是很明显的史事,正如孟子所言"晋之《乘》,楚之《梼杌》,鲁之《春秋》一也,其事则齐桓、晋文,其文则史"[2]。但为何孟子又说"《春秋》,天子之事"[3],"孔子成《春秋》而乱臣贼子惧"[4]呢?正是因为孔子修《春秋》,通过笔法义例,在这些史事背后寄寓着隐微的义法。司马迁所谓"推见至隐",即是就显见之事以见其中隐微之道,《史记索隐》引韦昭《国语解》说得非常明白,云:"推见事至于隐讳,谓若晋文召天子,经言'狩河阳'之属。"[5]所谓"若晋文召天子,经言'狩河阳'",即《春秋·僖公二十八年》所载"冬,公会晋侯、齐侯、宋公、蔡侯、郑伯、陈子、莒子、邾人、秦人于温。天王狩于河阳"[6]。《左传·僖公二十八年》:

是会也,晋侯召王,以诸侯见,且使王狩。仲尼曰:"以臣召君,不

[1] (汉)司马迁:《史记》卷一一七《司马相如列传》,(南朝宋)裴骃集解,(唐)司马贞索隐,(唐)张守节正义,中华书局,1982年,第3073页。

[2] (宋)朱熹:《四书章句集注·孟子集注》卷八《离娄章句下》,中华书局,1983年,第295页。

[3] (宋)朱熹:《四书章句集注·孟子集注》卷六《滕文公章句下》,第272页。

[4] (宋)朱熹:《四书章句集注·孟子集注》卷六《滕文公章句下》,第273页。

[5] (汉)司马迁:《史记》卷一一七《司马相如列传》,第3073页。

[6] (清)洪亮吉撰,李解民点校:《春秋左传诂》卷二《春秋经二·僖公二十八年》,中华书局,1987年,第63页。

可以训。"故书曰:"天王狩于河阳。"言非其地也,且明德也。壬申,公朝于王所。[1]

这里所谓的"见",即晋文公会诸侯,"天子狩于河阳"之事,而"隐"即"以臣召君,不可以训"的礼法原则。那么何以要"隐",何以不直接于经文注明以臣召君,不符合礼法?《汉书·艺文志》在叙述《左传》流传问题时说:

> 《春秋》所贬损大人当世君臣,有威权势力,其事实皆形于传,是以隐其书而不宣,所以免时难也。[2]

同样,孔子修《春秋》的这种做法,也正是因当世大人之"有威权势力",为了"免时难也"。所以孟子述孔子之言说"知我者其惟《春秋》乎,罪我者其惟《春秋》乎"[3]。事实上,孟棨的"诗史"概念以及后世"诗史传统"中的《春秋》之义,正是来自于此。关于孟棨"诗史"概念与《春秋》的关系,我在《"诗史"说本义辨》[4]中有详细论述,此不赘述。在弄清楚"诗史"传统中所蕴含的《春秋》之义后,可以发现"隐微写作"正是诗史传统的题中之意。

旧体诗的写作群体,不论是遗民群体,还是古典文史研究者,应该对诗史中的这个传统并不陌生,并且在他们的创作实践中也确实能够发现这个传统潜移默化的影响,或者创作者也在自觉地运用这个传统。陈寅恪可以说是这方面的代表,此外如潘老师文中所举的刘文典、陈声聪两位的诗也是这样。这种隐微写作的传统,如果从诗歌解读的角度来看,也会发现对他们的解读存在着类似对《春秋》的解读特点,尽管大方向不差,但对具体内容的解读阐释却容易出现歧义,甚至可能会走入索隐的歧途,如关于陈寅恪的诗歌解读似乎已经表现出这种端倪。

---

[1]《春秋左传诂》卷八《传·僖公二十八年》,第337页。
[2](汉)班固撰,(唐)颜师古注:《汉书》卷三〇《艺文志》,中华书局,1962年,第1715页。
[3]《四书章句集注·孟子集注》卷六《滕文公章句下》,第272页。
[4] 李科:《"诗史"说本义辨》,《文学评论》2018年第3期。

"退向现代"与文学转型

谷 卿[*]

　　静如兄的文章和讲座可谓"词约义丰"，参与讨论的几位学界朋友对很多概念作了"注疏"，使信息量更为扩大，议题的内涵得以挖掘出来，给我们很多启发。李科老师评议的关键词，我理解为"打碎"，打碎学科的界限、个人的界限、时代的界限，确实能让我们看到更多，也思考更多。讲座中提出了多组二元对立的概念，比如新与旧、显与隐、古典与现代、自我和他者、个人与集体、历史与当下、过去与未来、文言与白话等等，它们之间充满了张力，如果试图去发现它们彼此的互动，亦足以提出和阐释一些现象级的问题——也即所谓"再问题化"。

　　潘兄大作的题目叫做《退向未来》，这是后来改的，我记得之前是《"自我"的风景》，陆建德老师有一本同名的著作，就叫做《自我的风景》[1]。在陆老师看来，中国诗歌传统偏爱自我肯定、自我粉饰，诗人们喜欢将自己与大众和常人对立起来，这是值得警惕和批判的。正如冯庆兄从社会学角度谈到，在新时代写旧体诗，这关乎文化权力的保持和炫耀以及身份的确认，以这类视角审视旧体诗写作——包括动机、现象等等，可能会有新的感知和思考。

　　"五四"已经走过了百年，这百年以来，"新"与"旧"已不仅仅是对一种客观状态的描述，"古典"和"现代"也不再只是一个时间概念，其中含有许多价

---

* 谷卿，男，1987 年生，安徽安庆人。文学博士，中国艺术研究院中国文化研究所副研究员，主要从事古典文学与艺术史的研究和教学，关注近世学人思想和学术流变。
[1] 陆建德：《自我的风景》，花城出版社，2015 年。

值判断和取向。在这样的逻辑和语境中，"旧"自然背负着沉重的道德压力，旧体诗词和古典文学似乎在此时被迫走向"现代"。

"古典"和"现代"当然还可以被视为一种特质和元素，事实上，当"旧诗"或"古典文学"作为一个称谓和概念出现的时候，它就已经被置于一种进步观（或是进化观）中加以审视，而此时，文学的现代转型已然发生。假如承认文学发展理路并不与历史衍进过程完全重合，我们将会发现，文学的现代转型开始于晚清时期甚至更早时候。也有一些学者依据资本主义在中国的萌芽，尝试将文学现代转型的起始时间不断上推，这实际上忽视了当时社会体制中存在的对现代性的那种整体性的压抑机制，那些时期与整个社会都在发生剧烈变动的 19 世纪末是不能同日而语的。

"未来"是否可及？如何通向"未来"？这确实关乎文学现代转型的话题。中国文学之得以发生现代转型，首要原因在于古典文学内部本身即含有丰富的现代性因素。早期文本中丰富的自由意志，我们暂且不加讨论，至于魏晋南北朝时期的文学，则完全可视为古典文学现代性的起点，在由此形成的文学传统中，人和艺术之外的种种"主义"无不遭到弃置和忽视。近代以后西学东渐，西方大量的叙事文学作品被翻译介绍到中国，在语言、主题和艺术技巧等方面为中国文学提供了一面镜子。人们通过这面镜子，既看到本国文学中作为主流的古典质素与现代世界的差异所在，也看到那些与西方文明契合的部分。当"诗界革命""小说界革命""文界革命"纷至沓来，文学之变与社会之变、观念之变、制度之变已然紧紧捆绑在了一起，这种情况下文学的"现代转型"当然也就不得不发生了。

近代以来，新知识分子和技术人士阶层渐已形成，他们的生活环境、知识构成和人生理想，与科举时代的文人士大夫已有很大的不同。他们身上有一种所谓"双向角色认同"的特质，一方面继承并发扬"士"忧国忧民、以天下兴亡为己任的传统，另一方面又萌生与政治决裂、向知识回归的自我意识。[1] 这样的"双

---

[1] 陈旭麓最初在《近代中国社会的新陈代谢》中提出"在新的时代文化背景下，知识分子开始了新的双向的角色认同"，冯天瑜等认为这是就群体的总体意识而言，"具体到每个个体，显然存在着方向互逆的艰难抉择"。参见《中华文化史》（下册），上海人民出版社，2005 年，第764 页。

向角色认同"使得新知识分子的文学作品具有了一种超越传统话语的可能：其民族国家叙事区别于帝国叙事，因"中心"的消解而显得客观和理性，世俗化的个人叙事则充满多元特性。文学现代形态的生成过程中，文学作为知识和视野，承担着启蒙的功用，不仅建构起丰富的世界想象，也提供了文明选择的种种可能。同时，文学终于作为一种记述民族国家的历史实践、体认价值理念和社会秩序合理性的叙事文本而存在，个人叙事和国家叙事在融合或牴牾中逐渐展开，都市和乡村、精英与大众的文化关系得到重构，并且持续至今。

在 20 世纪这样的主流趋势的映照之下，静如兄和文仪老师所关注的遗民写作以及旧体诗词写作，显得非常不驯——它们代表着一种非暴力的倔强。但是否遗民的书写也具有两套话语系统呢？悲慨鼎革陆沉，这在"旧文人"那里本是一种"政治正确"，不论思想和行为如何，但要下笔作旧诗，特别是"同题群咏"之际，总会自我暗示兼互相暗示地写出那种符合"政治正确"的文字来，相比之下，新文体创作似乎无此沉重负担，诗人们大可以在那里放松下来。

讲座所涉及的历史时期，是整个 20 世纪；要对这个剧烈变动的一百年的旧诗写作进行全景式的扫描和概括，非常不容易。我们发现，在 20 世纪中叶前后，文学几乎成为政治的投影——这与 20 世纪前期诗人作家尚存"自留地"（或即周作人之"后花园"？）的状况相比，已然换了人间——不论是文学传统还是政治传统，其规范性功能都被打破了，个人写作即使是私密的，其间仍然融入了大量的"特殊话语"。这固然延续着晚清特别是"五四"以来的转型逻辑，但"五四"的文学家和人文学者所重视和强调的颇具现代性的启蒙主义、实验主义和科学主义等等，在此后以那样一种反叛性的探索呈现出来，显然又是他们所始料未及的。

Study of Redology | 红学专题

雪芹原笔费思量
——从甲戌本《石头记》"秋流到冬尽"说起

陈传坤 *

在中国古典小说《红楼梦》第五回中有一首《枉凝眉》曲子,早期各抄本存在"秋流到冬尽"和"秋流到冬"之歧。由此入手,考察了现存诸多早期抄本《红楼梦》或《石头记》之异文呈现,辨析曹雪芹的原稿究竟是"秋流到冬尽"还是"秋流到冬"。并以此类推,考辨各本其他典型异文致讹之由。比如,原稿是"怀金"还是"悲金"、是"父兄"还是"父母"、是"庄子因"还是"庄子文"、是"团圆"还是"团圝"、是"云堆翠髻"还是"云髻堆翠"等,论证曹雪芹原笔应是后者而非前者,试图说明程本的价值并纠正学术界"脂优程劣"之习见。

由王立平作曲、陈力演唱的歌曲《枉凝眉》,是 1987 年版电视连续剧《红楼梦》的主题曲,其依据曹雪芹著《石头记》(或曰《红楼梦》)第五回中第三支曲子《枉凝眉·一个是阆苑仙葩》而作,主要表现小说主角贾宝玉与林黛玉爱情破灭的故事,格调高雅,意境非凡,一唱三叹,深得亿万观众和读者的喜爱。特别是在演艺界,三十多年来在各种传统器乐里都有演绎,已成为民族经典乐器入门的必选曲谱。

但是,如此一首经典歌曲,其中"秋流到冬尽,春流到夏"这一句中的"尽"字,在各种《红楼梦》版本中呈现不一;雪芹原笔究竟是"秋流到冬尽"

---

* 陈传坤,男,1978 年生,安徽阜阳人,中国红楼梦学会会员,《阜阳日报》社编辑,研究方向为明清小说。

还是"秋流到冬"，红学界迄今尚无定论。类似的"返祖"异文，在《红楼梦》前八十回中还有不少例证。

2021年5月，适逢新红学百年诞辰，红学界掀起一股纪念新红学的热潮。有鉴于此，兹举数例《红楼梦》或《石头记》抄本"返祖"之异文并予以诠释。抛砖引玉，敬请方家教正。

一、是"秋流到冬尽"，还是"秋流到冬"

细究起来，现存十几种《脂砚斋重评石头记》"古抄本"中，惟独列藏本缺少第五回文本，甲辰本和程甲、乙、丙本并无"尽"字，其他诸如己卯本、庚辰本、戚序本、舒序本等俱有"尽"字。而此"尽"字的抄写法，各抄本又分为俗体和正体两种。

更为特殊的是甲戌本，其原文墨抄作"盡"字，后又墨笔圈去，与程本一样作"秋流到冬，春流到夏"。

关于此曲异文问题，红学家陈毓罴先生较早关注。他认为，"尽"字应如杨藏本所改，作"又"字：

> 抄本中常把"盡"字简写为"尽"，下面两点若写得小，和"又"字形似易混。

并注解云：

> 按此句有"尽"字，殊费解。若属上，则"冬尽"难以成词，且易使人误解为眼泪从秋到冬业已流尽。若属下，"尽春流到夏"也不成话。[1]

---

[1] 参见陈毓罴《〈枉凝眉〉曲末句之校读》，《红楼梦研究集刊》第一辑，上海古籍出版社，1979年，第370页。

那么，《红楼梦》或《石头记》原本中，有没有这个"尽"字？笔者认为，可以从甲戌本的墨笔点改上发现蛛丝马迹。甲戌本《脂砚斋重评石头记》，系新红学祖师胡适于1927年夏季在上海从胡星垣手中重金购得。三十年后的1961年5月，胡适才正式撰文称：

> 直到今天为止，还没有出现一部抄本比甲戌本更古的……所以到今天为止，这个甲戌本还是世间最古又最可宝贵的《红楼梦》写本。[1]

对于胡氏的这一断语，早有人指出其中之谬。反证之一是，现存甲戌本并非曹雪芹或脂砚斋的原稿、原批，而是错字连篇的后人之过录本。再则，甲戌本上尚有最晚在乾隆丁亥年的批语，此时距离乾隆甲戌近二十年，也在曹雪芹逝世后若干年，故此不能遽判其缮写时代究竟是在乾隆中期还是在乾隆末期，甚至是否为乾隆年间的过录本，亦难定谳。

最早是俞平伯先生对甲戌本的文献价值持存疑态度。他曾于1931年6月在甲戌本书末题写"阅后记"，其中称"然此书价值亦有可商榷者"，"又凡硃笔所录是否出于一人之手，抑有后人附益，亦属难定"。此外，在主流红学界中，唯有时任中国红楼梦学会会长的冯其庸先生不随俗流，力排众议，撰文揭橥甲戌本某些文本呈现出书商伪造之特征。譬如，冯先生论称：甲戌本卷首之"凡例"是牟利书商伪造的，"凡例"中的前四条是后人加的，"其第五条是就第一回的回前评改窜的。'凡例'伪造的时代，最早大致不能早于乾隆四十九年前后……"[2]

---

[1] 胡适：《影印乾隆甲戌脂砚斋重评石头记的缘起》，原载1961年5月10日胡适自印本《乾隆甲戌脂砚斋重评石头记》卷首，参见宋广波编注《胡适红学研究资料全编》，北京图书馆出版社，2005年，第415页。

[2] 冯其庸：《论〈脂砚斋重评石头记〉甲戌本"凡例"》，《石头记脂本研究》，人民文学出版社，1998年，第238页。就笔者所见，红学界对此鲜有人参与争论，早年曾有郑庆山先生以甲戌本第五回有一条眉批"按此书'凡例'，本无赞赋闲文……"而认为它可证明曹雪芹原本就有"凡例"。按，此批仅见于甲戌本和戚序本（略异），而不见于己卯本、庚辰本等其他抄本，况且，郑氏并没有注意到一个辩论逻辑：既然甲戌本被冯其庸先生指认涉嫌局部造假，岂可再以其自说自话作证言？

三十余年后冯先生撰写《三论庚辰本》，继续指认，甲戌本版口所标"脂砚斋"三字、脂砚斋专用稿纸、第一回"丰神迥异"下多出 400 余字、个别批语经过重编再抄等都是抄写时作伪的结果，"（甲戌本）绝不可能是脂砚斋的批稿，相反，这是书商借以牟利的一种冒牌手段"[1]。

冯先生上述两文前后跨越数十年，应该是其多年深思熟虑、慎重思考后的创新成果，值得学界重视并继续拓展。[2]

按照冯先生所论，"（甲戌本）这个本子是经书商作为商品抄卖的，它抄成的时代比庚辰本晚得多"[3]，那么从庚辰本"冬尽"到甲戌本（己卯本）"冬盡"之误的问题，就可以理解为此"尽"字与上一字"冬"形似，极有可能是庚辰本抄手写到"秋流到冬"句后，出现了衍误字"尽"，结果就抄成了"秋流到冬尽"这样不通的句子。加之甲戌本抄手有着将俗体字转为繁写正体字的习性，便顺手过录成了"秋流到冬盡"字样。后来抄手发现句子不通，便圈掉衍字"盡"，最后就成了现存甲戌本所呈现的面貌。有鉴于此，甲戌本比庚辰本的抄写时代要晚一些。

反过来说，庚辰本抄胥在传抄时，不可能将底本上的"冬"字误识、误抄为"盡"字（且该叶内前后文并无"盡"字的形似字或音近字），却易将底本上的"冬"字误抄作似的"尽"字。因此，抄作"冬尽"字的本子在前，而抄作"冬盡"的本子在后——与庚辰本（或其底本）同源的己卯本，正是抄作"冬盡"；而甲戌本依样画葫芦，抄成了"秋流到冬盡"之误。

总之，"秋流到冬尽"一句的致讹之由，在于"尽"字与其前的"冬"字属于形近字，而"盡"字在前后文中却不见形似或音近字，抄胥不可能凭空臆造

[1] 冯其庸：《三论庚辰本》，《红楼梦学刊》2014 年第 2 辑。参见氏著《论庚辰本（增补本）》，商务印书馆，2014 年，第 238 页。

[2] 当然，冯其庸先生文中又婉转地说："我们指出来这个本子的'凡例'的上述这些问题，只是作了去伪存真的工作，丝毫也不影响这个本子的珍贵价值。"此说令人疑惑不解。既然"凡例"和过录用纸、格式等都是书商刻意伪造的，即甲戌本的局部是伪造的，那么现存甲戌本就应是赝品，即便其他部分均原样过录自雪芹原稿或脂砚斋原本。其实道理很简单，并非全部造假才叫赝品，古籍界揭发的众多赝品，往往是局部造假，比如挖改牌记、修改版片后再嫁接部分真品以假乱真、混淆视听。

[3] 冯其庸：《三论庚辰本》，《论庚辰本（修订本）》，第 252 页。

而来。[1]

二、是"怀金悼玉"，还是"悲金悼玉"

所谓孤证不立，有没有其他类似异文佐证甲戌本《石头记》抄写时代很晚，其并非"海内最古的写本"？答案是肯定的。

比如第五回第一支曲子《红楼梦引子》末句，程甲、乙、丙本和甲辰本均作"因此上，演出这悲金悼玉的《红楼梦》"，而甲戌本、庚辰本、戚序本、舒序本、杨藏本等脂批本却作"怀金悼玉"。[2]

雪芹原笔是"怀金悼玉"，还是"悲金悼玉"？此两字字形不类，可以排除是抄胥看走眼而误抄，应是故意修订的结果。怀者，思念也，"怀金"暗含着宝玉至少对宝钗还怀有一丝留恋。可是，假如宝玉对宝钗果真念念不忘，而结局却是"悬崖撒手"，如此一来，脂砚斋批宝玉"情极之毒"殊不可解。而"悲金"则寄托着雪芹对宝钗这一人物形象的冷淡和憎恶，暗示宝玉最终抛弃宝钗，"逃大造、出尘网"。

对此，不少红学家认为，除了甲辰本和程本，各抄本俱作"怀金"字样，从大概率而言，可见这是雪芹的原笔。但此说过于臆测，值得商榷。最早是红学家梅节先生提出此问题，几年前笔者也曾撰文论及，在此不妨继续论之。[3]

首先，在诸种脂批本中，甲戌本此行上端有眉批云："'怀金悼玉'大有深意！"而戚序本此处双行夹批作："'怀金悼玉'四字有深意"，两者措辞有一定差异，其中必有后人妄改。

那么，脂批本是否因这条眉批而将正文中的"悲金悼玉"改作"怀金悼玉"？

[1] 此论曾由红友吴修安先生提示并告知，特此致谢。

[2] 本文所录上图藏程丙本《红楼梦》活字摆印本之文本，均由上海图书馆历史文献中心（上海科学技术情报研究所）许伟先生协助提供，特此说明，谨致谢忱。

[3] 参见陈传坤《〈红楼梦〉版本"二元论"诠考——以第五回"悲金悼玉"与第二十二回宝黛钗谜诗为中心》，《文学与文化》2014年第3期。

按说，嘉道间的《红楼梦》翻印本，基本上都是源自程甲本或东观阁本及其杂交本。[1] 此处，东观阁初刻本和重刻本均作"怀金悼玉"，而藤花榭本、王希廉评本、妙复轩评本等俱作"悲金悼玉"。可见，"怀金悼玉"字样应是东观阁本系统的独特异文。

据东观阁刊本卷首东观主人《序》，其翻印所据的底本是程本，具体而言，主要以程甲本为底本，或又参照程乙、丙本而校改，但并无涉及有无参校脂本。反过来说，作为程本之后第一个带有评点的翻印本，设若东观阁本系统所参校的本子中亦有某种脂批本，则其刻意不迻录脂批本上的大量批语，甚至于连那些重要的脂批一条也不过录，则完全不合情理。故此，东观阁本系统将"悲金悼玉"修改为"怀金悼玉"，则纯属东观主人之臆改、妄改。

但令人不解的是，东观主人臆改后的独特异文，竟见于甲戌本等脂批本，且此类"返祖"异文现象并非孤证。仅就《红楼梦》第五回而言，至少还有两例：

其一，第五回秦可卿的判词首句，程甲本作"情天情海幻情身"，其中"身"字，程乙、丙本俱改作"深"。东观阁初刻、重刻本和善因楼本、王希廉评本均作"身"，而藤花榭本、妙复轩评本却改作"深"。值得注意的是甲戌本，原抄墨笔亦作"身"，但又墨笔旁改作"深"，审其笔迹，应属同一抄手所改。从此处异文可见，甲戌本近于程乙、丙本和妙复轩评本，而远于程甲本和东观阁本、王希廉评本。

其二，第五回"开辟鸿蒙"一句后，警幻仙姑道：

> 此曲不比尘世中所填传奇之曲，必有生旦净末之则，又有南北九宫之调……

其中，"则"与"调"字各本有异文。

关于"则"字，程本系统、藤花榭本和己卯、庚辰、甲辰本等十余种脂批

---

[1] 参见陈传坤《上图藏吉晖堂本〈红楼梦〉底本考辨——兼与夏薇博士商榷》，《曹雪芹研究》2015年第1辑，中华书局，2015年，第102页—118页。

本均作"则"字，惟有甲戌本作"别"。至于"调"字，程甲、乙、丙本均如此，而诸脂批本均作"限"字。

东观阁初刻本仍作"则"字，但重刻本却改作"别"字；此外，王希廉评本、妙复轩评本等此处亦作"别"字，同于甲戌本。对此，红学家刘世德先生认为，"则"字乃"别"字的形讹：

> 见到甲戌本此处的"别"字，不禁拍案叫绝。
>
> "调"字倒和"则"字构成了对应。但是程甲本、程乙本显然是晚出的本子。它们的整理者恐怕是觉察出"限"字和"则"字不对应，因此才把"限"字更换为"调"字。这个"调"字应当是出于程伟元或高鹗等人的手笔。[1]

刘氏此说值得商榷。既然东观阁重刻本、王希廉评本等均已改作"生旦净末之别"了，与其对应的是"南北九宫之调"，那就是说东观主人和王希廉等人均认为"别"与"调"对举更妙，否则不会擅改的。但吊诡的是，东观阁初刻本作"则"字，东观阁重刻本却校订作"别"。可见，甲戌本上所谓的独特异文"别"字，未必就是雪芹原笔、原稿，极可能是东观主人的臆改。[2]

如果排除"闭门造车，出门合辙"的可能，则东观阁本上这类"返祖"异文，要么是因东观主人参照曹雪芹原本而校改，要么是因甲戌本的形成时间晚于东观阁本，别无二选，即现存甲戌本的缮写时间在东观阁本梓印之后。

三、是"父兄"，还是"父母"

《红楼梦》第一回开篇有"作者自云"一段话。其中，程本、东观阁本系列

---

[1] 参见刘世德《红楼梦版本探微》，华东师范大学出版社，2004年，第251页。

[2] 参见陈传坤《读〈红楼梦版本探微〉拾遗》，《文化学刊》2011年第1期。收入氏著《〈红楼梦〉版本论稿》，齐鲁书社，2021年，第232页—238页。

和甲辰本、庚辰本、戚序本、舒序本、列藏本等均作"背父兄（或作父母）教育之恩，负师友规谈（或作谏、训）之德"。

有红学家据"父兄"一词否定"曹雪芹乃曹颙遗腹子"说，因为遗腹子不存在父亲教育的问题。按照康熙五十四年三月初七日曹頫《代母陈情折》，曹頫的嫂子马氏三个月后"幸而生男"[1]，于是有红学家推测，曹颙这个"遗腹子"就是曹天佑（号雪芹）。可是，曹雪芹从未见过父亲，何来教育之恩？故此，不应有"背父兄教育之恩"一说，也不应出现脂批所说的"其弟棠村"云云。[2]

此说也有可商之处，因各本存在异文。比如脂批本中，仅有甲戌本作"背父母教育之恩"，其中"背"字，舒序本、庚辰本均误作"皆"字；而嘉庆二十五年梓印之藤花榭本、道光十二年雕版之王希廉评本、光绪七年镌刻之妙复轩评本等亦作"背父母教育之恩"。如此而言，与雪芹系曹颙"遗腹子"之说，依然存在矛盾。

要引起注意的是，己卯本原本第一回缺正文三页半，已被陶洙补抄齐全。己卯本卷前陶洙写于1949年的题识称："第一回首残（三页半）、第十回（残一页半）均用庚辰本补抄"。确切地说，陶洙是据北大庚辰本之摄影本补抄而成。但吊诡的是，经与今存庚辰本比勘，可以发现己卯本此处补抄文字并不全同于庚辰本，即庚辰本作"皆（背）父兄教育之恩，负师友规谈之德"；而己卯本却抄作"背父母教育之恩，负师兄规训之德"。可见陶洙补抄时，并非如其所言来源于庚辰本，因为己卯本回前亦有陶洙据甲戌本补抄之"凡例"，此处作"背父母教育之恩，负师兄规训之德"，与甲戌本完全一致。此外，在诸抄本中，惟有甲戌本下一句还有异文"负师兄规训之德"，庚辰本、舒序本、甲辰本、杨藏本、列藏本、戚序本、程本等俱作"师友"字样。与前句的"父母"相对而言，甲戌本上的"师兄"一词当指平辈的人，即口语中的"师哥"，上下句意思贯通无碍。"师友"与"父兄"相对而言，亦可通。

---

[1] 参见故宫博物院编《关于江宁织造曹家档案资料》，中华书局，1975年，第129页。

[2] 据甲戌本《脂砚斋重评石头记》卷一眉批："雪芹旧有《风月宝鉴》之书，乃其弟棠村序也。"可证雪芹有个弟弟。如果雪芹系遗腹子，除非其生母再醮，则不会有"其弟棠村"之说。

但要注意的是，甲戌本之"父母"字样，亦见于嘉道年间刊印的藤花榭本、王希廉评本，乃至光绪年间翻印之妙复轩评本上，而这些印本并不在脂批本之列。由此推测，甲戌本的抄成时代应在嘉道年间或更晚，且过录时应参考了藤花榭本、王评本等后期翻印本。要之，这类独特异文，不存在形似而混或音近而讹的问题，所以不该是抄胥笔误所致，必有抄胥的臆改或他本之参校。

四、是"庄子因"，还是"庄子文"

《红楼梦》庚辰本第二十一回黛玉见宝玉续《庄子》文，"不觉又气又笑"，遂提笔作诗云："无端弄笔是何人？作践南华《庄子因》……"其中"庄子因"，戚序本、舒序本、列藏本等本均同庚辰本，而甲辰本和程甲、乙、丙本却作"庄子文"。

两者何者为是？数年前笔者曾撰文论析，认为"庄子因"系脂批本妄改。[1] 在此，笔者不吝费辞再论之。

案，《庄子因》一书，系康熙时林云铭所作，是对《庄子》一书的解读。正因此，红学家蔡义江先生认为：

> 后人不知"庄子因"为何物，以为错字，遂提笔改为"庄子文"。[2]

对此，周汝昌先生曾论称："此诗第一、第四两句重押人字，显有讹误。疑稿是'……是何心'"，古写"人"与"心"字形相似，抄者不辨，遂将首句末

[1] 详见陈传坤《〈红楼梦〉版本"二元论"诠考——以第五回"悲金悼玉"与第二十二回宝黛钗谜诗为中心》，《文学与文化》2014 年第 3 期。

[2] 蔡义江：《红楼梦诗词曲赋全解》，复旦大学出版社，2007 年，第 86 页。周汝昌论称，"此诗第一、第四两句重押人字，显有讹误。疑稿是'……是何心'"，古写"人"与"心"字形相似，抄者不辨，遂将首句末"心"字讹作"人"字云云。参见（清）曹雪芹原著，脂砚斋重评，周祜昌、周汝昌、周伦玲校订：《石头记会真》第三册，海燕出版社，2004 年版，第 252 页。案："心"字属于下平声"十二侵"韵部，与属于上平声十一真韵部的"人""因"字或属于上平声十二文韵部的"文"字均不叶韵，可证雪芹原笔首句韵脚并非"心"字。

"心"字讹作"人"字云云。[1]

案，"心"字属于下平声"十二侵"韵部，与属于上平声十一真韵部的"人""因"字或属于上平声十二文韵部的"文"字均不叶韵，可证雪芹原笔首句韵脚并非"心"字。而张俊、沈治钧等也认为，《庄子因》曾多次增注刊刻，行世二百余年，并流传日本，"甲辰、程本整理者当知此书，'文'字并非误改。"[2]

据文本叙述，宝玉当时所读乃"南华经"——《庄子》，并未涉及《庄子因》一书。且从宝玉续写之文来看，亦是对《胠箧》一文内容的发挥，与《庄子因》一书无涉，当以"庄子文"为雪芹原笔。

值得注意的是，脂批亦误。庚辰本此处下叶有眉批云："为续《庄子因》数句，真是打破胭脂阵，坐透红粉关，别开生面之文，无可评处。"对此，蔡义江先生辩称："续的应该是《庄子》，脂评弄错了"，并认为："又'因'与'人'本同为上平声'十一真'韵，改为'文'便不是同一部韵了。"

其实，不论长律、律诗或绝句，均应一韵到底。但从唐至清，也不乏首句入韵而次句"出韵"的通押实例，且此类"破格"已成为常例，而非特例。[3]

曹雪芹亦多拟写首句入韵而次句通韵之作，如第二十一回"听曲文宝玉悟

---

[1] 参见（清）曹雪芹著，脂砚斋重评，周祜昌、周汝昌、周伦玲校订：《石头记会真》（第三册），海燕出版社，2004年，第252页。

[2] 参见（清）曹雪芹原著，高鹗、程伟元整理，张俊、沈治钧批评：《新批校注红楼梦》，第401页。

[3] 特别是在诗歌兴盛的唐代，因首句入韵而次句通押邻韵的，屡见不鲜。如晚唐诗人李商隐《少年》："外戚平羌第一功，生年二十有重封。直登宣室螭头上，横过甘泉豹尾中。别馆觉来云雨梦，后门归去蕙兰丛。灞陵夜猎随田窦，不识寒郊自转蓬。"其中，"功""中""丛""蓬"字均用上平声"一东"韵，而"封"字属于上平声"二冬"韵，次句属于邻韵通押。再如，盛唐诗人王维《辋川闲居赠裴秀才迪》："寒山转苍翠，秋水日潺湲。倚杖柴门外，临风听暮蝉。渡头余落日，墟里上孤烟。复值接舆醉，狂歌五柳前。"全诗"蝉""烟""前"字叶下平声"一先"韵，次句"湲"字属于上平声"十三元"韵，亦出韵。又如，王维《伊州歌》："清风明月苦相思，荡子从戎十载余。征人去日殷勤嘱，归雁来时数附书。"诗中"余""书"字叶"六鱼"韵，而首句"思"字则属于"四支"韵。清人袁枚在《随园诗话》中曾指出："唐人律诗，通韵之例极多。刘长卿《登思禅寺》五律'东'韵也，而用'松'字。苏颋《出塞》五律'微'韵也，而用'麾'字；明皇之《饯王晙巡边》长律'鱼'韵也，而用'符'字。李义山属对最工，而押韵颇宽，如东冬、肴看之类，律诗中竟时时通用，唐人不以为嫌也。"

禅机 制灯迷贾政悲谶语",诸钗奉命作灯谜,各本均有迎春"算盘"谜诗,首句"穷"字、四句"同"字属于"一东"韵,次句韵脚"逢"字用的是"二冬"韵,次句出韵通押。其实,首句"空"字属于上平声"一东"韵,次句"逢"、四句"冬"字属于上平声"二冬"韵。两韵相邻,因此属于首句入韵而借用邻韵字通押。正如古文专家王力先生所论:

> 首句入韵时,诗人往往借用邻韵字来作为首句的韵脚;这种做法晚唐渐多,到了宋代,甚至成为风气。[1]

如宋代苏轼《题西林壁》绝句,首句入韵"峰"字,用"二冬"韵;二句、四句入韵"同""中"字,用"一东"韵。此诗用韵与竹夫人诗谜类似。

又如,第十八回元春归省,诸钗作应制诗,其中七绝《万象争辉》云:

> 名园筑出势巍巍,奉命何惭学浅微。
> 精妙一时言不尽,果然万物生光辉。

首句"巍"字属于下平声"十灰"韵(一作上声"十贿"韵),而二句、四句"微""辉"字用上平声"五微"韵。可见,即便雪芹拟写要求更严的应制诗中,亦有首句连邻韵都不用之例,更遑论"连韵部都要借押"了。反过来看,蔡先生赞不绝口的"更香"谜诗,反倒存在借押问题:"烟""缘""年""迁"等字,属于下平声"一先"韵;而第四句"添"字,属于"十四盐"韵,出韵通押。

细究"庄子文"问题,正如张、沈二先生所疑问的:"然则,为何改易书名,个中原由,尚待寻绎。"其实,蔡先生的思路正好明示了后人为何将"文"校改成"因"。盖如此一改,则韵脚属于"同一部韵"。但是,由此却带来了前后叙述的矛盾。私见认为,因为第一句和第四句韵脚均为"人",前后犯了重字,必有

---

[1] 王力主编:《古代汉语(修订本)》,中华书局,1964年,第1513页。本文涉及平水韵规则及韵部归类字问题,均参考此书。

传抄之讹。故第二句"庄子文"无需更改，仅将首句韵脚改作"因"，即"无端弄笔是何因"，全诗便无押韵上的瑕疵了。另，妙复轩评本和图注金玉缘本均有修订，首句改作"无端弄笔欲何云"，亦妥。

五、是"团圆"，还是"团圞"

东观主人翻印时的妄改之处，还有一个比较典型的异文，表现在诗句韵脚"团圞"一词上。

《红楼梦》第一回贾雨村对月寓怀，口占一绝。其中，程甲、乙本和上图藏程丙本等均作"时逢三五便团圞"。其中，"圞"字属于十四寒韵部；第二、四句韵脚字分别是"栏""看"，亦属于十四寒韵部。甲戌本、己卯本、庚辰本、戚序本、列藏本等脂批本俱作"团圆"，而"圆"字，属于下平声一先韵部，不合全诗的用韵。

那么，原本是叶韵的"圞"字，为何成了出韵的"圆"字？鉴于曹雪芹在《红楼梦》中表现出来的深厚诗词创作功底，出韵的"圆"字，应非雪芹原笔，当系后人因无知而妄改。

经核对，嘉庆年间刊印之东观阁初刻本仍作"圞"字，但东观阁重刻本却改作了"圆"字。其后的道光壬辰王评本亦作"圞"字，同于程甲、乙、丙本。由此可见，应是东观主人在重梓东观阁评点本时进行了擅改，并由此引起甲戌本、庚辰本等沿袭其错误的"圆"字。

巧合的是，"圞"字之妄改，还见于第四十九回香菱所作七言律诗《咏月》，其用韵也是十四寒韵部，韵脚分别为：难、寒、残、栏、圞。全诗的末句是"何缘不使永团圞"，现存各本差异分两类：一类是程甲、乙、丙本和东观阁初刻本、重刻本，均作"圞"字，全诗叶韵；而另一类，庚辰本、戚序本、列藏本以及甲辰本却作出韵的"圆"字。

鉴于甲辰本和程本之间的嬗递关系更直接，都属于《红》系本，而甲辰本虽然没有在第一回改动"圞"字，却在第四十九回改为"圆"字，可见从甲辰本开始出现错误的变文，当系抄手妄改，而非曹雪芹手笔或脂砚斋所为。正如张俊、沈治钧等先生所言："前文已写，香菱用韵不从苟且，则此处当循规蹈矩。程本文字，有其道理。"[1]

六、是"云堆翠髻"，还是"云髻堆翠"

上面举例，均为程本不误而翻印本或脂批本因妄改而误，乃至不通。其实，还有个别例子佐证，程甲本活字摆印错误而程乙本有所更正，其后翻印本或抄本亦有同样的失误。

譬如，在后四十回中，程甲本第八十一回王夫人复述马道婆事情败露，"把他家中一抄，抄出好些泥塑的煞神，几匣子闹香"，其中"闹"字应为"闷"字之形讹，程乙、丙本都改正了。东观阁本翻印自程甲本，仍沿袭讹误的"闹香"。

按，闷香，一种燃烧起来使人闻了昏迷的麻醉药香。康熙年间的蒲松龄著《聊斋志异·卷八·老龙船户》云：

> 盖寇以舟渡为名赚客登舟，或投蒙药，或烧闷香，使诸客沉迷不醒，而后剖腹纳石以沉于水，冤惨极矣![2]

对此，民国人王伯沆在批王评本时，亦将底本上的"闹香"径改为"闷香"，为是。而在现存有后四十回的抄本中，蒙古王府本作"闹香"，应为沿袭程甲本或东观阁本之误。杨藏本抄写混乱，此处原文成行地勾乙，并附另纸抄写，但前后两处均墨笔作"闷香"，为是，应系抄自程乙本。

再如，第五回有一则骈体的"警幻仙姑赋"，其中有一句"靥笑春桃兮，云堆翠髻；唇绽樱颗兮，榴齿含香"，东观阁初刻本、重刻本和程甲本均作"云堆翠髻"，而程乙、丙本校改为"云髻堆翠"，即字序有所勾乙。

［1］（清）曹雪芹原著，程伟元、高鹗整理，张俊、沈治钧评批：《新批校注红楼梦》，商务印书馆，2013年，第873页。

［2］（清）蒲松龄著，任笃行辑校：《全校会注集评聊斋志异（修订本）》，人民文学出版社，2016年，第2219页。

与此相反，甲戌本、庚辰本、戚序本、舒序本、杨藏本等脂批本，俱抄作"云堆翠髻"；与程甲本嬗递关系较直接的甲辰本，亦抄作"云堆翠髻"，即同于程甲本之误。

按，"翠髻"是指乌黑的发髻，见于唐代王建《宫词·六二》："玉蝉金雀三层插，翠髻高丛绿鬓虚。"虽然"云堆翠髻"这几个字似可成词，但从警幻仙子赋的骈体格式来说，上句"云堆翠髻"需与下句"榴齿含香"对仗。

正如石问之所论，"云髻堆翠"的词序是对的，即高耸的云髻上装饰着很多珠宝翡翠，与下句的"榴齿含香"，在结构上对仗更工整。关于"翠"字，曹植《洛神赋》中有"戴金翠之首饰，缀明珠以耀躯"说法，其中"翠"字也是翠玉的意思。[1]

列藏本此回缺文，无从比对。卞藏抄本此处有异文，修订为"雲環翠髻"。单独看，它几可成词，但上下句不对仗，定非雪芹原笔。

不过，石先生所论也有可商之处。其推测"应该是最初的手抄本将这几个字的顺序抄写反了，直到程乙本上才纠正过来"，则可能颠倒了嬗递关系。按说，雪芹底稿应是"云髻堆翠"，程甲本误排作"云堆翠髻"，而程乙本对词序予以更正。鉴于程甲本是木活字摆印本，手民排版时极易产生活字倒插现象[2]，故此，从大概率上看，字序颠倒的句法当是活字本肇始的。其他各抄本或翻印本，比如

---

[1] 石问之：《〈红楼梦〉诗词曲赋对联中的讹误》，《光明日报》2020年9月26日"国学"版。

[2] 现存萃文书屋活字印本《红楼梦》频见活字字位错位、串行之例。譬如，程甲本总目第一百二十回误排作"甄隐士详说太虚情"，程乙、丙本及东观阁本更正为"甄士隐详说太虚情"；程甲、乙本第三回第一叶第一行误作"红梦楼第三回"字样，而程丙本、东观阁本更正为"红楼梦第三回"；程甲本第七十四回第一叶第一行误作"红楼梦第七四十回"，程乙、丙本及东观阁本更正为"红楼梦第七十四回"。再如，程甲本第五回第十叶上作"壁上亦有一副对联书云"，不误；程乙本作"壁上也挂着一副对联书云"，亦通；而程丙本排作"璧也上挂着一副对联书云"，有误，其中"上"与"也"字模颠倒了，且"璧"字亦误。又如，程甲、乙本第六十二回第十六叶上"做一碗汤，盛半碗粳米饭"，不误；而程丙本排作"碗一做汤，盛半碗粳米饭"，不通，字模"碗"与"做"颠倒了。又如，活字字模串行之例，程甲、乙本第七十五回第二叶上第六行作"二人忙说快请时，宝钗已走进来"，第七行至第八行作"怎么一个人忽然走进来，别的姊妹都不见"，文从字顺，无误；而程丙本排版时，将第六行末的"来"字模与第七行末的"姊"字模混了，误排作"宝钗已走进姊……别的来妹都不见"，不知所云。

甲辰本、东观阁本、藤花榭本等俱沿误而未改，而非雪芹底稿原笔本就错，更不可能诸抄本的抄手不约而同地"看走眼"而致一样的词序颠倒现象。

因此之故，各脂批本讹误之源头在于程甲本，即都沿袭了程甲本之误，而非相反。从此例亦可佐证，甲戌本等脂批本的个别文本的抄写时间应晚于程甲本的刊印时代，其底本应非雪芹原笔、原本。

小结

鉴于各种《红楼梦》或《石头记》抄本均系过录本，而不是曹雪芹的稿本，那么探究曹雪芹的原笔或原稿为何的问题，就成为版本研究中的重要课题。综上六例所论，雪芹原稿应是"秋流到冬"，而非"秋流到冬尽"；应是"悲金悼玉"，而非"怀金悼玉"；应是"父母教育之恩"，而非"父兄教育之恩"；应是"庄子文"，而非"庄子因"；应是"团圞"，而非"团圆"；应是"云鬓堆翠"，而非"云堆翠鬓"。这些例证，颠覆了红学家长期以来所论"脂优程劣"之习见。

总之，作为中国古典文学的巅峰之作，《红楼梦》是曹雪芹于悼红轩中"批阅十载，增删五次"的精心结撰之作，其得益于"十年辛苦不寻常，字字看来皆是血"的艺术磨练，可谓一句得风流，一字寓褒贬。

庚子芒种初稿
辛丑处暑前三日四改于颍州雪窗

论《红楼梦》作者署名与版本校理之百年嬗变

欧阳健 *

> 以 1921 年上海亚东图书馆印行汪原放标校本《红楼梦》为标志,《红楼梦》进
> 入了"新式标点时代"。与新式标点相伴随的是,《红楼梦》的"作者署名"及
> "版本校理"问题,一百年来,屡易其辙。在作者署名上,先后出现了"曹
> 雪芹著""曹雪芹、高鹗著""曹雪芹著,无名氏续"等形态;而在版本校理
> 上,程乙本、有正本、庚辰本、程甲本等都曾被作为底本。这既与百年来红
> 学的发展有关,也与《红楼梦》整理本的市场导向、读者的完璧情结有关。其
> 中,"程甲本"之作为"底本",向来是取其"后四十回",作为其他底本的一
> 个补充。这不但违情悖理,而且也低估了程甲本的价值。作为"血脉贯通"的
> 一百二十回足本,程甲本是信而有征、流传有绪的理想版本。

20 世纪 80 年代,以策划"明末清初小说选刊"、编辑《明清小说论丛》、召
开明清小说研讨会"三位一体"之方式,有力推动古代小说研究的学者型出版家
林辰(笔名荒路),在《中国图书评论》1995 年第 1 期发表的《〈红楼〉大战几
时休——评由两部新书引发的争论》中说:

> 1994 年在中国古代文学界产生轰动效应的图书,莫过于花城出版社的

---

* 欧阳健,江西玉山人,福建师范大学文学院教授。曾任江苏省社会科学院文学研究所副所长、
江苏省社会科学院明清小说研究中心主任、《明清小说研究》杂志主编、江苏省明清小说研究
会副会长。出版《红楼新辨》《红学辨伪论》《曹雪芹》《还原脂砚斋》《红楼诠辨》《红楼新谭》
《百年微澜》及《红学百年风云录》(合著)等红学著作,校注出版《红楼梦》程甲本(与曲沐、
陈年希、金钟泠合作)。

两部关于古典名著《红楼梦》的新书：程甲本《红楼梦》和《红楼新辨》。

这是因为"两书旗帜鲜明地摆开了大论战"。

林辰（笔名路遥）又在《中国图书评论》1995 年第 10 期发表《〈讲道理作学问——评〈红楼梦〉大战进展和趋向》，就"1994 年秋，在某地和某地先后召开了两次《红楼梦》讨论会，1994 年 10 月 25 日某日报在报道讨论会的情况时，发表了有碍人身名誉权的文章，一场正常的学术讨论，竟被引向'诉诸公堂'"，评论道：

> 对于红学界来说，这场大论战太重大了，事涉六十年来红学研究的大是大非，不仅必须认真对待，而且大家都感到有责任把论争引向正常的正当的学术讨论的轨道上。

四分之一世纪过去了，硝烟散去，回归宁静。若遵"讲道理作学问"的原则，理清《红楼梦》作者署名与版本校理之百年嬗变，《红楼》战事之是非短长，就会朗若列眉。

一、作者署名之嬗变

作者在自己的作品上署名，既是一种权利，也是一种责任。

署名属于著作权范畴，包括人身权和财产权。就古籍整理而言，作者享有的是人身权，即发表权、署名权、保护作品完整权（财产权归校理者）。署名权具有专属性和不可与他人分享的排他性，谁创作的作品，著作权就该归谁享有，他人无权染指。[1]

署名也是一种责任，所谓"文责自负"是也。因通俗小说之难登大雅之堂，及古代文字狱之森严，作者主动放弃署名，或有规避文责、逃避文网之意。《中

---

[1] 参阅黎作恒《〈红楼梦〉署名权探析》，《法学》2004 年第 8 期。

国通俗小说总目提要》著录唐代至清末小说 1164 部，署作者姓名的 186 部，占总数的 15.98％；署别号的 606 部，占总数的 52.06％；不署作者的 372 部，占总数的 31.96％。表明多数作者，主动切断了与作品的联系，这是造成"古代小说作者之谜"的历史根由。

按版本学的通例，确认作者的主要依据，是"卷端"（即正书首页首行）的题署。检点现存所有《红楼梦》版本（包括刊刻本、手抄本），卷端一律不题撰人，显属主动放弃署名权之列。20 世纪 80 年代，我邀请全国百位学者编纂《中国通俗小说总目提要》，凡例规定：关于作者，先著录原书所题，然后写考证所得。这样做，是为了求得客观性与科学性。如《西游记》条：

> 现存明刊本未署撰人。清刊本谓元初道士长春真人邱处机作。清吴玉搢（《山阳志遗》）、阮葵生（《茶余客话》）、丁晏（《石亭记事续篇》）等据天启《淮安府志》所载以及《西游记》中多淮安方言，以为吴承恩所撰；二十年代，鲁迅、胡适又加以推定，始为世知。然亦时有持异议者。[1]

如按凡例严格执行，《红楼梦》署名，亦应付之阙如。但此条第一句便是：

> 作者曹雪芹，"名霑，字梦阮，号芹溪居士"（张宜泉《题芹溪居士》），此外尚有雪芹、芹圃等字号（敦诚《寄怀曹雪芹霑》、敦敏《题芹圃画石》）。[2]

作为此书之主编，我应负把关不严之责任。

最早以新式标点整理《红楼梦》的，是上海亚东图书馆的汪原放。1921 年有以道光壬辰（1832）坊刻本为底本的初排本，1927 年又有以程乙本为底本的

---

[1] 江苏省社会科学院明清小说研究中心编：《中国通俗小说总目提要》，中国文联出版公司，1990 年，第 72 页。

[2] 江苏省社会科学院明清小说研究中心编：《中国通俗小说总目提要》，第 510 页。

重排本。两种版本皆未署作者之名，版权页唯有"句读者：汪原放""校对者：汪原放、胡鉴初"，表明出版者是懂版本之学的。

不宁唯是。民国间大多《红楼梦》新式标点本，都沿袭了不署作者的惯例。如 1924 年中央编译局版《红楼梦》，版权页只有"标点者：李菊庐""校对者：张继良"。

1934 年新文化书社《红楼梦》，版权页只有"标点者：何铭""校阅者：何铭"。

1948 年广益书局《红楼梦》，版权页只有"校勘者：胡协寅"。[1]

——以上为《红楼梦》新型出版物作者署名的第一阶段。

1953 年，作家出版社出版了新中国第一个《红楼梦》整理本，汪静之点校。封面标以"曹雪芹著"，版权页亦题"著者：曹雪芹"。卷首《关于本书的作者》，开头第一句是："本书的作者曹雪芹，名霑，雪芹是他的号。"开了《红楼梦》署作者之名的先例。

汪静之是诗人，1952 年调北京人民出版社古典文学编辑部。他大概以为既然"知道"曹雪芹是作者，署上"曹雪芹著"，岂非天经地义？尽管《出版说明》提到："高鹗不但续作了后四十回，还和程伟元把前八十回'酌情准理'地作了一些修改"，仍署曹雪芹之名，未将高鹗挂上去，是值得注意的。

——以上为《红楼梦》新型出版物作者署名的第二阶段。

1957 年，人民文学出版社《红楼梦》横排本问世，署"曹雪芹、高鹗著"。此书注释者启功，校订、标点者周汝昌、周绍良、李易。署"曹雪芹、高鹗著"的倡导者，应为周汝昌。

周汝昌回忆 1954 年春末，自己调入人民文学出版社后的情形，道：

> 入社之后，聂绀老交付的第一件工作是"恢复"已出之《三国演义》中的题咏诗。此事完成，即命组成一个专组，专门整校一部新版佳本《红楼梦》。因这件工作甚合我的平生大愿，故很高兴，即订出计划，交上去

---

[1] 参见《红楼梦》，广益书局，1948 年。

了，聂老等也点了头，立待执行。

当时我被安排在一楼，与舒芜同室办公。一日，舒芜忽从二楼聂处（聂独一屋，生活与办公皆在其间，不另坐班）回室，推门进来，向我传达指示：领导有话，新版《红楼》仍用"程乙本"，一字不许改——实在必须变动的（如显误、难通等原有的讹误字）也要有校勘记，交代清楚。

舒芜话很简洁，面无表情，此外无一字闲言。我虽书生气十足，却也直观意识到事情大不简单；而且，聂公对此，从头到尾，绝无片言向我直接传示与解释（这与他给我的任务恰恰相反！）。我初到不久之人，一切不明真相实际，与聂老交又不深，故此总未敢向他请问一句——这都是怎么一回事?!

此事于我，至今还是一个大谜。我只好服从命令，做我最不愿做的"校程乙"工作。

很久以后，渐渐得闻，原来"人文社"调我也有原因：该社所出的头版《红楼梦》，是采了亚东图书馆的（胡适考证、陈独秀序）程乙本，本已是一个不甚好的"杂校本"，又经当时负责的编辑汪静之"整"了一番，不知怎么弄的，反正是问题不少；俞平伯看了，很有意见，就向胡乔木提出批评。胡据俞说，又批了"人文社"。这下子，社之有关领导、负责人等吃不住了，据云在内部和公开的会上，做了检讨。这样，当然心里窝着气，又无善策——才想要调我来"重整旗鼓"。未料此策失灵，也不知怎么反复决策：硬命令坚持那个"程乙本"。[1]

破格调周汝昌由川入京，使命就是整校"新版佳本《红楼梦》"。按周汝昌的意愿，底本自非脂砚斋本莫属，"甚合我的平生大愿，故很高兴，即订出计划，交上去了"。不料领导想法大相径庭，决定仍用"程乙本"，甚至下令"一字不许改"，遂让视高鹗为寇雠的周汝昌耿耿于怀。请听他的心声：

---

[1] 周汝昌：《红楼无限情·周汝昌自传》，北京十月文艺出版社，2005年，第239页—240页。

就目前来说，恐怕一提到《红楼梦》，脑子里便纠缠着伪四十回续书的混淆印象的读者就还大有人在。有人赞扬高鹗保持了全书悲剧结局的功劳；但我总觉得我们不该因此便饶恕高鹗这家伙：先不必说他技巧低劣，文字恶俗；但就他假托"鼓摊"淆乱真伪的卑鄙手段一层来说，这家伙就不可饶恕，更不用还说什么赞扬不赞扬了。而况他保持了的"悲剧结局"又是怎样的呢？不是"沐天恩贾家延世泽"吗？不是贾宝玉中了高某自己想中的"举人"，披着"大红斗篷"雪地里必定要向贾政一拜之后才舍得走的吗？看他这副丑恶的嘴脸，充满了"禄蠢"（贾宝玉平生最痛恨的思想）"礼教"（在贾宝玉思想中全部瓦解的东西）的头脑！他也配续曹雪芹的伟大杰作吗？现在是翻身报仇雪冤的时代，曹雪芹被他糟蹋得够苦了，难道我们还要为了那样一个"悲剧结局"而欣赏这个败类吗？我们该痛骂他，把他的伪四十回赶快从《红楼梦》里割下来扔进字纸篓里去，不许他附骥流传，把他的罪状向普天下读者控诉，为蒙冤一百数十年的第一流天才写实作家曹雪芹报仇雪恨！[1]

既然用"程乙本"无法抗拒，"伪四十回"还要"附骥流传"，周汝昌遂索性将高鹗置于作者之列：

高鹗续"成"了"全本"的百二十回《红楼梦》，就是假《红楼梦》，它要表现的思想，和曹雪芹大不一致。有人认为，续成的全本在高鹗以前就有了，高鹗不过是"重订"者。这个问题本文不拟多谈。即使真是这样，那也必然有个"张鹗""李鹗"在；拿高鹗来作这伙人的"代表"，也还是顺理成章，名归实至，因此我只提高鹗的大名。[2]

---

[1] 周汝昌：《红楼梦新证》，棠棣出版社，1953年，第583页—584页。

[2] 周汝昌：《〈红楼梦〉版本常谈》，《古典小说资料书序跋选编》，朱一玄编，山西人民出版社，1986年，第597页。周文原载南京师范学院中文系资料室编《红楼梦版本论丛》。

而当周汝昌署"曹雪芹、高鹗著"时，却忘了处理好两层关系：一是高鹗与程伟元的关系，一是高鹗与曹雪芹的关系；前者属于现实关系，后者用今天的眼光看来，属于法律关系。

读者认同"程甲本""程乙本"的提法，是认可程伟元是"萃文书屋"一百二十回本的主导者。程伟元序中用了"友人"一词，连高鹗之名也未点。高鹗则说，友人程子小泉以其所购全书见示，邀自己分任之，"遂襄其役"。襄者，帮助、辅佐之谓。足见程甲本的刊印，程伟元是经理，高鹗襄理而已。何不署"曹雪芹、程伟元著"？因其时之观念，程伟元只是一名书商；唯有中过举的高鹗，才有伪续的水平与能力。

至于高鹗与曹雪芹的关系，按今天的观念，属于法律范畴。法学家认为：

> 曹雪芹和高鹗二人不是同一时代的人，彼此素昧平生。他们二人之间既没有共同创作《红楼梦》的合意，也不可能有共同创作《红楼梦》的行为。简而言之，高鹗续写《红楼梦》并不是建立在他与曹雪芹之间分工合作基础上的，作者曹雪芹也未授权其续写后四十回。同时，高鹗与曹雪芹之间并无共同创作的约定，高鹗续写《红楼梦》是他和程伟元一厢情愿的做法，构不成与原作者曹雪芹的约定。[1]

准此，《红楼梦》不是曹雪芹和高鹗的合作作品，高鹗不能成为《红楼梦》的"合作作者"，没有资格享有《红楼梦》前八十回的署名权和整部作品的并列署名权。署"曹雪芹、高鹗著"，既不符合客观事实，也不合法。当然，这是站在今天的法律层面而言。

冯其庸于1975年也曾受命校注《红楼梦》。他执定庚辰本是"曹雪芹生前的最后一个改定本"，是"最接近作者亲笔手稿的完整的本子"，力排众议，于1982年推出以庚辰本为底本的新校注本，作者亦署"曹雪芹、高鹗著"。周汝昌对此本表示了肯定：

---

[1] 黎作恒：《〈红楼梦〉署名权探析》，《法学》2004年第8期。

这真是红学上一件大事，应当载入史册，因为首次推翻了胡适的"程乙本"，使广大读者得见接近雪芹原笔的较为可信的本子。[1]

周汝昌与冯其庸的两种《红楼梦》，尽管都署"曹雪芹、高鹗著"，都由人民文学出版社出版，性质却完全不同。1957年周汝昌版本，是以程乙本为底本的，从头至尾一百二十回，统统是程乙本。如此署名，是接受了胡适的论断，视前八十回为曹雪芹原著，后四十回为高鹗伪续。1982年冯其庸版本，前八十回以庚辰本为底本，后四十回以程甲本为底本。不但前八十回不同，后四十回也不同。换句话说，虽然同署"曹雪芹、高鹗著"，却是两种截然相异的《红楼梦》。

——此为《红楼梦》新型出版物署名的第三阶段。

然而，事情并未就此画上句号。2010年，人民文学出版社推出《红楼梦》校注本，忽然将署名改为"（前八十回）曹雪芹著，（后四十回）无名氏续，程伟元、高鹗整理"。冯其庸的解释是：

不少红学研究者重新审视胡适当年立论的内证、外证，发现根据并不很充分。[2]

现在还无法证明后四十回一定是曹雪芹留下的，只能暂用"无名氏续"。

——此为《红楼梦》新型出版物署名的第四阶段。

折腾近一个世纪，终于抛弃"高鹗伪续"之说，本应回到1953年人民文学出版社版的"曹雪芹著"；但主流红学却选择了"无名氏续补"。朱眉叔说："如果把续书说彻底否定了，他们的续书说主张，围绕脂砚斋、脂本、脂批的大量的肯定文字都将一文不值。"[3] 有"截长补短"之功的高鹗被排除，"张鹗""李鹗"也寻觅不到，只好署上"无名氏"。试问：如果真有这么一位《红楼梦》爱好者，

［1］周汝昌：《红楼无限情·周汝昌自传》，第234页。

［2］参见赵建忠《老骥伏枥壮心不已》，载《水流云在》，作家出版社，2016年，第234页。

［3］朱眉叔：《红学论战：驳程伟元、高鹗续书说》，辽海出版社，2017年，第257页。

看到"原目一百廿卷，今所传只八十卷"，正常的做法是像程伟元那样，"竭力搜罗，无不留心"，而不是贸然自行续写后四十回——因为他看不到"附骥而行"的可能；再说，他怎知道程伟元要刊印《红楼梦》全书，急忙续成后并通过"鼓摊"送到他手中呢？

二、版本校理之嬗变

《红楼梦》版本校理之嬗变，涉及诸多学术与技术问题，复杂性更甚于作者署名。

1953 年，汪静之将 1927 年的亚东本做底本，又经他"整"了一番，故被王佩璋找出许多错误："与程乙原本不同之处在全书中我看到有 624 处（许多是亚东本所改为新本沿用了的，只是与程乙本不同，并非全错）。而其中与亚东同的倒有 437 处。其馀的 187 处是编者自改的。"[1] 汪静之非古籍行家，校理时间又短，犯错自是难免。特别是 187 处自改而不出校记，不符校勘规则，故引出了领导（社长兼总编辑冯雪峰、副总编辑兼古典部主任聂绀弩）"一字不许改——实在必须变动的（如显误、难通等原有的讹误字）也要有校勘记，交代清楚"的指示。

周汝昌早在 1947 年，就与胡适书信往来，介入了《红楼梦》考证，还将甲戌本带回重抄。周汝昌不喜程乙本，对领导"一字不许改"的指示，有明显的抵触情绪。在他看来，《红楼梦》的版本正误真伪，混乱异常，他的志愿是通过自己的"沉思细究"，校刊《石头记会真》，汇校异文而抉择取舍，甚至不管版本"字面"而予以改动。当然，1954 年的周汝昌还没有这么大的胆量，便在参校本中加进了非程本系统的版本——庚辰本与戚本（有正本）的因子。在《红楼梦》出版史上，首次出现以脂本校改程本的案例。

且看第一回的两条校记，第一条原文为：

---

[1] 王佩璋：《新版〈红楼梦〉校评》，《光明日报》1954 年 3 月 15 日"文学遗产"版。

二仙笑道："此乃元机，不可预泄者。"

周汝昌将"元机"改为"玄机"，且出校记：

> "玄机"，原作"元机"，系清人避玄烨（康熙）名讳而改写，今从脂
> 本改"玄"。下同。

他没有料到，此一校一改，竟触到了红学的暗雷。甲戌本"玄"字最后一点，向有人以为是藏书者添补。冯其庸1980年赴美参会，借得甲戌本带回检阅，结论是：

> "玄"字的末笔不是后加，是一气写下来的，所以"玄"字不避讳是
> 无可怀疑的。[1]

这样，性质就严重了。据《清高宗实录》，清世宗雍正十三年（1735）八月二十三日驾崩，乾隆九月庚子"定庙讳字"，谕曰：

> 自古臣子之于君父，皆有讳名之义，载在礼经，著于史册，所以展哀
> 慕而致诚敬也。雍正元年，皇考特颁谕旨，谨将圣祖仁皇帝圣讳二字，钦
> 定避易书写。今朕绍承大位，哀恸方深，皇考圣讳，理应恭避。

乾隆年间，就有两起因未避"圣讳"而起的文字狱。一是乾隆四十二年（1777）王锡侯《字贯》案，罪名是：

> 《凡例》竟有一篇将圣祖、世宗庙讳及朕御名字样悉行开列，深堪发
> 指。此实大逆不法，为从来未有之事，罪不容诛，即应照大逆律问拟，以

---

[1] 冯其庸：《漱石集》，《冯其庸文集》第8卷，青岛出版社，2012年，第238页。

申国法而快人心。

一是乾隆四十三年（1778）刘峨刷卖《圣讳实录》案，罪名是：

> 虽以欲使人知避讳为名，乃敢将庙讳及御名各依本字全体写刊，不法已极，实与王锡侯《字贯》无异，自当根究刊著之人，按律治罪。(《乾隆朝上谕档》)

王、刘二人的本意，是提醒读书人避圣讳，故老老实实地将圣祖、世宗庙讳"依本字全体写刊"，岂非冤哉枉也？今按，程乙本作"元机"，避了玄烨之讳，证明此本是刊于要避康熙名讳的年代；脂本不避玄烨之讳，则可能抄于不必避康熙名讳的年代（或在康熙之前，或在清亡之后）。周汝昌反据脂本以改动程乙本，实在不可理解。

第二条原文为：

> 雨村口占五言一律："未卜三生愿，频添一段愁。闷来时敛额，行去几回头。自顾风前影，谁堪月下俦？蟾光如有意，先上玉人头。"

周汝昌遵从脂本、戚本，将"玉人头"改为"玉人楼"。校记谓：

> "先上玉人楼"，"楼"原作"头"，与上文"行去几回头"韵脚复。

改动固然有理，却忘了黛玉所言：

> 词句究竟是末事，第一是立意要紧。若意趣真了，连词句不用修饰，自是好的。

况且此是模拟书中角色所写，你能保证贾雨村仓卒间，就不会"韵脚复"？

总之，周汝昌校理的 1957 年版本，已不是纯粹程乙本，比起 1953 年的汪静之本来，更是掺杂了脂本、戚本的成份。至于在什么地方掺杂，什么地方不掺杂，似乎并无一定之规，而主要系于其主观感觉。

冯其庸奉庚辰本是"最为珍贵"的本子，1982 年校注虽坚持以庚辰本为底本，但在书名的确定上，就显出不自信的一面。程伟元序第一句话是："《红楼梦》小说，本名《石头记》。"脂本最重要的标志，正是题作《脂砚斋重评石头记》，不恰恰印证了本名《石头记》么？题者，额也，名也，定也。那么，为何要改题《红楼梦》？这源于一个简单事实：如果不叫《红楼梦》，整理出来的本子，不易有什么读者。

从逻辑上讲，既认定庚辰本是"作者生前最后的一个本子"，就以残本形态存在好了。我想，这个道理不难理解。不过，假如这样，就不会有后面的"林黛玉焚稿断痴情""病神瑛泪洒相思地"。如此，《红楼梦》既不"完整"，也就对一般读者失去了吸引力。出于这样的原因，冯其庸将程甲本后四十回截了过来，作为补充。请注意：一百二十回程甲本，是血脉贯通的整体。作为正式出版物，"乾隆五十六年辛亥萃文书屋木活字本"（程甲本）的著作权，属于校理者程伟元和高鹗。《中华人民共和国著作权法》第二十条规定：

> 作者的署名权、修改权、保护作品完整权的保护期不受限制。

作品的完整权是不受限制、永久有效的；无论何时何地何人，割裂作品的完整性，都是违法的。虽然古籍的整理有其特殊性，这个道理不可不存于心中。

说到"腰斩"，人们立刻会想到金圣叹。金圣叹自称得到施耐庵"古本"，将《水浒传》招安以后情节一概删却，而以"惊噩梦"作结。"腰斩"而成的贯华堂本"金圣叹批评第五才子书施耐庵水浒传"，虽被鲁迅形容为"断尾巴的蜻蜓"，但影响极大，"此本一出，他本尽废"[1]。金圣叹不赞成受招安、打方腊，"腰斩"《水浒传》，取前半部而舍后半部，是因为后半部"不好"。而冯其庸之"腰斩"

---

[1] 陈洪：《金圣叹传》增订版，人民文学出版社，2012 年，第 83 页。

程甲本，舍前半部而取后半部，明知后半部"不好"而取之，让其"附骥而行"，甚是悖理。

自始至终参与此事的吕启祥，曾逐回逐段校读"新校本"（1982 年冯其庸本）与"原人文社通行本"（1957 年周汝昌本），发现二者的差异很是可观，几乎每页都有，有相当部分出入很大，语言上的差别比比皆是。结论是：

> 虽说两者都是《红楼梦》，从总体上看大同小异，但毕竟是两种不同的本子，其差异之处，无论就数量和质量而言，都是不可忽视的。[1]

而将"两大版本系统"的差异说得更直白的，是张国光的"双两说"。张国光认为：金圣叹本以前的一切《水浒》，都是"鼓吹投降主义"的，经过金圣叹批改后的《水浒》，才由"反面教材"变成"革命教科书"；而脂本《红楼梦》八十回，"写得乱七八糟"，是高鹗续写了后四十回，又把前八十回改好了，"第一次使《红楼梦》成为完整的艺术品，并且成为定本，因而才得以广泛地流传"[2]。"双两说"的核心，是两种版本（《水浒传》的容本与金本，《红楼梦》的脂本与程本）的绝对对立，不可调和。如果有人欣赏贯华堂七十回本，又不满足于它的"不完"，与容与堂的后三十回拼合，成为一个新的本子，必为识者所嗤。而冯其庸做的，就是将两个不同系统的本子硬性拼接。可见，单就操作层面而言，也是蔑理违情，不足为训的。

脂本与程本后四十回的人为捆绑，导致种种"排异效应"。如第七十七回，明明写王夫人说：

> 我且问你，前年我们往皇陵上去，是谁调唆宝玉要柳家的丫头五儿了？——幸而那丫头短命死了，不然进来了，你们又连伙聚党遭害这园子呢。

［1］　吕启祥：《"红楼梦"新校本校读记》，《红楼梦学刊》1983 年第 3 期。
［2］　张国光：《文史哲学新探》，武汉出版社，1992 年，第 367 页。

而第一百零九回"候芳魂五儿承错爱"，柳五儿居然"复活"了。殊不知程甲本中，五儿不仅没有"短命死了"，当宝玉遭晴雯嫂子缠磨，还是她窗外一声"晴雯姐姐在这里住呢不是"，为他解了围，得了救。如果后四十回确为高鹗所"续"，为避免五儿"复活"的矛盾，只要把"那丫头短命死了"删掉，又何必添写上这近千字曲折回环的文章呢？冯其庸校勘时，并没为"那丫头短命死了"写校记，不知有没有发现这个"矛盾"？有没有为是否保留"那丫头短命死了"而纠结？——因为这里有"尊重底本"还是"解决矛盾"的矛盾。当然，也可能冯其庸没有发现这个"矛盾"。

庚辰本只七十八回，尚缺六十四、六十七回，又要靠程甲本来补，又引发了"伪造"之争。周汝昌评"幽淑女悲题五美吟，浪荡子情遗九龙佩"道：

> 此种回目对仗精工，平仄协调，与全书回目基本风格相比较，便有显著之差异，即此便可判明已非复雪芹手笔。[1]

前面说"韵脚复"是毛病，后面"对仗精工，平仄协调"，又成了"非复雪芹手笔"的证据，真让人无言以对。

庚辰本有四十二整回文字，须以程甲本来补。一客不烦二主，其他需校勘之处，亦倚重传承有序的程甲本，原是良策，但冯其庸却偏要摆脱这种依赖。如庚辰本第八十回无回目，弄得他大伤脑筋。校记谓：

> 本回底本无回目，梦稿本作"懦迎春肠回九曲，姣香菱病入膏肓"；蒙府、戚序本作"懦弱迎春肠回九曲，姣怯香菱病入膏肓"，甲辰本作"美香菱屈受贪夫棒，丑道士胡诌妒妇方"；程甲本"丑道士"作"王道士"，馀同甲辰本。今从程甲本补。

兜了一大圈，掂掇了大半日，还是采用程甲本的"美香菱屈受贪夫棒，王道士胡

[1]《周汝昌校订批点本石头记》，漓江出版社，2010年，第758页。

诌妒妇方"。

还有庚辰本第二十二回之不完，有批道："此后破失，俟再补。"既然
六十四、六十七两回可用程甲本来补，此小半回原亦不妨照办。但回末有"暂记
宝钗制谜云"：

> 朝罢谁携两袖烟，琴边衾里总无缘。晓筹不用人鸡报，五夜无烦侍
> 女添。焦首朝朝还暮暮，煎心日日复年年。光阴荏苒须当惜，风雨阴晴任
> 变迁。

查程甲本，此谜出黛玉之手，对不上榫，只好乞助于有正本（戚本）。胡适曾断
言，有正本"已是很晚的钞本"；冯其庸一定知道。可见，"实用主义"有时是不
守底线的。至于庚辰本"人鸡"的硬伤，也只好悄悄处理，并未写出正规校记：
"'人鸡'，当作'鸡人'，据《周礼·春官》改。"

按照冯其庸的描述，《红楼梦》成书经历了"初评"（乾隆十九年甲戌以前）、
"再评"（乾隆十九年甲戌）、"三评"（乾隆二十一年丙子）、"四评"（乾隆二十四
年己卯、二十五庚辰）四个阶段，庚辰本既被认定为曹雪芹生前的最后一个改定
本，最接近作者亲笔手稿，学术价值最高，就该采取尊重甚至敬畏的态度，尽量
保持本来面貌，绝不妄改一字一词。为尊重曹雪芹著作权，与其他抄本文不一致
时，亦应以庚辰本为准，而不能随意"择善而从"。如庚辰本第一回，原作一僧
一道，"来至石下，席地而坐长谈，见一块鲜明莹洁的美玉，且又缩成扇坠大小
的可佩可拿"，冯其庸却据甲戌本增四百二十九字，且出了校记。甲戌本是"再
评"，庚辰本是"四评"，是"庚辰秋月定本"。定者，不可更变者也。曹雪芹定
了，后人有什么资格恢复呢？

奇怪的是，对于庚辰本极明显的错误，有时又反而执意不改。如第十七回
至十八回两回未分开，又合用了"大观园试才题对额，荣国府归省庆元宵"的回
目，竟谓是"早期脂本的一个重要标志"，在校注本中依样画葫芦，还出了一条
六百多字的校记，不但没将事说清楚，反而让人犯糊涂，似乎有意引导读者赞成
保留不伦不类的"第十七至十八回"。查庚辰本第二册的目录页题："石头记第

十一回至二十回"，却只抄录了八回回目：

庆寿辰宁府排家宴　见熙凤贾瑞起淫心

王熙凤毒设相思局　贾天祥正照风月鉴

秦可卿死封龙禁尉　王熙凤协理宁国府

林儒海捐馆扬州城　贾宝玉路谒北静王

王凤姐弄权铁槛寺　秦鲸卿得趣馒头庵

贾元春才选凤藻宫　秦鲸卿夭逝黄泉路

大观园试才题对额　荣国府归省庆元宵

王熙凤正言弹妒意　林代玉俏语谑娇音

目录页不标回次，细排下来，"大观园试才题对额，荣国府归省庆元宵"为第十七回，"王熙凤正言弹妒意，林代玉俏语谑娇音"为第二十回，中间缺少了第十八、十九两回的回目。造成这种现象的原因，分明是抄录人之遗漏。有遗漏，补上就行；不分回，分开就行。再说，书名《石头记》都能据程甲本改为《红楼梦》，第十七至十八回的回目"大观园试才题对额，荣国府归省庆元宵"，本来就是程甲本十七回的，据程甲本将回分开，添上程甲本第十八回的回目"皇恩重元妃省父母，天伦乐宝玉呈才藻"，不就清清爽爽了么？

胡文彬指出：

至今发现的 80 回脂抄本没有一个本子是曹雪芹的原稿，都是过录本，有的甚至是再过录本或是再过录本的过录本。这些过录本大多是坊间为牟利所为，错字连篇，脱漏、添字、改文，已失本真之处不胜其多。[1]

---

[1] 胡文彬：《程刻本〈红楼梦〉的两个版次与"第三种"版本——为纪念程甲本诞生 220 周年而作》，《红楼梦程甲本探究——纪念〈红楼梦〉程甲本刊行 220 周年学术研讨会论文集》，北京曹雪芹学会编，当代中国出版社，2012 年，第 4 页。

对于庚辰本，俞平伯说它"不能卒读"，苏雪林说它"文理蹇涩""造句常不自然"，周策纵指出其文字"不通""累赘""大煞风景""大不合情理"。庚辰本将"黛玉"抄成"代玉"，"林如海"抄成"林儒海"，"扬州"抄成"杨州"，真是不胜其烦。冯其庸多悄悄改正了，未曾出校，这些可以不必深究。然亦有固执己见，不肯改错者。如第一回所写神话故事：绛珠仙草得神瑛侍者以甘露灌溉，修成女体之后，程甲本作"饥餐秘情果"，甲戌本作"饥餐密青果"，庚辰本作"饥餐蜜青果"。"秘情果"是虚拟之果，"蜜青果"为蜜渍的青果（如橄榄、话梅之类）。西方灵河岸上，三生石畔，是不会有此人间制品的。对于底本的错谬视而不见，实非校勘之正道。吕启祥将前八十回逐一校读，抉出其间比较重要的差异数百例以证明"新校本"（1982 年冯其庸本）胜过"原人文社通行本"（1957 年周汝昌本）。但如果换一副眼光来看，又可得出相反的结论。这足以证明校勘、整理之不易，须极慎重。

2020 年，人民文学出版社推出《中国古典小说藏本》丛书，收入其中的《红楼梦》，题署"曹雪芹著，无名氏续，俞平伯校，启功注"。以俞平伯《红楼梦八十回校本》为底本，附以启功为 1957 年以程乙本为底本的《红楼梦》的注。推敲这一"俞校启注本"，背离文献学基本原则问题，比比皆是：第一，校点与注释是古籍整理的两翼，相辅相成，相得益彰。如有多人参与，亦当共同商定体例，相互理解，目标一贯。"俞校启注本"则是人为捆绑，不是建立在二人分工合作基础上，之间并无共同的约定。俞平伯卒于 1990 年，出版社将不相干的注加在其校点的本子上，构成对俞平伯著作权的侵犯。其二，有正本（戚本）与程乙本分属两个版本系统。将启功在 1957 年程乙本的注释剥离下来，添加在俞平伯以有正本为底本的《红楼梦》身上，必然相互矛盾，凿枘不投。其三，俞平伯晚年沉痛忏悔："胡适、俞平伯是腰斩《红楼梦》的，有罪。"[1]《红楼梦八十回校本》出版于 1958 年 2 月，自有其历史局限。出版社擅自将"无名氏续"说强加在俞平伯头上，岂非对俞平伯的背叛？即便是胡适本人，对有正本向有鲜明观点。1921 年 1 月 23 日，他在给汪原放的信中，曾郑重交代：

---

［1］ 韦奈：《俞平伯的晚年生活》，《新文学史料》1990 年第 4 期。

有正本并不是原本，其题为"国初抄本"，更不通！有正本已有批注，其为晚出本无疑。[1]

在胡适发表《红楼梦考证》一百年之后，舍弃庚辰本而转用有正本，站在主流红学的立场，也算是一种倒退。

三、"正本清源"：程甲本之价值及其他

1993 年 12 月 30 日，中国新闻社发了一条电讯：

被贬抑、诋毁半个多世纪之久的古典文学名著程甲本《红楼梦》，经过近年红学界争论之后，将于本月下旬由广东花城出版社出版，向全国公开发行。

电讯所指就是我和曲沐、陈年希、金钟泠校注的 1994 年花城版《红楼梦》，该书出版后，竟引发出程甲本"首次出版"之争。

其实，弄清 1994 年花城版《红楼梦》与 1982 年人民文学版《红楼梦》、2020 年人民文学版的异同，才是问题的关键。两种人民文学版的前八十回，一以庚辰本为底本，一以有正本为底本，而后四十回则都以程甲本为底本。换个说法，1982 年人民文学版《红楼梦》，是"庚辰本 78 回 + 程甲本 42 回"；2020 年人民文学版《红楼梦》，是"有正本 80 回 + 程甲本 40 回"。而 1994 年花城版，前八十回虽与人民文学版不同，而后四十回则是完全一致的。既然 1982 年、2020 年两种人民文学版《红楼梦》，对程甲本后四十回都能认可，为什么非要排斥程甲本前八十回呢？

胡适 1921 年发表《红楼梦考证》，作出"曹著高续"假设时，脂砚斋本还未出现。而对于有正本，他是有过鉴定的：

---

[1] 汪无奇编著：《亚东六录》，黄山书社，2013 年，第 96 页。

> 有正书局的老板在这部书的封面上题着"国初钞本《红楼梦》",又在首页题着"原本《红楼梦》"。那'国初钞本'四个字自然是大错的。那"原本"两字也不妥当。[1]

在他当时的眼光里,程甲本前八十回出于曹雪芹之手,是后世一切《红楼梦》翻刻的祖本,是比有正本更可靠的真本与正本。1927 年,胡适买得甲戌本,虽认定"是曹雪芹未死时的钞本,为世间最古的钞本子",还是要汪原放以程乙本为底本重新标点,甚至不惜推倒六年前的初印本。说明胡适心底十分清楚:真正能够进入大众阅读领域的还是程本。

段玉裁说:

> 不先正底本,则多诬古人;不断其立说之是非,则多误后人。(《经韵楼集·与诸同志论校书难》)

时下有提倡《红楼梦》的"整本书阅读"者。在其推荐辞中,"有正本 80 回 + 程甲本 40 回",方是《红楼梦》的"整本书",岂非离题万里?真正"把程甲本当作程甲本"的,就是花城本《红楼梦》。其署"曹雪芹著",意在剔除"高鹗"之名,确认全书百二十回是不可分割的艺术整体,"首次"将《红楼梦》著作权完整地还归曹雪芹。

胡适认为程乙本"有许多改订修正之处,胜于程甲本"[2],这可不一定。花城本确定以程甲本为底本,是建立在版本考察基础之上的。从现象上看,程甲本是初印,"不及细校,间有纰缪";而"复聚集各原本详加校阅,改订无讹"的程乙本,似乎是后来居上。然查程甲本《叙》署"乾隆辛亥冬至后五日",为乾隆五十六年(1791)十二月初三(12 月 27 日);程乙本《小引》署"壬子花朝后一日",则为乾隆五十七年(1792)二月十三日(3 月 5 日),二者相隔仅 69 天。

---

[1] 胡适:《胡适红楼梦研究论述全编》,上海古籍出版社,2013 年,第 109 页。

[2] 胡适:《胡适红楼梦研究论述全编》,第 134 页。

百万字的巨著《红楼梦》，不要说"集活字刷印"，即便是印刷术发达的今日，也不大会有此非常之举。要揭开这《红楼梦》版本史之谜，离不开对森严的文字狱的剖析。

前引乾隆"定庙讳字"谕曰：

> 嗣后凡内外各部院文武大小衙门、一切章奏文移，遇圣讳上一字则书允字，圣讳下一字则书正字。着总理事务王大臣交部敬谨遵行。(《乾隆实录》)

雍正名胤禛，一切章奏文移，须避"胤"为"允"，避"禛"为"正"。"禛"虽不常见，害得形近的"稹"字、"祯"字、"慎"字、甚至"真"字，也受了牵连。如改真定府为正定府，真安州为正安州，真宁县为正宁县，就是极端的例子。而程甲本第十五回宝玉见北静王世荣，就冒犯了世宗的庙讳：

> 世荣见他语言清朗，谈吐有致，一面又向贾政笑道："令郎真乃龙驹凤雏，非小王在世翁前唐突，将来'雏凤清于老凤声'，未可谅也。"贾政陪笑道："犬子岂敢谬承金奖，赖藩郡馀祯，果如所言，亦荫生辈之幸矣。"

"藩郡馀祯"的"祯"字，就是"依本字全体写刊"，自属大逆不法，罪不容诛，即应照大逆律问拟，后果是非常严重的。按理而论，程伟元、高鹗不应犯这种低级错误。合理的解释是：若《红楼梦》写于康熙年间，原稿自不会避雍正之讳；排印程甲本的木活字，早已刻好，安放架上，临排版的时候方一一取下，也不曾考虑避讳之事。但不管怎么说，"藩郡馀祯"已白纸黑字印在书上，未避"祯"字讳的大错已经铸成，程伟元、高鹗该怎么办？

就技术操作而言，成本最低且最便捷的办法，是将本页换字重印，再将库存书换下一页即可；已经售出的书，不妨出一勘误表，由读者自行改正。但这无异于自我暴露，血的教训，就在二十年前：松江举人蔡显，写有《闲渔闲闲录》一书，乾隆三十二年（1767）由书商刻印120部。书出后，乡人非议纷纭，蔡显以为书中并无不法语句，请求官府审查，以讨公道。不料经官府逐字审阅，结论是："语含诽谤，意多悖逆，其馀纰缪之处，不堪枚举。"[1]蔡显以"存心诡诈，造作逆书，任意毁谤，丧心病狂，罪大恶极"，凌迟处死，长子蔡必照斩立决，次子、三子同妾朱氏，及未出嫁的三个女儿，解送功臣家为奴。

为保全身家性命，程伟元、高鹗既要及时补救，消除罪证，又不能大事张扬，自投罗网。便以"初印时不及细校"为名，悄悄地把过失纠正过来。为遮人耳目，这种"纠正"是大面积的。一百二十回，回回都有改动，全书多达21000字，平均每回175字。好在是活字排版，掉换活字即可。但版框半页10行，每行24字，共240字的限制，却是不能突破的。故一处更动，必须对另一处作相应的改动。此页的要着，是将"藩郡馀祯"改为"藩郡馀恩"；而将"世荣"改为"北静王"、"寒第"改为"寒邸"，则是为改而改，为掩饰而改。门第有高下，邸却专属王侯，"寒第"改"寒邸"，卑谦之意逊矣。此页有两处"世荣"，改为"北静王"，便多出二字，又不能涨版（甲乙两版俱起于"一面"，讫于"躬身"），只好从"想老太夫人辈自然钟爱极矣"句中，删去"极矣"二字。全书有17处"世荣"得改为"北静王"，便有34处改动，还得在另外17处变换花样，可见动静之大。

说是"复聚集各原本详加校阅"，不过是托词。后四十回唯有"截长补短"的残本，又何以改动近6000字？如第一百一回，凤姐月夜感秦可卿幽魂，程甲本原作：

> 一面说，一面带了两个丫头，急急忙忙回到家中。贾琏已回来了，只是见他脸上神色更变，不似往常。待要问他，又知他素日性格，不敢突然相问，只得睡了。

文中三个"他"，所指都是凤姐。凤姐号"辣子"，贾琏平日总怕三分。故当凤姐

---

[1] 江祖桢：《中国古代诗案》，崇文书局，2018年，第308页。

遇鬼，脸色变更，贾琏与平素一样，"不敢突然相问"，合乎情理。程乙本冒然将"只是"二字，改作"凤姐"二字，于是三个"他"，所指都是贾琏了。试想，贾琏未遇事变，何以"脸上神色更变"？退一步讲，即便贾琏脸色真的变更了，一向不把他放在眼里的凤姐，也不至于突然变得如此胆怯。这也反证：后四十回非高鹗所续，因为对自己的作品，绝不会几个月后就完全误解。同时也反证：一百二十回本《红楼梦》全本，和珅用重金请高鹗、程伟元炮制，经乾隆帝认可后用武英殿聚珍版印刷之无稽。试想，和珅竟会不知避雍正之讳？乾隆竟会在眼皮底下让高鹗、程伟元蒙混过关？

要之，程伟元、高鹗此计，虽然逃过一劫，却让程乙本浑身狼藉。改动21000字，虽改正了疏漏之处，却留下新的更多的疏漏，因而版本价值从总体上是要打折扣的，故不能将其视为正宗之本。

所以，程甲本反而是能代表曹雪芹原著面貌和精神的本子。这是因为，从客观条件看，程伟元、高鹗具有充分搜集《红楼梦》各种早期抄本的最为优越的条件；而从主观因素看，程、高都是有极高文学艺术修养的人，他们是怀着对《红楼梦》的无比热爱之情从事《红楼梦》的整理出版工作。程甲本的出版，是中国文学史上的划时代的事件，它既使《红楼梦》有了广泛流传的形态稳定的刊本，也因此使《红楼梦》走向了民众。退一步讲，即便程甲本不能完完全全代表曹雪芹的意志（似乎也没有哪个本子具此绝对权威），那也是一个充分奠基于曹雪芹原稿之上的"自足"的本子。把它作为补齐其他本子的边角料，显然缺少尊重。

依上所述，至少程甲本是信而有征、流传有绪的《红楼梦》版本。花城本对底本采取绝对尊重的态度，真正落实了"一字不许改——实在必须变动的（如显误、难通等原有的讹误字）也要有校勘记，交代清楚"的精神。凡例规定：为保持原本面貌，底本文字虽不尽善或有疑问、但文章仍能大致贯通者，决不改动正文；底本因排版造成错字、漏字、倒排、窜行等，据参校本加以改正，并出校记。鉴于程乙本是经程伟元、高鹗之手的版本，尽量以之为校正的首选。不到万不得已，不求助于其他本子。因此，这是第一个以展示程甲本的精神面貌、恢复程甲本《红楼梦》原本权威为目标的本子。参与1982年冯其庸本校注的蔡义江，在《蔡义江新评红楼梦》前言中，引陈庆浩庚辰本"先天不足"的话，称将庚辰本与甲戌本差异处相比较，"可看出异文都非作者自己的改笔而出自旁人之手，改坏改错的地方比比皆是"。道是："底本不好，再校订也无能为力"[1]。而程甲本则文字清晰，文从字顺，错讹极少，且多半由活字排版的技术所致，要校改的错字不多，真有一种"正本清源"的快感。

当然，有人相信脂本是真本正本，有人相信程本是真本正本，这种情况还会长期存在。这些问题，都需要本着"讲道理作学问"的态度加以探讨。试将各种本子比较一下，广大读者不难做出判断。

诗曰：

二十六年弹指过，红楼战事渐分明。

请君试读花城本，毋忘林辰六字铭。

2020 年 8 月 30 日于福州花香园

---

[1] 蔡义江：《追踪石头 2：蔡义江论红楼梦》，浙江文艺出版社，2014 年，第 166 页—167 页。

Study of Taoism | 道家专题

"庄子蔽于天而不知人"献疑 *

张　朋 **

在庄学日益繁荣进步的时代背景下，荀子所作的"庄子蔽于天而不知人"这句学术批评实有进一步讨论的必要。这句评论涉及庄子思想和荀子思想的核心内容，非常集中地反映了二者天人观的差异。在说明荀子"庄子蔽于天而不知人"评论的思想背景之后，本文从天人概念辨析、天人观对比、荀子解蔽方法的适用性等方面对这句至今仍然经常被当作定论来引述的著名学术批评进行详尽讨论，得出的结论是：荀子"庄子蔽于人而不知天"这句批评是非常不准确的，而荀子之所以对庄子做出如此评价，在很大程度上是因为其对庄子思想的误解。

对于荀子著名的学术批评"庄子蔽于天而不知人"（《荀子·解蔽》），现代学者多持肯定看法并经常当做定论来引述，只有少数学者曾经提出异议，但是总体而言双方的论述都不充分。[1] 显然，不经辨析的简单肯定或否定都不是学术研

---

* 本文系国家社科基金后期资助项目"上古道术思想史"（批准编号：19FZXB062）阶段性成果。

** 张朋，男，1975年生，辽宁省本溪市人，北京大学哲学博士。现为上海社会科学院哲学所副研究员，代表作《春秋易学研究》，正在进行先秦道术思想史的研究。

[1] 很多学者对荀子的这句评论提出了肯定意见，比如崔大华先生认为"荀子的理论眼光在先秦学者中是最高、最开阔的，他对庄子的批评虽然就是这样一句，很简略，但却十分准确、客观，完全可以涵盖庄子思想的主体内容"（崔大华：《庄学研究》，人民出版社，1992年，第468页），其中只是强调荀子的地位和学识，没有对具体内容展开论说；再比如张松辉先生认为"荀子十分了解庄子"，"荀子对《庄子》十分熟习，他说的'庄子蔽于天而不知人'的确是一语中的"（张松辉：《庄子研究》，人民出版社，2009年，第5页），其中主要是根据二者的生卒年代比较接近而直接作出判断，也没有详细进行论述；周晓东博士认为"荀子很准确地把握了庄子哲学的特征"（周晓东：《先秦道家"名"思想研究》，山东大学2012年博士论文），也没有进 （转下页）

究，更不能给荀子的这句评论以完满的解释，所以如果要对荀子的这句评论进行准确评价，只有在充分的讨论和辨析之后才有意义。实际上，荀子的这句评论涉及到了庄子思想和荀子思想的核心内容，非常集中地反映了二者之间的根本差异。在说明荀子做出"庄子蔽于天而不知人"这句评论的思想背景之后，笔者拟从天人概念辨析、天人观对比等方面对荀子和庄子二者的思想差异进行详细讨论，以期理清基本事实，进而对荀子的这句经典评论给出全面的说明和更加准确的评价。

一、荀子评论庄子的思想背景

关于《荀子》一书的写作原由，《史记·孟子荀卿列传》的记载是：

> 荀卿嫉浊世之政，亡国乱君相属，不遂大道而营于巫祝，信禨祥，鄙儒小拘，如庄周等又猾稽乱俗，于是推儒、墨、道德之行事兴坏，序列著数万言而卒。

可见荀子创作《荀子》一书的目的主要是针砭时弊，特别是针对于当时迷信横行的"浊世之政"而展开批评。比如《荀子》中的《非相》《非命》《天论》等篇章就是针对于当时的政治风尚所展开的观念辨析和思想批判。从太史公的记载来看，就对儒家内部的学术批评而言，荀子的主要论敌是"小拘"之"鄙儒"，而就对其他学派的学术批评而言，荀子的主要论敌是"猾稽乱俗"的庄子。但是实际上从《荀子》文本来看，《史记》的这段记载并不是十分准确，因为荀子的主

---

[1]（接上页）行论述；张兰仙先生则非常难得地进行了一定程度的论述分析，最后的结论是："荀况对庄子的评论，从大的方面来看是正确的，但也确实存在着一定的片面性和局限性"（张兰仙：《"庄子蔽于天而不知人"小议》，《漳州师范学院学报》（哲学社会科学版）2000年第1期）。比较而言，对荀子的这句评论提出反对意见的学者很少，笔者仅见到一例：陈水德、胡颖认为"荀子之言含混而不妥"（陈水德、胡颖：《析"庄子蔽于天而不知人"》，《六安师专学报》1996年第2期），其中的具体论述也很不充分。

要论敌是子思等各家各派的十二名学者，特别值得注意的是其中并不包括庄子。此外，荀子对作为庄子思想重要渊源的老子思想的评论也很不恰当。

（一）荀子的主要论敌是子思等"十二子"

《非十二子》是荀子学术批评的集中表达，其中荀子对其所"敌视"的十二名学者的学术思想逐一进行了学理分析和思想批判：它嚣、魏牟、陈仲、史鳅、墨翟、宋钘、慎到、田骈、惠施、邓析、子思、孟轲，依次点名，一个也不放过。荀子指责这十二个学者虽然"持之有故""言之成理"，但是实际上是"饰邪说，交奸言，以枭乱天下，矞宇嵬琐，使天下混然不知是非治乱之所存者"。"十二子"中的子思、孟轲是儒家人物，也就是荀子学术批评所主要针对的"小拘"之"鄙儒"，荀子把他最重视的两个论敌放在最后进行重点批驳：

> 略法先王而不知其统，犹然而材剧志大，闻见杂博。案往旧造说，谓之五行，甚僻违而无类，幽隐而无说，闭约而无解。案饰其辞而祗敬之曰："此真先君子之言也。"

此前由于历史文献的缺乏人们对荀子这些批评话语总是心存疑虑，现在看来荀子"案往旧造说，谓之五行"的批判是确有所指，新出土的郭店竹简《五行》篇已经给荀子的这番批评做了最好的说明。因为"世俗之沟犹瞀儒，嚾嚾然不知其所非也，遂受而传之，以为仲尼、子游为兹厚于后世"，所以荀子认为子思、孟轲实际上是打着"仲尼、子游"的旗号在儒家内部淆乱是非，所以其罪责尤为深重。

总之，《非十二子》中荀子进行思想批评的着眼点是政治风气以及社会思想风尚，特别是针对儒家内部的不同流派而大加伐挞，所以虽然其思想批判的"火力全开"，却丝毫没有触及庄子，可见《史记》中的相关记载并不准确，庄子并不是荀子的主要论敌和学术对手。

（二）荀子对老子思想的评论很不恰当

老子是先秦道家的代表人物，其思想核心是"道"和"德"。《史记·老子韩非列传》中司马迁明确指认"老子修道德"，《老子》"言道德之意"。《老子》一书被创作完成时共计"五千余言"，分为"上下篇"，是老子的唯一著作。因为老子是修道者，所以《老子》可以说是老子一生修道思想和修道实践的总结。对于以上史实特别是《道德经》的具体内容，荀子很可能缺乏深入的了解，所以其对老子思想的评论就很不恰当。在"道"涵盖万物的理论预设之下，荀子间接地批评老子"愚者为一物一偏，自以为知道，无知也"，而其对老子思想的直接批评是："老子有见于诎，无见于信"，"有诎而无信，则贵贱不分"（《荀子·天论》）。

"道"是老子首先提出的最具有中国哲学特征的重要概念，其内涵丰富，影响深远。一般来说，道首先是指万物存在的终极依据，其次是指总原则、总规律。荀子所提出的"万物为道一偏，一物为万物一偏"这一命题无疑也吸收和借鉴了老子道生万物、道规范万物的思想，而以道作为总体性、均衡性、全面性的存在，进而认为某种思想如果只着重于某一事物、某一方向的阐发，就会失去对道的认识，即必然地失去根本性或整体性。所以荀子批评"慎子有见于后，无见于先"，批评"墨子有见于齐，无见于畸"，批评"宋子有见于少，无见于多"（《荀子·天论》），这都没有问题。但是，按照这样一个思路来批评老子思想就很成问题。虽然从学术自由的角度来说荀子有批评任何人的权利，但是仅仅从"万物为道一偏，一物为万物一偏"这个前提出发就大批老子这个"道"概念的提出者不知"道"为何物，恶评老子这个道家学派创始人"愚者为一物一偏，自以为知道，无知也"，这终归是非常草率，也很不合适。

有见于屈而无见于伸，[1] 以至于不分贵贱，荀子对老子思想具体内容的这一评论也很不恰当。伸、屈这一对反义词并不是《老子》的中心概念，"伸"字在

---

[1] 此即对荀子"有见于诎，无见于信"的解说。见王先谦撰《荀子集解》，中华书局，1988 年，第 319 页。

《老子》中甚至没有出现。[1]实际上老子是以直、屈这一对反义词作为论说内容，并且仅仅出现了一次，即第四十五章的"大直若屈，大巧若拙，大辩若讷"。与之类似的还有第二十三章的"曲则全，枉则直"、第五十八章的"是以圣人方而不割，廉而不刿，直而不肆，光而不耀"。这些论述都充满了辩证法的思辨和饱经世故的智慧，绝不是一物一偏的拘囿之见。即使是就"大直若屈"来看，荀子所说的"有见于屈而无见于伸"也不是一个恰当的评论。进一步就贵贱而言，老子以道德为贵："万物莫不尊道而贵德"(《第九章》)，这确定无疑，而其隐约是以常俗之富贵傲慢为贱："富贵而骄，自遗其咎"(《第五十一章》)。同样的，老子也没有把贵和贱绝对化，即如荀子所批评的那种思路"有见于贵，无见于贱"，而是看到了贵对于贱的依存关系："贵以贱为本，高以下为基"(《第三十九章》)。

一般认为庄子在很大程度上继承了老子的思想，老子思想是庄子思想的重要渊源，而由荀子对老子思想不准确的理解可以引出这样一个疑问：荀子真的了解庄子思想吗？

二、《荀子》与《庄子》天人概念的巨大差别

《庄子》之中"天"字共计出现约655次，有三种含义。其一，作为自然物的天，约略与我们通常所说的"天空"等同，比如《庄子》的篇名有"天地"和"天下"，比如《逍遥游》中的"绝云气，负青天"，"天之苍苍，其正色邪"。在这个意义上的天可以单独出现，但是更加常见的是其与"地"字结合在一起组成"天地"一词。天运转不休，地凝固不动，"天地"一词常常被用作指称人类文明所居处的这个时空场。

其二，自然，或者说是万物的本性。《庄子》一书中有两次对"天"进行明确界定：

> 无为为之之谓天。(《庄子·天地》)

---

[1] 本文所据为王弼本《老子》。

　　"何谓天？何谓人？"北海若曰："牛马四足，是谓天；落马首，穿牛

　　鼻，是谓人。……"（《庄子·秋水》）

　　所谓"无为为之之谓天"，是说以自然无为的原则去作为，即顺应万物的本性自然而然，这就可以称为"天"。在这个意义上的"天"基本等同于"道"。《庄子》把"天"和"道"等同起来并加以大力阐发，这是其独有的理论创造。

　　所谓"牛马四足，是谓天"是说牛和马长着四条腿，这是它们的天性或本性；"落马首，穿牛鼻，是谓人"是说把马头笼络起来，给牛鼻子穿环，这是人为造作。简言之，天是天性，人是人为。在这个意义上的"天"与"人"往往对举，在《庄子》中大量、反复出现天人互相对比而论说的情况，比如"天之小人，人之君子；人之君子，天之小人也"（《大宗师》）。

　　其三，命运之天，即所谓"天命"，指不可抗拒、不可预料的神秘决定力量。"若是而万恶至者，皆天也，而非人也"（《庚桑楚》）。命运之天在《庄子》中出现的次数很少。

　　在上述"天"字的三种含义中，第二种含义的"天"在《庄子》之中出现得最为频繁，占绝大多数；"天"与"人"即天性与人为的对比又是《庄子》进行思想表达的重要方式，而把"天"和"道"等同起来并加以大力阐发是《庄子》的主要思想创造，所以"自然本性"是《庄子》中"天"这一概念的首要含义。

　　《庄子》之中"人"字出现约678次，比"天"字稍多。"人"的首要含义就是人为，很多时候特指那些违背自然之性的人为造作，在这个意义上的"人"主要是与"天"相对比而出现。《庄子》中"人"当然也有自然人的含义，而且可以在总体上进一步分为两类，一类是普通民众，比如舟人、庖人、畸人、门人、丈人、轮人、陈人、楚人、鲁人等等，另一类则是得道之人，比如真人、至人、神人以及圣人。值得注意的是，因为道等同于天，所以在《庄子》中得道之人有时也被称作"天人"（《天下》）。得道之人就是回归自然、返回天然之人，或者说也只有得道才能够体验或实现"天地与我并生，万物与我为一"（《齐物论》）的这种极致境界，也正是在这个意义上自然人才能够最终与"天"合而为一。

　　荀子所说的"天"是各种自然物的总合，约略等同于现代汉语中的自然界、

大自然。《天论》中荀子对"天"有比较明确的界定:

> 列星随旋,日月递炤,四时代御,阴阳大化,风雨博施,万物各得其
> 和以生,各得其养以成。……皆知其所以成,莫知其无形,夫是之谓天。
> 唯圣人为不求知天。[1]

荀子认为星宿的运转,日月的交替,四时的轮换,阴阳的变化,风雨的普降,万物的得到天地的和气而产生,得到天地的滋养而成长,人们都知道这是自然界的成就,却不知道其无形的成就者,这就是"天"。而且荀子所说的"天"是可以与"人"互相隔绝的,即"唯圣人为不求知天"。

相对应的,荀子所说的"人"主要是自然人,约略等同于现代汉语中的人以及人类,比如《性恶》中的"人之性恶,其善者伪也",《劝学》中的"为之人也,舍之禽兽也。"

综上所述,《荀子》与《庄子》在天人概念上具有巨大差别。荀子所说的"天"主要是指自然界,其所说的"人"主要是自然人,而庄子所说的"天"主要是指自然天性,其所说的"人"主要是指人为造作。荀子与庄子在天人概念上的巨大差别直接导致二者在天人思想上的不可通约性,即荀子所说的关于天与人的命题在庄子思想中不可能得到准确的理解或解释,反之也是如此。进一步来说,荀子所说的"蔽于天而不知人"只有在荀子思想中才能够得到恰如其分的解释,但是如果荀子用这个命题来评价庄子思想,那么其作为对庄子思想的评论就肯定是不准确的或者是不恰当的,因为其与庄子思想中的基本概念首先就不相契合。

---

[1] 后人多引此段文字作为荀子的"天"概念,但是王念孙等认为此处应为"夫是之谓天成",原文脱一"成"字(参见王先谦撰《荀子集解》,中华书局,1988年,第309页)。从上下文来看,确乎很有这种可能。但是即使如此,仍然可以从这段话中看出荀子对"天"的基本认知。

三、荀子与庄子天人观的巨大差异

就天人观而言，荀子的天人相分思想与庄子的天人本一思想具有巨大差别，而且这种差别属于本质上的差异，所以二者不可调和，也不能根据一方来评价另一方。

激于当时的政治昏暗和迷信横行，荀子倾向于否定人与天之间的任何关联，因为"天行有常，不为尧存，不为桀亡，应之以治则吉，应之以乱则凶"（《荀子·天论》，下同），所以当政者应当专心治理事务，没有必要去祭祀祷告，去揣摩各种天象。荀子还专门针对"星队（坠）木鸣"以及"日月之有蚀，风雨之不时，怪星之党见"等奇异自然现象进行了解说：

> 无何也！是天地之变，阴阳之化，物之罕至者也。怪之，可也；而畏之，非也。

荀子再三强调，政治的清明才是社会安定富足的关键，而"天"并非决定性因素："强本而节用，则天不能贫；养备而动时，则天不能病"。同样的，对于普通人而言，"天不为人之恶寒也辍冬，地不为人之恶辽远也辍广"，自然界不会为人的好恶以及喜怒哀乐而做丝毫改变，但是"天有常道矣，地有常数"，自然界的变化又有其规律性，所以君子只要领会和把握自然界的基本规律就可以了，即"道其常"。正是在这个意义上，荀子提出了"制天命而用之"这一著名主张，这无疑是对孔子"畏天命"（《论语·宪问》）的彻底悖逆，意味着荀子完全舍弃了孔子所主张的天命思想：

> 显然，荀子将人与天彻底二分，否定了天的任何形上意义，目的在于充分发挥人的作用，表面看来，荀子将儒家的人文主义发展到了最高峰。但是，这种以解构天命、天道的本原意义为特征的人文主义，已经完全溢出了儒家创始人孔子所开辟的思想轨道。因此，原始儒家的人文主义是有信仰的人文主义，它既保留着对于天命和天道的终极信仰，以其作为道德

的依据；又充分肯定人性本身具有证知和践行天命的潜质，从而确立了人作为道德本体的地位。……但是在荀子思想中，儒家的思想结构发生了严重倾斜，原先的两个支点变成了一个支点，为孔子所开辟的中和的人文主义也变成了寡头人文主义。……荀子曾经批评庄子"蔽于天而不知人"（《荀子·解蔽》），而他本人的天人观则是"蔽于人而不知天"。[1]

所以荀子所主张的天人相分就儒家内部而言也绝对是个"异端"。以天人相分、天人不相涉为基本思路，荀子对圣人和至人两个儒道共同的理想人格都做出了重新定义："唯圣人为不求知天"，"故明于天人之分，则可谓至人矣"。所谓的"唯圣人为不求知天"无疑在人与天之间划下了一条不可逾越的鸿沟，而"明于天人之分"则道破了其天人观的核心。

因为在《庄子》中大量、反复出现天人互相对比而论说的情况，所以从表面上看庄子是把人与天分隔开来做对比论述，这似乎和荀子的天人相分观念相同，而荀子"庄子蔽于天而不知人"的批评很可能就是建立在此一误解之上的。实际上庄子只是使用天与人对比的方法来说明自然与人为之间的差异。就天人观而言，庄子绝不是主张天人相分，而是主张"人与天一"（《庄子·山木》），[2]或者说是天人本一，即天人都本于自然，本于道。如前文所述，《庄子》中天往往被等同于道，所以在这个意义上来说，人本于天，即人以天为本根，只是由于后天的人为造作，人与天被暂时分隔开来。老子和庄子倡导和实践的修道或修道德，就是消除人为而返回自然，即回归于"人与天一"的理想状态。

具体来说，首先，庄子认为人与天在自然或道的意义上可以实现"一"这种存在状态，即"人与天一"。庄子用反问语句表述了人与天的这种同一性："庸讵知吾所谓天之非人乎？所谓人之非天乎？"（《大宗师》）并对"人与天一"这一理想状态再三进行论说："人与天一"也就是"安排而去化，乃入于寥天一"

---

[1] 赵法生：《荀子天论与先秦天人观的转折》，《清华大学学报》（哲学社会科学版）2015年第2期。
[2] 郭象对"人与天一"的解释是"皆自然"。参见（清）郭庆藩《庄子集释》，中华书局，1961年，第691页。

（《大宗师》），其也可以解释成"夫形全精复，与天为一"（《达生》）。《山木》中对"人与天一"的进一步解释是："有人，天也；有天，亦天也。人之不能有天，性也。"这里之所以引入"性"这个概念还是在强调人与天自然一体的状态："言自然则自然矣，人安能故有自然哉？自然耳，故曰性。"[1] 庄子匠心独运地在《德充符》里描述了很多"德"合于"天"的残疾人，正所谓"畸人者，畸于人而侔于天"（《大宗师》），庄子认为这些残疾人不齐于人却齐于天，而通过这种形体上"畸"而精神上"侔（齐）"的强烈对比，"人与天一"作为一种贯彻始终的精神追求被鲜明地凸显出来：畸人尚且如此，形体正常的人不更是应该以"德"合"天"吗？

值得注意的是，在庄子所说的古代，即对我们现代人而言的上古时代，这种"人与天一"的状态普遍存在着：

> 古之人，在混芒之中，与一世而得淡漠焉。当是时也，阴阳和静，鬼神不扰，四时得节，万物不伤，群生不夭，人虽有知，无所用之，此之谓至一。当是时也，莫之为而常自然。（《缮性》）

"古之人"的"至一"状态，也就是"人与天一"。所谓的"当是时也，莫之为而常自然"，也就是"古之人贵夫无为也"。平心而论，庄子在这里应该不是借古言事，更不是伪造故事，而是指明这种"人与天一"的人生追求与人生境界自古有之，这就是《天下》所言的"古之道术"，也就是老子一生所致力的"修道德"。或者说，实现这种"人与天一"的状态就是《庄子》所说的"得道"或"闻道"。

其次，人之所以会失去"人与天一"的这种状态而进入另一种天人分隔的状态，其原因在于以人为造作悖乱自然天性："性之动谓之为，为之伪谓之失"（《庚桑楚》）。虽然庄子对于如何保持"人与天一"状态给出了他的建议："无以人灭天，无以故灭命，无以得殉名。谨守而勿失，是谓反其真"（《秋水》），但是从中不难发现人们"失其真"的原因：用人为排除天性，用世事排除天命，为了

---

[1]（清）郭庆藩：《庄子集释》，中华书局，1961年，第694页。

利益而给名声殉葬，这些行为常人都不能谨慎小心地加以避免，这也就是常人之所以是常人的根本原因。

基于"人与天一"和"人与天分"这两种状态，庄子给出了衡量一个人存在价值的截然相反的两种标准。"天之小人，人之君子；人之君子，天之小人也"（《大宗师》）就非常鲜明地展现了这两种标准的对立和分歧：如果按照"人与天分"来行事，那么就是悖逆天性，努力造作而成为俗世中的君子，如果按照"人与天一"来行事，就是保全了本性，自然而然处世却成为了俗人眼中的小人。很明显，庄子的选择是后者，他"独与天地精神往来，而不敖倪于万物"（《天下》）。但是这样一来却免不了后人拿"人与天分"的标准来评价庄子以及庄子思想，甚至视其为"小人"之哲学。比如 20 世纪 60 年代关锋曾经把庄子哲学定性为"虚无主义、阿 Q 精神、滑头主义、悲观主义"，[1] 而冯友兰先生也随后跟进，认为庄子哲学是"哲学中的渣滓。我们应该象清除渣滓那样，把它批判掉，以免它妨碍卫生，并且成为人向前走路的绊脚石"[2]。当我们怀着一种宽容的心态仔细倾听这些批判庄子哲学的声音，就会发现其理论依据和论证过程中所隐含着的对庄子思想的深深误解，难怪牟复礼先生将之称为"想象力平庸的读者将道家思想庸俗化"[3]。老子论道，有人大笑之，庄子论道，后人斥之为渣滓，这似乎也是一种必然，正所谓"不笑不足以为道"。

"人与天一"和"人与天分"还可以进一步引申出两种求学路径或两种思考方法。一种求学路径或思考方法是以"人与天分"为原则的"俗学"和"俗思"，其注定与"人与天一"背道而驰："缮性于俗学，以求复其初；滑欲于俗思，以求致其明：谓之蔽蒙之民。"（《缮性》）改善心性、调理情感都不能够借助于世俗之学，不能够有追求名利地位的世俗观念，否则就是"蔽蒙之民"。另一种求学路径或思考方法是以"人与天一"为原则的求道之学："古之治道者，以恬养知。生而无以知为也，谓之以知养恬。知与恬交相养，而和理出其性。夫德，和也；

---

[1] 关锋：《庄子哲学批判》，《庄子哲学讨论集》，中华书局，1962 年，第 5 页。

[2] 冯友兰：《论庄子》，《庄子哲学讨论集》，中华书局，1962 年，第 128 页。

[3] 〔美〕牟复礼著：《中国思想之渊源》，王重阳译，北京大学出版社，2016 年，第 149 页。

道，理也。"古代修道的人都是以恬淡的性情来保养智慧，他们做事自然而然，并不依靠智慧来计较分辨，这就是以智慧来保养恬淡的性情；恬淡的性情和深邃的智慧互相保养，这样能够使得道德修养深厚。换一个角度来看，这两种路径也可以说是"古之人外化而内不化，今之人内化而外不化"（《知北游》）。因为"天在内，人在外"（《秋水》），天性蕴藏在内心，人事表现在外在行为，古代修道之人的外在行为可以变化而内在的天性却一直保持不变，现在的俗世之人内在的天性被消弭转化而外在行为却始终没有变化。可以说，对这两种求学路径或思考方法的对比说明几乎贯穿了《庄子》全书："其一与天为徒，其不一与人为徒"，但是庄子并非绝对反对人为造作，而是试图在天与人之间画出一条界限："天与人不相胜也，是之谓真人。"（《大宗师》）对这个"不相胜"的界限的精准把握应该只有在"真人"也就是"人与天一"的状态下才能够真正完成。

经过以上对比分析可以发现，荀子与庄子的天人思想具有本质上的不同，二者对立分歧，不可通约，更不能根据一方来评价另外一方，因为这样完全没有意义。荀子的天人相分思想与庄子的天人本一思想是二者各自进行思想建构的根本点和立足点，或者说是庄之所以为庄、荀之所以为荀的根本所在，如果要对某一个进行准确的评价，则必须回归到其所属的思想流派和思想线索中。

四、关于荀子批评庄子时所使用的"解蔽"的认知方法

首先，荀子对庄子的批评"蔽于人而不知天"是在其"解蔽"这一认知方法下提出来的，而从总体上来看，荀子的解蔽方法是不适用于评析庄子思想的。与前文所讨论的荀子对老子的批评相类似，荀子对庄子提出批评的前提也是以道总括万物并认为一隅一曲的见解都是对道的局部的片面的了解，即"夫道者体常而尽变，一隅不足以举之。曲知之人，观于道之一隅，而未之能识也。"（《荀子·解蔽》，下同）荀子使用解蔽的方法批评"墨子蔽于用而不知文，宋子蔽于欲而不知得，慎子蔽于法而不知贤，申子蔽于势而不知知，惠子蔽于辞而不知实"都没有问题，因为"实用"与"文饰"、"少欲"与"贪得"、"法治"与"尚贤"、"权势"与"智慧"、"说辞"与"实物"都是互相对立的概念，彼此之间确

乎有一种直接的反对关系，得之于此就必然失之于彼。但是荀子按照这种思路来批评"庄子蔽于天而不知人"就是不合适的，因为庄子思想中的天和人从根本上来说不是这种直接的反对关系。荀子实际上是按照自己的天人相分观念来理解和评论庄子思想，这就对庄子思想产生了误解。正如前文所讨论的那样，荀子首先是对庄子思想中的天人概念产生了误解，其次是对庄子的天人观产生了误解。总之，庄子思想中没有荀子那样的天人相分或天人对立，所以荀子的解蔽方法对其不适用。

其次，荀子的解蔽方法本身也有一些问题。正如荀子所说"凡万物异则莫不相为蔽，此心术之公患也"，虽然事物彼此之间会产生遮蔽，但是对于某一事物而言，其必然以否定的方式通向其对立面，而且这样一个事物与其对立面结合在一起可能会使得"道"在某一方面的意义上显现出来。由此可见，虽然彼此对立的事物可以互相遮蔽并对人的认知产生阻碍，即"欲为蔽，恶为蔽，始为蔽，终为蔽，远为蔽，近为蔽，博为蔽，浅为蔽，古为蔽，今为蔽"，但是因为对立的双方在逻辑上是可以互通的，可以由此及彼或由彼及此，所以每一个事物都具有不可抹杀的独特意义，可以说其各自对局部的"道"进行了一定程度的展现。如果彻底否定单一的以及彼此对立的两个事物的认知意义，那么荀子所主张的"兼陈万物而中县（悬）衡焉"的无蔽之知又从何谈起呢？所以我们可以批评荀子的解蔽方法隐含着"有见于蔽而无见于通"的根本性疏失。

再次，在荀子思想中"天"是否是解蔽这一认知方法的盲区呢？既然"唯圣人为不求知天"（《荀子·天论》），荀子倾向于把人与天彼此隔绝开来，人不必或不能去追问"天"的存在，那么人又如何能够真正认识和把握天的运行规律呢？如果说荀子所谓的"虚壹而静"只能够被看作是人认识自身的一种认知功能的话，那么与人隔绝的天究竟能否被人所认知呢？如果人不能够认知天的话，那么面对着一个与自己隔绝的天，人又如何实现"道其常"，即如何保证人的认知所得到的天的规律与天一致，并最终实现"制天命而用之"呢？

五、结语

《荀子》的天人相分思想和《庄子》的天人本一思想是扞格不入的两个系统，而在不可对接的这两个系统之间，荀子所谓的"庄子蔽于天而不知人"实在是难以找到落脚之处。如果说荀子是在自己的概念系统下讲述"蔽于天而不知人"，那么由于其对天人关系的独特理解和理论预设就不适合将之于用作对庄子思想进行评论；如果说荀子是在庄子的概念系统下叙说"蔽于天而不知人"，那么其明显违背了庄子思想的基本内涵。不得已之下，只有极宽泛地将"庄子蔽于天而不知人"理解为庄子"不相信组织和社会运动"[1]才比较妥帖，那么在很大程度上这也就是庄子与荀子社会治理观念的区别[2]，意义并不大。尤其需要注意的是，统合来看，荀子之所以对庄子做出如此评价，很可能是因为其对庄子思想的误解——当然这也与荀子比较偏激的个性有关：与《庄子·天下》纵论天下学术而优劣兼得的胸襟气度相比，《荀子·非十二子》的一味鄙薄排斥、个个只抑不扬就显得偏激和狭隘。当然，误解的前提是不了解，荀子没有全面准确地理解庄子思想以及老子思想，他只是基于自己的儒家立场和针砭时弊的使命感比较简单直接地对老子和庄子加以批驳和排斥。总之，荀子"庄子蔽于天而不知人"这句批评即使不是完全错误的，也是非常不准确的。郭沫若盛赞"荀子是先秦诸子中最后一位大师，他不仅集了儒家的大成，而且可以说是集了百家的大成的"[3]，这只是囿时之言、过誉之词，完全不足以信据。

---

[1]〔美〕牟复礼著：《中国思想之渊源》，王重阳译，北京大学出版社，2016 年，第 152 页。

[2] 荀子认为："由天谓之，道尽因矣。"杨倞的注解"因任其自然，无复治化也"无疑就是沿着这个思路的展开。

[3] 郭沫若：《十批判书》，东方出版社，1996 年，第 218 页。

华严宗师判摄老庄的思想理路 *

师　瑞 **

从慧苑、澄观、宗密再到德清，华严宗师对老庄的判摄呈现出由批判为主转为会通为主的趋势。然而无论批判也好，会通也好，他们的观点又具有高度相似性。如慧苑以老庄误认阿赖耶识为道，故判入"迷真异执教"；澄观既以真如类比道，又大力剖析佛道之异；宗密批判老庄为外道迷执，有权而无实，又以元气为阿赖耶识之相分而会通之；而德清从会通的立场以老庄误认阿赖耶识为道，将其归入"人天乘"。概而言之，华严诸宗师都是以"三界唯心""万法唯识"统摄老庄等外道言教，进而或批判老庄为异教，或在辨析其异的同时融摄老庄入佛。当然，由于具体主张的不同，各宗师对老庄的批判与融摄有着程度上的差异。

在中国化的佛教宗派之中，华严宗与老庄道家的关系可谓密切。他们既辨析佛道之异，也会通佛道之同；既吸收老庄思想入佛，又以佛解老庄。例如，晚明高僧德清的《观老庄影响论》《道德经解》《庄子内篇解》等，便是基于华严学立场诠释老庄的经典之作。德清以"三界唯心""万法唯识"会通三教，主张三教皆为一心之影与响。这一主张既是华严宗的真理观，又被德清作为判教方式用以会通佛与儒道思想。这一思维方式的源头，可以追溯至慧苑、澄观及宗密那里。

---

　*　本文系国家社科基金资助一般项目"佛教视域中的庄子学研究"（项目批准号：17BZX046）阶段性成果。

　**　师瑞，陕西榆林人，北京大学哲学博士，延安大学文学院讲师，研究方向为中国哲学、庄佛会通。

一、慧苑："迷真异执"

慧苑是唐代著名的僧人，华严宗三祖法藏的弟子。慧苑把中国的儒道与西域外道皆归于"迷真异执教"中，并以因缘法为依据，批判易老庄三玄"谬执异因"。如慧苑认为《周易》中的"易有太极，是生两仪，两仪生四象，四象生八卦，八卦定吉凶，吉凶生大业"，是以"易"为万物之始；《老子》中的"道生一，一生二，二生三，三生万物"以及"人法地，地法天，天法道，道法自然"，是以"自然"为万物因；《庄子》中的"夫道有情有信，无为无形，可传而不可受，可得而不可见。自本自根，未有天地自古以固存。神鬼神帝，生天生地"，是以"道"为万物因。[1] 在慧苑看来，易、自然、道都是一种"无"，认为"无"能生物便是以无为因。按因缘法看，这是执取异因，非正因缘。因此，慧苑把三玄的生成论思想概括为"无生万有"，认为不可以如来藏缘起的思想妄加比附。

以"无生万有"概括儒道宇宙论合适与否，且当别论。慧苑之所以批评外道迷执，是因为外道不能正确理解阿赖耶识，错认阿赖耶识（如来藏）为万物的创造者。他说：

> 故《密严经》第二云：……外道所计胜性微尘自在时等，悉是清净阿赖耶识。由先业力乃爱为因，成就世间若干品类。妄计之人执为作者。此识体相，微细难知。未见真实，心迷不了。（此经宗意，以生灭与不生灭和合，成阿赖耶识故，以阿赖耶名，名如来藏也。）[2]

慧苑认为西域外道和此方儒道于正法中不得真实，反而于虚妄法中横加推求，错误地执取异因为正道。西域外道有无因论者，是计自然为万物因；又有计自性、真我、天、那罗延、时、方、梵天、虚空、宿、极微为万物因者，共计有十一种

---

[1]（唐）慧苑：《续华严经略疏刊定记》卷一，《卍新纂续藏》第三册，第581页—582页。注：本文所引用《大正藏》《卍新纂续藏》《乾隆大藏经》均为CBETA（2021）版。

[2] 同上书，第581页。

之多。此方儒道，如孔子以"易为万物之始"，老子以"自然为万物因"，庄子以"道为万物因"。慧苑依据《密严经》的观点，指出外道不明万法乃先前业力所造，是以爱为因，却错把本来清净的阿赖耶识或如来藏当作造物者。

慧苑所处的时代，当有以如来藏随缘会通儒道生成论的思想倾向。慧苑在分析三玄的特点之后，批评道：

> 此上三家所计，物生自虚，万无而响，像学人摸塔。释教即谓如藏随缘，是彼无生万有。若此者，岂唯不识如来之藏，抑亦未辨虚无之宗。[1]

慧苑认为这样的会通不仅未能真正理解如来藏，也未能真正理解三玄。因为如来藏随缘而生，并不是说如来藏生出万物，乃是如来藏被无始无明熏染后清净的本性受到遮蔽，故而人们有了愚痴，有了造业，从而产生万物。外道不明此理，错认如来藏为造物者而说无生万有，此是异因论，非正因缘。

二、澄观：自然非正因缘

清凉澄观与圭峰宗密分别为华严宗四祖、五祖。按德清的说法，由于他们的旨趣不同，故而对老庄的"去取"态度不甚相同。德清曰：

> 圭峰少而《宗镜》远之者：孔子作《春秋》，假天王之令而行赏罚；二师其操法王之权而行褒贬欤？清凉则浑融法界，无可无不可者，故取而不取。是各有所主也。[2]

澄观的思想比较圆融，所以是"取其文不取其义"；宗密以佛法为标准批判儒道

---

[1]（唐）慧苑：《续华严经略疏刊定记》卷一，《卍新纂续藏》第三册，第582页。

[2]（明）释德清：《憨山老人梦游集》卷四十五，《卍新纂续藏》第七十三册，第767页。按：《宗镜》指《宗镜录》，著作者永明延寿为净土六祖、法眼三祖。

"不能原人",针砭严厉。德清这里的说法较能凸显澄观与宗密处理庄佛关系的总体特征。不过,如果深入分析就会发现澄观除了圆融会通的一面,还有严格辨异的一面;宗密批儒道不能"原人",却进而以华严思想会通儒道,使其思想能够"完备"。因此,如果说澄观是"取而不取",则宗密是"去而不去",二者对老庄思想的判摄实有相当程度的一致性。

澄观先以佛教的因缘法为依据,历数佛教与道家(部分条目儒道合言)之间的十条差异:始无始异、气非气异、三世无三世异、习非习异、禀缘禀气异、内非内异、缘非缘异、天非天异、染非染异、归非归异。[1]这些差异最根本之处在于万物生成的原因,佛以"心为法本",而道以"气变为神"。华严宗认为宇宙没有最初的开始,心识为内因,受外缘熏染而成万物,故曰内,曰缘,曰习,曰染;且三世轮回不断,若能够转染为净则入涅槃。道家认为宇宙有始曰太初,万物禀气而自然化生,故曰气,曰天。从佛教的视角看,道家思想非内、非缘、非习、非染、无三世、非归;而从道家视角看,佛教思想非气、非天。可以看出,澄观对道家的批判重点在于"自然生成论"。因为如果人和天地万物都是自然而然产生的话,则建立在业力作用基础上的因缘思想便难以成立。澄观因此基于佛教的因缘观,批判道家的自然观。他说:"此上十异,即冀审思慎之深衷,多以小乘因缘以破外宗玄妙。"[2]

澄观进而对老庄之"异因"作出了区分,认为老子的道是邪因,庄子的道是无因,《易》则或邪因或无因。首先,澄观指出西域外道有四见:因中有果、因中无果、亦有亦无、非有非无。若以佛法判定则不出两种——无因与邪因;紧接着,澄观批判儒道亦不出此。他说:

> 从虚空自然生,即是无因,余皆邪因。此方儒道二教亦不出此。如庄老皆计自然,谓人法地,地法天,天法道,道法自然。若以自然为因,能生万物,即是邪因。若谓万物自然而生,如鹤之白,如乌之黑,即是无

[1] (唐)澄观:《大方广佛华严经疏演义钞》卷十四,《大正藏》第三十六册,第106页。
[2] 同上。

因。《周易》云"易有太极，是生两仪，两仪生四象，四象生八卦，八卦定吉凶，吉凶成大业"者，太极为因，即是邪因。若谓一阴一阳之谓道，即计阴阳变异能生万物，亦是邪因。若计一为虚无自然，则亦无因。[1]

说老庄"皆计自然"，意思是说老庄都执着于自然。老子的"道法自然"是"以自然为因，能生万物"，属于邪因。庄子的"万物自然而生"属于无因。《周易》以太极为万物生成之因，即是邪因；如果把"一"理解为"虚无自然"则属于无因。澄观关于正邪的判定也以华严宗"三界唯心"为基准。他说："以不知三界由乎我心，从痴有爱流转无极。迷正因缘，故异计纷然。安知因缘性空，真如妙有？"[2]从"三界唯心""万法唯识"的思想视角来看，老庄乃至其他外道，不识心神，其生成论不合"三界唯心"义，故非正因缘。

澄观在批判道家自然非正因缘的同时，又以道类比如来藏，体现出澄观会通三教的圆融立场。他说：

> 彼以虚无自然为道，无法不是虚无自然，故无不在。今以类取，则真如寂灭，无所不在。道符于灭，何所不在？[3]

不过，澄观的圆融理解与慧苑的批判未必有实质的差异。正如德清所言，"至观《华严疏》，每引老庄语甚多，则曰取其文不取其意。"[4]澄观会通外道时自称"但借其言不取其义""借其喻不取其法"，这说明其解释的圆融与其坚定的佛教立场并不违碍，毋宁说正相符合。

澄观批判自然非正因缘，主要原因在于道家的"自然生成论"是一种被动的生成论。人作为被赋予、被生成的存在，面对造物者只有顺从和听命，即便是

---

[1]（唐）澄观：《大方广佛华严经疏》卷三，《大正藏》第三十五册，第521页。

[2] 同上。

[3]（唐）澄观：《大方广佛华严经疏演义钞》卷二十九，《大正藏》第三十六册，第221页。

[4]（明）释德清：《憨山老人梦游集》卷四十五，《卍新纂续藏》第七十三册，第766页。

积极主动去效法和模仿，仍然处于被动的境地。华严宗主张心识是生起万物的根本，所谓"三界唯心""万法唯识"。心有觉与不觉，觉则现涅槃境界，不觉则堕入轮回。这样一来，在天地万物面前，人不再是被动的存在，而是主动的建构者。不过，澄观基于佛教因缘观批判道家自然观，对于道家而言并不公平。因为佛教把天地万物看作认识的对象，而道家则把天地万物视作一种实存。前者属于认识论范畴，后者则属于存在论的范畴。

三、宗密：元气乃阿赖耶识相分

慧苑批判三玄误认阿赖耶识为道的说法，在后来的宗密和德清那里转变成为从会通的立场积极融摄儒道入佛的正面说辞。二者立场虽异，但思想理路却是相似的。

宗密一方面讲孔、老、释迦皆是圣人，另一方面以权实分别儒道与佛，认为儒道唯权，而佛兼权实。他说：

> 孔、老、释迦皆是至圣，随时应物，设教殊途，内外相资，共利群庶。策勤万行，明因果始终。推究万法，彰生起本末。虽皆圣意而实有权。二教唯权，佛兼权实。策万行，惩恶劝善，同归于治，则三教皆可遵行。推万法，穷理尽性，至于本源，则佛教方为决了。[1]

若以权论，三教皆有惩恶劝善之功，因而三教都可以遵行。这一说法当然也与护教思想有关。若深究之，则虽说三教皆可惩恶劝善，但其善恶之义并不相同；虽说皆有济世之功，但其济世之法决然有别。因此，儒道之权法与佛教内部的权教也不相同。宗密立五教义，有人天教、小乘教、大乘法相教、大乘破相教和一乘显性教。其中前四者皆为偏浅之权教，唯有一乘显性教即华严教为了义实教。然而此权教虽为不了义，但毕竟是佛教。而儒道本为迷执，判其为权法，仅为权

---

[1]（唐）宗密：《原人论》，《大正藏》第四十五册，第708页。

说，其中"应机设教"的意义十分有限。若以实论，则佛教中的一乘显性教才是最彻底、最究竟的，而儒道二教并不能"原人"——即"穷理尽性，至于本源"。

宗密基本上是把儒家的天命观、元气论和道家的道论以及气化说糅合在一起，认为儒道二教是外道迷执，不能"穷理尽性，至于本源"。《原人论》曰：

> 儒道二教说人畜等类，皆是虚无大道生成养育。谓道法自然生于元气，元气生天地，天地生万物。故愚智贵贱贫富苦乐，皆禀于天，由于时命，故死后却归天地，复其虚无。[1]

宗密认为儒道二教的缺点在于把人看作被动的存在，对于世界万物不可能有主动的参与或创造。其一，若吉凶祸福源于天命，则祸乱凶愚不可除，福庆贤善不可益；其二，若善恶寿夭均齐，则无所遵行；其三，禀气而生则婴孩不能思虑，若能自然思虑则五德六艺皆能自然明白，不必修习；其四，气散而死，则鬼神不存，鬼神不存则不必祭祀祈祷。[2] 如此等等，这些推论会从根本上否定儒道立教的必要性。

宗密在批判儒道迷执的同时，主张会通本末，使儒道迷执亦归于佛教正道。宗密的会通，首先也是以"三界唯心""万法唯识"思想重新诠释儒道的元气生成论。《原人论》曰：

> 然所禀之气，展转推本，即混一之元气也。所起之心，展转穷源，即真一之灵心也。究实言之，心外的无别法。元气亦从心之所变，属前转识所现之境，是阿赖耶相分所摄。[3]

最初只有一个不生不灭的真心，名如来藏。与生灭妄想和合，故成阿赖耶识。前

---

[1]（唐）宗密：《原人论》，《大正藏》第四十五册，第708页。

[2] 同上。

[3] 同上书，第710页。

七识乃依阿赖耶识而生，故称转识。识包含能缘之见分（认识作用）与所缘之相分（认识对象）；见分又称行相，相分又称境相。宗密认为元气即是"前转识所现之境"，为阿赖耶识相分所摄。这样，从元气至天地万物无非都是境界之相，从根本上说都是心之造业所现。

其次，宗密依据改造后的"元气论"重新解释了人乃至天地万物的产生过程。他说：

> 业既成熟，即从父母禀受二气，与业识和合成就人身。据此，则心识所变之境，乃成二分。一分即与心识和合成人，一分不与心识和合，即成天地、山河、国邑。[1]

元气最终变现为两种类型的存在，一为外四大（山河大地），一为内四大（人身）。不同的是，外四大由元气直接生成，而内四大则是业识与阴阳二气和合而成。此业识乃前世造业的意识，阴阳二气则从父母那里禀受。宗密的解释，实质上是把儒道元气论都放在境（相分）的层面，而以心识为根本原因。这样，宗密以"心识"为根本因，通过重新诠释元气，不仅解释了山河大地的生成，也解释了人的轮回。

不过，这样的解释也带来了一些问题。比如，如果说元气是从父母那里禀受的阴阳二气，那么我的身体便是父母造业之果，与我的心识造业有割裂的嫌疑。并且既说心生元气（由妄心故），又说元气生人（身心一体），实为循环论证。究其原因，还是因为元气论承认客观世界的实存性，重在讨论客观世界的生成模式；而如来藏缘起否认世界的实体性存在，以"三界唯心""万法唯识"的观念把一切事物看作是心识所变现的境相。二者之间有着本质区别。不过，宗密的创造性诠释使得儒道元气生成论在一定程度上可以被佛教的理论系统所理解和融摄。

宗密以"三界唯心""万法唯识"观念改造元气论，是出于会通儒道与佛的

---

[1]（唐）宗密：《原人论》，《大正藏》第四十五册，第710页。

目的。一方面，他把元气理解为阿赖耶识的相分，同时又把元气理解为道所生之"一气"。他说：

> 空界劫中，是道教指云虚无之道。然道体寂照灵通，不是虚无。老氏
> 或迷之或权设，务绝人欲，故指空界为道。空界中大风，即彼混沌一气。
> 故彼云道生一也。[1]

从这段话看，宗密实际上是以六大中的风对应老庄的气，以四劫中的空劫类比老庄的道。风仅为构成万物的元素之一，根本上是由心识变现。空劫仅为世界流转变迁过程中的一种状态，并非虚无。老庄不知气乃阿赖耶识之相分，误以空劫为虚无之道，以为道能生气，从而产生万物。可见，宗密实际上是以元气为枢纽，在道与阿赖耶识之间架起一座桥梁。这样一来，道家的道生万物义便可以从如来藏缘起的视角去重新理解。

四、德清：道即阿赖耶识

憨山德清是晚明的高僧，其思想以华严为主，兼习禅宗、净土等。德清也以阿赖耶识会通老庄之道，但他并没有通过元气这一中介，而是直接把"虚无自然"之道看作阿赖耶识。这与慧苑最初对老庄之道的判断有异曲同工之妙。德清曰：

> 老氏所宗，以虚无自然为妙道。此即《楞严》所谓"分别都无，非色
> 非空。拘舍离等，昧为冥谛者"是已。此正所云八识空昧之体也。以其此
> 识，最极幽深，微妙难测，非佛不足以尽之。转此则为大圆镜智矣。菩萨
> 知此，以止观而破之，尚有分证。至若声闻不知，则取之为涅槃。西域外

---

[1]（唐）宗密：《原人论》，《大正藏》第四十五册，第 709 页。

道梵志不知，则执之为冥谛。此则以为虚无自然妙道也。[1]

德清把老庄的"虚无自然"之道解释为冥谛。《楞严经》中佛陀教导阿难说："汝等尚以缘心听法。此法亦缘，非得法性。"又曰：

> 云何离声，无分别性？斯则岂唯声分别心，分别我容，离诸色相，无分别性。如是乃至分别都无，非色非空。拘舍离等，昧为冥谛。离诸法缘，无分别性。则汝心性，各有所还。云何为主？[2]

这里说的冥谛正是阿赖耶识，即八识空昧之体。阿赖耶识本来清净，因受无明熏染，故而缘生万法。佛陀可以转此为大圆镜智，菩萨亦可以分证，声闻等取为涅槃。三者虽境界不同，但都已离开三界，得以解脱。然而西域外道执此为冥谛，此方老庄执此为虚无自然之道，二者都在三界之内，尚有迷执。

以老庄之道类比西域外道，是隋唐以后佛教内部一贯的主张。德清的创见在于从会通的立场把道理解为阿赖耶识，并由此对老庄思想予以重新定位。他说：

> 然而一切众生，皆依八识而有生死，坚固我执之情者。岂只彼方众生有执，而此方众生无之耶？是则此第八识，彼外道者，或执之为冥谛，或执之为自然，或执之为因缘，或执之为神我。即以定修心，生于梵天而执之为五现涅槃。或穷空不归而入无色界天。伏前七识生机不动，进观识性，至空无边处，无所有处，以极非非想处。此乃界内修心而未离识性者。[3]

三界包含欲界、色界和无色界。三界众生未离我执，依八识而在生死中轮回，所

---

[1]（明）释德清：《憨山老人梦游集》卷四十五，《卍新纂续藏》第七十三册，第771页。

[2]（唐）般刺密谛译：《首楞严经》卷二，《大正藏》第十九册，第111页。

[3]（明）释德清：《憨山老人梦游集》卷四十五，《卍新纂续藏》第七十三册，第770页。

以是"界内修心"。在德清看来，老庄仍在"界内修心"，未能出离三界，不识"无始涅槃元清净体"，而以"无始生死根本"为道。依《大乘起信论》的理念，"无始涅槃元清净体"为心真如门，"无始生死根本"为心生灭门。如果配合四圣六凡来理解，则前者是成就圣人所根据的如来藏性，后者是导致众生轮回的阿赖耶识。众生的阿赖耶识，其体本来清净，但众生不明此本来清净之体，故执此阿赖耶识生出种种世间幻象，以至于轮回不断。老庄的虚无自然之道，即是阿赖耶识的别称。在这个意义上，老庄显然也是界内修心者。

德清接着分析了儒道二教的性质及其差异。唯识思想认为眼、耳、鼻、舌、身、意六识，是造业的根本；第七识末那识是生死根本。第八识阿赖耶识本自清净，故为精明之体，也叫识精元明，但因无明熏染，故能生出万法。德清认为孔子以仁义礼智教人"思无邪"，正为断前六识分别邪妄的念头，而以第七识为指归，所谓"生生之谓易"。老子以虚无为妙道，正是要破前六识而俘七识，以认取第八识精明之体。在这个意义上说，老子的绝圣弃智是教人趋于涅槃清净的。但老子毕竟未明此清净之体，而曰"恍兮惚兮"，不能彻底破执而脱离生死，其虚无自然之道毕竟是冥谛。这样实际上是把人天乘进一步细分，把儒道二教分别列为人乘与天乘。

德清把老庄的"道"解释为"阿赖耶识"，有一箭双雕之功。其一，在于会通佛道，摄老庄入佛；其二，把老庄限定在作为外道的"界内修心"层面。合言之，则是在批判外道迷执的前提下融摄老庄入佛。其实质是把"三界唯心""万法唯识"的真理观作为判教方式以统摄其他言教。德清曰："苟唯心识而观诸法，则彼自不出影响间也。"[1]这也是《观老庄影响论》书名的由来。"三界唯心""万法唯识"，意思是说一切法皆为心识所造。"法"为梵语dharma的意译，音译达摩。大致有五义：1）法则·正义·规范；2）佛陀的教法；3）德、属性；4）因；5）构成事物的要素。[2]在德清的解释中，上述几层含义似乎是同时混合使用的。德清曰：

---

[1]（明）释德清：《憨山老人梦游集》卷四十五，《卍新纂续藏》第七十三册，第766页。

[2]〔日〕中村元等编：《岩波佛教词典》第二版，岩波书店，2002年，第901页。

　　既唯心识观，则一切形，心之影也，一切声，心之响也。是则一切圣
人乃影之端者，一切言教乃响之顺者。[1]

形为心影，声为心响，是从形声的构成、成因、属性讲"三界唯心""万法唯
识"；一切言教则有规范或教法义。德清认为一切言教都是圣人的心创造的，这
与一切形声为心所造是一样的道理。

　　可以看出，德清不是以外在于言教的姿态去理解言教，而是自觉地把自身
置于其中，以宗教体证的方式加以理解。这与我们今天的概念分析法有着天壤
之别。如果说理解本身蕴含着实践性，那么德清毫无疑问对这种实践性具有强
烈的自觉，以至于我们无法简单地把德清对外典的解释看作以佛解老（或庄、
儒），因为他把对外典的理解融入了自己的宗教体证之中。在德清看来，"三界唯
心""万法唯识"不只是佛教的一种义理，更是普遍的"真理"。德清并据此"真
理"融摄一切言教于一炉。在这个意义上，一切言教皆是一心的影与响。换句话
说，不仅"三教本来一理"，一切言教皆是一理。一理即指"心识"。

　　三教虽然一理，但还有深浅的不同。德清用"圆融行布"进行了说明："圆
融者，一切诸法，但是一心，染净融通，无障无碍；行布者，十界、五乘、五
教理事因果浅深不同。"[2] 行布指证悟具有次第，分许多阶位，如有六凡四圣（十
界），有人天、声闻、缘觉、菩萨、佛（五乘），有小、始、终、顿、圆（五教）
等。圆融指各阶位初后相即，融通无碍。证悟的不同阶位对应不同的法门，则各
法门之间理事因果的不同即为行布，各法门之间融通无碍即为圆融。

　　由于三教本来一理，则三教之间虽有差异，毕竟是融通无碍的。只因众生
根器不同，圣人应机设教，故有深浅之别。因此说，"一切无非佛法，三教无非
圣人"[3]，孔老佛只不过是应机设教的阶位有所不同。德清接着为五乘圣人排了次
序，曰：

---

[1]　（明）释德清：《憨山老人梦游集》卷四十五，《卍新纂续藏》第七十三册，第 766 页。

[2]　同上书，第 767 页。

[3]　同上。

孔子，人乘之圣也，故奉天以治人；老子，天乘之圣也，故清净无欲，离人而入天；声闻、缘觉，超人天之圣也，故高超三界，远越四生，弃人天而不入；菩萨，超二乘之圣也，出人天而入人天，故往来三界，救度四生，出真而入俗；佛则超圣凡之圣也，故能圣能凡，在天而天，在人而人，乃至异类分形，无往而不入，且夫能圣能凡者，岂圣凡所能哉？[1]

人乘是运载众生出离四趣（地狱、饿鬼、畜生、阿修罗）而生于人道的教法，以五戒为本。儒家教人五常，即是五戒，属人乘法门。孔子"奉天而治人"，为人乘之圣。天包含欲界六天、色界四禅天及无色界四天。天乘是运载众生出离人道而生于天道的教法，以上品十善及九次第禅为本。老庄教人离欲清净、淡泊无为，正是"离人而入天"的天乘法门。老子是天乘之圣，庄子乃发扬老子之意者。孔子和老子分列人乘、天乘的位阶，与佛乘相比当然要低许多。但位阶虽有高低，却不代表三教之间有本质的差别。就教义而言，三教圣人皆语四谛，只不过佛是遍地语说四谛，孔老是随俗语说四谛；就工夫而言，三教皆以止观为本，只不过儒道的止观分属人天乘而已；就归趣而言，三教圣人皆有经世之心，心同而迹异；就体用而言，三教圣人体用皆同，所谓"三圣无我之体、利生之用皆同"，只是用处大小有所不同。[2]这样看来，可以说孔老亦是佛的化身，只不过是化现于人天乘而已。

需要指出的是，德清虽以"三界唯心""万法唯识"的观念统摄三教，但就其迹而言老庄毕竟还属外道。这里有个权与实的问题。德清曰：

原其所宗，虚无自然即属外道。观其慈悲救世之心，人天交归，有无双照，又似菩萨。盖以权论，正所谓现婆罗门身而说法者。据实判之，乃人天乘精修梵行而入空定者是也。[3]

---

[1]（明）释德清：《憨山老人梦游集》卷四十五，《卍新纂续藏》第七十三册，第 767 页。

[2] 同上书，第 772 页。

[3] 同上书，第 768 页—769 页。

"据实判之"，是说根据实法（了义之佛乘）判定。若权说，则老庄现婆罗门身而说法，似二乘或菩萨；据实法判之，则老庄为人天乘。而此人天乘，实质上是通向外道的。这与慧苑的判定亦很相似。不过，德清显然是以融通的立场摄道入佛，这也充分彰显了华严思想之广博与宽容。但学习者若执着于这些文字，便与其"破执不破法"的精神相违。因此，在《庄子内篇注》的最后德清不无担心地说：

> 即予此解，亦非牵强附合，盖就其所宗，以得其立言之旨。但以佛法中人天止观而参证之，所谓天乘止观。即《宗镜》亦云：老庄所宗，自然清净无为之道，即初禅天通明禅也。吾徒观者，幸无以佛法妄拟为过也。[1]

结语

从慧苑、澄观、宗密至德清，华严宗各宗师对老庄的判摄过程从以批判为主转为以会通为主。慧苑批判老庄为"迷真异执教"，认为老子以自然为万物因，庄子以道为万物因，皆是谬执异因，非正因缘。慧苑极力批判以如来藏缘起比附老庄的"无生万有"，认为老庄是于虚妄法中横加推求，认阿赖耶识为道，故而"误解"了如来藏缘起万法的思想，大讲"无中生有"之意。澄观批判老庄自然生成论非正因缘，并对老庄之道的性质加以区别，认为老子是邪因论，庄子是无因论。澄观在辨析佛与老庄异同的前提下，又以十分圆融的姿态对老庄之道与佛教的如来藏加以会通。但这种会通，说到底只是权说，"借其言不取其义"的说法正表明此点。宗密则斥老庄为外道迷执，不能原人；但同时又从会通的立场判定老庄之道为空劫，老庄的"元气"是阿赖耶识之相分，由元气可直接生成山河大地，而元气与心识（前转识）和合可生成人。这样，通过"元气"这一枢纽，宗密实际上把道家的道生万物思想按如来藏缘起的思路予以重新解构。德清基本

---

[1]（明）释德清：《庄子内篇注》卷四，《乾隆大藏经》第一百五十三册，第453页。

上也把老庄视作外道迷执，然而德清并非简单地拒斥或批判外道迷执，而是强调以"三界唯心""万法唯识"去观照一切言教。这样，老庄无非也是现婆罗门身而说法，据实法判定，则老庄是人天乘。德清直接以老庄之道类比阿赖耶识，既正面肯定佛与老庄具有相通性，又委婉地批判老庄道论非正因缘，其实质正是在批判老庄为外道迷执的前提下融摄老庄入佛。

综而言之，华严宗诸宗师对老庄思想的判摄，就批判方面而言，主要针对老庄思想中的自然生成论，认为其非正因缘；就会通方面而言，主要从"三界唯心""万法唯识"的视角，把如来藏或阿赖耶识与老庄之道或元气作一沟通，以此重新诠释老庄的生成论，使其融入如来藏缘起的思想体系之中。虽然各宗师的思想主张有差异，对老庄的具体判摄有所不同，但他们的共通之处在于不仅把"三界唯心""万法唯识"作为真理观来理解，也把它作为判教方法使用。

反向格义，以西释中
——严复老庄解释学发微 *

李智福 **

近代以来，随着西学传入，严复将《老子》《庄子》两部道家经典进行全面的西学化解释，可谓是反向格义、以西释中之典范。哲学作为一种周延的智慧，既是反映时代与地域的，又是超越时代与地域的，中国古代道家与近代西方哲学启蒙思想并非完全无关。严复会通道家与西学的哲学理念有：将老庄之"道"格义为西学之"第一因"与"存在"；将老庄哲学的"大化""变化"哲学格义为达尔文的"天演（进化）之道"；将老庄哲学的古典"自然主义"格义为西方的"民主政治"；将老庄哲学瓦解权威的思想格义为"启蒙主义"。严复始终认为中学与西学之间是一种互相遮拨、互相发明、正比消长的关系，在中国近代启蒙语境中，严复以西学解释道家哲学不失为一种有意义的中西会通。当然，检讨这两种"异质"的思想在互相"格义"中所面临的"意义困难"与"问题错置"也是必要的。

引言

中国近代以来，经学衰亡而子学复兴，其原因之一是子学与西学更有原初的

---

* 本文系国家社科基金重大项目"中国解释学史"（编号 12&ZD109）、国家社科基金后期资助项目"章太炎庄学思想研究"（19FZXB065）阶段性成果。

** 李智福，男，1982 年生，河北井陉人，哲学博士。现任教于西北政法大学哲学与社会发展学院，副教授。主要研究中国哲学经典与解释，道家解释学。

亲和力。如果说近代中国思想话语的核心是"启蒙"，[1]那么启蒙主义者基于华夏民族自信心的心理诉求（"西学东源"）和为西学在中国本土移植进行张本（"古已有之"）等原因，[2]大都不满于直接迻译西方学术理论，而是以"反向格义"[3]的学术范式在传统文化中为西学的传播和根植寻找可据之资。其中，晚周诸子特别是老庄道家由于至少在名相上与近代西学有诸多相通性，因此，老庄理所当然地成为中国传统哲学接应西方启蒙哲学的首选。从实际的启蒙思想引入和传播来看，严复可谓近代中国启蒙第一人。[4]

严复（1853—1921），又名宗光，谱名初传，字几道，又字幼陵、又陵，福建侯官人。与那一代早年"幼承庭训"的大多数中国知识分子一样，少年时代的经史之学为他日后的治学道路深植灵根。因此，在他经历了欧风美雨的洗礼之后，犹不忘在传统学术中寻觅当时流行之启蒙思想。他不仅迻译了大量西方古典政治经济学经典著作，而且还加了自己的"按语"，这些"按语"不乏中西之间的互相格义。特别是在深谙西学之后，严复意识到："欲读中国古书，知其微言大义者，往往待西文通达之后而后能之。"[5]诚如其言，他在"西文通达"之后，再来读中国古书，打开的是一个别开生面的崭新思想世界。

就直接的"经典解释"来说，最能代表他"会通中西"之学的著作，当首推其《老子评语》与《庄子评语》两书。[6]《老子评语》初版有夏曾佑"序"，落款

[1] 此处所谓"启蒙"，是指广义上中国近代对西方科学、自由、民主、平等等观念之引入，相关检讨参见陈少明《启蒙视野中的庄子》，《中山大学学报》2016年第2期。

[2] 如严复在《读经当积极提倡》一文中云："举凡五洲宗教，所称大而行之教诚哲学，征诸历史，深权利害之所折中，吾人求诸《六经》，则大抵皆圣人所早发者。"见《严复集》第2册，中华书局，1986年，第331页。

[3] 刘笑敢：《诠释与定向：中国哲学研究方法之探究》，商务印书馆，2016年，第101页。

[4] 蔡元培云："五十年来，介绍西洋哲学的，要推侯官严复为第一。"见《蔡元培全集》第4卷，中华书局，1984年，第351页。

[5] 严复：《教授新法》，《〈严复集〉补编》，福建人民出版社，2004年，第73页。

[6] 严复《老子评语》评"第五章"之"天地不仁"句有"至哉！王辅嗣"之语，是则严复评本底本为王弼本，此章引《老子》原文皆自楼宇烈校点《王弼集》（中华书局，1980年）；严复《庄子评语》底本当即通行的郭象本，此章援引《庄子》原文自王孝鱼点校之郭庆藩"集释"本（中华书局，2013年）。

为"光绪乙巳八月",以及曾克耑"序",落款为"癸卯夏五月"。光绪乙巳为光绪三十一年（1905），"癸卯"当指光绪廿九年（1903），可见此书完成于1903年夏之前；[1]《庄子评语》初版书末有曾克耑"序",落款为"光绪癸巳秋九月",则此书完成当不晚于光绪十九年（1893）。可见,《庄子评语》在前,《老子评语》在后,其云:"平生于《庄子》累读不厌,因其说理,语语打破后壁,往往至今不能出其范围。"[2] 其对庄子之推重要高于老子,直至六十四岁时犹在"手批注《庄子》"[3]。此两书皆以明清以来的"评注""批注""点评""眉批"为形式,这种"解经形式"并非所谓"委曲支派,分章辨句",而是信手拈来,随下丹黄,是一种相对自由的经典解释范式。就具体的解释内容而言,如其所云:"庄生在古,则言仁义,使生今日,则当言平等、自由、博爱、民权诸学说也。"[4] 这是由于他是带着西学带给他的"前识"来解释中国古代经典的,故其道家解释之学充满了浓厚的启蒙味道。

毋庸讳言,以崭新的西学来解释东方古老的经典并非易事,因此我们有必要检讨严复在会通中西、以近代西学来解释老庄道家经典时潜在的解释学观念、解释方法以及内在机制。晚近以来,随着西方学术强势输入,在古今中西的交汇碰撞下,中西之间"格义"与"反向格义"在所难免,严复会通中西、以西释中的主要方法即所谓"反向格义",其道家经典解释可谓"以西释中""反向格义"的典型。与其他学者的"以西释中"一样,严复的"反向格义"固然"自洽",也有"困难",[5] 然则这种尝试并不是完全没有意义。哲学作为一种周延的智慧,既是切近时代的,又是超越时代的,而道家与近代西方哲学启蒙思想也并非完全无关。严复以西学解释道家,不失为一种有意义的思想会通。下文论述中,我们将重点解析严复通过"反向格义""以西释中"所打开的老庄思想的新世界,当然,

---

[1] 事实上,此书出版后,严复一直在修润中。《老子评语》第三十七章"评语"落款有"甲辰七月二十"字样,甲辰为光绪三十年（1904）。此批语比曾克耑"序"之时间（1903）晚一年。

[2] 严复:《与熊纯如书》,《严复集》第2册,第648页。

[3] 严璩:《侯官严先生年谱》,《严复集》第5册,中华书局,1986年,第1551页。

[4]《严复集》第3册,第648页。

[5] "困难"指近现代学术界"以西释中"所产生的种种"弊病"和"局限"。相关检讨见刘笑敢《诠释与定向:中国哲学研究方法之探究》,第97页—128页。

我们也会检讨这两种"异质"的思想在互相"格义"中所面临的"困难"。

一、"道"与"第一因"

严复敏锐地意识到，先秦诸子中，老庄道家最具西方哲学意义上的哲学品质。他在《老子》首章"此两者同出而异名，同谓之玄，玄之又玄，众妙之门"下评语云：

> 同字逗，一切皆从同得玄。其所称众妙之门，即西人所谓 Summum Genus，《周易》道通为一、太极、无极诸语，盖与此同。西国学者所从事者，不出此十二字。[1]（"十二字"指"同谓之玄，玄之又玄，众妙之门"）

依《老子》原文"同谓之玄"，中间本不可断开，严复却认为"同"字后当有逗号。这样，原文就变成"同，谓之玄，玄之又玄，众妙之门"。其所谓"从同得玄"，正是强调"玄"是对绝对之"同"的追问，这个绝对之"同"也就是"众妙之门"。严复认为这个"同"即相当于西方哲学之"Summum Genus"。"Summum Genus"即总属、大类、共相等一般"存在"，他认为《庄子》之"道通为一"（严复认为此语出自《周易》或为笔误）、《周易》之"太极""无极"等都指"Summum Genus"。在《老子》第二十五章"有物混成"一段下，严复亦有类似批语：

> 老谓之道，《周易》谓之太极，佛谓之自在，西哲谓之第一因，佛又谓之不二法门。万化所由起讫，而学问之归墟也。[2]

---

[1]《老子评语》，第1075页。本章凡引《老子评语》《庄子评语》皆自《严复集》（第4册），中华书局，1986年。以下仅注书名、页码。

[2]《老子评语》，第1084页。

不难发现，严复显然是以巴门尼德、柏拉图以来的西方"实在论"传统来"格义"老子之"道"。他在《老子》第四章"道冲而用之或不盈，渊兮似万物之宗。挫其锐，解其纷，和其光，同其尘。湛兮似或存，吾不知谁之子，象帝之先"下批云："此章专形容道体，当玩'或'字与两'似'字，方为得之，盖道之为物，本无从形容也。"[1] 推而言之，"道"是一种"存在"，但却不是一种物理世界中的存在。严复解释《老子》第二十一章"孔德之容，惟道是从。道之为物，惟恍惟惚。惚兮恍兮，其中有象；恍兮惚兮，其中有物。窈兮冥兮，其中有精；其精甚真，其中有信"云：

> 有象之物，方圆是也；有物之物，金石是也；有精之物，草木虫人是也。以夷、希、微之德，而涵三有。甚真，故可观妙；有信，故可观徼；为一切因，而果有可验。物之真信，孰愈此者？[2]

这里，严复承认"道"是独立于现象界的"存在"，这个"存在"是最后、最真的存在，是万物之所以如此的最后根据（"为一切因"）。与此类似，严复解《老子》第四章"渊兮似万物之宗""象帝之先"云：

> 以道为因，而不为果。故曰，不知谁之子。使帝而可名，则道之子矣，故又曰众甫。众甫者，一切父也，西哲谓之第一因。[3]

此处所谓"道"是"第一因"，无疑也是从柏拉图、亚里士多德以至于中世纪"上帝存在证明"的传统"实在论"来解释中国哲学的。严复在批《老子》第二十五章"独立而不改，周行而不殆"时进一步指出："不生灭，无增减，万物皆对待，而此独立；万物皆迁流，而此不改"，[4] 现象世界是迁流变化的，实在界

---

[1]《老子评语》，第 1077 页。

[2]《老子评语》，第 1083 页。

[3]《老子评语》，第 1077 页。

[4]《老子评语》，第 1085 页。

（本体界）是永恒存在的。

总之，在严复看来，老庄之"道"是一个西方哲学"实在论"的概念，"道"即"存在"。以"实在论"来解释老子之"道"，诚然会使"道"的定义更加明晰，但这种解释却并不具有严格的学理对应性。如刘笑敢教授所指出的，以一个现成的现代（实际上来自西方）的哲学概念来定义或描述老子之道是非常困难的，任何一个明确的、分析式的现代哲学概念都无法全面反映或涵盖这样一个浑沦无涯、贯穿于形而上和形而下、笼罩于宇宙与社会人生的古老概念。[1]

严复以西方哲学术语"格义"老子哲学之例还有很多。如其批《老子》第一章"故常无欲，以观其妙"时指出："不言无物，而曰无欲。盖物之成，必有欲者，物果而欲因也，弃果言因，于此等处，见老子精妙，非常智之可及也。"[2]这里可能是引入亚里士多德"四因说"之"动力因"来解释老子之"有欲"。关于《老子》第二十三章"信不足焉，有不信焉"，严复评云："信不足者，主观之事也；有不信者，客观。"[3]老子本意是说，如果在上者不能取信于民，民自然也不会取信于上，严复却以"主观""客观"来解释这句话，"主观"所见之物并不可信，因为主观具有诸多不确定性，"客观"显现之物也未必可信，因为可能只是假象或现象。严复这种主客二分、理性与感性分判之解释显然去老子本意已远。关于《老子》第四十三章"无有入无间"，严复批云："无有入无间，惟以太耳。"[4]依亚里士多德，"以太"即一种无形的物质存在，严复似乎认为老子已经认识到有"以太"存在。关于《老子》第三十八章"上德不德，是以有德"，严复总评此章云："此章大旨，谓仁义与礼仪不足为用，而待道而后用之。此其说，与德儒汗德所主正同。汗德谓一切之善，皆可成恶，惟真志无恶。"[5]依康德，感性知觉的善恶不具确定性，只有自由意志所支配的行为才会是真正的善，严复认为，老子之"上德"即康德所谓"自由意志（真志）"。关于《老子》第四十八

---

[1]　刘笑敢：《诠释与定向：中国哲学研究方法之探究》，第124页。

[2]　《老子评语》，第1075页。

[3]　《老子评语》，第1084页。

[4]　《老子评语》，第1094页。

[5]　《老子评语》，第1092页。

章"为道日损，为学日益"，严复评语云："日益者，内籀之事也；日损者，外籀之事也，其日益者，所以为其日损也。"[1]"内籀之事"即归纳推理，"外籀之事"即演绎推理。前者要尽可能多地掌握经验材料，所以严复认为与老子所言"为学日益"类似；后者直接使用前者所归纳出的结论，再演绎到具体、个别的事物中去，所以称"为道日损"。"为学日益"是归纳过程，归纳之结论即"道"，归纳是为了演绎，因此严复说："其日益者，所以为其日损也"。显然，老子此处言"为学"与"为道"之关系，意思是只有扬弃"学"才能持有"道"，与严复所谓"内籀""外籀"无必然关系。

总之，在一般意义上，老子想必并未有所谓动力因、以太、自由意志、主客二分、本质与现象、归纳与演绎等理论观念，严复"以西释中"的"格义"经不起严格之学术检讨，而且严复整体解释本身也存在着内在的两难。例如《老子》第三十二章"道常无名，朴虽小，天下莫能臣"，他认为："朴者，物之本质，为五蕴六尘之所附。故朴不可见，任汝如何所见所觉，皆附朴之物尘尔。西文曰萨布斯坦希。"[2]他显然认为老子之"朴"正是西学所谓"质料（substance）"。如果从其解释本身是否融贯的角度来看，他前文承认"道"是一种形式或实在，此处又说"道（即）"是一种质料或物质，其自相矛盾是显而易见的。造成这种矛盾的原因是，或者他没有意识到老子所谓"朴"本来就是"道"的另一种表达，如果"道"是"形式"，那么"朴"就是"质料"；或者是他的点评本来就是随下丹黄，有感而发，并非要建立一个逻辑谨严的哲学体系。

二、"化"与"天演"

严复在近代启蒙思潮中贡献最大者即"天演论"，他认为中国传统学术中《老》《易》《庄》都有"天演论"的色彩。比如他认为老子"天地不仁，以万物为

---

[1]《老子评语》，第 1095 页。

[2]《老子评语》，第 1089 页。

刍狗"一章是"天演开宗语","四语括尽达尔文新理"。[1] 其批《老子》第十五章"孰能浊以静之以徐清,孰能安以久动之徐生"云:"浊以静之徐清,安以久动之徐生。天演真相,万化之所由成也。"[2] 意思说,万物在天演进化的过程中犹如浊水之徐徐变清、表面上之静者在徐徐生动,一切都在变之中,稍不暂住。其批《老子》第七十四章"常有司杀者杀"引熊季廉语云:"天择,司杀者也。"[3] 显然,他认为老子已经深知"物竞天择"之道理。

至于《庄子》,他认为其中言"天演"之处更多,比如他对《齐物论》开篇那段"风吹万窍怒号"之批语云:"一气之转,物自为变。此近世学者所谓天演也。"[4] 他在《德充符》"眇乎小哉,所以属于人也"一语后批语云:"此《天演论》所谓,吾为弱草,贵能通灵。"[5] 按,庄子"眇乎小哉,所以属于人也"本意是说世俗之人拘执于好恶之情,此是人之所"小",因此不能过"独成其天"的自在生活,严复却"断章取义",认为"小"是指"弱草",而弱草终有一天会进化成"人",所以说"吾为弱草,贵能通灵"。在严复看来,天演为自然进化规律,老庄哲学中"天地"一词正是"自然(nature)"的代名词,故其云:"老庄书中所言天地字面,只宜作物化看,不必向苍苍搏搏者着想。"[6]

而且,他认为庄子早已发现了"天演"的内在动力是"质力相推"。他在解释《知北游》篇"通天下一气耳"时云:"今世科学家所谓一气常住,古所谓气,今所谓力也。"[7] 其论"聚则为生,散则为死"时云:"精而言之,则人之生也,其质常聚,其力常散。死则反是。"[8] 在《达生》篇评语中,严复将《庄子》与《易传》结合起来,对"质力相推"作出更进一步解释:"斯宾塞谓天演翕以合质,辟以出力,即同此例。翕以合质者,合则成体也,精气为物也;辟以出力

---

[1]《老子评语》,第 1077 页。
[2]《老子评语》,第 1081 页。
[3]《老子评语》,第 1098 页。
[4]《庄子评语》,第 1106 页。
[5]《庄子评语》,第 1116 页。
[6]《庄子评语》,第 1130 页。
[7]《庄子评语》,第 1136 页。
[8]《庄子评语》,第 1136 页。

者，散则成始也，游魂为变也。"[1]"质力相推"是严复对斯宾塞"天演"之内在动力的翻译，其所译《天演论·自序》中云："大宇之内，质力相推，非质无以见力，非力无以呈质。"[2]"质力相推"意思是"质"与"力"互相作用，"质"是构成万物存在的基质，"力"是万物成毁的内在能量，此即质量与能量的相互转化问题。庄子本身是否已经意识到这些"自然科学"的问题，实难确定。但严复却言之凿凿认为庄子早已通此理。在最能体现"天演"思想的《至乐》篇"种有机"段后的批语中，严复更加断定庄子是深知"天演之理"者：

> 此章所言，可以与晚近欧西生物学家所发明者互证，特其名词不易解释，文所解析者，亦未必是。然有一言可以断定者，庄子于生物功用变化，实已窥其大略，至细琐情形，虽不尽然，但生当二千余岁之前，其脑力已臻此境，亦可谓至难能而可贵矣。[3]

严复在其他批语中亦屡屡论及庄子之"天演"论。以"天演（进化）"论的思想观念解庄，实开其后胡适、冯友兰、蒋锡昌等民国学者以"进化论"解庄之先河。

三、"自然无为"与"民主政治"

严复《老子评语》《庄子评语》致力于融贯古今、会通中西，为中国古代道家的思想打开了一面新世界的天窗，通过这个窗口，我们往往会惊人地发现，古今中西的哲人在一些关乎人类普遍命运的问题上有着惊人的一致性。学界普遍认可，老庄道家与西方近代启蒙以来的思想的确有诸多相通的地方，比如二者对公民平等、自发秩序、个体优先、容纳异己等人文价值有着近乎一致的诉求和理

---

[1]《庄子评语》，第 1131 页。

[2]《严复集》第 5 册，第 1320 页。

[3]《庄子评语》，第 1130 页。

想。严复论庄子云："晚近欧西平等自由之旨，庄生往往发之。详玩其说，皆可见也。"[1] 照此，不仅西来之学在东土的扎根不会成为无本之木、无源之水，传统中若隐若现的中国古典民主和自由的思想亦可应世而张扬。以下，我们将从"群己之道""民主主义""个人主义""不干涉主义"等四方面去检讨严复对西方近代政治思想与老庄道家哲学的会通。

（一）群己之道

我们知道，严复将穆勒的《论自由》(On Liberty) 翻译为《群己权界论》，他之所以意译而不是直译"自由（Liberty）"一词，乃是意识到当时士人对这一词存在着误解。很大程度上，在传统以及当时中国的语境中，"自由"一词尚是一个贬义词。[2] 严复指出："十稔之间，吾国考西政者日益众，于是自繇之说，常闻于士大夫。顾竺旧者既惊怖其言，目为洪水猛兽之邪说。喜新者又恣肆泛滥，荡然不得其义之所归……学者必明乎己与群之权界，而后自繇之说乃可用耳。"[3] 旧学士大夫将"自由"视为洪水猛兽，新式知识分子则视"自由"为为所欲为，可见，当时中国没有人知道"自由"之真谛。职是之故，他没有以"自由"来翻译"Liberty"，而是给出一个内涵性、解释性的"意译"，即"自由"意味着"己"与"群"之间的权界，是关于明确"权利"与"义务"的契约。他认为《老子》第二十九章所谓"天下神器"正是斯宾塞所谓"社会有机体"："老子以天下为神器，斯宾塞尔以国群为有机体，真有识者，固不异人意。"[4] 其评《老子》第五十三章"行于大道，唯施是畏"云："偅儳自扰，损民力，侵民权，皆'施'为之也。可不'畏'乎！"[5] 意思是老子之所以认为为政者应谨慎于"施"，乃是因为乱施妄为往往会导致侵夺民力，僭越民权。换言之，老子"畏施"的思想已经蕴含了对"群己权界"的考量。

---

[1]《庄子评语》，第 1146 页。

[2] 参见陈静《自由的含义：中文背景下的古今差别》，《哲学研究》2012 年第 11 期。

[3]《严复集》第 1 册，中华书局，1986 年，第 131 页。

[4]《老子评语》，第 1087 页。

[5]《老子评语》，第 1096 页。

严复在《庄子》"内篇总评"中认为，内七篇"秩序井然，不可棼乱"[1]，是一个从"己"到"群"的展开过程。细揆其义，他大致认为《逍遥游》《齐物论》《养生主》《大宗师》是"己"学，《人间世》《应帝王》是"群学"，《德充符》是"群己之道交亨"之学。严复云："由是群己之道交亨，则有德充之符焉，处则为大宗师，《周易》见龙之在田也。出则应帝王，九王飞龙之在天也，而道之能事尽矣。"[2]严复对《庄子》内七篇"顾名思义"式的这种诠释，似得不到内篇文献内容之支持，且几乎与《庄子》本意无关。事实上，他之所以从中读出"群己之道"，归本于他个人的思想储备和现实关怀。他在《天道》篇"上必无为而用天下，下必有为为天下用"一段批语云：

> 上必无为而用天下者，凡一切可以听民自为者，皆宜任其自由也。
> 下必有为为天下用者，凡属国民宜各尽其天职，各自奋于其应尽之义务也。[3]

这里，严复已是将"黄老之学"改铸为"群己之道"，"上"指政府，是"群"，"下"指民，是"己"，上与下、群与己一起组成了"天下"，"上"不干涉民之自由，"民"各尽天职，履行义务，成就天下。他在批《老子》第三十五章"往而不害，安、平、太"时云："安，自由也；平，平等也；太，合群也。"[4]自由、平等、群己权界分明（"合群"），这就是他心目中的老庄思想所蕴含的"群己权界"之道。

（二）民主主义

不同于对君主专制的批判，严复肯定老庄（黄老）之术为民主政治之术。《老子》第四十六章："天下有道，走马以粪；天下无道，戎马生于郊"，严复批

---

[1]《庄子评语》，第 1136 页。
[2]《庄子评语》，第 1104 页。
[3]《庄子评语》，第 1129 页。
[4]《老子评语》，第 1090 页。

云："纯是民主主义。读孟德斯鸠《法意》一书，有以征吾言之不妄也。"[1] 老子之本意是控诉"无道"政治给社会带来之灾难，按照刘笑敢的说法，这个"道"并非专指儒家之道或道家之道，而是指"任何道德、道理、道义"[2]，"无道"就是这些原则的缺席。严复却认为这个"道"是"民主政治之道"，孟德斯鸠曾指出只有民主政治才会给人类带来真正的和平，因此严复认定老子"有道"或"无道"之说是有无"民主政治"，其实质是要把老子确立为一个民主主义者。

《老子》第三章："不尚贤，使民不争；不贵难得之货，使民不为盗；不见可欲，使民心不乱。是以圣人之治，虚其心，实其腹；弱其志，强其骨。常使民无知无欲，使夫智者不敢为也。为无为，则无不治"，严复评语云：

> 试读布鲁达奇《英雄传》中《来刻谷士》一首，考其所以治斯巴达者，则知其作用与老子同符。此不佞所以云，黄老为民主治道也。[3]

严复译孟德斯鸠《法意》(即《论法的精神》)中，曾论及来格榖士（即此处之"来刻谷士"）治理斯巴达城邦之政策。根据严复之"按语"，这些政策主要有：（1）全民皆兵，以强兵为国家最高原则，婚姻、生育的唯一目的是为国保种，"强者举之，弱者不举"，国家为男婴提供统一饮食（"公哺之礼"）；（2）重视教育，教育以军事训练为主，思想上强调爱国主义，倡导绝对服从，鼓励英雄主义，训练重战术智谋；（3）实行民主政治，"立二十八人之沁湼特，以主国议"，"沁湼特"即 Senate，译为"元老"，相当于今天西方之上院议员；（4）平分一国田产；（5）铸铁币，废金银；（6）禁止奇技淫巧，禁止通商，禁止出游外国。严复指出，"来格榖士之法既行，知其国之不可败也"。[4] 确如其言，以上改革实施，最终促使斯巴达成为强大之城邦，并在伯罗奔尼撒战争中战胜雅典。

如果以《老子》第三章与来刻谷士治理斯巴达城邦的政策来互相"格义"，

---

[1] 《老子评语》，第 1095 页。

[2] 刘笑敢：《老子古今》(修订版)，中国社会科学出版社，2006 年，第 496 页。

[3] 《老子评语》，第 1076 页。

[4] 参见《严复集》第 4 册，第 944 页。

某些方面差不多能对应起来。比如以老子"不尚贤"对应斯巴达民主制之"民主议政制"，严复认为："尚贤，君主治要也。"[1]换言之，民主制的精髓是集体参政议政，而不是所谓的"贤人政治"；以老子"使民不争"来对应斯巴达之"平分土地"；以老子"不贵难得之货"来对应斯巴达之"废金银铜，以铁铸为货币"；以老子"不见可欲"来对应斯巴达之"废奇技淫巧，禁止通商"以及"禁止出游外国"；以老子之"实其腹""强其骨"来对应斯巴达"全民皆兵"之"举强不举弱"。表面看来，老子的政治理想与西方古典的斯巴达民主政治颇为相似。然而，深入检讨后不难发现，斯巴达民主政治的核心原则是"元老议政"和"军国主义"，这实质上与老子哲学几乎完全相反。事实上，严复当时也意识到来刻谷士与中国晚周法家勾践、范蠡、商鞅的政策差不多。[2]因此，仅凭一句"不尚贤"就推出老子提倡"民主议政制"，显然不妥。因为，虽然"民主政治"的确不是"贤人政治"，但"不尚贤"未必就是"民主政治"。仅凭老子所言"实其腹""强其骨"就认定老子之学与来刻谷士的"举国皆兵"政策一致，显然这种"格义"明显是牵强附会的。然则，严复之所以能从"柔弱胜刚强"的老子哲学中读出铁血主义、军国主义、民主主义等斯巴达民主制因素，当归于他对当时中国世道的关怀，而这些"尚武精神"（详后文）和"民主制度"恰恰都是中国当时所欠缺的。

当然，我们不能否认老庄（黄老）道家与近代民主政治确有近似的政治理念，严复在《老子》第十章"生而不有，为而不恃，长而不宰"下评语云：

> 夫黄老之道，民主之国所有也，故长而不宰，无为而无不为；君主之国，未能用黄老者也。汉之黄老，貌袭而取之耳。君主之利器，其惟儒术乎！而申、韩有救赎之用。[3]

---

[1]《老子评语》，第 1076 页
[2] 参见《严复集》第 4 册，第 945 页。
[3]《老子评语》，第 1097 页。

这里，严复显然意识到"黄老之道"与民主政治在"道"的层面具有相通性，二者都强调"为而不恃""长而不宰"，因此"黄老之道"为民主政治之术，而与君主之国毫无关系，因为君主制的题中之义是强调君主的至高无上性。与黄老相反，严复认为儒术可能是君主制之"利器"，因为儒家宣扬一套"君臣父子"的名教体系，而申韩之术对于积贫积弱的中国来说未尝不可有"救赎之用"。

严复对《老子》第三十七章"道常无为而无不为，侯王若能守之"一段下评语云：

> 老子言作用，辄称侯王。故知《道德经》是言治之书。然孟德斯鸠《法意》中言，民主乃用道德，君主则用礼，至于专制乃用刑。中国未尝有民主之制也。虽老子亦不能为未见其物之思想。于是道德之治，亦于君主中求之；不能得，乃游心于黄农以上，意以为太古有之。盖太古君不甚尊，民不甚贱，事与民主本为近也。此所以下篇八十章，有小国寡民之说。夫甘食美服，安居乐俗，邻国相望，鸡犬相闻，民老死不相往来，如是之世，正孟德斯鸠《法意》篇中所指为民主之真相也。世有善读二书者，必将以我为知言矣。呜呼！老子者，民主之治之所用也。[1]

严复认为，老子所言的"侯王若能守之"，证明《道德经》是一本言治之书。但如孟德斯鸠所言，民主制是以"道德"治国，君主制是以"礼"治国，专制国以"刑"治国。孟德斯鸠在《论法的精神》中指出："政体的自我维护方式，君主政体靠的是可以支配法律的力量，专制政体靠的是君主的意志。民主政体却需要一种更为强悍的原动力，这就是品德。我所说的品德，是政治品德，即公民的爱国意识与平等意识。"[2]为什么民主政体更强调"道德（品德）"？孟德斯鸠给出的理由是，在民主政体下，人民是国家最高权力的执掌者，如果法律的制定与

---

[1] 《老子评语》，第 1091 页。

[2] 孟德斯鸠著：《论法的精神》，孙立坚、孙丕强、樊瑞庆译，陕西人民出版社，2001 年，第 27 页。

执行出了问题，一定是人民在品德上出了问题，等于国家出现了危机；可见，民主政体的运行离不开人民的品德，即只有当人民具有高度的爱国热情、强烈的平等意识，才会积极地参与法律的制定，并自觉履行法律责任。在严复看来，老子和孟德斯鸠一样，都认为真正需要道德和品德的政治是民主政治，但中国古代并没有民主制，故老子退而求其次，寄希望于"侯王"。然则"侯王"掌权的君主制（孟德斯鸠认为君主制不需要"品德"）乃是与民主制背道而驰的，因此终究不可能实现他的政治理想。职是之故，老子神往于黄帝、神农时代的上古奕世。远古时代，"君不甚尊，民不甚贱，事与民主本为近也"，严复指出老子的"小国寡民"正是孟德斯鸠《法意》所构建之理想社会之"真相"。这里，严复用"格义"的方式将老子之"道德"与孟德斯鸠的"自然法—人为法"会通起来，其会通的关键是他从老子的"天道观"读出西方的"自然法"精神。不难发现，严复这种会通其实是极谨慎的，他意识到中国并没有民主传统，因此老子这种"道法自然"的政治思想只能寄托于遥远的古代。

虽然，严复在"道"的层面完成了古今中西的"会通"，但他也自觉地意识到，老子的"小国寡民"终究是一种空想或幻想，"此古小国民主之治也，而非所论于今也"（《老子》第八十章"小国寡民"批语）[1]，老子建基于"氏族社会"的古典民主观念与晚近以来的民主政治毕竟有所不同。换言之，二者的确有共同分享的"治道之道"，但在"器"的层面终有所隔。

严复在《老子》中读出与"民主政治"相关的思想还有多处。其批《老子》第十一章"三十辐共一毂，当其无，有车之用"云："近人颇尚中央集权之政策，《老子》知惟以'虚'受物，以'无'为用者，乃能中央集权也。"[2]"中央集权"与"极权专治"仅一步之遥，在严复看来，老子已经意识到避免使"中央集权"走向"专治"的关键是"虚"和"无"，若"中央集权"能做到政权之"虚"和"无"，就与"虚君共和"相类似，这样的"中央集权"才是民主政治。其批《老子》第三十章"以道佐人主者"云："人主，凡一国之主权皆是，不必定帝王

---

[1]《老子评语》，第1099页。
[2]《老子评语》，第1080页。

也。"[1]他强调主权在民，而不在帝王；其批该章"不以兵强天下"云："故孟德斯鸠谓伐国非民主事，藉使为之，适受其弊。何则？事义相反，不两存也"，意思是说如果承认民主是一种普世价值，必然意味着国家之间当以互不侵犯为原则，因为侵略意味着对其他国家民主的破坏，这样就会走向民主的反面，此即严复所言"事义相反，不两存也"。其于《老子》五十七章"以无事取天下"、第八十一章"圣人之道，为而不争"两处下同一句批语："取天下者，民主之政也。"[2]正如孟德斯鸠所认为的，任何非民选的政府皆不具合法性，在严复看来老子已然具有"民选政府"之卓见。

总之，在严复的诠释中，老庄（黄老）哲学与近代民主政治思想有很多相通之处。但这种相通究竟只是"道"的层面之相通，即二者共同分享了一些天地宇宙的正义—至善的法则。在具体的政治实践中亦即在"器"的层面，其不同也是显而易见的：孟德斯鸠强调的是以"自然法"为基础而构建起一整套制度和法律，对"群"与"己"之间的权利进行"划界"；老子则是以天地宇宙的永恒和谐来反思人的存在以及人类的政治实践，所谓"小国寡民"是一种素朴的、诗性的原始和谐理想，与权利、义务等近代民主政治似无必然联系。事实上，老子"法令滋彰，盗贼多有"一语已然将孟德斯鸠政治思想之核心"三权分立"拒于千里之外。换言之，严复的会通存在着不可克服的困难和矛盾。

（三）个人主义

相对于封建专制对个人权利的压制，启蒙首先意味着对个人主义的高扬，正如前文所言，古典自由主义的本质是为"群"与"己"划界，"群"不能湮没"己"，"己"不能僭越"群"。严复在解《老子》第三章"是以圣人之治，虚其心，实其腹，弱其志，强其骨，常使民无知无欲"时云："虚其心，所以受道；实其腹，所以为我；弱其志，所以从理而无所攖；强其骨，所以自立而干事。"[3]

---

[1]《老子评语》，第1087页。

[2]《老子评语》，第1097页。

[3]《老子评语》，第1076页。

显然，此处所谓"为我""自立"云云，表明严复把老子心目中"见素抱朴"的东方古典治国思想解释成了近代西方式的个人主义。

与此相应，严复同意当时蔡元培等人所谓的"庄周即孟子七篇之杨朱"之说，[1]认为庄子（杨朱）是一个个人主义者。其云："庄周即不为杨朱，而其学说，则真杨氏为我者也。"[2]值得注意的是，严复在《庄子评语》中对"杨朱之学"表现出复杂的态度，他特意区分了两个"杨朱"：一个是"自私自利"的杨朱，一个是"个人主义"的杨朱。他在《人间世》篇的批语中，承认庄学并非反对仁义道德，其云："吾所以终以老庄为杨朱之学，而溺于其说者，未必无其弊也。"[3]言下之意，他对这个"杨朱"深不以为然，因为这个杨朱是自私自利的，而个人主义的"杨朱"才是最真实的杨朱。严复对《天下》篇"关尹老聃闻其风而悦之"批语云：

> 为我之学，固原于老。孟子谓其拔一毛利天下而不为，固标其粗，与世俗不相知之语，以为诟厉，未必杨朱之真也。[4]

严复又批《在宥》篇"我守其一以处其和，故我修身千二百岁矣，吾形未常衰"一段云：

> 庄周，吾意即孟子所谓杨朱，其论道终极，皆为我而任物，此在今世政治哲学，谓之个人主义 Individualism。至于儒墨，则所谓社会主义 Socialism。[5]

他在《庚桑楚》篇总评中亦云："杨之为道，虽极于为我，而不可訾以为私

---

［1］ 参见《庄子评语》，第 1125 页。

［2］《庄子评语》，第 1138 页。

［3］《庄子评语》，第 1109 页。

［4］《庄子评语》，第 1147 页。

［5］《庄子评语》，第 1126 页。

也。"[1] 在两千多年视"杨朱之学"为洪水猛兽的学术传统中，严复为其正名，可谓振聋发聩。此举表明他本人对"自私自利"和"个人主义"的自觉厘清，二者洵属不同，在中国启蒙的最初时代，此论诚可谓远见卓识。严复认为西学的传播有利于发现被遮蔽的中学之真精神，而没有西学对个人主义的肯定或重视，想必严复也看不到一个具有正面价值的杨朱。

（四）不干涉主义

严复始终认为，老庄思想中蕴含着古典政治经济学之自由主义立场。例如，关于庄子"齐物论"之句读，古有"齐物—论"和"齐—物论"两种读法，严复以后者读之，他解释说："物有本性，不可齐也"[2]，"性者，天之所赋"[3]。照此，庄子之《齐物论》与古典自由主义要求不要过多干涉民人之生活的主张合若符契，两者的共同之处是都强调不能"使民失性而不遂其炊累之功"[4]。在严复看来，庄子是一个不干涉主义者，他在解读《应帝王》篇"七日而混沌死"的寓言时云："此段亦言治国宜顺其自然，听其自由，不可多干涉之意。"[5] 不难发现，庄子的"混沌"寓言被严复解释成了西方古典自由主义。其于《在宥》篇"故我修身千二百岁矣"加批语云：

> 郭注云，人皆自修而不治天下，则天下治矣！故善之也。此解深得庄旨，盖杨朱学说之精义也。何则？夫自修为己者也，为己学说既行，则人人皆自修自治，无劳他人之庖代。世之有为人学说也，以人类不知自修自治也。使人人皆知自治自修，则人人各得其所，各安其性命之情。孟子诋杨，其义浅矣。[6]

---

[1]《庄子评语》，第 1138 页。

[2]《庄子评语》，第 1105 页。

[3]《庄子评语》，第 1120 页。

[4]《庄子评语》，第 1124 页。

[5]《庄子评语》，第 1118 页。

[6]《庄子评语》，第 1125 页。

这里，严复从黄老"无为而治"的思想中巧妙地读出了近代的不干涉主义思想。应当说，"人人皆知自治自修，则人人各得其所"，就形式上来说，既是秦汉黄老之学的精义，也是西方古典自由主义的主张，但二者的本质区别也是不证自明的。严复指出，必须彻底否定专治制度，推行西方的民主政治，中国才能有希望。其于《应帝王》"且鸟高飞，以避矰弋之患"一段批语云：

> 自夫物竞之烈，各求自存以厚生。以鸟鼠之微，尚知高飞深穴以避矰弋之患。人类之智，过鸟鼠也远矣！岂可束缚驰骤于经式仪度之中，令其不得自由、自化？[1]

在严复看来，"物竞天择"是一种"自然法"，因此，真正优秀的社会制度必然是鼓励自由竞争的制度，这种制度就是政治的民主主义和经济上的不干涉主义。专制制度的"经式仪度"是对人性的束缚，没有民的自由就没有国的自由，没有民的强大就没有国的强大，所以当时之中国应该革除君主专制，将民人从专制中解放出来。然而，道家与西方近代两种"不干涉主义"显然是同异互见。其所同者，这两种思想都以"自然法"为基础，如严复在批注《老子》第五章"天地之间，其犹橐籥乎"时指出："法天者，治之至也"；[2]其批注《老子》第二十五章"人法地，地法天，天法道，道法自然"云："熊季廉曰：'法者，有所范围而不可过之谓'。洵为破的之诂，惟如此解法字方通。"[3]严复认为，天地生化万物是"不禁其性，不塞其源"的过程，因此这种"自然"应该成为人类效法的对象，圣人应该如天地一样"为无为"；而西方近代以来特别是达尔文以来所强调的"自然法"是"自由竞争、优胜劣汰"，这种"自然法"于经济学就是主张运用市场手段，鼓励自由竞争，减少人为干预。前者强调以一种"无知无欲"（《老子》第三章）的素朴精神复归于天地宇宙的原始和谐，后者则鼓励竞争、鼓吹权利，

---

[1]《庄子评语》，第1118页。
[2]《老子评语》，第1077页。
[3]《老子评语》，第1085页。

强调通过充分释放个体潜能（"民富"）而实现国家整体富裕（"国富"）。可见，尽管两者都是基于"自然法"而建立起来的"不干涉主义"，却有着深刻的差异。

四、老庄哲学与启蒙理性

严复曾指出："自由一言，真中国历古圣贤所深畏，而从未尝立以为教也。"[1]中国近代之衰落有很多原因，"有自由之俗，而无自由之德"即是其中的一个重要方面，因此严复那一代知识分子首先要为国民启自由之蒙。关于启蒙，康德认为专制社会剥夺了人自由利用自己之理性进行独立思考的能力，君主、神甫、经书等压制了个人之理性，在这种社会中之人处于一种"不成熟"的状态，因此，"要有勇气运用你自己的理智"成为启蒙运动的"口号"。[2]大胆运用自己的理性进行思考和判断，意味着人从幼稚走向成熟、由蒙昧走向理性、由臣民走向公民。中国晚近以来，举国上下，浑浑噩噩，严复痛心疾首地指出当时中国之症结在于国人"于新理过于蒙昧"[3]，有些士大夫竟然认为"民主者，部落简陋之习也"[4]，可见当时国民思想之落后已达到匪夷所思之程度。严复意识到，"民智不开，则守旧、维新，两无一可"[5]。古老而沉重的儒法传统与帝国专制盘根错节，朝野上下沉浸在康德所说的"别人替我"思考之"蒙昧"中。因此，那一代启蒙主义者将"开民智"作为当务之急。严复云："今日要政统于三端：一曰鼓民力，二曰开民智，三曰新民德。"[6]老庄哲学本有批判和消解专制政治的成分，因此严复敏锐地将时代现实之需要与老庄哲学结合起来，在老庄经典中读出了"鼓民力""开民智""新民德"等启蒙思想。

《老子》第三十三章有"强行者有志"一语，严复评语云：

---

[1]《严复集》第1册，第2页。

[2]〔德〕康德：《答复这个问题：什么是启蒙运动》，《历史理性批判文集》，何兆武译，商务印书馆，1990年，第22页。

[3] 严复：《与张元济书》（二），《严复集》第3册，第527页。

[4] 严复：《道学外传》，《严复集》第2册，第485页。

[5] 严复：《与张元济书》（一），《严复集》第3册，第525页。

[6]《严复集》第1册，第27页。

惟强行者有志，亦惟有志者能强行。孔曰："知其不可而为之"。孟曰："强恕而行"。又曰："强为善而已矣"。德哲噶尔第曰："所谓豪杰者，其心目中常有一他人所谓断做不到者"。凡此，皆有志者也。中国之将亡，坐无强行者耳。[1]

老子所谓"强行者有志"并非"有志者事竟成"之"有志"，而是如王弼之解："知足者，自不失，故富也。勤能行之，其志必获，故曰'强行者有志矣'"。[2]"强行"非强力而行，而当是勉强、被动而行之意，知足自足，不汲汲于富贵，其志在道而不在富。严复却以强力而行、矢志不移来解之，并以噶尔第（歌德）之语相证，此与老子本意恰好相反。严复此解，主要是着眼于当时之中国"以一弱于群强之间"（《原强》）之处境，意识到"中国之将亡，坐无强行者耳"，强调中国不亡则已，亡必亡于民力之不振也。他在批《老子》第三十章"物壮则老，是谓不道，不道早已"时，列举中外历史上蚩尤、白起、项羽、亚历山大、韩尼伯（汉尼拔）、拿破仑等"不道早已"的例子，承认老子这样讲不是没有道理，但同时他也认识到，没有真正强大的国民，一个国家必然会衰败，因此，在"不得已"的时候，必然要以强大的国民来挽救民族危机。他呼吁："今中国方欲起其民以尚武精神矣。"[3]应当看到，柔弱胜刚强只是一般原理，在具体过程中并不意味着所有的柔弱都能战胜刚强，中国甲午之败即最好之证明。他解《老子》第六十九章"抗兵相加，哀者胜矣"一语云："民日即于文明，使非动之以哀，而未能得其致死者也。"[4]在严复看来，哀兵必胜，只有让国民真正意识到中华民族的落后与危机，才能振拔其复兴之力而愿意为之赴死。而当时之国人并无此危机感，有些手捧孔孟程朱之书的饱学之士竟然反诘严复："若支那真瓜分，吾辈衣食自若也，汝胡以此哓哓为。"[5]言外之意，"读书只为稻粱谋"，

---

[1]《老子评语》，第1089页。

[2] 楼宇烈：《王弼集校释》，中华书局，1980年，第85页。

[3]《庄子评语》，第1088页。

[4]《老子评语》，第1097页。

[5] 严复：《道学外传》，《严复集》第2册，第485页。

家国天下与我无关。可见严复在崇尚"柔弱胜刚强"的老子哲学里读出"富国强兵"的思想，固有其苦心孤诣在，其对当时国民之虚弱不振固有沦肌浃髓之痛。

当时之中国不惟"民力"疲弱、"民智"不开，"民德"亦旧，民主、自由、平等、法制、民族思想并不能在民人心目中扎根。严复对《庄子·天运》篇"今取猿狙而衣以周公之服"批语云：

> 斯宾塞《群学肄言·政惑》篇言，宪法甚高，民品甚卑，则将视其政俗相暌之程度，终于回循故辙而后已。立法虽良，无益也。夫以卑劣之民品，而治以最高之宪法，即庄所谓，"今取猿狙而衣以周公之服"，彼必啮挽裂尽去而后慊者也。[1]

庄子之本意是说一切"礼仪法度"应该"应时而变"，若将周公之衣服穿戴于猿狙身上，于周公之服和猿狙大概都会成问题。严复显然对这则寓言进行了重新解读，认为猿狙处于蒙昧状态，即使穿上周公之服，也难以稍改其蒙昧。这里严复告诉我们，"周公之服"相当于"宪法"，"猿狙"相当于当时之中国人，如果民德不新，思想蒙昧，宪法也不过是一件"周公之服"而已。对《庄子·达生》篇"方虚憍而恃气"一段，严复批云：

> 自海通以来，大抵皆虚憍而恃气。夫气不可无，而不足恃，至应向景而无实，则自处于至劳，必败之道也。改革以来，争言变法，又大抵皆应向景者矣。设遇木鸡，以其冷血，不应感情，彼且议而去之焉，乌能观其所以斗者乎？能御气而不为向景之所变，则几矣。[2]

"木鸡"之寓言出自《达生》篇"纪渻子为王养斗鸡"章，本意是说一只"虚憍恃气"的斗鸡被纪渻子调教为一只冷静沉着、元气十足的"木鸡"。这只"木鸡"

---

[1]《庄子评语》，第1129页。
[2]《庄子评语》，第1132页。

在庄子笔下是德全神凝的象征，而严复却以此"斗鸡"与当时中国"虚憍而恃气"的国民性联系在一起。在他看来，"虚骄恃气"的感情用事实则也是一种民智不开的表现，所以呼吁国人要"以其冷血，不应感情"，既不可妄自菲薄，亦不可意气用事，而是应独立运用自我的理性进行分析判断。推而言之，启蒙首先是对"民智""民德"的启蒙，民主、自由、平等、宪政等必须基于每个人都能充分利用自我理性进行判断和抉择的社会土壤。严复在一次与孙中山的对话中指出："以中国民品之劣，民智之卑，即有改革，害之除于甲者将见于乙，泯于丙者将发之于丁。"[1]民智不开，启蒙终究是无本之木，无源之水。然则，从学理来看，无论"猿狙而衣以周公之服"还是"呆若木鸡"，两则寓言都与"开民智""新民德"无必然关系，因为"启蒙"毕竟不是庄子的问题意识之所在。

余论

严复指出："西学不兴，其为存也隐；西学大兴，其为存也章。盖中学之真之发现，与西学之新之输入，有比例为消长者焉。"[2]这就是说，中学的真精神只有在西学输入之后方能被充分发明出来；没有西学的输入，中学的真精神或许会永远埋藏在儒释道三教的分合同异中而不能被发现。严复的《老子评语》《庄子评语》正可作如是观。然而，作为两种基于异质的文明（中—西）、迥异的时代（古—今）而产生的思想，其回应的时代问题、解决方法以及思想者的立场等又迥然不同。严复这种中西之间的格义与会通，若以"以意逆志"的方式质诸老子、庄子本人，大概老庄二哲皆不会同意；同样，以他的批语质诸《老子》《庄子》文本，大概"文本"也不会契应他的解释。章太炎曾评论说严复这种中西之间的"格义"是"知总相而不知别相者"[3]，即他只意识到二者之同（总相）而不知道二者之殊（别相）。事实上，作为一个卓越的"学贯中西"的思想巨擘，严

---

[1] 严璩：《侯官严先生年谱》，《严复集》第5册，第1550页。

[2] 严复：《〈英文汉诂〉卮言》，《严复集》第1册，第156页。

[3] 章太炎撰，虞云国点校：《菿汉微言》，上海书店出版社，2011年，第50页。

复至少在当时尚没有成为一个"抱残守缺"的"遗老"，而是以一种理性的态度来审视两种思想的差异。他在《老子》第十八、十九、二十章下评语云：

> 以下三章，是老子哲学与近世哲学异道所在，不可不留意也。今夫质之趋文，纯之入杂，由乾坤而驯至于未济，亦自然之势也。老氏还淳返朴之义，犹驱江河之水而使之存山，必不逮矣。夫物质而强之于文，老氏訾之，是也。而物文而返之使质，老氏之术非也。何则？虽前后二者之为术不同，而其违自然，拂道纪，则一而已矣。故今日之治，莫贵乎崇尚自由。自由，则物各得其所自致，而天择之用存其最宜，太平之盛，可不期而自至。[1]

《老子》此三章之内容宣扬的是"绝圣弃智""绝学无忧""绝巧弃利""绝仁弃义"等思想，着眼于对人类文明以及被文明异化之社会的批判和反思，老子在这里表现出一种极端理想主义的态度，认为只有彻底扬弃道德、仁义、知识、工具等"文明"之产物，人类的福祉才能真正实现。严复以冷峻而现实的眼光对老子这种哲学进行批判，认为人类由质趋文、由纯入杂是一种"自然之势"，既然是"自然之势"，必然会顺之则昌，逆之则亡。老子对文明之批判和反思，固然有其苦心孤诣之所在（"物质而强之于文，老氏訾之，是也"），但一定要扬弃文明而回归原始，未免流于一厢情愿，毕竟"自然之势"不可逆转，宇宙从乾坤运会之始就永远处于一种演化状态中，没有"既济"，只有"未济"。天地宇宙运行的自然法则就是自由竞争，物竞天择，适者生存，因此"自由"意味着"过程"与"目的"的统一，只有自由才能将每个存在个体的潜能充分激发出来，若每个个体都能充分实现自我，最终自然会实现"太平盛世"。严复指出："吾未见其民之不自由者，其国可以自由也；其民之无权者，其国可以有权也。"[2]在严复看来，中国一切之危机绾结于"自由"二字。当然，这种自由不是个人的为所欲为，自

---

[1]《庄子评语》，第1082页。

[2]《严复集》第4册，第917页。

由放纵，而是权利与义务的统一，即严复所谓"必明乎己与群之权界，而后自由之说乃可用耳"[1]。同时，真正"自由"之社会应当有一整套制度、法律、契约、国家为其保驾护航，应该说，这里严复对老子哲学的批判切中了中西两种异质文明的要害，近现代西方自由思潮与东方古典自由思想毕竟还是有着"质"的不同。

老庄二哲之学本身就是一大吊诡，其中充满了对一切权威、一切既定价值的批判精神。通过诠释，这种精神可被引申为民主、自由、平等等近现代政治理念，这大概是老庄哲学对于近代以至于今日中国之启蒙的最大意义之一。严复之所以雅好庄老，首要的原因或即在于此。然则老子尤其是庄子希望通过对自我心灵之无限回溯而获得生命的"逍遥"和"自在"，这种东方古典式的"逍遥自在"在某种程度上正是对启蒙主义之"自由"和"权利"的否弃，因此道家哲学往往又会走到启蒙的反面，这都是需要反思和警醒的。通过诠释，严复对老庄启蒙精神的发掘主要是将道家式的"自然主义"转化为西方的"自然法"，将道家式的"个人自在"转化为"个人主义"，将老庄（黄老）的"无为而治"转化为"不干涉主义"，将庄子的"逍遥""齐物"转化为"自由""平等"。虽然这种"反向格义"式的误读实在经不起严肃的学术检讨，但却绝不意味着他这种比附毫无意义。严复之师吴汝纶曾云："严子乃欲进之以可久之词，与晚周诸子相上下之书。"[2] 此种"古已有之""以西释中"的学术范式使中西之学可以互相发明，中学可借西学焕发出新的生机，西学也在遥远的异邦如遇知音。"周虽旧邦，其命维新"，国家如此，学术亦然，严复以"启蒙"话语解释《老》《庄》，以期返本开新，彰显了经典文本在时代语境之下的崭新生命力。当然，道家经典之于启蒙的顺逆关系，其意义还远不止于此。无论《老子》《庄子》，还是"尚未完成"[3]的中国社会之启蒙，都在呼唤着古今中西之间的进一步对话。

---

[1] 《严复集》第 1 册，第 131 页。

[2] 吴汝纶：《天演论序》，《严复集》第 5 册，第 1318 页。

[3] 张志伟：《启蒙的合法性危机：当代中国启蒙所遭遇的挑战》，《中国人民大学学报》2009 年第 1 期。

New Insight of Arts & Humanities | 人文新论

《周易》伦理的空间化构造

甘祥满　　贺拥军 *

　　《易》卦六爻自上而下代表着天人地三才，人居其中，效法天地。《易传》认为，天尊地卑，贵贱有位；因之而乾尊坤卑、阳尊阴卑。六爻不仅有预定的阴阳爻位之别，而且初、二、三、四、五、上爻各有其特别的位置属性和价值分判。在"刚柔相推"之下，卦爻之间的阴阳性质与爻位关系通过承乘比应的形式而产生各种制衡和变化，使得固有的静态的位置关系和价值架构又多出种种复杂的、变化的动态结构，而《周易》的空间形象因此具有了"褶皱"的形态。褶皱的伦理空间，既有其利，也有其弊。

　　伦理学是关于道德、关于价值——即关于"善"的科学。这个"善"不应该是人为的设定或某些道德学家制作、创造出来的规范，而是存在于现实世界、存在于人伦日用间的事实。伦理学的任务就是揭示并描述这个或这些事实。按儒家（或准确地说早期儒家）的观念，整个世界先验地存在着许多"善"，《诗经·大雅》所谓"天生烝民，有物有则。民之秉彝，好是懿德"，即在说明人类社会中的伦理秩序、道德规范，本质上与事物世界普遍存在的规则一样，都是"天"的表现，或者说都源于"天"[1]。天有怎样的"道"，人就有怎样相应的"道"。这

---

　*　甘祥满，男，湖南岳阳人，哲学博士，北京大学哲学系《儒藏》编纂与研究中心副研究员。贺拥军，女，湖南株洲人，哲学硕士，中国老龄科学研究中心编辑。

[1]　"天"这个概念的含义是多样的，它可以指与"地"和"人"相对的青天、苍天，可以指与"人（为）"相对的自然，也可以指被赋予人格属性的上天、上帝。"天"的这种多重含义，在中国传统文化里往往是混合着使用的，只不过在不同的思想家或不同的文献里，某一种含义可能更偏重，更突出。

种自天道而人道的思维模式，在儒家经典里，《周易》最具典型。

作为儒家"五经"之一，《周易》有别于其他诸经的一个特别之处，在于它有"图"。其他经典有文无图，只有《周易》是有文而且有图的。这个图就是六十四卦卦象，没有六十四卦卦象的《易》是不能想象的。就《周易》这部书的整体而言，无论是作为卜筮之书，还是作为哲学或伦理学的义理之书，其价值性理念都与《周易》既有卦象的空间性紧密关联。

一、三极之道：天地人

《周易·系辞》言：

> 古者包羲氏之王天下也，仰则观象于天，俯则观法于地，观鸟兽之文与地之宜，近取诸身，远取诸物，于是始作八卦。

天之象，日月星辰；地之象，山陵川泽。天文地理，飞禽走兽，草木鱼虫，及乎社会人身，乃伏羲作八卦之根据。以八卦三画"通神明之德，类万物之情"，即用三条横线（爻）来象征天地人。《周易》就是这样一个象征系统。天地人代表宇宙万物，而人居其一。

伏羲作八卦，原只是三画。周文王"因而重之"，演变成六十四卦[1]。不过，无论是三画卦还是六画卦，其基本结构都是一样的，就是上中下——天人地的架构。这个天地人的基本结构，透露出《周易》的一个基本观念，即宇宙万物都是由天、地这两种具有普遍象征性的物质形态构建的，而人在天地之间，人要上法天、下法地。这就是《系辞》所说的：

---

[1] 按司马迁《史记·太史公自序》的说法，"昔西伯拘羑里，演《周易》"。《史记·周本纪》中说："西伯盖即位五十年，其囚羑里，盖益《易》之八卦为六十四卦。"在《史记·日者列传》中，司马迁又明确地说："自伏羲作八卦，周文王演三百八十四爻，而天下治。"

> 六爻之动，三极之道也。

三极之道即三才（材）之道。《系辞》又说：

> 易之为书也，广大悉备，有天道焉，有人道焉，有地道焉。兼三材而
> 两之，故六。六者，非它也，三材之道也。

三才，天地人。以三画卦而论，上中下三爻分指天人地；以六画卦而论，则初、二为地，三、四为人，五、上为天，即由原来的每一根爻代指天地人，变为每两根爻来代指，所谓"兼三才而两之"也。

三才之道，分别而言，则为天道、地道、人道。三者的具体内容，《说卦传》做出了解释：

> 昔者圣人之作《易》也，将以顺性命之理。是以立天之道，曰阴与
> 阳；立地之道，曰柔与刚；立人之道，曰仁与义。兼三才而两之，故易六
> 画而成卦。

天、地、人之道固然各有其别，但在《周易》的系统里，三才之道强调的不是"三"，而是"一"，即不是突出天地人三者之道的差别，而是突出贯乎天地人三者之间的一个统一性原则，这个原则就是"一阴一阳之谓道"。天之阴阳，地之柔刚，人之仁义，无非是一阴一阳之道的表现。所以，天地人在卦象里有上中下位置的分别，这个分别乃是天经地义的，不容倒置或打乱的；但三者间得以贯通而合为一体者乃阴阳之道。故在《周易》的思想体系里，天人合一是基于"一阴一阳之谓道"这个内在的、统一的观念。

天地人的三极之道，建构起《周易》的一个基本结构，也确立了《周易》伦理的一个基本原则：人居天地之间，一切行为皆要遵行一阴一阳之道。《系辞》所谓"天地设位，圣人成能"，正指出《易》象的结构乃是天地关系的写照，圣人依乎易道，也就能成就万事万物。

二、天尊地卑，乾坤定矣

三极之道设位于六爻之中，天在上，地在下，人居中。这种空间关系原不过是一种仰观俯察后"取象"的结果，但《周易》的作者们认为这种空间关系既然是原出于天的，那就意味着它是一种天命、一种天则，即一种不得不承认、同时又不得不遵循的自然法则。故《系辞》开篇云：

> 天尊地卑，乾坤定矣。卑高以陈，贵贱位矣。

天高地卑，本是一个关于空间的事实性描述；"天尊地卑"，则转成一个价值性描述。"卑高以陈"，也是一个事实性描述；"贵贱位矣"，又转成一个价值性描述。尊卑贵贱的伦理观念就以天则的形式与天地人的空间关系合为一体。与其说是空间关系构建了人伦的意义基础，不如说是意义（价值）构建了天地人之间的空间关系。

"天尊地卑，乾坤定矣"，乾坤与天地并联起来。《周易》云：

> 子曰："乾坤，其易之门邪？乾，阳物也；坤，阴物也。阴阳合德，而刚柔有体，以体天地之撰，以通神明之德。"（《系辞下》）
> 大哉乾元，万物资始，乃统天。（《乾·彖》）
> 至哉坤元，万物资生，乃顺承天。（《坤·彖》）

故在《易》象体系里天地又可用乾坤来代称。天地既是空间上的高下关系，又有刚健与柔顺的品格关系，更有价值上的尊卑贵贱关系。天地如此，乾坤亦如此。

乾以纯阳之卦表现，坤以纯阴之卦表现。以乾坤代称天地，还渗入到六十四卦三百八十四爻中，即以阴阳二爻而代指乾坤，代指天地。六十四卦，除了象征天地的《乾》《坤》二卦分别由单一的阳爻或阴爻组成外，其他任何一卦无不由阴阳二爻构筑而成。阴阳代表着天地，故六十四卦卦象无不"经天纬地"。不仅如此，六爻自下而上的结构里，也分布着阴与阳的固定位次。即在天地人的大架构下，初、三、五爻奇数位为阳位，二、四、上爻偶数位为阴位。[1]《说卦传》说：

> 分阴分阳，迭用柔刚，故易六位而成章。

分阴分阳，即以阴阳分属六爻之位；迭用柔刚，即以阴阳爻柔或刚之性轮流植入各爻位中。由迭用柔刚，而有各爻当位、不当位的情况：刚居阳位、柔居阴位，是为当位；刚居阴位、柔居阳位，是不当位。如《履》九五，《象》曰："夬履，贞厉，位正当也。"《豫》六三，《象》曰："盱豫有悔，位不当也。"这就是说，不仅爻之阴阳有伦理价值上的分别，而且爻处于哪个爻位——阴位或阳位，位置的当与否，也是爻辞、卦辞做出价值评判和解说的根据。而其最后的根据则源于"天尊地卑"这个纲领性原则。

《系辞》又说：

> 知崇礼卑，崇效天，卑法地，天地设位，而易行乎其中矣。

这是"天尊地卑，乾坤定矣"的另一种表达。"易行乎其中矣"，易道本在天地间，其表现即在天地、高卑、贵贱、阴阳的分别及其关系。换言之，天高地卑、阴阳有别、贵贱有位的结构已然存在于天地间，圣人作《易》，不过将其道理浓缩并寄托于卦象中，所谓"立象以尽意，设卦以尽情伪，系辞焉以尽其言"而已。明代易学家来知德解说得更为明白：

> 盖未画易之前，一部《易经》已列于两间。故天尊地卑，未有易卦之乾坤而乾坤已定矣；卑高以陈，未有易卦之贵贱而贵贱已位矣。……圣人之易，不过模写其象数而已，非有心安排也。[2]

---

[1] 案：王弼《周易略例·辨位》认为初爻、上爻"无阴阳定位"，所以无所谓得位或失位。

[2] （明）来知德：《周易集注》，《儒藏》精华编（第七册），北京大学出版社，2014年，第425页。

由天尊地卑，到乾健坤顺，继而分阴分阳，贵贱有位，这一套建构在天地人空间关系上的伦理秩序，显然主要地与中国传统中儒家的思想学说关系更为密切，而不是其他诸家。惠施说"天与地卑，山与泽平"，这是从高低相对的角度立论。而《周易》天尊地卑的观点则立足于视觉的原始经验，坚持天地位置的不可逆性。儒家经典《乐记》中说：

> 礼者，天地之序也。

在《周易》的空间秩序里，也是尊卑先后，等级分明：

> 有天地，然后有万物。有万物，然后有男女。有男女，然后有夫妇。有夫妇，然后有父子。有父子，然后有君臣。有君臣，然后有上下。有上下，然后礼义有所错。（《序卦》）

从文本的角度说，伏羲初创八卦，固然有阴阳二爻这种符号的分别，但未必有天地人三才的结构贯乎其中，也未必有阴阳、刚柔存于爻位的观念。继而卦辞、爻辞出，这些观念也未有明白的显露。天尊地卑、乾尊坤卑、贵贱有位的伦理观念和价值体系，确然出于后成的《易传》。可以说，《易传》是借《易经》固有的、天然的卦象结构，将阴阳、尊卑的伦理观念植入其中，对《易经》空间图像做了伦理化的诠释，也可以说为儒家的伦理观念做了空间化的构造。

三、同功而异位

每卦六爻，先有天地人的三分结构，继有阴位、阳位的二元分判。若单从六爻本身的位置关系而论，则六爻亦各有其特定的属性。初爻和上爻在一卦中分别象征着一始一终，一本一末。《系辞》说：

> 其初难知，其上易知，本末也。初辞拟之，卒成之终。

初爻之难知，是难知其未来的发展，因为它才开始，初始未成。上爻易知，是因为经过六爻的阴阳摩荡，其成其毁，其紫其朱，皆可显露无遗。

一般地说，初爻既表示事物的初始、萌芽，又表示地位的卑微，所以均有不宜显露和作为的警示之辞。如《乾》初九，爻辞说："潜龙，勿用。"《象传》说："潜龙勿用，阳在下也。"《文言》解释说："潜龙勿用，下也。"很明确地宣告初九处下，不宜用。《坤》卦初六，爻辞："履霜，坚冰至。"《象传》曰："履霜坚冰，阴始凝也。驯致其道，至坚冰也。"同样是初位，在《乾》卦是"勿用"，在《坤》卦是"履霜"，都有处于低位而不能、不宜过于显露之象。但是对阳爻初九而言，它只是"隐而未见，行而未成，是以君子弗用"（《乾·文言》），其勿用是正面的、鼓励性的，初九仍然要继续成德成行；而对于阴爻的初六则不同，爻辞和《象辞》都是负面的、警诫性的，旨在警惕小人之道或危险势力的增长，须防微杜渐。这个区别不是初位本身的性质变化，而是阴阳二爻性质不同，当其处于同样的爻位时，其结果往往是不同的，这是阴阳有别观念的呈现。

上爻既然作为卦之终，而又越乎五爻之上，代表着事物已然完成某种发展，且预示着不可再多事，而当适可而止，否则将岌岌可危。《乾》《坤》二卦即是范例。《乾》卦上九："亢龙有悔。"《象传》曰："亢龙有悔，盈不可久也。"《文言》解释其原因说：

> 亢之为言也，知进而不知退，知存而不知亡，知得而不知丧。……贵而无位，高而无民，贤人在下位而无辅，是以动而有悔也。

阳刚之气积聚到了极点，上而不能下，有亢过之病。阴阳之理，极则必变。《坤》卦上六："龙战于野，其血玄黄。"《象传》曰："龙战于野，其道穷也。"《文言》则曰："阴疑于阳，必战。"按照王弼的注释：

> 阴之为道，卑顺不盈，乃全其美，盛而不已，固阳之地，阳所不堪，

故战于野。[1]

《坤》卦上六，阴盛已极，为阳所疑惧，故战，战而必至其血玄黄，两败俱伤。

要而言之，《乾》之上九与《坤》之上六，一悔一凶，处在极端恶劣的状态中。所以《周易》以"用九""用六"来申明阴阳之道。《乾》"用九，见群龙无首，吉"，《坤》"用六，利永贞"。作为阳爻，阳刚进取固然是正道，但过九五爻之后，就应该收敛其阳性的锋芒，以"无首"的姿态转入柔顺、静谧中。作为阴爻，同样也不能无限地阴凝过盛，而当守持正道。这就说明，在《周易》的伦理架构里，空间既是有维度的，也是有边界的。维度，是阴、阳两种势力、两个方向的交织和平衡，不像二维空间里长或宽任何一维可以无限地、彼此不受限制地伸展，而是阴阳始终彼此牵制，处于既可各自发展又不得不受另一方牵制、向另一方回首的张力中。边界，即是在六爻的基本框架里，任何一种势力的发展都以"上"爻为限，纯阳的乾卦和纯阴的坤卦，其"上九""上六"爻辞的警示就是两种极端的代表或典型，此外的六十二卦更不能有过于此极者。六根爻位的积聚、生长或反复，到上爻都是一个界点，一个不能逾越的最外层空间。当然，这个不可逾越的界点，并不意味着《周易》的伦理空间是既定的、封闭的、不能发展的，相反，它通过任一一爻的变化来开辟出路，开辟出另一个不同意义的空间，所以《周易》的变化无穷，其空间也生生不息。

从初爻到上爻的距离，即事物从其初端的征象到将来最终的结果，不是事先可以测量的，而完全取决于途经中间四爻的阴阳性质如何以及如何变化、发展。所以《系辞》说："若夫杂物撰德，辨是与非，则非其中爻不备。"这里的"中爻"是指二三四五爻。在这四根爻中，二四、三五，是对应的两组爻，它们分别是阴位和阳位。故《系辞》接着说："二与四同功而异位，其善不同，二多誉，四多惧，近也。柔之为道，不利远者，其要无咎，其用柔中也。三与五同功而异位，三多凶，五多功，贵贱之等也。""同功"即同为一种阴或阳的爻位性质，如二爻、四爻都是阴性爻位，三、五爻都是阳性爻位；"异位"即在六爻空间中的

---

[1] 王弼：《周易注》，《儒藏》精华编（第一册），北京大学出版社，2009年，第700页。

位置不同。

二爻和四爻同功，但其善不同，即其吉凶价值不同："二多誉，四多惧"。二多誉，乃因为二处中，"其用柔中也"；四多惧，是因为"近也"，即近于五尊之位，有逼君之嫌。如《乾》卦九二曰："见龙在田，利见大人。"九四则曰："或跃在渊，无咎。"二位居中，且为阴位，合言之则"柔中"，柔中的品格多誉，九二居中，故"利见大人"。九四"上不在天，下不在田"，离开九三而欲一"跃"，但终因四处上卦下位，且为阴位，欲上而不能，进而不果，入于渊，虽谓"无咎"，实则本有咎也。

三与五，"三多凶，五多功"。三五相较，五尊三卑，五在中位，三处在下卦的顶点，这就意味着在下卦的发展空间里已经到了极限，随时可能物极必反，走向反面，故凶险。三多凶，如《师》卦六三，"师或舆尸，凶"。处六三之位而出师，凶。《象传》解释说："师或舆尸，大无功也。"看似指挥大军，要建功立业，实则大而无功。五多功，同样是阳位，但高于三爻，位居"天"位，且五爻在中，故五爻在六根爻中是地位最高、高明中正的象征，是最利于建功立业的时候，故多功。如《小畜》卦九五，"有孚挛如，富以其邻"。有孚诚信之人，获得众人的支持，富不独富，而共与其邻，乃有功之象。与之相反，《小畜》九三，爻辞："舆说辐，夫妻反目。"车脱辐，其象凶。这就是三爻、五爻的"贵贱之等"。

综合来看，《系辞》本章对二三四五爻的价值评判，是单纯从它们的空间位置着手的。简单地说，二爻、五爻处在多功、多誉的有利位置，三爻、四爻则处在多惧、多凶的不利位置。空间位置之所以有伦理上的善恶或价值上的好坏分别，是与《周易》本有的天尊地卑、处中得正的价值观相关联的。二、五爻都是处在中位之爻，而三、四爻一个居上，一个居下，所以总体上三、四爻地位不如二、五爻。这很能让人直接联想到孔子所谓"过犹不及"的观念，三、四爻恰恰是或过或不及，而二、五爻则正处于中道。《周易》中位、得中而多吉的观念，显然是儒家伦理观渗入的结果。孔子所谓"过犹不及"，孟子所谓"时中"，《中庸》所谓"中和"的观念，无不对"中"推崇备至，《周易》亦然。

四、刚柔相推，承乘比应

初、上爻以及中间四爻的位置结构固然有其一般性的价值取向，但这种空间位置上绝对的伦理架构，总是必然与填充于其中的阴爻或阳爻的刚柔之"实"结合起来而起作用的。爻位及其价值定位只是一个先验的结构，阴阳二爻行乎其中而刚柔相推以致万物化生，人伦有序，才呈现出一个活生生的易象世界。所以《系辞》最后一章说：

> 天地设位，圣人成能，人谋鬼谋，百姓与能。八卦以象告，爻象以情言，刚柔杂居，而吉凶可见矣！变动以利言，吉凶以情迁。是故，爱恶相攻而吉凶生，远近相取而悔吝生，情伪相感而利害生。

既有天地设位，又须圣人成能；既有爻象之位，又有刚柔杂居。吉凶悔吝的价值归属，是多种因素综合作用的结果。而所谓爱恶相攻，远近相取，情伪相感，正是在刚柔相推之下，各爻的位置关系、阴阳关系以及叠加其上的阴爻阳爻，众多要素、势力和能量相互交杂、激荡的表现。蔽之以一言，则可谓刚柔相推，承乘比应。

王弼在《周易略例·明卦适变通爻》中说：

> 观变动者，存乎应；察安危者，存乎位；辨逆顺者，存乎承乘。[1]

"观变动者，存乎应"，是说辨别爻位之间刚柔消长、吉凶变化的情况，应该在各爻之间的互动、比较中获得。"察安危者，存乎位"，则说明事物的安危与否，有一个基本的爻位差别，即《系辞》所说的贵贱有等、爻位有别，这是一个基本固定的空间结构。"辨逆顺者，存乎承乘"，人生处境的顺或逆，要看相邻爻之间的阴阳关系和上下关系。

---

[1] 王弼：《周易略例》，《儒藏》精华编（第一册），北京大学出版社，2009年，第822页。

承乘，是指一卦中临近的两爻关系，下者为承，上者为乘。上爻阳，下爻阴，则是阳乘阴，阴承阳，是为顺；上阴爻，下阳爻，则是阴乘阳，阳承阴，是为逆。这是天尊地卑、阳尊阴卑观念的体现，是刚柔相推叠加到爻位先验结构上的价值变化。通常来说，以阴爻乘阳爻为"乘刚"，象征弱者乘凌强者、"小人"乘凌君子，爻义多不吉。但阳爻居阴爻之上则不言"乘"，因为在《周易》的伦理结构里，阳位处上，乃理之所常。

阴承阳，顺，其卦例如：《巽》䷸，卦辞："小亨，利有攸往，利见大人。"《彖传》的解释说："柔皆顺乎刚，是以小亨，利有攸往，利见大人。"这就是说，巽卦的初六、六四两爻都是承乎上一位的阳爻，所以是顺，顺则吉、亨。《小过》䷽，卦辞："亨，利贞。可小事，不可大事。飞鸟遗之音，不宜上，宜下，大吉。"《彖传》说："柔得中，是以小事吉也。刚失位而不中，是以不可大事也。有飞鸟之象焉，'飞鸟遗之音，不宜上，宜下，大吉'，上逆而下顺也。"上逆下顺，是指上卦六五、上六乘九四之上，逆；下卦初六、六二都承九三之下，顺。

阴乘阳，逆，卦例如：《屯》卦䷂，六二爻辞："屯如邅如，乘马班如。匪寇婚媾，女子贞不字，十年乃字。"《象传》解释得很明白："六二之难，乘刚也。十年乃字，反常也。"六二阴爻乘于初九之上，故有"难"。

比为比邻、比合、比肩之意。《易》中所谓比，指相邻两爻的亲密关系，异性（阴与阳）相比则亲密无间，同性（同阴或同阳）相比则为无情。比也体现了承乘关系，不过承乘侧重于阴阳爻之间上下、尊卑的关系，比则象征着事物处在相邻环境中的作用与反作用关系。大凡阴比阴、阳比阳代表阻隔，辞中多有征凶、往吝、往不胜等语。反之阴阳比合，多有往吉、征吉、利涉、利往等语。以《比》卦䷇为例，六三上下皆阴，无比，所以爻辞云"比之匪人"，《象传》进一步说："比之匪人，不亦伤乎。"而九五上下皆有比，所以爻辞说"显比，王用三驱，失前禽，邑人不诫，吉"。

承乘与比，是相邻爻之间的刚柔相推、阴阳互较，"应"则是上下卦对应之爻的呼应关系。就是说，在每卦六爻中，初爻与四爻，二爻与五爻，三爻与上爻之间，有一种同志联盟的关系，称为"应"。"应"有相辅、附和之义。对应之爻为一阴一阳则可交感，谓之"有应"；若皆为阴爻或皆为阳爻，则不能交感，是谓"无应"。《同人》卦☰，《象传》："同人，柔得位得中而应乎乾，曰同人。……文明以健，中正而应，君子正也。唯君子为能通天下之志。"就是指六二爻得位、居中，而且与上卦九五爻相应，得到九五爻的支持。又如《师》卦☷九二，"在师中，吉，无咎，王三锡命。"《象传》解释说："在师中吉，承天宠也。王三锡命，怀万邦也。"说明九二是承六五之宠，即得到六五之应。

承乘比应，是刚柔相推的方式和表现，是在二四、三五同功异位这种静态的价值结构上，嵌入了一种动态结构，使《周易》的伦理空间变得更为丰富、生动，也更为复杂。

五、结语：褶皱空间——伸展的，或压缩的？

纵观前文，我们对《周易》的伦理观念以及与之相应的空间关系所获得的认知，或许可以归纳成这样一句话，那就是：在天地人的框架下，初二三四五上六爻有其固有的、先验的伦理结构，而一阴一阳的二维能量则始终穿梭行进其中，加以刚柔之相摩相荡，激起六爻上下左右、远近高低之冲突与平衡，从而生出千般变化、百味人生。

六爻卦象的体系，由于本身已有阴位、阳位的架构预设在其中，故从初爻、二爻、三爻，至四爻、五爻、上爻，这个伸展的线路不是直线的，不是单维度的，而毋宁说它是抑扬顿挫、波浪式的延伸，仿佛翻越崇山峻岭，其间总是或山谷，或山脊，或平地，或高峰，起伏递进。但是，这种波浪式的、起伏的递进，也不是完全规则化或匀速的动态结构，而是既有前进、上升，又有跌宕、蜿蜒，甚至有受阻力冲击后的萎缩或变形。所以，无论是纯阳爻的乾卦，还是纯阴爻的坤卦，在由初至上的进程中，阳气或阴气并不是无限制地增长、积聚，而是或处二之中，或入四之域，或得五之位，故而能直方大，能无咎无誉，能黄裳元吉。形象地说，六根爻位的结构，不是一个平面的梯形，而是一个立体的褶皱型结构。

《系辞》言：

《易》之为书也不可远，为道也屡迁。变动不居，周流六虚，上下无常，刚柔相易，不可为典要，唯变所适。

道，即所谓一阴一阳之道。阴阳总在互动中变化。六虚，六根爻位。六位只是虚位，要待刚柔阴阳之爻寄居其中，方可坐"实"；而这种寄居又总是暂时的，不固定的，刚柔相易，往返无常，故而是"周流"。六个爻位，预置了一个基本框架，而阴阳二爻以不同的维度流淌其中，奏出褶皱的交响。

倘若我们抽去《周易》这个空间系统里的阴阳、刚柔，再抽去六爻之间承乘比应的互动变化关系，那么就只剩下天地人六根爻的大结构。然而依照《周易》作者群的初衷而言，这样的一种空间是没有意义的，是空洞的，这种空间里的各爻之间无法生发任何关联、互动，从而也就无法生化；天、地、人彼此孤零零，无交感，无错综。这不是一种天地间真实存在的空间，只是一个平面、空洞的纯形式。真实的空间，是在天地尊卑、贵贱有别的差别性规范里，在刚柔相推而生变化的动态运作中活泼泼地变化、生长着的。正是规范的灵活运行，才使得天地人有了更多的、伸展的空间。

而如果我们以爻位代表处于不同身份、不同地位的个人，以爻与爻之间的距离以及天尊地卑、阴阳有别的观念为疆界，则《周易》的空间容量，既可以说是伸展的，也可以说是压缩的。从积极的一面说，这样一种褶皱的空间，意味着可以借助他人（他爻）而自保或晋升；从消极面来说，则意味着其个人的自我完善，其社会理想的实现和成就，受制于他人，受制于一种事先安排的价值规范和伦理结构。这些观念和结构，包括中位、中庸的观念，阳尊阴卑的观念，初爻、四爻安守本分的观念，三爻、五爻不可轻举妄动的观念，等等。这一套伦理观念广泛地渗入《周易》的卦象系统和义理诠释系统中，潜移默化地影响和塑造着中国人的精神和行为。在这种意义上，或许可以说，《周易》的伦理空间是被多种规范和界限压缩着的，是逼仄的。

僧安道壹的"古意书体"及书刊实践*
——入隋后的僧安道壹研究系列之三

张　强**

"书刊"是僧安道壹对自己的崖刻实践的命名，从艺术史的"追认"角度来说，其意义重大。本文以《曹植庙碑》为起点，把僧安书刊置于"古意书体"情境进行探讨，分析了由《曹植庙碑》关联的古代经验："形象体"与"象形体"。《曹植庙碑》是近乎完美的"古意书体"的全面实践，也同时使得僧安道壹宣告了"古意书体"美学的终结。因为，在"行草为王"的文人表现趣味里，有一种集体意志，它主要体现在要求个体表现状态的"自然而然"，在这种强力的美学意志面前，一切非直接性的表达、装饰性的表达以及更为多样化的表达，都被排斥在外。

　　《曹植庙碑》是迄今为止发现的、有确切纪年的僧安道壹最后遗留于世的书刊作品，它由此成为僧安的书刊古体美学谱系建构的终点，其实也是我们认知其谱系的起点所在。这是因为，一方面我们据此可以做出一种总结，能够看到他的丰富的书刊语言表达；另一方面，可以以此为逻辑线索，完成一个历史追溯的过程，并在这个过程之中建构起僧安的书刊"古意书体"的美学系统。

　　《曹植庙碑》给许多人带来杂糅与拼贴的生硬感觉，有的文献之中甚至直接

---

*　本课题获"四川美术学院卓越艺术人才计划"经费支持。笔者曾出版《大空王佛——僧安道壹刻经与北朝视觉文化》(文物出版社，2017 年)，之后开启僧安道壹的后期研究，本文是其中一篇。

**　张强，1962 年生，重庆市两江学者，四川美术学院二级教授、世界实验书法高等研究中心主任，入选卓越艺术人才计划。

称之为"杂体书"[1]。其实,这种"异端的眼光"形成的一个重要缘由,便是以二王为代表的纯粹"性情书写"对于书法的界定,所带来的近乎于"清洗般的力量",这同时也是千余年后碑学兴起,与之产生对抗的内在驱动力之一。"性情书写"带来的是自我与宇宙通感式的感应,它导致了线性"喻象与隐象"、笔画与笔力崇拜,把书写严格限定在线条的单向维度里。如此一来,它拒绝分析,拒绝析义,走向了喻象感知的经验体系,从而不断持魅。

草书有今草,那么,与之相比较的对象章草,便成为相对的"古体书"了;楷书、隶书是今体,那么与之相对的篆书就成为"古体书"了。当"真、草、隶、篆、行"五体作为书法家的全能标准的时候,那么,大篆体、象形体与各种装饰花体也就成为遥远的"古体书"了。本文的"古体书"指的就是这些"异端的书体"。

不过"古体书"与"古意书体"的区别还是显而易见的。前者是历史自然垂落下来的一个概念,后者却是一种主动的使用,并在使用之中加以重新改造与有意识的利用。我之所以将《曹植庙碑》之中使用的"古体字",设置在一个"古意书体"的"美学系统"层面上来加以全面的论述,原因也在于此。

我们认为,在此使用的所谓"古意书体",首先是一种审美趣味的认知。对于"古意",赵孟頫(1254—1322)从绘画的角度如此阐释:"作画贵有古意,若无古意,虽工无益。"[2]那么,这个被认为是造就绘画品格的先决条件的"古意",到底是什么呢?确切地讲,它既是一种时间维度的展开,是在书写之中所展现出来的"心理肌理",也是在时间展开的同时,所扩展的"意味"空间。所以,当这些遥远的书体被埋藏到历史尘埃深处时,它却并没有消失,在历史的不同时段里,它也得到了不同程度的"有限制"的唤醒。

这些具有历史时空意义的书体,称之为"古意书体",这是因为我们从中可以看到,不同的书写者在其中浇注不同的意志、趣味,并呈现出具有个体性的处

---

[1](清)卞永誉:《式古堂书画汇考》中《子昂画并跋卷》,《中国书画全书》第九册,上海书画出版社,2009年,第791页。

[2](清)尹彭寿:《山左南北朝石刻存目》,《丛书集成初编》,中华书局,1991年,第10页。

置方式。

碑学所复苏的，从某种意义上讲，就是僧安道壹等人的美学观念与美学趣味，是"精跨羲诞，妙越英繇"式的、历史斩截般的观念力量，也是对单维度线条书写语言系统的扩张——将书写的线条放大，切分成面。北碑这个概念所包含的不再是"性情书写"式"中锋"美学的含蓄，而是张扬的"铺开性的书写"——这个"铺开"是将书写的线条维度扩展到不同的空间锋面，同时，也将书写的意志笼罩在刀笔锋芒所及的山水深处……

我们由此看到，碑学之前由文人趣味主导的书法史，是把僧安遗弃的强大排他观念之所在。在这种观念之下，僧安的书刊遗迹之中自然有许多让人迷惑不解的地方。他的肆扬的宏伟书刊与细致凝神的书刊遗迹之中，总是伴随着许许多多各异的书刊符号、突兀的意外以及象形字体——这些被文人趣味与书写意志所排斥的对象。

在此历史延续的"古书体"意义上，我们可以看到《曹植庙碑》所包含的经验是异常丰富的。但是，僧安并非被动地接受历史的事实，而是掺加了全面的改造意识。

从某种意义上来说，僧安道壹对于已有的"古体书法"采取的是一种借用与衍化的方式。所谓"借用"则是"因其名目"，将双钩式的象形，改变为以笔直书的方式；同时，也以其饱满的"笔性"，来加以改造。所谓"衍化"，便是僧安道壹以自己的美学方式，开创出具有象形"意味"的笔法。这也是我们称之为"古意体"，而非"古书体"的原因。二者之间的差别在于，"古意书体"是有着充足的个体意志在其中加以体现的。

"古意书体"大致可以分为"形象体"与"象形体"两大类。我们将在下面分别论述。

一、形象体
——僧安道壹"古意书体"的美学系统建构（上）

关于形象体，我们在"借用"性质的象形笔法与结字体格上，大致可以归纳出如下类型：飞白书、凤尾诺、蚊脚书、鹄头书、鸟形书。因为这一部分有着更为具体的物象形态可以模拟，所以，我们称之为"形象体"。

（一）飞白书

按照僧安道壹的书写方式来看，《曹植庙碑》里面确实聚集了一个重要的概念，这就是对于"古意书体"趣味的全面实践，其中当然包括影响力巨大的"飞白书"。但是，在书刊的岩面上，如何体现出"飞白"的效果呢？其实，我们可以追溯到其在"河清年间"洪顶山刻石之上。在《大空王佛——僧安道壹刻经与北朝视觉文化》一书之中，我们曾经专门讨论过"飞白"的概念：

> 我们知道，所谓飞白书是它的"飞"与"白"。在羊欣而言，"飞白"本是榜书的一种，也是被当时追捧的书法样式："飞白本是宫殿题八分之轻者，全用楷法。吴时张弘好学不仕，常著乌巾，时人号为张乌巾。此人特善飞白，能书者鲜不好之。"

> 张怀瓘则对于"飞白"的发明、沿革以及对于中国书法史的影响，有过一个简明的梳理："飞白。案飞白者，后汉左中郎将蔡邕所作也。王隐、王愔并云：'飞白变楷制也。本是宫殿题署，势既径丈，字宜轻微不满，名为飞白。……时方修饰鸿都门，伯喈待诏门下，见役人以垩帚成字，心有悦焉，归而为飞白之书。'"

> 由于书写体格的宏伟与非常规的书写方式，飞白书被认为具有神仙家的气质："自非蔡公设妙，岂能诣此，可谓胜寄，冥通缥缈，神仙之事也。"

> "飞白"与"章草"是文人与道家美学相结合的趣味之中，最重要的两个风格体系，它甚至直接启迪了二王的书法风格的造就。"张芝草书得

易简流速之极，蔡邕飞白得华艳飘荡之极，字之逸越，不复过此二途。尔后羲之、献之并造其极。"

当然，也有人理解为是隶书的便捷书写：宋曹则曰："飞白者，隶书之捷也，隶书又八分之捷也"。

不过，其最重要的特征还是其"飞举"的美学特征："盖取其若丝发处谓之白，其势飞举，谓之飞。"

还有将"飞白书"理解为是在篆书向隶书的字体演变过程之中，所呈现的一种变化的状态：赵宧光："隶书中一曰飞白，篆法将变，正侧杂出，燥润相宜，故曰'飞'曰'白'。"

通过以上在书法范围内对于"飞白书"的探讨，可以看到其基本涵义如是：第一，隶书的轻写产生的飘举与飞翔的姿态，同时那若丝发的笔触也恰好产生一种运动感。第二，具有道教之中神仙家之遐举的神秘涵义，它是僧安道壹"蕴秘化"书写的一个重要方面。第三，得之役人之偶然，演变谓榜书巨幅之必然。从对于书写过程之中的偶然体现的发现，转化为一种必然的风格样式。

"飞白书"对于僧安道壹而言的意义如是：第一，将"轻举的飘逸"毛笔锋面，转化为如"铁丝笔扒泥般地"滞重。第二，将文人的超逸的性情表现，转化为宏伟性的变化效果。第三，将一次性的瞬间书写转化为多向维度制作，同时又体现着书写。第四，将毛笔的轻盈的书写过程的时间性，转化为时间、空间的重叠。第五，将道教的仙人式书写美学，转化为佛教的"蕴秘性"书写。[1]

厘清这些概念之后，可以再作探讨。后文图 1，是宋代道肯所列出的"飞白书"视觉图式样本。不过，从僧安道壹在《曹植庙碑》里面，对于飞白的丰富的处理方式，我们甚至可以引导出另外一个概念，它具有"尾羽书"或者"鸟

---

[1] 张强、魏离雅：《大空王佛——僧安道壹刻经与北朝视觉文化》，文物出版社，2017年，第131页—133页。

体书"的特征，我们则将其重新整合为"凤尾诺"。这是因为用飞白不足以概括其中丰富的语言表达与建构特征了。需要说明的是，《曹植庙碑》因为是"非摩崖"的"小型字"，里面的"凤尾诺"与"飞白书"的区别不是很大，有时候甚至是交错实践的。鸟体书与凤尾诺，在经石峪的两个"人"字的书刊之中（图2、图3），可以明确地看出来（参见下节）。在一般情况下，飞白书的特征非常清楚，如洪顶山摩崖书写出现中空的现象，这便是中间有笔触的感觉，还有经石峪的"人"字，也比较典型地说明了它们之间的区别。而"凤尾诺"则是笔画内部挖空，并且产生不同的空间切割，从而导致线条的走向不在一个方向之中。与后者相同的处理方式，其实，在洪顶山已经非常明确地出现（图4）。可以看一下在《曹植庙碑》里，相同的字是如何处理的，如"大"隋（图5、图6），又如"人字"的长捺（图7—图11）。其实，在洪顶山的大字书刊之中，僧安已经将"飞白"抽离出来，作为一个独立的概念，使其具备了"可演绎性"，如"大空王佛"的"王"字（图12）。另外，洪顶山的十六个佛名之中的"式佛"以及"文殊般若经"篇章的捺，如同用铁笔刷在湿软的泥地上直接扒过一般（图13—图15）。在开皇九年（589）山东汶上《章仇氏造像碑残上碑》可以看出"飞白"的另外的特征（图16）："八"字的"捺"是以尾部分开来加以体现的；而两个"大"字的笔划"捺"，干脆就是直接以"复笔"来体现因飞白笔触产生的中空效果；"火"字的"捺"亦是如此。

由于这种"飞白"不是直接书写出来的，而是"制造出来"的，所以，僧安的书刊，便不自觉地脱离了"绢帛"书写系统，而走向了硬质材料的刊刻系统。在此意义上，僧安的书刊是对于结果的一种"再现"性的传达，或者是我们所说的"超现实主义书写"。

图1

图2

图3

图4

图5

图6

图7

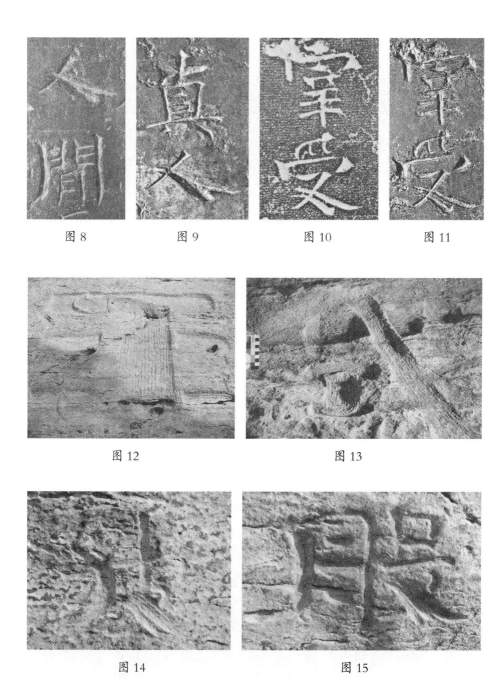

图 8　　　　　　图 9　　　　　　　　图 10　　　　　　　图 11

图 12　　　　　　　　　　　　图 13

图 14　　　　　　　　　　图 15

图 16（1）　　图 16（2）　　图 16（3）　　图 16（4）　　图 16（5）

（二）凤尾诺

在僧安道壹对于"尾羽"意象的书刊实践中，还衍化出单鸟体与双鸟体的不同。不过，我们寻找到一个有趣的名字，这就是"凤尾诺"。

首先，我们看一下真实的羽毛与想象之中的凤鸟的形态（图 17、图 18）。这个凤尾诺的来源与章草有关，元代的刘有定曾做过一番考证：

> 草书之别四。曰章草，史游作。又晋以后有凤尾诺，亦出于章草。唐人不知所出，有老僧善读书，太常博士严厚本问之，僧云："前代帝王各有僚史笺启上陈本府，旨为可行，是批凤尾诺之意，取其为羽族之长，始于晋元帝批焉。"周越云："帝初执谦，凡诸侯笺奏，批之曰'诺'，皆'若'字也。案章草变法，'若'字有尾，故曰凤尾诺。"[1]

这里是从章草变法的原则，找出"凤尾诺"的来源。可以确切地说明"凤尾诺"的真实书法案例，在今日已不可见，但是，我们却可以从相似的书法作品之中，看到其征兆所在。在王弘力编著的《古篆释源》之中，我们可以查询到"诺"字的古体形态（图 19），但是，并没有真实对应的"凤尾诺"笔画。我们从《相马经》（约公元前 193—前 180 年间）以及其他相近时代的简书书写，可以看出如尾

---

[1]（元）郑杓、刘有定：《衍极并注》卷二《书要篇》，《历代书法论文选》上，上海书画出版社，1979 年，第 417 页。

摇曳般摆动的笔法，这些变化充满了突兀的加强与跳脱的动感（图20—图22）。

　　当然可以进一步把"凤尾诺"追溯到汉简与石刻之中，数倍原字的长尾笔画。这些今天看来惊世骇俗的处理方式，在当时却是随处可见的；它们是为了增加和强调的某些书写的神秘力量，而故意夸张而为之的。其实，看一下商代玉器的凤尾，似乎可以明白"凤尾诺"的状态（图23）。如《曹植庙碑》之中的"以"字（图24），可以见出其与简书和写经书之间的渊源关系，但是，僧安却有着自己独特的处理方式。向前追溯，可以发现它与兖州金口坝出土的残经刻石之间的趋同性（图25、图26）。《曹植庙碑》的"文"字与《文殊般若碑》（图27）、青州《文殊般若残碑》（图28）的"文"字之间，显现出更为逼肖的一致性，即凹陷于平面之下的负空间里面，所展开的多样化形式感。以《曹植庙碑》里的"数""改""敞"（图29）作为"凤尾诺"的案例，其实也可以关联到"兖州金口坝出土残碑"（图30、图31）、"洪顶山十八空摩崖"（图32）、"南响堂文殊经篇章"（图33）以及汶上"文殊般若碑"（图34）。对于"凤尾诺"的进一步符号化的书刊，是在洪顶山东平湖西岸的银山刻石的"般"字（图35）。两个"般"字放置到一起，可以做一个非常有趣的比较。在北齐河清三年的《巨野华严经篇章》之中，也出现了疑似僧安的"凤尾诺"（图36）。《章仇氏造像碑残上碑》之中的"凤尾诺"（图37），则是另外一种有些"生涩"的感觉。

图17

图18

图 19

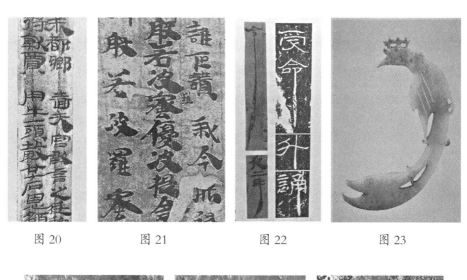

图 20　　　　　　图 21　　　　　　图 22　　　　　　图 23

图 24（1）　　　　　　图 24（2）　　　　　　图 24（3）

图 25　　　　　　　　图 26（1）　　　图 26（2）

图 27　　　　　　　　　　图 28

图 29（1）　　　　　　图 29（2）　　　　　　图 29（3）

图 30

图 31

图 32

图 33

图 34

图 35

图 36（1）

图 36（2）

图 36（3）

图 36（4）

图 36（5）　　　　　　　图 37

（三）蚊脚书

关于蚊脚书，北朝的王愔在《古书三十六种》之中有记录："古文篆……蚊
脚书……飞白书。"[1]南朝梁庾肩吾《书品》中对于"蚊脚书"的描述为："蚊脚
傍低……"[2]"旁低"是蚊脚书的最具特征的标志。唐代韦续的《五十六种书》则
进一步框定其特征——字形下垂的形态好似蚊的细长之脚："第三十八，蚊脚书，
尚方诏版也。其字体侧纤垂下，有似蚊脚，因而为名。"[3]唐代的封演认为"蚊脚
书"与其他形象书体一样，都是对于形态的模拟，虽然这些显得比较肤浅，但
是，却是书法之前的历史，也无法回避：

　　　南齐萧子良撰古文之书五十二种，鹄头、蚊脚……之属，皆状其体势
　　而为之名；虽义涉肤浅，亦书家之前流也。[4]

徐坚以为，蚊脚书之类都是从"文字六书""秦立八体"之中演化出来的：

---

[1]（北朝）王愔：《古今文字志目》上卷《古书三十六种》，《历代书法论文选》上，第40页—
　　41页。

[2]（南朝梁）庾肩吾：《书品》，《历代书法论文选》上，第86页。

[3]（唐）韦续：《五十六种书》，《历代书法论文选》上，第301页—306页。

[4]（唐）封演：《封氏闻见记》卷二，《历代笔记书论汇编》，江苏教育出版社，1996年，第5页。

魏晋以还，隶文遂盛，萧子良古今篆隶文体……蚊脚书，凡数十种，皆出于六义八体之书，而因事生变者也。[1]

进入现代，容庚在《殷周青铜器通论》之中，对于蚊脚书如此看待：

蚊脚书，如楚王酓肯盘，每字多作长脚下垂。唐韦续纂《五十六种书》，有这个名目，他说："其字体侧纤垂下，有似蚊脚，因以为名。"我们仍用这名称。[2]

其实，在现代摄影镜头之下，蚊脚的形态一目了然（图38）。

在作为历史源头的"古书体"之中，可以看到附着于楚青铜器皿上的形态：细长、飘逸与动感十足（图39）。按照这个标准，我们在《曹植庙碑》里面找到了6个实例：

（1）"可"字：竖钩部首。（图40）

（2）"事"字：竖钩部首。（图41）

（3）"剖"的"立刀"部首。（图42）

（4）"利"的"立刀"部首。（图43）

（5）"训"的"竖"部首。（图44）

（6）"刮"的"立刀"部首。（图45）

在这里，2个"竖钩"部首、3个"立刀"部首、一个"竖"部首，完成了僧安道壹对于"蚊脚书"古体趣味的个人化阐释。

首先需要指出的是，蚊脚书并不是在《曹植庙碑》才出现，远在20多年之前的"河清年间"（562—565），僧安已经预告了自己的"古意书体"美学取向体现之一：蚊脚书。

---

[1]（唐）徐坚：《文字第三》，《初学记》下，中华书局，2010年，第505页—506页。

[2] 容庚、张维持：《殷周青铜器通论》，《考古学专刊》丙种第二号，文物出版社，1984年，第100页。

在这块相对较大的原石面前，我们恰恰可以看到僧安道壹的书写的笔法与刀法之间的关系。先以双钩界定出字的轮廓，然后以V字型的刀口切入。如此一来，呈现出一种将石头的内部空间，剖解开来的视觉效果（图46）。将《曹植庙碑》与《刻经残碑》相比较，从我们绘制的比较图之中（图47）可以看出：后者的蚊脚意识还没有真实地确立出来；前者则如现代女性的高跟鞋一般，将"蚊脚"古体趣味与多变的笔法美学完美地结合起来了。

在另外的一些碑刻之中，也出现了蚊脚书的笔法，如《巨野华严经篇章碑》里面的"何""呼""铜""刑"字的竖划收尾处（图48，关于此碑与僧安的关系，将另行探讨）。

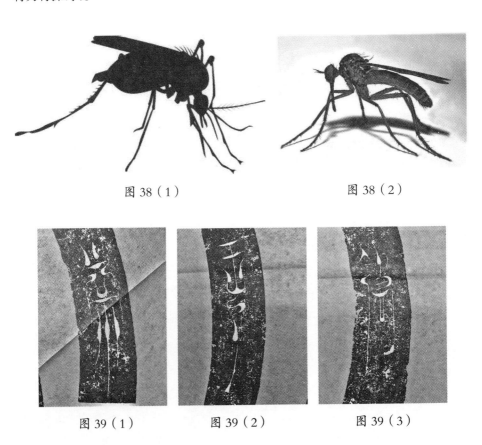

图38（1）　　　　　　　　　　　　图38（2）

图39（1）　　　　图39（2）　　　　图39（3）

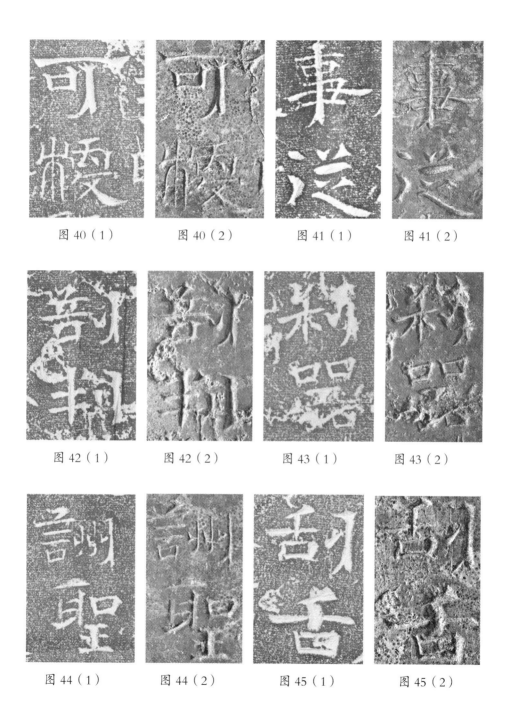

图 40（1）　　　图 40（2）　　　图 41（1）　　　图 41（2）

图 42（1）　　　图 42（2）　　　图 43（1）　　　图 43（2）

图 44（1）　　　图 44（2）　　　图 45（1）　　　图 45（2）

  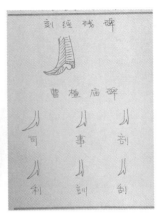

图 46（1）   图 46（2）   图 47

图 48（1）   图 48（2）   图 48（3）   图 48（4）

（四）鹄头书

关于鹄头书，南朝梁庾肩吾的《书品》提到："鹄头仰立"[1]，"仰立"是"鹄头书"的最具特征的标志。唐代封演以为："南齐萧子良撰古文之书五十二种，鹄头……之属，皆状其体势而为之名。"[2] 在唐代韦续这里，鹤头书就是"鹄头书"，它是与"偃波书"同时在诏版上使用的：

———————————
[1]（南朝梁）庾肩吾：《书品》，《历代书法论文选》上，第86页。
[2]（唐）封演：《封氏闻见记》卷二，《历代笔记书论汇编》，江苏教育出版社，1996年，第5页。

三十六　鹤头书，与偃波皆诏版所用，汉家尺一之简是也，亦名鹄头。[1]

徐坚则曰：

魏晋以还，隶文遂盛，萧子良古今篆隶文体……鹤头书……凡数十
种，皆出于六义八体之书，而因事生变者也。[2]

鹄首，在道肯这里，既是对于篆书的修饰（图49），也是一种简书出来的意外效
果的模拟。周亮工（1612—1672）以为：那些认为鹄头还有"招纳隐士"功能的
观点，是一种拘泥的想象。我们把这种联想看做是，对于"鹤"或"鹄"在中国
古代隐逸文化背景下的一种意义赋予，所谓：

《广韵集》载：鹤头书，古用以招隐士。案萧子良《古今篆隶文体》
曰：鹤头书与偃波书，俱诏板所用，汉谓之尺一简。后人因唐诗有"鹤书
犹未至，那出白云来"，遂谓古人用以招隐士。若其余诏板，皆不用此体，
又若独创此体以招隐士者，泥矣。[3]

与真实自然之中的"鹄首"相比较（图50），可以看出以毛笔扭转的笔法，所
体现的形象模拟感。《曹植庙碑》里所涉及的比较典型的"鹄头书"有五处（图
51—图53）。三处是作为部首的"方"，一处是作为部首的"言"，再一处是沛中
的"市"字。这是一个典型的"鸟首""仰立"的姿态。

我们当然还可以找出《曹植庙碑》鹄首的渊源所在，僧安道壹在河清年间所
作《刻经残碑》之中"白"字的"点"，其实已经是一个典型的"鹄首"了（图
54）。之后在南响堂《文殊般若经篇章》里面的"无"字，上面一"点"也是用
"鹄首"（图55）。大字"大山岩佛"的"山"字的三个起笔，也皆是"鹄首"（图

[1]（唐）韦续：《五十六种书》，《历代书法论文选》上，第301页—306页。
[2]（唐）徐坚：《文字第三》，《初学记》下，中华书局，2010年，第505页—506页。
[3]（清）周亮工：《因树屋书影》卷一，《历代笔记书论汇编》，江苏教育出版社，1996年，第380页。

56、图 57）。考究下来，即使是最宏伟的，长至 96 米的"大空王佛"，其起笔处居然也是"鹄首"（图 58）。最重要的是"王"字里面的"鹄头"，它利用了一种双层空间来加以强调（图 59）。此外，在山东东平银山的"经名"摩崖书刊上，也可以看出"鹄首"的用意（图 60）。鹄头书还出现在《巨野华严经篇章碑》上，如"佛"字与"破"字，尤其是"破"字的竖划，与洪顶山"大山岩佛"，如出一辙（图 61）。

鹄首书，在道符系统之中，逐渐演化成为更为抽象的标识符，由此联结着其冥冥之中的"神秘意味"（图 62）。

图 49

图 50

图 51（1）

图 51（2）

图 52（1）

图 52（2）

图 53（1）　　　　　图 53（2）　　　　　　　图 54

图 55　　　　　　　　图 56　　　　　　　　图 57

图 58　　　　　　图 59　　　　　　图 60

图 61（1）　　　　图 61（2）　　　　　　　　图 62

（五）鸟形书

鸟形书，是僧安道壹对于古书体的一种有限度的认同。北朝王愔《三十六种书》之中，有鸟书的名目："古文篆……鸟书……飞白书。"[1]唐代韦续把"鸟形书"放置在第三十三："传信鸟迹书，六国时书节为信，象鸟形也。"[2]容庚在《殷周青铜器通论》之中，对于"鸟书"如此举例："鸟书，如楚王酓璋戈，错金书。鸟书见于兵器的尚多，彝器只有一个越王钟。"[3]这些界定，可以参看图 63、图 64。

在宋代道肯那里，鸟形书被看作是"赤雀与丹鸟"显示的吉祥征兆（图65）。其实，历史上的鸟形书也经历了某种不同的变化。在僧安道壹之前与之后，都可以找出比较的对象（图 66、图 67）。不过，《曹植庙碑》的"刹""使""分""我"四字的鸟形体最为"形象"，这也是在此碑之中，表现得与自然形态最为接近的部分（图 68）。饶有意味的是，在《巨野华严经篇章》里面，也出现了鸟形书。"刑"字部首立刀里面的"短竖"，衍化成为一个"鸟形

---

[1]（北朝）王愔：《古今文字志目》上卷《古书三十六种》，《历代书法论文选》上，第 40 页—41 页。

[2]（唐）韦续：《五十六种书》，《历代书法论文选》上，第 301 页—306 页。

[3] 容庚、张维持：《殷周青铜器通论》，《考古学专刊·丙种第二号》，中国社会科学院考古研究所编，文物出版社，1984 年，第 100 页。

书"（图 69）。《章仇氏造像残碑上碑》里面的"便"字单立人上面的"短撇"，已经近似于一个鸟形了。而下面的"利"字的"短撇"，则更为形象化了（图 70）。唐代武则天的《升仙太子碑》之中的鸟形书，表现得更为图像化（图 71）。

图 63（1）　　　　　　图 63（2）　　　　　　图 63（3）

图 64（1）　　　　　　图 64（2）

图 65

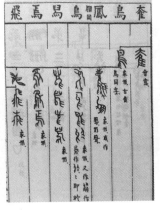

图 66

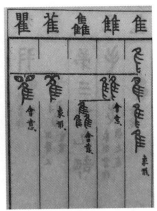

图 67

图 68（1）

图 68（2）

图 68（3）

图 68（4）

图 69（1）

图 69（2）

图 70   图 71

二、象形体
——僧安道壹"古意书体"的美学系统建构（下）

关于象形体，我们在"衍化"性质的象形笔法与结字体格上，大致可以归纳出如下类型：悬针篆、偃波书、拳头书、柳匕书、铁钉书。因为这一部分没有具体的物象形态可以模拟，所以，我们称之为"象形体"。这里试作论述。

（一）悬针篆

北朝的王愔所列的"悬针"是一种独立的书体。在三十六名目里面，有"古文篆……悬针书……飞白书"[1]。悬针篆在唐代韦续的《五十六种书》中，列为"四十"："悬针篆，亦曹喜所作。有似针锋，因而名之，用题《五经》篇目。"[2]

"悬针"这个概念，却也另有别解。在唐代张怀瓘那里，悬针从"古意字体"

---

[1]（北朝）王愔：《古今文字志目》上卷《古书三十六种》，《历代书法论文选》上，第40页。
[2]（唐）韦续：《五十六种书》，《历代书法论文选》上，第305页。

里面脱胎而出，成为一种运笔的方式：

> 垂针异势……此名悬针。古无此法，右军书《曲江序》，"年"字缘向
> 下顿笔，"岁"字三画藏锋，与"年"字顿相逼，遂改为垂露顿笔直下垂
> 针。后人立悬针相承，遵此也。[1]

清代冯武（明末清初）在《书法正传》言：

> 将欲缩锋，引而伸之，须要首尾相等。但锋尖耳，不可如鼠尾。又按
> 古人只有垂露一法，悬针始于《兰亭》"年"字。后人遂以为法。[2]

他在这里更为明确地将"悬针"与"篆"分离开来讨论，但也接续了张怀瓘的文
人书写的美学原则，认为"悬针是一种书写的笔法"。

　　不过，道肯给我们展现了真实的"悬针篆"（图72），可以用来与僧安在《曹
植庙碑》显示的状态比对（图73、图74）。春秋战国时期的所谓"悬针篆"如
"针型"般尖锐垂长，更像是针的意象（图75）；唐代的"悬针篆"的稍微粗壮，
而垂尾部"尖锐"如钉尾，所以，更有"钉子"的意象（图76）。僧安道壹的
"悬针篆"则是在针钉意象之中，相对参照性地来使用的。其字型依旧是在"方
块型"的结构之中来拉伸的。由于左右空间有所扩张，所以，在整个碑文之中，
也就并不显得过于突兀，起到的仍旧只是"视觉调节"的作用与意义。同时，为
了整体的视觉效果，僧安还会在这些"悬针篆"的字型上方之中，加入别的书体
的笔画，由此显现出过渡性的演进逻辑。

---

［1］（唐）张怀瓘：《玉堂禁经》，《历代书法论文选》上，第226页。

［2］（清）冯武：《书法正传》，《四库全书艺术类》，中国书店，2018年，第25页。

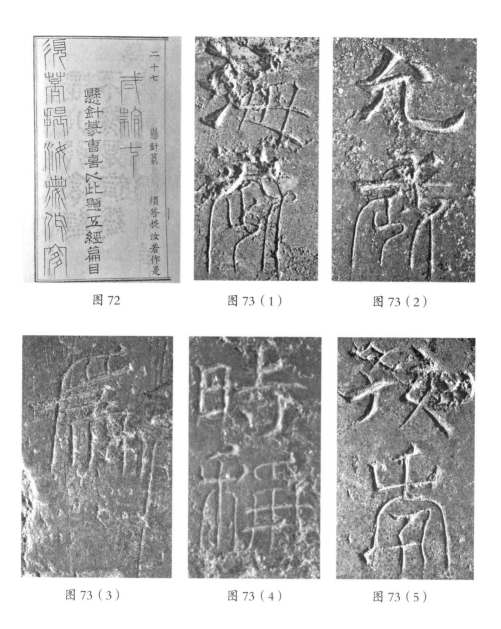

图 72　　　　　　　图 73（1）　　　　　　　图 73（2）

图 73（3）　　　　　　　图 73（4）　　　　　　　图 73（5）

图 74　　　　　　图 75　　　　　　　图 76

（二）偃波书

北朝王愔最早列出了"偃波书"："古文篆……偃波书……飞白书。"[1]关于偃波书的含义，唐代段成式认为它与其他字体一样，都是一种防止伪造的字体：

> 召奏用虎爪书，为不可学，以访诈伪。诰下用偃波书。谢章诏板用蝌脚书。节信用鸟书……[2]

韦续则曰：

> 三十七，偃波书，即版书，状如连文，谓之偃波。[3]

---

［1］（北朝）王愔：《古今文字志目》上卷《古书三十六种》，《历代书法论文选》上，第40页—41页。

［2］（唐）段成式：《酉阳杂俎》前集卷一一，《历代笔记书论汇编》，第8页。

［3］（唐）韦续：《五十六种书》，《历代书法论文选》上，第301页—306页。

在僧安道壹这里，我们理解的偃波是一种"起伏与波动"，是与字形认读结构之间，没有必然关系的"隐秘性书写"。元代刘有定明确地把"偃波书"与"鹤头书"联系在一起，认定"偃波"就是对"鹤头"的多向变化：

> 曰鹤头书，曰偃波书，俱诏版所用，汉则谓之尺一简，仿佛鹤头，故名鹤头书。其偃波书，即诏版下鹤头纤乱者也。状若连波，故谓之偃波。[1]

或许，这里所描述的"偃波"，指的就是春秋时楚青铜器皿上细长方形的字体中摇曳摆动的笔画。

无论如何描述，确切的诏版文字，我们只能够在秦代看到。被统一了文字的诏版书体，称作"秦隶"（图77）。所以，并没有可以真实对应的"偃波书"经验。于是，僧安道壹自己理解的"偃波书"便出现了。在这里，僧安将一个独立文字的某些笔画，进行了"波动"性的处理。"偃"是倒伏的意思，"波"则是水面由于震荡产生的波动效果（图78）。在这里可以看出，僧安着眼于特定的文字来进行"偃波"处理：如果说"子"的偃波还有些大篆的意味，那么"乃"上面横画的波动是非常强制性的。不过，一个不甚典型的偃波也偶尔出现了，这就是"见"字（图79）。上面的横画人字型的处理，似乎包含了"见人"的意思。这个故意波动的字，我们也归于偃波了。

令人称奇的是，早在河清三年，《巨野华严经篇章碑》上，也出现了"偃波书"——"母""子""始"（图80）。同《曹植庙碑》的字一样，如果说"子"字的书写尚有篆书作为借口的话，那么，"如"字的部首"口"，"是"字上半部分部首"曰"，则就是完全有意识地去处理了。

隋代开皇七年（587）山东东平白佛山《王子华题记》里面的"子"字体现出来的"偃波"感（图81），《章仇氏造像残碑上碑》里面的"偃波"书"乃"字，与后来《曹植庙碑》的同字相比较，好像显得还不那么自然（图82）。

---

[1]（元）郑杓、刘有定：《衍极并注》，《历代书法论文选》上，1979年，第415页。

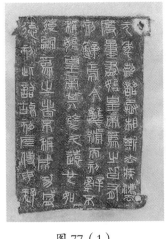

图 77（1）

图 77（2）

图 78（1）

图 78（2）

图 78（3）

图 78（4）

图 78（5）

图 78（6）

图 79（1）

图 79（2）

图 80（1）

图 80（2）

图 80（3）

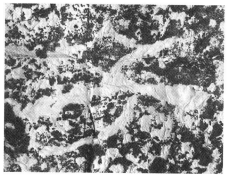
图 81

图 82

（三）"手形书"或拳头书

"手形书"是我们为僧安命名的一种"书体"。它具有形象化的特点（图84、图85），但是，在《曹植庙碑》里面，却是以一种抽象的、以"拳头"的"手形书"形式来加以表现的，如图所示之中"长"（图83）、"世"（图86〈1〉）、"表"（图86〈2〉）、"虎"（图86〈3〉）。在"洲"（图86〈4〉）的竖细划与"诗"（图86〈5〉）的竖短划处理上，这种符号性的特征更为明显。此外，还有"才""山""由""德"这些长短不一的竖划起笔处的、抽象的"手形书"（图87）。

"手形书"的来源，其实就是书刊的肉身化。这里当然可以衍义出更多与佛教有关的含义，甚至与道教的手印也可以建构某些联系。但是，最重要的是，我们在其中发现了直接与"人"相关的一种"肉身书写"。

"拳"的"手形书"与道教所结的"手印"，或者说与图文相间的"道符"之间，有什么具体的关系，尚有待于具体的考证。或者，僧安本人拒绝将"手形书"与任何具体的道教或佛教仪轨相对应，以避免成为一种图解的说明书。但是，它们之间谱系联结的接口无疑是存在的，这就是在"行为动作"与"意义包涵"之间的必然关系。

在葛洪（283—363）的《抱朴子》之中，有九字真言："入山宜知六甲秘祝，祝曰：'临、兵、斗、者、皆、阵、列、在、前'，凡九字，常当秘祝之，无所不辟。"[1]这九个字被后世创立出九个手印（图88）。

"手形书"的起始可以追溯到僧安在"河清元年"山东平阴洪范镇的二鼓山地面书刊的"大空王佛"。在这里初次出现"手形书"（图89）。两年后，僧安在距离二鼓山15公里外的洪顶山，书刊了"大空王佛"巨书（图90、图91）。这是最具代表性的"手形书"，也是迄今为止看到的最为"形象化"的书刊形式创造。它揭示了僧安书刊的一个重要主旨：由形象化的肉身书刊所开启，逐渐"象形化"，最终形式化的沉淀。

在这里，是"神通力"的加持，是肉身化的"寓言"，还是对于佛与肉身关系的提示？……或许这些意义都存在。但是，我们更关注僧安在形式上对于汉字"悠长古意"的设置与实践。如是，"手形书"还可以扩展到辟邪山中的妖鬼的层面上，在此意义上，它就是一种"金刚印"，正如僧安要将《金刚经》刻在泰山上，道理是一样的，为了震慑本土的妖鬼。[2]而僧安道壹在洪顶山创立的佛名里面，"高山佛""大山岩佛"分布在巨书"大空王佛"的右上角。因此，"手形书"便不再是偶然的，而与葛洪所强调的进山所佩戴印符（图92），用以辟邪厌胜的意义，如出一辙。

图83

图84

图85

图86（1）

［1］（晋）葛洪著，王明校释：《抱朴子内篇校释》卷一七，中华书局，1980年，第303页。

［2］ 参见张强《僧安道壹在泰山书刊〈金刚经〉背景探源》，《中国艺术》2015年第4期。

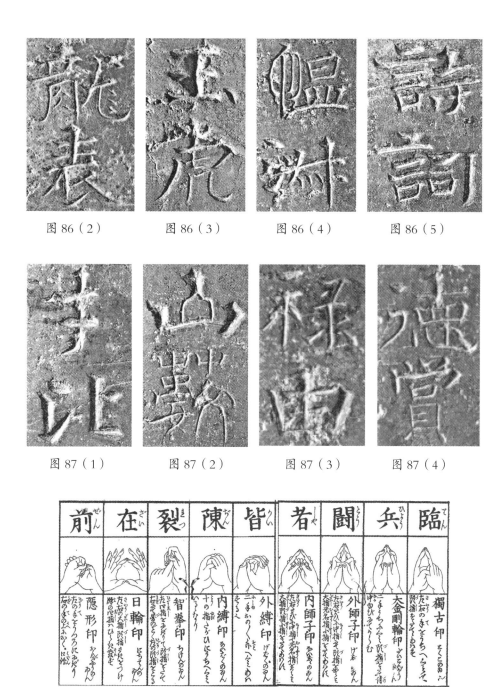

图 86（2）　　　　　图 86（3）　　　　　图 86（4）　　　　　图 86（5）

图 87（1）　　　　　图 87（2）　　　　　图 87（3）　　　　　图 87（4）

图 88

89（1）　　　　　　89（2）　　　　　　图 90

图 91　　　　　　　　图 92

（四）柳匕书

所谓的"柳匕书"来自于我们设想的两种意象（图93），一方面是"柳叶"，另一方面就是"匕首"；或者用"柳叶刀"来比喻也确切。僧安发明的这种笔法，其实比较接近文人书写。但是，在其尖锐与锋利的感觉上，我们依然可以将它剥离出来。它的独立性在于，这样的笔画本来可以走向"凤尾诺"或"飞白书"，但是，却以当下这样的面目出现了。

在下面，我们选择了《曹植庙碑》的文字"题""摅""金""啥""琴"中的笔划"捺"（图94），来作为"柳匕书"概念的经验体现。

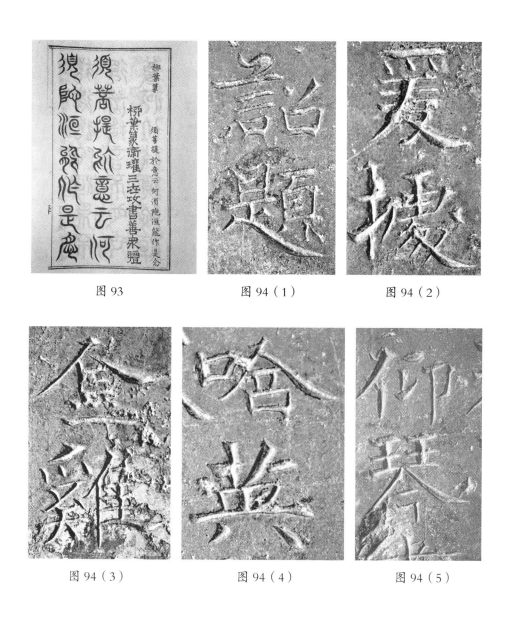

图 93　　　　　　　图 94（1）　　　　　　　图 94（2）

图 94（3）　　　　　　　图 94（4）　　　　　　　图 94（5）

（五）铁钉书

　　所谓的"铁钉书"，与"拳头书"最大的不同，是起笔处没有故意形成的铁节；与柳匕书柔软的曲线更是不同，它是一种直角与锐角相结合的新的笔法。与这种金属感的书体相近，在宋代道肯的《三十二篆体金刚经》之中，列有"剪刀篆"（图95）与"金错书"（图96）。

在僧安道壹的书刊中，"英"字草头（图97）的右短撇，分明就是一个尖锐而有力的金属钉子。"海"的三点水下面尖锐的三角一水（图98〈1〉），"也"字右折弯形成的三角钉般的"锐角"（图98〈2〉），也可以说明了这样的一种美学趣味。

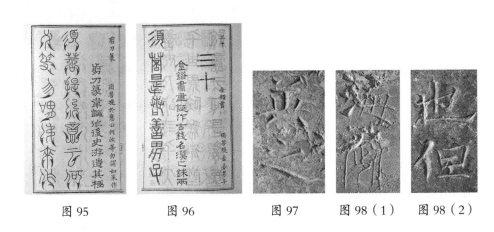

图95　　　　图96　　　　图97　　　图98（1）　　图98（2）

三、结语

《曹植庙碑》是近乎完美的"古意书体"的全面实践，也同时宣告了"古意书体"美学的终结。其实，僧安所处的时代也注定了"与意书体"在后来的命运——被一种集体意志所湮灭。在"行草为王"的文人表现趣味里，这种强力的美学意志主要体现在个体表现状态的"自然而然"，在它面前，一切非直接性的表达、装饰性的表达以及更为多样化的表达，也就自然地被排斥在外了。

朱长文（1039—1098）在《墨池编》中引用了"五十六种书"之后，对其作了批评性的总结，代表了上述的美学意志。他认为，"五十六种书体"的说法本身，就是一种虚诞与妄言，"真草篆隶行"的五种基本书体，足以对书法进行表达：

朱子曰：所谓五十六种书者，何其纷纷多说耶？彼皆得于传闻，因于曲说，或重复、或虚诞，未可尽信也。学者惟工大小篆八分楷章行草为法足矣，不必究心于诸体尔。[1]

郝经（1223—1275）比较详细地描述了书法美学观念，甚至包括书写工具的演变过程，并将其归结为时代进化的必然：

自包牺氏画八卦，造书契，皇颉制字，取天地法象之端，人物器皿之状，鸟兽草木之文，日月星辰之章，烟云雨露之态而为之，初无工拙之意于其间也。世变日下，渐趋简易，故变古文为篆，又变大篆为小篆，又变小篆为隶，为楷，为八分，为行，为草，为真行，为行草，为章草，为正草。废刀为笔，废竹用帛，废帛用纸，皆与世变而下也。[2]

不过，同样，处在宋代的朱长文与元代的郝经等人，自然无法预料到在清代会有"碑学"的兴盛。而在崇尚北碑与卑唐的观念之下，书法界对于僧安道壹等人有了重新认知。在这个认知的过程之中，僧安道壹"古意书体"的意义得到了再次释放。

孙承泽（1593—1676）对书法的演变过程做了另外的一番描述：

秦之隶书，乃篆之捷也，与今正书不同，然非分书也。盖隶书本如此，后渐变为今正书耳。欧公以此似今八分，遂呼汉人分书为隶。既知其不同，且疑薛尚功摹之失体，误也。今人作正书，是钟、王法，然钟、王古字亦多与今不同。世传六朝、唐初碑上分、隶相杂，疑当时正书如此。至唐中叶以后始变如今法，后人纯学钟、王也。[3]

---

[1]（宋）朱长文编：《墨池编》，《中国书画全书》第一册，上海书画出版社，1993年，第212页。

[2]（元）郝经：《移诸生论书法书》，《历代书法论文选续编》，上海书画出版社，1993年，第174页。

[3]（明）孙承泽：《砚山斋杂记》卷一《分隶正书不同》，《历代笔记书论汇编》，第358页。

不过，以上的演变除审美趣味的原因之外，还因为，在秦朝统一文字的时期，已经将那些多元化的字体废弃。这是来自国家强力与压倒性的政治与社会力量。《隋书》认为："秦世既废古文，始用八体，有大篆、小篆、刻符、摹印、虫书、署书、殳书、隶书。"[1]秦世虽然废除了古文，开启了八体，也足够满足一般性的应用与装饰功能。因此，很多人在僧安道壹《曹植庙碑》之中"古意书体"丰富实践面前是茫然的，他为什么采取了如此多样的"装饰手法"来杂糅各种字体呢!?

在中国古代，"天书"神授，非人间俗世可以解读，但是，僧安却没有在这个层面对于认读文字意义进行强行阻塞，甚至没有试图去模糊它。僧安只是对各种各样的"古书体"进行了全面的改造，让它进入到自己的系统之中。这个实践线路，其实开启于他迄今纪年最早的石刻文字——山东平阴洪范镇二鼓山的"大空王佛"（562），而《曹植庙碑》（593）将这种"古意书体"发挥到极致——这是用了三十一年时间长度的一个完美过程。僧安的"古意书体"唤醒的是一种来自遥远的神秘感应的"神性书写"，他试图证明，书写与文字本身绝对不是为了传达认读之意的工具，而是具有独立的意义在其中的。他把刊刻、书写，汉字、古书体结合在一起，最终形成了具有独立审美价值的"古意书体"美学系统。

2020-01-03 于巴渝泓月丘撰就

2020-01-14 于杭州江南第一水墨文房修改

2020-03-07 于巴渝泓月丘定稿

图版来源

图1 （后秦）鸠摩罗什译，（宋）道肯集：《三十二篆体金刚经·不受不贪分第二十八·飞白书》，浙江古籍出版社，2017年，第329页。

图2 《金刚经篇章》，山东泰山经石峪，作者现场拍摄。

图3 《金刚经篇章》，山东泰山经石峪，作者现场拍摄。

---

[1]（唐）魏徵等撰：《经籍一》，《隋书》，中华书局，1973年，第946页—947页。

图 4 "大山岩佛"，山东东平洪顶山，作者现场拍摄。

图 5 《曹植庙碑》拓本，作者自藏。

图 6 《曹植庙碑》原石，现藏山东东阿鱼山曹植庙博物馆，作者现场拍摄。

图 7 《曹植庙碑》原石，现藏山东东阿鱼山曹植庙博物馆，作者现场拍摄。

图 8 《曹植庙碑》原石，现藏山东东阿鱼山曹植庙博物馆，作者现场拍摄。

图 9 《曹植庙碑》原石，现藏山东东阿鱼山曹植庙博物馆，作者现场拍摄。

图 10 《曹植庙碑》拓本，作者自藏。

图 11 《曹植庙碑》原石，现藏山东东阿鱼山曹植庙博物馆，作者现场拍摄。

图 12 "巨型书大空王佛"，山东东平洪顶山书刊现场，作者现场拍摄。

图 13 "十六佛名"，山东东平洪顶山书刊现场，作者现场拍摄。

图 14 "文殊般若篇章"，山东东平洪顶山书刊现场，作者现场拍摄。

图 15 "文殊般若篇章"，山东东平洪顶山书刊现场，作者现场拍摄。

图 16 （1）（2）（3（4）（5）《章仇氏造像碑》，现藏汶上中都博物馆，作者现场拍摄。

图 17 来自网络。

图 18 来自网络。

图 19 王弘力编注：《古篆释源》，辽宁美术出版社，2012 年，第 697 页。

图 20 沃兴华编：《秦汉编·秦汉简牍帛书（一）》，载于刘正成主编《中国书法全集》第 5 卷，荣宝斋出版社，1997 年，第 140 页。

图 21 沃兴华编：《秦汉编·秦汉简牍帛书（一）》，载于刘正成主编《中国书法全集》第 5 卷，荣宝斋出版社，1997 年，第 141 页

图 22 王晓光：《秦汉简牍具名与书手研究》，荣宝斋出版社，2016 年，第 211 页

图 23 来自网络。

图 24 （1）（2）（3）《曹植庙碑》原石，现藏山东东阿鱼山曹植庙博物馆，作者现场拍摄。

图 25 《刻经残石》原石，现藏山东兖州博物馆，作者现场拍摄。

图 26 （1）（2）《曹植庙碑》原石，现藏山东东阿鱼山曹植庙博物馆，作者

现场拍摄。

图 27 《文殊般若碑》原石，现藏山东汶上中都博物馆，作者现场拍摄。

图 28 《文殊般若残石》原石，现藏山东曲阜李姓古玩商手中，作者现场拍摄。

图 29 （1）（2）（3）《曹植庙碑》原石，现藏山东东阿鱼山曹植庙博物馆，作者现场拍摄。

图 30 《刻经残石》拓本，作者自藏。

图 31 《刻经残石》原石，现藏山东兖州博物馆，作者现场拍摄。

图 32 《摩诃衍经碑》摩崖，山东东平洪顶山，作者现场拍摄。

图 33 《文殊般若经篇章》，河北邯郸南响堂石窟，作者现场拍摄。

图 34 《文殊般若碑》原石，现藏山东汶上中都博物馆，作者现场拍摄。

图 35 山东东平银山摩崖，作者现场拍摄。

图 36 （1）（3）《巨野华严经篇章》拓本，作者自藏；（2）（4）（5）《巨野华严经篇章》原石，现藏巨野县博物馆，作者现场拍摄。

图 37 《章仇氏造像碑》原石，现藏山东汶上中都博物馆，作者现场拍摄。

图 38 （1）（2）来自网络。

图 39 （1）（2）（3）容庚、张维持：《殷周青铜器通论》，载于《考古学专刊》丙种第二号，文物出版社，1984年，第100页。

图 40 （1）《曹植庙碑》拓本，作者自藏；（2）《曹植庙碑》原石，现藏山东东阿鱼山曹植庙博物馆，作者现场拍摄。

图 41 （1）《曹植庙碑》拓本，作者自藏；（2）《曹植庙碑》原石，现藏山东东阿鱼山曹植庙博物馆，作者现场拍摄。

图 42 （1）《曹植庙碑》拓本，作者自藏；（2）《曹植庙碑》原石，现藏山东东阿鱼山曹植庙博物馆，作者现场拍摄。

图 43 （1）《曹植庙碑》拓本，作者自藏；（2）《曹植庙碑》原石，现藏山东东阿鱼山曹植庙博物馆，作者现场拍摄。

图 44 （1）《曹植庙碑》拓本，作者自藏；（2）《曹植庙碑》原石，现藏山东东阿鱼山曹植庙博物馆，作者现场拍摄。

图 45 （1）《曹植庙碑》拓本，作者自藏；（2）《曹植庙碑》原石，现藏山东东阿鱼山曹植庙博物馆，作者现场拍摄。

图 46 （1）《文殊般若碑》原石，现藏山东汶上中都博物馆，作者现场拍摄；（2）《文殊般若碑》拓片，作者自藏。

图 47 作者绘图。

图 48 （1）（3）《巨野华严经篇章》原石，现藏巨野县博物馆，作者现场拍摄；（2）（4）《巨野华严经篇章》拓本，作者自藏。

图 49 （后秦）鸠摩罗什译，（宋）道肯集：《三十二篆体金刚经·离色离相分第二十·鹄头篆》，浙江古籍出版社，2017 年，第 275 页。

图 50 来自网络。

图 51 （1）《曹植庙碑》原石，现藏山东东阿鱼山曹植庙博物馆，作者现场拍摄；（2）《曹植庙碑》拓片，作者自藏。

图 52 （1）《曹植庙碑》原石，现藏山东东阿鱼山曹植庙博物馆，作者现场拍摄；（2）《曹植庙碑》拓片，作者自藏。

图 53 （1）（2）《曹植庙碑》原石，现藏山东东阿鱼山曹植庙博物馆，作者现场拍摄。

图 54 《文殊般若残石》原石，现藏山东曲阜李姓古玩商手中，作者现场拍摄。

图 55 《文殊般若经篇章》，河北邯郸南响堂石窟，作者现场拍摄。

图 56 山东东平洪顶山大山岩佛摩崖，作者现场拍摄。

图 57 赖非：《北朝佛教刻经（一）》，《山东石刻分类全集》卷三，青岛出版社，2013 年，第 267 页。

图 58 赖非：《北朝佛教刻经（一）》，《山东石刻分类全集》卷三，青岛出版社，2013 年，第 266 页。

图 59 山东东平银山摩崖，作者现场拍摄。

图 60 赖非：《北朝佛教刻经（一）》，《山东石刻分类全集》卷三，青岛出版社，2013 年，第 351 页。

图 61 （1）（2）《巨野华严经篇章》原石，现藏巨野县博物馆，作者现场

拍摄。

图 62 《上清丹天三气六辰飞纲司命大篆》，《道藏》第 11 册，文物出版社、上海书店出版社、天津古籍出版社，1988 年，第 685 页。

图 63 （1）（2）（3）容庚、张维持：《殷周青铜器通论》，《考古学专刊》丙种第二号，文物出版社，1984 年，第 100 页。

图 64 （1）（2）"鸟虫篆铭彩绘盘"，直径 28.3cm，公元前 2 世纪，清华大学艺术博物馆藏，作者现场拍摄。

图 65 （后秦）鸠摩罗什译，（宋）道肯集：《三十二篆体金刚经·一体同观分第十九·鸟篆》，浙江古籍出版社，2017 年，第 269 页。

图 66 〔日〕高田忠周纂述：《古籀篇·第三十七部》，《石刻史料新编》第四辑第八册，新文丰出版公司，2006 年，第 661 页。

图 67 〔日〕高田忠周纂述：《古籀篇·第三十七部》，《石刻史料新编》第四辑第八册，新文丰出版公司，2006 年，第 662 页。

图 68 （1）（2）（4）《曹植庙碑》原石，现藏山东东阿鱼山曹植庙博物馆，作者现场拍摄；（3）《曹植庙碑》拓片，作者自藏。

图 69 《巨野华严经篇章》原石，现藏巨野县博物馆，作者现场拍摄。

图 70 《章仇氏造像碑》原石，现藏山东汶上中都博物馆，作者现场拍摄。

图 71 梁披云主编：《中国书法大辞典》上，香港书谱出版社、广东人民出版社，1987 年，第 44 页。

图 72 （后秦）鸠摩罗什译，（宋）道肯集：《三十二篆体金刚经·无断无灭分第二十七·悬针篆》，浙江古籍出版社，2017 年，第 322 页。

图 73 （1）（2）（3）（4）（5）《曹植庙碑》原石，现藏山东东阿鱼山曹植庙博物馆，作者现场拍摄。

图 74 《曹植庙碑》拓本，作者自藏。

图 75 丛文俊编：《商周编·春秋战国金文卷》，刘正成主编《中国书法全集》第 3 卷，荣宝斋出版社，1997 年，第 173 页。

图 76 丛文俊编：《商周编·春秋战国金文卷》，刘正成主编《中国书法全集》第 3 卷，荣宝斋出版社，1997 年，第 210 页。

图 77 （1）（2）"秦二世元年诏版"拓片，作者自藏。

图 78 （1）（2）（3）（4）（5）（6）《曹植庙碑》原石，现藏山东东阿鱼山曹植庙博物馆，作者现场拍摄。

图 79 （1）《曹植庙碑》拓本，作者自藏；（2）《曹植庙碑》原石，现藏山东东阿鱼山曹植庙博物馆，作者现场拍摄。

图 80 （1）（2）（3）《巨野华严经篇章》原石，现藏巨野县博物馆，作者现场拍摄。

图 81 "山东东平白佛山王子华题记（587）"拓片，作者自藏。

图 82 《章仇氏造像碑》原石，现藏山东汶上中都博物馆，作者现场拍摄。

图 83 《曹植庙碑》原石，现藏山东东阿鱼山曹植庙博物馆，作者现场拍摄。

图 84 作者绘图。

图 85 作者绘图。

图 86 （1）（2）（3）（4）（5）《曹植庙碑》原石，现藏山东东阿鱼山曹植庙博物馆，作者现场拍摄。

图 87 （1）（2）（3）（4）《曹植庙碑》原石，现藏山东东阿鱼山曹植庙博物馆，作者现场拍摄。

图 88 根据东晋葛洪的九字真言创立的手印，来自网络。

图 89 （1）山东平阴洪范镇二鼓山"大空王佛"书刊现场，作者现场拍摄；（2）赖非编：《北朝佛教刻经（一）》，《山东石刻分类全集》卷三，青岛出版社，2013 年，第 266 页。

图 90 "大空王佛"巨书局部，山东东平洪顶山书刊现场，作者现场拍摄。

图 91 赖非：《北朝佛教刻经（一）》，《山东石刻分类全集》卷三，青岛出版社，2013 年，第 266 页。

图 92 《秘藏通玄变化六阴洞微遁甲经》卷下，《道藏》第 18 册，文物出版社、上海书店出版社、天津古籍出版社，1988 年，第 594 页。

图 93 （后秦）鸠摩罗什译，（宋）道肯集：《三十二篆体金刚经·一相无相分第九·柳叶篆》，浙江古籍出版社，2017 年，第 96 页。

图 94 （1）（2）（3）（4）（5）《曹植庙碑》原石，现藏山东东阿鱼山曹植庙博物馆，作者现场拍摄。

图 95 （后秦）鸠摩罗什译，（宋）道肯集：《三十二篆体金刚经·化无所化分第二十五·剪刀篆》，浙江古籍出版社，2017 年，第 306 页。

图 96 （后秦）鸠摩罗什译，（宋）道肯集：《三十二篆体金刚经·一合理相分第三十·金错书》，浙江古籍出版社，2017 年，第 339 页。

图 97 《曹植庙碑》原石，现藏山东东阿鱼山曹植庙博物馆，作者现场拍摄。

图 98 （1）（2）《曹植庙碑》原石，现藏山东东阿鱼山曹植庙博物馆，作者现场拍摄。

读《先秦汉魏晋南北朝诗》札记

王培军*

《先秦汉魏晋南北朝诗》是逯钦立校辑的从先秦至南北朝这一时期的诗歌总集，也是中国诗的一部重要总集。本文为其阅读札记，具体探讨了曹操、王粲、徐幹、曹丕、曹植、阮籍、陆机、左思、张协、刘琨、陶渊明、谢灵运、袁淑、鲍照、沈约、何逊、蔡琰等十七位诗人之诗及民歌作品若干首，或解释其作意，或探讨其出典，或指出其脱胎之句，或比较诗艺之优劣，务为就诗论诗，写为二十二条，以供读诸家诗之参考。

曹操《苦寒行》："熊罴对我蹲，虎豹夹路啼。"（魏诗卷一）按，此非写实语也。在汉魏诗中，此种写法，尚朴拙可读，后世犹复效之，便不足取。如刘琨《扶风歌》："麋鹿游我前，猿猴戏我侧。"储光羲《杂诗》："虎豹对我蹲，鸒鸒傍我飞。"梅尧臣《鲁山山行》："霜落熊升树，林空鹿饮溪。"皆是。其比偶之辞，并相仿佛。惟老杜用之，能拟议变化，所谓"李光弼代郭子仪，入其军，号令不更而旌旗改色"是也。杜之《石龛》云："熊罴咆我东，虎豹号我西。我后鬼长啸，我前狨又啼。"乃以幻作真，亦真亦幻，比拟形容，生动恐怖，逼肖日晚山行心理，或以四"我"字为创格，或以为在开端故奇崛，皆不免皮相。

王粲《七哀诗三首》之二："羁旅无终极，忧思壮难任。"（魏诗卷二）"忧思"而云"壮"，字法质朴。唐人孟东野集中，亦每喜用之。如《送谏议十六叔至孝

---

* 王培军，安徽枞阳人，毕业于华东师范大学，获博士学位。现为上海大学中文系教授。著有《光宣诗坛点将录笺证》《钱边缀琐》等。

义渡后奉寄》："离忧壮难销。"《杏殇九首》："恨壮难自降。"皆是。又《过分水岭》："山壮马力短。"又别为一意，亦自佳。

徐幹《室思》一："不聊忧湌食，慊慊常饥空。"（魏诗卷三）按，体会深微。凡男女情事，通于饮食，女子失恋，多喜吃零食，以失恋况味，有空虚之感，而似于饥饿故也。此意，《诗经》中已早发之。《周南·汝坟》云："未见君子，怒如调饥。"毛传："怒，饥意也；调，朝也。"是也。又《室思》三："思君如流水。"按王粲《为潘文则作思亲诗》："思若流波。"

曹丕《短歌行》："人亦有言，忧令人老。"（魏诗卷四）今人之注本，未能得其所出。按宋龚颐正《芥隐笔记》"思君令人老"条云：《文选》古诗有'思君令人老'，曹子建有'沈忧令人老'，其本出'唯忧用老'耳。"所云"唯忧用老"，见《小雅·小弁》。子桓亦本之。又孔融《与曹操论盛孝章书》："若使忧能伤人，此子不得复永年矣。"其意稍别。

曹植《美女篇》："美女妖且闲，采桑歧路间。"（魏诗卷六）"妖且闲"，既艳冶又幽静乎？抑冷若冰霜、艳如桃李乎？其实妖即不闲，闲则不妖，"妖精之美"与"仙女之美"，不可得而兼也。《文选》李善注引《上林赋》："妖冶闲都。"只明来历，未释其意。按金圣叹论唐诗云：凡清者不丽，丽者不清，兼之者，其王摩诘乎？其意，盖犹东坡诗所云"端庄杂流丽"也。又西人论达芬奇所画蒙娜丽莎，谓彼之迷人处，正在"庄中之媚"[1]。子建之语，若是班乎？又此诗描写堆叠，颇是一病。"皓腕约金环"以下五句，铺陈女子首饰，沉沉夥矣，其采桑之际，独不嫌冗赘碍事欤？"罗衣何飘飘，轻裾随风还"，必亦妨于劳作。此节，盖仿辛延年《羽林郎诗》写胡姬语："长裾连理带，广袖合欢襦。头上蓝田玉，耳后大秦珠。两鬟何窈窕，一世良所无。一鬟五百万，两鬟千万余。"凡八句，然

---

[1] 参见弗洛德《列奥纳多·达·芬奇和他童年的一个记忆》，张唤民、陈伟奇译《弗洛德论美文选》，知识出版社，1987年，第78页—80页。

绝不觉累叠者，则身份不同故也。此篇又云："顾盼遗光彩，长啸气若兰。""气若兰"即《洛神赋》之"含辞未吐，气若幽兰"。"行徒用息驾"二句，仿《陌上桑》，亦葫芦依样而已。结二句，"盛年处房室，中夜起长叹"，尤无是处。盖外美若此，又复"闲雅"[1]，自为"高格调"，人求之犹不可得，彼中夜之长叹，果何为乎？此篇，盖子建自托美女，不免刻意描摹，铺排之笔，意欲增妍，顾乃反病耳。○《乐府》："市肉取肥。"按，《北齐书·杨愔传》："以为愔之用人，似贫士市瓜，取其大者。"必是仿此。《开元天宝遗事》记李太白云："天后任人，如小儿市瓜，不择香味，惟拣肥大者。"则是本杨愔矣。○《送应氏诗二首》之一："不见旧耆老，但睹新少年。"按，即荆公《书任村马铺》"尔来百口皆年少，归与何人共此悲"之意也。○《七哀诗》："明月照高楼，流光正徘徊。"按，《李陵录别诗》："明月照高楼，想见馀光辉。"逯氏以为汉末之作，则先于子建矣。

阮籍《咏怀八十二首》之一："夜中不能寐，起坐弹鸣琴。薄帷鉴明月，清风吹我衿。"（魏诗卷十）按，《古诗十九首》之十九："明月何皎皎，照我罗床帏。忧愁不能寐，揽衣起徘徊。"又魏明帝《乐府》："昭昭素明月，晖光烛我床。忧人不能寐，耿耿夜何长。微风吹闺闼，罗帷自飘飏。揽衣曳长带，屣履下高堂。东西安所之，徘徊以彷徨。"（《文选》等作古辞《伤歌行》，此据逯氏书）其境一也。○《咏怀八十二首》之三一："箫管有遗音，梁王安在哉。"东坡《前赤壁赋》："固一世之雄也，而今安在哉。"即本之。此语，东坡凡数用，盖所心喜者。如《出城送客不及步至溪上二首》："父老借问我，使君安在哉。"《送郑户曹》："登楼一长啸，使君安在哉。"《过莱州雪后望三山》："安期与羡门，乘龙安在哉。"然赋语警策，他处皆不及。又鲍照《代挽歌》云："壮士皆死尽，余人安在哉。"李白《赠王判官时余归隐居庐山屏风叠》："知音安在哉。"皆用其语。

陆机《赠尚书郎顾彦先二首》之二："振风薄绮疏。"（晋诗卷五）"绮疏"，窗也。此用代字之佳者。郭璞《游仙诗》："阊阖西南来。""阊阖"，风也。亦用代

---

[1]《说文》："闲，雅也。"

字，则不佳。佳不佳，岂在用代字，视用之当不当耳。《人间词话》之斥沈义父，是矣，而又复过之。又《长歌行》："容华夙夜零，体泽坐自捐。"下句细而确。体泽，身体之光润也。时光老去，未必即瘦损，而体泽一捐，即有慢肤，亦不能坚润（陶渊明《责子》："肌肤不复实"），此所以为可痛也。

左思《娇女诗》（晋诗卷七），佳作也。老杜《北征》写其小女："痴女头自栉，学母无不为，晓妆随手抹。移时施朱铅，狼藉画眉阔。"向为人所称，以视此诗，则有不如。"小字为纨素"，或注云："小字，乳字、乳名。"[1] 按，误也。此诗合写两女，此谓其小者名纨素，以下以十四句描摹之，而接以"其姊为惠芳"，是大者名惠芳，文义明甚。至"明义为隐赜"以下，则又专写大女。"驰骛翔园林"以下，为合写。"抵掷""重綦""并心注""相与""俱向壁"，屡为点明。此诗之章法如是。

张协《杂诗十首》之四："轻风摧劲草，凝霜竦高木。密叶日夜疏，丛林森如束。"（晋诗卷七）四句一气直下，"束"字尤妙。近人夏寿田《江南初春志别》云："东风疾如马，一日绿千里。新绿吹上树，旧绿吹入水。"写春之来，如火如荼，与此诗意虽反，而势则同也。但夏诗后二句，似亦本吴均《春咏》："春从何处来，拂水复惊梅。"此诗后又云："畴昔叹时迟，晚节悲年促。"尤道着人情。凡人童少，则时间迟缓，至中岁后，则速矣，愈老而愈速，是即"年促"也。其意，即心理学所云"心理时间"是也。

刘琨《扶风歌》："朝发广莫门，暮宿丹水山。左手弯繁弱，右手挥龙渊。"（晋诗卷十一）"朝发"一联，句式本于《楚辞》。《离骚》："朝发轫于苍梧兮，夕余至乎县圃。""朝发轫于天津兮，夕余至乎西极。"《湘君》："朝驰骛兮江皋，夕弭节兮北渚。"《湘夫人》："朝驰余马兮江皋，夕济兮西澨。"《远游》："朝濯发于汤谷兮，夕晞余身乎九阳。""朝发轫于太仪兮，夕始临乎微闾。"六朝诗中多效

---

[1] 见朱东润编《中国历代作品选》。

之。如左思《咏史》："朝集金张馆，暮宿许史庐。"沈约《昭君辞》："朝发披香殿，夕济汾阴河。"《三月三日率尔成篇》："清晨戏伊水，薄暮宿兰池。"缪袭《挽歌》："朝发高堂上，暮宿黄泉下。"诸如此类，更仆难数。而以《木兰诗》之"旦辞爷娘去，暮宿黄河边。……旦辞黄河去，暮至黑山头"，运用最妙，以富于变化故也。其三、四句，则殊为无理。繁弱，大弓也；"弯繁弱"，必用双手。越石亦凡胎，岂得如哪吒太子，具三头六臂哉？犹忆儿时听鼓书，说者形容一猛将，曰：左手持单刀，右手持铁尺，腰悬九节鞭，背后插双剑，云云。此二句之胡乱形容，亦颇类之。嵇康《赠兄秀才入军》："左揽繁弱，右接忘归。"忘归指矢，斯可耳。

陶渊明《荣木》："静言孔念，中心怅而。"《命子》："尚想孔伋，庶其企而。"（晋诗卷十六）皆押虚字"而"。○《酬丁柴桑》："有客有客，爰来爰止。"按，《周颂·有客》云："有客有客，亦白其马。"渊明用其语也。此注家已拈出者。后于陶诗用之，则杜甫《乾元中寓居同谷县作歌七首》之一："有客有客字子美，白头乱发垂过耳。"杜诗之注者，亦只注出《周颂》，而不悟渊明在前也。○《答庞参军》五："昔我云别，仓庚载鸣。今也遇之，霰雪飘零。"按此自用《小雅·采薇》："昔我往矣，杨柳依依。今我来思，雨雪霏霏。"及《小雅·出车》："昔我往矣，黍稷方华。今我来思，雨雪载涂。"然先之而用者，已有曹植《朔风诗》："昔我初迁，朱华未希。今我旋止，素雪云飞。"后之有范云《别诗》："昔去雪如花，今来花似雪。"缩四句为十字，稍见心思，意则无不同。用之最佳妙者，推苏轼《少年游·润州作》："去年相送，馀杭门外，飞雪似杨花。今年春尽，杨花似雪，犹不见还家。"诵之圆转如弹丸，陈思以下，皆为失色。○《怨诗楚调示庞主簿邓治中》："吁嗟身后名，于我若浮烟。"按《论语·述而》："不义而富且贵，于我如浮云。"《世说新语·任诞》张翰语："使我有身后名，不如实时一杯酒。"渊明取之，并为一意。○《拟古九首》之四："山河满目中，平原独茫茫。古时功名士，慷慨争此场。一旦百岁后，相与还北邙。松柏为人伐，高坟互低昂。颓基无遗主，游魂在何方。荣华诚足贵，亦复可怜伤。"（卷十七）按，李峤《汾阴行》后段云："豪雄意气今何在，坛场宫馆尽蒿蓬。路逢故老长叹息，世事回环不可测。昔时青楼对歌舞，今日黄埃聚荆棘。山川满目泪沾衣，富贵荣华能几时。不见只今汾水上，唯有年年秋雁飞。"（见《全唐诗》卷五七）其意必本于此。惟"山河满目"，易"河"为"川"耳。后来晏殊《浣溪沙》："满目山河空念远，落花风雨更伤春。"则四字全本之。○《杂诗十二首》之二："挥杯劝孤影。"按李白《月下独酌》一篇，实敷此一句。又《赠羊长史》："路若经商山，为我少踌躇。多谢绮与角，精爽今何如？"韩愈《送董邵南序》："吾因子有所感矣，为我吊望诸君之墓，而观于其市，复有昔时屠狗者乎？"其所造意想，亦已先发于此。又《杂诗十二首》之四："起晚眠常早。"按，即韩愈《送李愿归盘谷序》所云："起居无时，惟适之安。"

谢灵运《从斤竹涧越岭溪行》："菰蒲冒清浅。"（宋诗卷二）按，此"冒"字本曹植诗。宋范晞文《对床夜语》卷一："子建诗：'朱华冒绿池。'古人虽不于字面上著工，然'冒'字殆妙。……江文通云：'凉叶照沙屿，秋华冒水浔。'谢灵运云：'苹萍泛沈深，菰蒲冒清浅。'皆祖子建。"黄节等注本，皆不知引之。又："情用赏为美，事昧竟谁辨。"按上句，其意即俗谚"情眼出西施"（见《苕溪渔隐丛话》后集卷三一）也。《鲁连子》引谚云："心诚怜，白发玄。情不怡，艳色嫭。"已早发此意，谢诗或本之。又傅玄《明月篇》："娇子多好言，欢合易为姿。"意亦略同。另《管锥编》（中华书局1979年版）第829页—830页、1077页所论，可以参观。

袁淑《种兰诗》："种兰忌当门。"（宋诗卷五）按，此本《三国志·蜀志·张裕传》："诸葛亮表请其罪，先主答曰：'芳兰生门，不得不鉏（即锄字）。'"

鲍照《代出自蓟北门行》："雁行缘石径，鱼贯渡飞梁。"（宋诗卷七）妙有版画意境。宋琬《破阵子·关山道中》云："行旅远从鱼贯入，樵牧深穿虎穴行，高高秋月明。"亦描摹关山行人，意境略近，亦可诵也。○《代放歌行》："蓼虫避葵堇，习苦不言非。小人自龌龊，安知旷士怀。"王粲《七哀诗》："蓼虫不知辛，去来勿与谘。"则喻边城人民，习于战乱之苦，而至麻木。其喻同，而喻之柄则异也。

沈约《日出东南隅行》："遗视若回澜。"（梁诗卷六）按，此状美人之眼，即词人所云"秋波"（李煜《菩萨蛮》）、诗人所云"横波目"（见王筠《秋夜》、李白《长相思》）是也。其语亦有本。《楚辞·招魂》："娭光眇视，目曾波些。"《文选》宋玉《神女赋》："望余帷而延视兮，若流波之将澜。"又傅毅《舞赋》："目流睇而横波。"〇《新安江水至清浅深见底贻京邑游好》："千仞写乔树，百丈见游鳞。"诚佳句也。所写者，乔树之影也。其意，即吴均《与宋元思书》云："水皆缥碧，千丈见底；游鱼细石，直视无碍。""夹峰高山，皆生寒树。"〇《别范安成》："生平少年日，分手易前期。及尔同衰暮，非复别离时。"（卷七）感慨良多，而出之以平淡，凄凉之气袭人。凡人之年少，分别之际，多不以为意，盖其精力盛，时日多，易得后会（即沈云"易前期"）；至于迟暮，则精力就衰，时光易去，亦易触物起感，谢太傅所谓"中年伤于哀乐，与亲友别，辄作数日恶"是也。又："梦中不识路，何以慰相思。"按唐宋人后，始多有此想，六朝诗中罕觏也。《文选》李善注引《韩非子》："六国时，张敏与高惠二人为友，每相思不能得见，敏便于梦中往寻，但行至半道，即迷不知路，遂回。如此者三。"检今本《韩非子》，无此事；从风格揣之，疑李善所引者，不足据也。〇《六忆诗四首》之二："笑时应无比，嗔时更可怜。"按，此翻《楚辞》语，而开后来作者。《山鬼》："既含睇兮又宜笑。"《大招》："嫭目宜笑。""靥辅奇牙，宜笑嗌只。"均谓笑之增美，此则更进一层，云嗔怒亦美。李白《玉壶吟》："西施宜笑复宜嚬。"苏轼《菩萨蛮》："一瞬百般宜，无论笑与啼。"黄庭坚《次韵奉送公定》："工嚬又宜笑。"徐俯《鹧鸪天》："宜笑宜嚬掌上身。"均此意也。至《西厢记·惊艳》："宜喜宜嗔春风面。"亦用陈言，而更敷三字，意遂显赫，后来居上矣。

何逊《从镇江州与游故别诗》："夜雨滴空阶，晓灯暗离席。"（梁诗卷九）俨然唐人句法。后五字，尤有境界，人之所难到者。凡夜灯明，至晓则转暗，以天色渐明故。此确写得出。《慈姥矶诗》："野岸平沙合，连山远雾浮。"《相送诗》："江暗雨欲来，浪白风初起。"皆唐人之佳句也。

六朝人诗，言悲愁之不可去，每喜用"裁"字。如陆厥《临江王杰士歌》："秋思不可裁。"谢朓《离夜》："客思渺难裁。"鲍照《拟行路难》："愿君裁悲且减思。"皆其例也。

蔡琰《悲愤诗》（汉诗卷七），传诵之名篇也，然其中着语，却颇有嫌复处。如云："肝脾为烂腐。"又："见此崩五内。"又："胸臆为摧败。"又："怛咤糜肝肺。"再四言之，可谓不惮烦矣。

乐府古辞《鸡鸣》："鸳鸯七十二，罗列自成行。"（汉诗卷九）按，二句亦见《相逢行》。

《陌上桑》："行者见罗敷，下担捋髭须。少年见罗敷，脱帽着帩头。"（汉诗卷九）朱东润注：后二句，写少年睹罗敷美，遂脱帽整发，炫己之仪表，欲致罗敷之注意也。是也。然又谓前二句，乃写其耽于罗敷之美，不自觉而释担捋须观之。则不然矣。按前二句意，亦同于后二句，"捋须"者，即后世话本小说中所谓"做光"，以引美人之青睐耳。盖须乃标识男美，后文罗敷夸夫，正云"鬑鬑颇有须"。朱注又云："鬑鬑，乃稀疏貌。"亦不确。按《说文解字》云："鬑，垂下而长。"是鬑者，美髯之特征也。"来归相怨怒，但坐观罗敷"，陈祚明《采菽堂古诗选》卷二解之云："缘观罗敷，故怨怒妻妾之陋。"可谓窥见人情，亦道破世相。又："秦氏有好女，自名为罗敷。"《焦仲卿妻》："中有双飞鸟，自名为鸳鸯。"《秦女休行》："秦氏有好女，自名为女休。"又曹植《精微篇》："关东有贤女，自字苏来卿。"左芬《啄木诗》："南山有鸟，自名啄木。""自"字皆无实义。

《古诗十九首》之六："采之欲遗谁，所思在远道。"（汉诗卷十二）上言"欲遗"，下言"所思"。《有所思》："有所思，乃在大海南，何用问遗君。"乃上言"所思"，下言"问遗"。措语相反，而思归一揆。盖古歌谣之风格，故如是也。

《西洲曲》(晋诗卷十九)。按，西洲之地，或云在江北，误。西洲，乃二人欢会之所；江北，乃郎所居处。西洲有梅，南塘有莲。青楼，则女所居处也。诗中凡四地。"树下即门前"，此"门前"，指西洲小屋门也；"门中露翠钿"，"露"当为"落"，形近致误耳。此诗为女子口吻，不当云"露翠钿"。数句之意，当谓此日来，郎已不见，唯见门中遗落昔日欢会时之翠钿，为写无聊，遂出门至南塘矣。海水，谓江水也，唐诗中屡见，与江北合。《管锥编》(中华书局1979年版)第113页—114页解此诗，以为诗写男"下西洲"，拟想女在"江北"之念己望己，写法同于《陟岵》，按之不可通也。

新诗用韵问题再考察
——以民国时期关于诗的用韵之争为讨论中心 *

潘建伟 **

在古典诗学中，用韵至为重要。韵脚既是全句最精彩之一字，又是全诗相互关联照应之结点，是中国诗最重要的形式元素，因此新诗产生以来，对于用韵问题的争论也尤为激烈。无论是对于韵与中国诗的本质关系的认识，还是对于不同类型的韵脚与诗人情感关系的理解，或者对于新韵与旧韵关系的处理，民国诗坛都有着较为广泛而深入的讨论，尤其是章太炎、范罕、汪辟疆、胡怀琛、吴宓、瞿兑之等旧诗人及朱光潜等诗论家更是牢牢坚守着诗的音乐性立场。回顾民国时期的用韵之争，对于当代受视觉文化影响下的新诗创作或许会有某些启发，因为只有那些讽诵于口、音义俱佳的诗才能直达我们灵府的深处，绵延不息。

　　韵脚是中国诗最重要的形式元素，然而用韵的问题，百年来一直有许多误解，或认为"押韵乃是音节上最不重要的一件事"[1]，或是过度用韵、随意用韵，将韵脚看成诗的充要条件，因而产生了许许多多"有韵无诗"的情况，也进一步导致了新诗人对于用韵的偏见。民国时期关于用韵问题有许多讨论，尤其是章太

---

* 本文系国家社科基金一般项目"旧诗派之'新诗'观（1917—1949）"（批准编号：20BZW040）阶段性成果。

** 潘建伟，哲学博士（美学专业），杭州师范大学弘一大师·丰子恺研究中心（艺术教育研究院）副研究员，主要从事近现代诗学及弘一大师、丰子恺个案研究，著有《中国现代旧体译诗研究》。

[1] 胡适：《谈新诗》，《胡适学术文集·新文学运动》，中华书局，1993年，第392页。

炎、范罕、汪辟疆、胡怀琛、吴宓、瞿兑之等旧诗人及朱光潜等诗论家更是牢牢坚守着诗的音乐性立场，他们对于韵与中国诗的本质关系的认识，对于不同类型的韵脚与诗人情感关系的理解，以及对于新韵与旧韵关系的处理，都提出了独到的理解。回顾民国时期的用韵之争，或可为当代受视觉文化影响下的新诗创作提供某些借鉴。

一

诗的用韵问题，是新诗产生初期讨论的焦点。持"诗必有韵"观点的旧诗人中，影响最大的当属章太炎。1922年4月，章氏在江苏教育会讲国学时谈到自己并不反对白话入诗，但反对"无韵新诗"，认为：

> 今之新诗，连韵亦不用，未免太简。以既为诗，当然贵美丽；既主朴素，何不竟为散文。

他还做了比喻：

> 日本和尚有娶妻者，或告之曰：既娶矣，何必犹号曰和尚，直名凡俗可矣。今之好为无韵新诗，亦可即此语以告之。[1]

曹聚仁不同意这种说法，因此写了《讨论白话诗》《新诗管见》，对章太炎"无韵谓之文，有韵谓之诗"的观点作了辩驳，并认为：

> 韵者诗之表，犹妇人之衣裙也。以妇人之衣裙加于妇人之身，曰是妇

---

[1]《章太炎讲学第三日纪》，《申报》第17651号（1922年4月16日）第四张。按：曹聚仁整理成书时调整为："凡称之为诗，都要有韵，有韵方能传达情感。现在白话诗不用韵，即使也有美感，只应归入散文，不必算诗。日本和尚娶妻食肉，我曾说他们可称居士等，何必称做和尚呢？"参见章太炎演讲、曹聚仁记录《国学概论》，巴蜀书社，1987年，第29页。

人也，诚妇人也；若以妇人之衣裙加于男者之身，而亦必谓之为妇人，宁
有斯理乎？[1]

用和尚凡俗、妇人衣裙作比喻以说明韵与诗之间的关系，均是以机械的方式对待
了诗。但章太炎认为韵是诗的必要条件，无韵则只能称散文，不能呼之为诗，却
符合中国诗的形式特征，也是旧诗人对诗韵关系问题的最为普遍的看法。李思纯
发表《与友论新诗书》，对章氏的观点表示声援，他说：

> 吾夙对于写景寄情而无音律之短句，若《世说新语》、晋唐尺牍中者，
> 称之曰"隽语"，曰"清言"。今人必欲以此事为"诗"，亦无非欲扩大和
> 尚二字之意。法律、道德，两无所讥，但须自己明白，凡食肉娶妻而强称
> 和尚，与原意实不甚切合耳，此外亦别无可说。[2]

这无非是章氏主张的进一步解释而已。梁启超也认为，不论是"纯文言体"或
"纯白话体"，"用韵不必拘拘于佩文诗韵，且至唐韵古音都不必多管，惟以现在
口音谐协为主。但韵却不能没有，没有只好不算诗"[3]。梁氏认为押韵根据何种韵
书可不必讲究，做新诗还是做旧诗也毋须相斥，但同样坚持：韵是诗必不可少的
形式要素。

汪辟疆在1932年7月1日的《时代公论》第14号发表《何谓诗》，对20年
代的用韵之争作了总结。此文开篇即将诗分为广义与狭义两大类，认为广义的诗
既可从形式一端而言，只要有韵即可称为"诗"，并将章太炎看成力主此说之代
表[4]；广义的诗又可从内容一端而言，诗以言志，只要抒发内心之情志，无论有

[1] 曹聚仁：《讨论白话诗》，《国学概论》，第123页。

[2] 李思纯：《与友论新诗书》，《学衡》第19期（1923年7月），"文录"第5页。

[3] 梁启超：《晚清两大家诗钞题辞》，《饮冰室合集》第5册"文集之四十三"，中华书局，1989
年，第78页。

[4] 汪辟疆：《何谓诗》注二云："余杭章氏主此说最力。见所著《国故论衡》及《答曹聚仁论白话
诗书》中。"载《汪辟疆文集》，上海古籍出版社，1988年，第129页。

韵无韵，亦可称诗，认为同时代新诗人常以分行散文称诗，均以此说立论。[1]但汪氏对各执一端、过于宽广的定义皆致不满，他认为：

> 夫诗歌为体，以韵律为形貌，以旨趣为神采，两者备具，乃为真诗。使执有韵无韵之说，判诗文之标准，则是遗神采而重外形，势必举隐语吆词，被以诗号；但求趁韵，奚神感情。反之则专求旨趣者，又必尽去声律，求诗歌神采于散文小记之中。偶见一二短篇，笔具感情、辞兼描写者，惊为创获，宝若球琅，则文章之囿，采获何限；必尽锡以诗名，亦乖体制。以二者之交讧，乃知合则双美，分则偏胹。虽复持之有故，言之终难成理也。至于狭义者，但求本体。既非同主形式者之兼容并包，亦殊尚旨趣者之进退无定。就诗言诗，界限较确。[2]

汪氏的这段话也就是要表明这样的立场，即韵是诗的一个必要条件，是"真诗"的前提；用韵固然并不一定能成为诗，但没有韵，即便"笔具感情、辞兼描写者"，可属于"文章之囿"，而不必"锡以诗名"。一句话，诗就是韵律与情感的统一。需要说明的是，汪辟疆乃是在中国诗传统中来界定诗，因为西方诗的用韵传统并不像中国诗那样深远，不论是荷马史诗，还是维吉尔的《埃涅阿斯纪》，都不用韵（尾韵）；西方对用韵的批评也屡见不鲜，弥尔顿甚至认为："韵脚是野蛮时代的一种发明，用以点缀卑陋的材料和残缺的音步。"[3]而中国却几乎找不到完全无韵之诗，这与中西语言的特点有着重要关系。

与旧诗人相反，新文学家则往往以普遍性意义上的"诗"来谈中国诗的押韵问题。郑振铎于1922年发表《论散文诗》，以王尔德、惠特曼等人的自由诗之创

---

[1] 汪辟疆：《何谓诗》注四云："郦道元《水经注》描写山水，极妍尽态。其佳者直逼诗境。唐宋诗人多取之。近人尝剽取其模写景物者，用西诗排写法，目之曰散文诗。"载《汪辟疆文集》，第129页。

[2] 汪辟疆：《何谓诗》，《汪辟疆文集》，第126页。

[3] 〔英〕弥尔顿：《本诗的诗体》，弥尔顿著、朱维之译《失乐园》，人民文学出版社，2019年，第1页。

作实践来否定"诗必有韵"的结论。他说：

> 如果必以有韵的辞句始得为诗，则惠特曼（Walt Whitman）、卡本脱（F. Carpenter）、亨莱（Henley）、屠格涅夫（Turgenev）、王尔德（O. Wilde）、阿米·朗威尔（Amy Lowell）诸诗人的作品不能算做诗么？执"这种见解，则必要把全部的希伯来的诗，全部的条顿民族（包括古代德国、古代英国及冰岛）的诗与许多近代所谓自由诗都排斥在诗的范围以外了"。[1]

从道理上看，这一观点似乎无懈可击，可涉及中国诗的实际，却发现几乎所有古典诗都是有韵的。如胡适为了给自由诗寻找渊源，好不容易选了朱虚侯刘章《耕田歌》（"深耕穊种，立苗欲疏，非其种者，鉏而去之"），认为是无韵诗。夏承焘针对胡适的说法指出："不知'疏'与'去'韵，皆当改正。"[2]两汉押韵不分四声，略去句末语气词"之"字，"疏"与"去"自可押韵。再如艾青为了给自由诗寻找传统，以被归于陈子昂名下的《登幽州台歌》为例说明此诗不押韵也并不妨碍其流传千古，殊不知"后不见来者"中的"者"与"独怆然而泣下"中的"下"在平水韵中同属"马韵"。[3]故而陆志韦在写作白话诗集《渡河》时曾谈到了自己对于用韵的感受：

> 我们中国自古不曾有过无韵的诗，这一层最难使人领会。自非大聪

---

[1] 郑振铎（西谛）：《论散文诗》，《文学旬刊·时事新报》第24号（1922年1月1日）第1张。按：原文"Walt Whitman"误作"Wait Whlttmad"，"Amy Lowell"误作Amy Lonell"，"Turgenev"误作"Turglnef"。另，郑振铎这段话中的引文部分出自《新时代百科全书》（The New Age Encyclopedia），文后有注释。

[2] 《夏承焘集》第5册，浙江古籍出版社，1997年，第28页。按，"鉏"字，逯钦立辑《先秦汉魏晋南北朝诗》上册作"锄"（中华书局，1983年，第93页）。

[3] 此例来自朱则杰《格律知识与当今诗词研究》一文，《江西社会科学》2009年第3期。按：文中提到这位"被尊为'泰斗'级的新诗作家"，据朱老师所说，就是艾青。又，"者"与"下"同韵，用吴语一读就能清楚。

明的，断脱不出前人的窠臼。因此我做无韵的诗要比有韵的诗格外留意几分。好几次写成了自由诗，愈读愈不能自信，又把它们改写为有节有韵的诗。[1]

中国旧诗往往将"韵"当作诗句的代称，便可知韵作为形式要素对于中国诗的重要了。从上古歌谣到"诗三百"、楚辞，从汉魏六朝到唐宋元明清，"诗为韵文"是古典诗的不易之则。中国诗为何如此强调用韵？解决这一困惑的当属朱光潜，他在《诗论》第十章第三节中详细解释了"韵在中文诗里何以特别重要"的原因。他首先认为：

> 诗与韵无必然关系。日本诗到现在还无所谓韵。古希腊诗全不用韵。拉丁诗初亦不用韵，到后期才有类似韵的收声，大半用在宗教中的颂神诗和民间歌谣。[2]

接着他对比了英法诗的用韵情况说：

> 韵对于法诗比对于英诗较为重要。法诗从头到现在，除散文诗及一部分自由诗外，无韵诗极不易发现。[3]

个中原因，在他看来是由于"法文音的轻重分别没有英文的轻重分别那么明显。这可以说是拉丁系语音和日耳曼系语音的一个重要异点"[4]。如此，他顺势谈到韵在中文诗里为何重要的原因正在于："中文诗的平仄相间不是很干脆地等于长短、轻重或高低相间"，"中国诗的节奏有赖于韵，与法文诗的节奏有赖于韵，理由

[1] 陆志韦：《渡河》，亚东图书馆，1923 年初版，1927 年第 3 版，"我的诗的躯壳"第 18 页。
[2] 朱光潜：《诗论》，《朱光潜全集》第 3 卷，安徽教育出版社，1987 年，第 186 页。
[3] 朱光潜：《诗论》，《朱光潜全集》第 3 卷，第 187 页。
[4] 朱光潜：《诗论》，《朱光潜全集》第 3 卷，第 188 页。

是相同的：轻重不分明，音节易散漫，必须借韵的回声来点明、呼应和贯串"[1]。朱光潜广泛考察了欧洲语言与汉语的特征，从比较诗学的角度分别辨析了各国文字的特点，以说明韵在中国诗里为何特别重要的原因，是知其然而又知其所以然。[2]

事实上，五四新人在开拓新诗道路时并不主张新诗必须废韵。胡适承认，在其《尝试集》中，"除了《看花》一首之外，没有一首没有韵的"，只是韵脚除在末尾外，还有在倒数第二字、倒数第三字，甚至倒数第四字，并认为这是他"一时高兴的'尝试'"[3]。至于新格律体理论的创建者闻一多更是"极喜用韵"，他写信给吴景超谈自己用韵的经验：

> 现在我极喜用韵。本来中国韵极宽；用韵不是难事，并不足以妨害词意。既是这样，能多用韵的时候，我们何必不用呢？用韵能帮助音节，完成艺术；不用正同藏金于室而自甘冻饿，不亦愚乎？《太阳吟》十二节，自首至尾皆为一韵，我并不觉得吃力。[4]

他的创作实践也印证了他的诗学主张，除了《太阳吟》外，还有《你莫怨我》《忘掉她》《一句话》等诗，也是"自首至尾皆为一韵"。故而朱湘总结新诗的用韵时说："音韵从胡适起就一直采用的。"[5]

但是既然如此，为何新诗的不用韵在旧诗人心中的印象会如此深刻，乃至成为"新诗非诗"的罪魁呢？一方面，自然是在胡适所谓"做诗如说话"的理论影

---

[1] 朱光潜：《诗论》，《朱光潜全集》第3卷，第188页。

[2] 罗念生的《与朱光潜先生论节奏》也只是以普遍意义的诗来讨论中国诗的用韵问题，他的理由就是："韵在西方的诗里不是必须的条件，因为西方的语言，除法文外，大都有一种分明的节奏，如英文的轻重节奏与希腊的长短节奏，不必依赖韵来生这种效力。"因此他也就认为用韵只能当作"音节上的协助"而不当作"节奏"。其观点显然不如朱光潜深刻。见所著《从芙蓉城到希腊》，《罗念生全集》第10卷，上海人民出版社，2016年，第506页、507页。

[3] 胡适：《答胡怀琛的信》，《胡适学术文集·新文学运动》，第410页。

[4] 闻一多：《闻一多全集》第12卷，湖北人民出版社，1993年，第78页。

[5] 朱湘：《刘梦苇与新诗形式运动》，《中书集》，生活书店，1934年，第390页。

响下，出现了许许多多不用韵的白话诗。朱经农恭维胡适的《尝试集》"念起来有音、有韵，也有神味"，却认为《新青年》中登载他人的白话诗"就有些看不下去了"[1]。查阅康白情的《草儿》与俞平伯的《冬夜》中的诗，无韵诗也要远多于有韵诗。对于这种白话自由诗风，周作人后来反思道：

> 说到自由，自然无过于白话诗了，但是没有了韵脚的限制，这便与散文很容易相混至少也总相近，结果是形式说是诗而效力仍等于散文。[2]

另一方面，即使新诗用了韵，在旧诗人眼中仍然认为没有发挥韵在诗中的功能。对于这一点，吴宓在1925年发表的《评杨振声〈玉君〉》一文中指出：

> 近顷国中作白话诗者，体裁一变，其所作大率摹仿中国旧词曲，而句末常用韵。或谓作白话诗者渐已醒悟过来。吾则以为此种变体之白话诗，其恶劣乃较完全自由之白话诗为尤甚，而其流弊尤大。盖完全自由之白话诗，句之长短不一，又毫不用韵，使人一见而知其为散文、冒充诗之名者。而诗与散文之界限固仍厘然划分，未尝混淆，即强许其为诗，而世人亦加以新体或白话诗之名，与旧体之佳诗仍显然有别也。旧诗中韵脚之字，常为全句中最关重要、最有精采之一字，且位置此处，纯出自然，不由勉强凑合，而与全诗处处又互相照应绾连。今之变体白话诗不悟此理，但求有韵，其韵字皆若无因而突至，蛇足赘添，以成其韵者，譬如村妇涂脂抹粉，适增其丑。然以其有韵之故，形似而神非，恶莠恐其乱苗，且影响所及，此后不惟诗受其害，即纯粹修洁之散文亦难再得矣。故曰其流弊为尤大也。[3]

---

[1] 胡适：《胡适文存》一集，黄山书社，1996年，第65页。
[2] 周作人著，止庵校订：《老虎桥杂诗》，河北教育出版社，2002年，第3页。
[3] 吴宓：《评杨振声〈玉君〉》，《学衡》第39期（1925年3月），"书评"第12页。

在吴宓看来，白话诗不用韵倒能"使人一见而知其为散文冒充诗之名者"，一旦用了韵，则恶莠乱苗，流弊愈大。他认为，诗歌用韵不仅仅是押了几个韵脚那么简单，而是"全句中最关重要、最有精采之一字"，并且"与全诗处处又互相照应绾连"，而白话诗只求有韵不顾全章，冒充为诗，形似神非。与吴宓观点相近的是范罕，他对诗与韵之间的关系也有一个很好的描述，他说：

> 西人之言诗也，曰：诗之要素有三：活力也，热情也，音韵也。斯言当矣。无情不得谓之诗，情之发于外者为声，音韵是矣。情因连续发动而成为气，气即活力矣……热情是活力之本体，音韵是活情鼓荡之波文。[1]

范氏从整体上对情感与形式的关系作了一个描述，在他看来，外在鼓荡成文的音韵与内在因情为气的活力之间不是割裂对立的，而是一个和谐的整体。这就是为什么即使新诗人用了韵，仍然为旧诗人看轻的原因所在了。甚至是闻一多的诗，也存在着相当多勉强凑韵的现象。朱湘批评闻一多将"褴褛"颠倒为"褛褴"、将"伴侣"颠倒为"侣伴"，以求与后句押韵，因而他才会判断：

> 闻君的诗，我们看完了的时候，一定会发现一种奇异的现象，便是，音乐性的缺乏。
> 正因为他缺乏音乐性的原故，我们才会一直只瞧见他吃力的写，再也没有听得他自在的唱过的。[2]

可见，新诗的用韵大致就是这样两方面的问题，一是放弃韵脚；二是用韵随意，或过度用韵，无法明了各个韵的具体表现功效，无法使韵成为诗的有机组成部分。30 年代，林语堂对此也有反思，他在《论译诗》一文中提到：

---

[1] 范罕：《蜗牛舍说诗新语》，《民国诗话丛编》第 2 卷，上海书店出版社，2002 年，第 565 页。
[2] 朱湘：《评闻君一多的诗》，《中书集》，第 352 页、253 页。

今日白话诗之所以失败，就是又自由随便，不知推敲用字，又不知含蓄寄意，间接传神，而兼又好用韵。随便什么长短句，末字加一个韵，就自称为诗。[1]

在林氏眼中，新诗的问题不在用不用韵，如果仅在形式上押韵，不注意用韵的感情表现，也不推敲用字，同样会落入"有韵无诗"的境地。这种"好用韵"的风气在五六十年代郭小川、贺敬之的政治抒情诗中达到了顶峰，而到80年代中期以后，随着"视觉转向"与图像时代的到来，新诗创作又逐步废弃韵脚，走向了另外一个极端。

二

在中国古典诗学中，用韵至为重要：韵脚既是句中最精彩之一字，又是全诗相互关联照应之结点；每个韵脚的声响自身就有意义，需与诗人所要表达的情感相符契。很多时候，写诗不是先有情意，再选韵脚，而是"由韵生意，由意生词"[2]。故而唐宋以降文人写近体诗，无一不注重选韵，并建设起了一套较为完善的韵学体系：从《切韵》到《广韵》《集韵》，再到《韵府群玉》，直到《佩文韵府》《诗韵合璧》，有着非常明显的相承脉络，积累起了大量的词汇与丰富的表现技巧。民国时所谓的"旧韵"即平水韵。金代平水人刘渊《壬子新刊礼部韵略》删定107个韵部，稍后于刘氏的阴劲弦、阴复春合编之《韵府群玉》根据刘氏书

---

[1] 林语堂：《无所不谈合集》，《林语堂名著全集》第16卷，东北师范大学出版社，1994年，第318页。

[2] 林昌彝：《鸿雪联吟弁语》，《林昌彝诗文集》，王镇远、林虞生点校，上海古籍出版社，2012年，第336页。西方诗人也有这样的经验，梁宗岱《试论直觉与表现》一文曾写道："我曾经侥幸得窥见欧洲许多大诗人底稿本或未完稿，大抵皆先把韵脚排好，然后把整句底意思填上去。不过多数诗人都在诗成后极力把痕迹掩饰，像野兽抹掉它们洞口底爪印。直到梵乐希才坦白承认：'从韵生意比从意生韵的机会多些。'"载于所著《诗与真续编》，中央编译出版社，2006年，第189页。

调整为 106 个韵部，后世称之为"平水韵"。[1] 元明清人做近体诗基本依据这个韵部分类，不会因口语的改变而改变，这使得诗韵系统与"官话"系统逐渐形成一个巨大的鸿沟，终于在白话文运动时期产生了旧韵与新韵之争。

"破坏旧韵，重造新韵"是白话文运动开展伊始就筹划的一件重要事情，从刘半农、钱玄同等《新青年》同人，到赵元任、陆志韦、黎锦熙等语言学家，均汲汲于确立新韵。刘半农首先在 1917 年《新青年》第 3 卷第 3 号发表《我之文学改良观》，提出"重造新韵"最好的办法是"以调查所得，撰一定谱，行之于世"，其次是"以京音为标准，由长于京音者为造一新谱，使不解京语者有所遵依"，最下之策则是"作者各就土音押韵，而注明何处土音于作物之下"。[2] 接着，钱玄同在 1918 年《新青年》第 4 卷第 1 号的"通信"一栏中谈到"新文学与今韵问题"，认为旧韵不能适应语言的发展，但是做诗又不能缺少"标准韵"，故而"极端赞成"刘半农提出的"制造新韵"。[3] 在白话文运动的推动下，中华民国教育部 1919 年 9 月出版了《国音字典》，只分了 15 个韵母。[4] 陆志韦根据王璞的《京音字汇》，将原来北平音 35 韵合并为 23 韵。[5] 赵元任也着手重造新韵，以北平音为标准，于 1923 年编了一部《国音新诗韵》，收录三千多汉字，分为 24 个"无调韵"与 103 个"有调韵"。[6] 黎锦熙、白涤洲又于 1934 年编辑了《国音分

[1] 刘氏书在乾隆年间即已不传，最古的"平水韵"版本当为《韵府群玉》。四库馆臣在关于《韵府群玉》的"提要"中说："元代押韵之书，今皆不传，传者以此书为最古。又，今韵称刘渊所并，而渊书亦不传。世所通行之韵，亦即从此书录出。是《韵府》《诗韵》皆以为大辂之椎轮。"载于阴劲弦、阴复春编《韵府群玉》（"四库类书丛刊"本），上海古籍出版社，1991 年，第 2 页。

[2] 《新青年》第 3 卷第 3 号（1917 年 5 月 1 日）。

[3] 《新青年》第 4 卷第 1 号（1918 年 1 月 15 日）。

[4] 教育部读音统一会编纂：《国音字典》，商务印书馆，1919 年初版、1920 年第 6 版，"例言"第 1 页。

[5] 陆志韦：《渡河》，"我的诗的躯壳"第 21 页—23 页。

[6] 赵元任将新诗韵分为"无调韵"与"有调韵"，一般每个"无调韵"可统摄 5 个"有调韵"（即阴平、阳平、上声、去声、入声），但有部分"无调韵"五声变化不全，故而"有调韵"总数不到 120 个，而是 103 个。载于赵元任著《国音新诗韵》，商务印书馆，1923 年初版，1933 年国难后第 1 版，第 8 页。

韵常用字表》(一名《佩文新韵》),共分 18 韵。他们一方面在建设新韵,另一方面势必竭力批判旧韵。赵元任说:

> 中国人做诗用的韵典,除《诗韵合璧》以外,几乎没有别的处同样地位的书。这部旧诗韵,简直就是一部宋朝的"平水韵"的翻版书,而宋朝那"平水韵"的祖宗又是唐朝的读音,可见得现在中华民国确实是"最新"的诗韵已经是一千多年的"二乘方"的过时书了。[1]

陆志韦也说:

> 中国现存的韵书,无论在语音史上的价值怎样的大,用以做诗简直是可恶可笑。[2]

他还从语言心理学的角度认为诗作为表达感情的文体,"必须文言一致,否则不能达到文字最高的可能"[3]。

国语运动重造新韵肯定有其积极意义,但是这里需要辩证地看待旧韵的问题。

首先,以北京方言为基础的国语,韵部分类过于简略,无法表现更为丰富的情感。国语的韵部类型太少,且平仄通押,在情感表达上自然不够细腻。平水韵根据声调先分为平上去入四大类型,然后在各个声调下再细分韵部:平声韵 30 个、上声韵 29 个、去声韵 30 个、入声韵 17 个,共 106 个。以声调统摄韵部,有汉语语音的自然基础,而赵元任等人的做法正好相反,他们以韵部来统摄声调,这样声调的意义就大受忽视。黎锦熙后来反思说,以韵部统摄四声,"偶不留神,就不免平仄互押";又说:

---

[1] 赵元任:《国音新诗韵》,"序"第 1 页。
[2] 陆志韦:《渡河》,"我的诗的躯壳"第 21 页。
[3] 陆志韦:《渡河》,"我的诗的躯壳"第 9 页。

声调在汉族语言上有特殊的自然需要，而且是超级的。试看无论何处的人，一到异乡摹仿异乡语，总是先学会了他的声调，尽管字音未改，纽韵全非，而腔调已符，聱牙堪笑。[1]

不同的声调以及同一类声调下的不同韵部都有着不同的情感表现特点。胡怀琛对此做过详细的分析：

拿"平水韵"来说，"二萧""三肴""四豪""七阳"，这几个韵中的字，声音都很高亢。所以表激昂慷慨的情感，往往是用这几个韵。"一东""二冬"这两个韵中的字，声音都很和平，所以表现带一点快乐的情感，往往是用这两个韵。此外"四支""五微""九佳""十灰"这几个韵，宜于表悲壮的情感。"十一尤"这一个韵，宜于表幽咽的情感。这是大概的情形，也不是一定不变的。作诗的人也不可十二分的拘泥着。又如四声之中，"平声"韵最和缓，"入声"韵最急促。由各人的性情不同，因而作诗喜用甚么韵也不同。譬如同是五言古诗，陶渊明多用"平声"韵，柳子厚多用"入声"韵。这分明因为陶渊明的性情冲和平淡，柳子厚的性情峻急深刻。我们细读一读他们二人的诗，就可以知道我的话不是乱说了。[2]

胡氏根据文字的声响对韵脚分门别类，并以陶渊明、柳宗元的五古为例证，表明韵脚的选用与诗人的个性及所要表达的情感有着密切关系，这其实是继承了中国

［1］ 王惠三编著：《汉语诗韵》，中华书局，1957年，"黎序"第8页。按，丁鲁在探讨汉语诗歌用韵时也指出过："汉语是有声调的语言，所以押韵的时候特别重视韵字的声调，即韵调。古典诗歌对韵调的重视，甚至超过韵（不计声调的韵）本身。传统的韵书习惯于先排调类，再排韵类；也就是说，不同的调，根本不被当做同一韵。"他又指出新诗用韵的缺憾："新诗用韵比较自由，有时就不大讲究韵调。可是如果想让韵更和谐，对韵调就应该适当注意，而这也是完全可能做到的。"他还认为闻一多《死水》一诗在用韵上十分考究，特别注重"平、仄韵递用"，可是后来新诗在这方面却很少讲究。见所著《中国新诗格律问题》，昆仑出版社，2010年，第206页、207页、213页。

［2］ 胡怀琛：《诗的作法》，世界书局，1932年，第68页、69页。

古典诗学"随情押韵"的传统。[1]如黄维樑所说，"随情押韵"的规则虽然不必"绝对化地当为金科玉律"，但是"不同的声音会唤起情绪的不同反映，这现象确实存在"[2]。平声柔长，上声厉举，去声清远，入声短促，选用的韵脚既与诗人的性格有关，也与诗所要表现的情感、意境相关。比如杜甫的《自京赴奉先县咏怀五百字》就用了大量的入声韵：

> 岁暮百草零，疾风高冈裂。天衢阴峥嵘，客子中夜发。霜严衣带断，指直不得结。凌晨过骊山，御榻在嵽嵲。蚩尤塞寒空，蹴踏崖谷滑。瑶池气郁律，羽林相摩戛。君臣留欢娱，乐动殷膠葛。赐浴皆长缨，与宴非短褐。

这里的"裂""发""结""嵲""滑""戛""葛""褐"都是入声字。杜甫于天宝十四载隆冬从长安赴奉先，过骊山而兴叹，将岁暮阴风、崖谷险峻的气氛环境，以及对君臣荒乐、不恤国事的激愤感情，通过几个入声字很好地表现出来。在当代的国音中，这些入声字或变成了去声，或变成了平声，就无法读出杜甫所要表达的那种的迫急之感。仅借助语义来理解诗歌，诗意至少减弱了一半。新诗的用韵以国音为标准而缺少了入声，[3]那么入声字本有的那种短促、急切的声音效果就无从寻觅，这在音乐性的表现上是一大缺憾。

其次，旧韵并非完全没有现实语言基础，这个基础就是方言，尤其是南方方言。西渡曾就于坚提出"口语的写作的血脉来自方言"这一问题提出质疑，认为方言具有着"封闭的语言系统"，因而词汇量极为贫乏，"不是一个适用于所有诗

---

[1] 这个概念是萧涤非对杜诗押韵规律的总结，后来为黄永武所继承。参见萧涤非《杜甫研究》，齐鲁书社，1980年，第109页；黄永武《中国诗学：鉴赏篇》，台北巨流图书公司，2008年，第221页。

[2] 黄维樑：《文学的音乐性》，《中国语文通讯》第22期（1992年9月），第23页。

[3] 按：赵元任《国音新诗韵》、黎锦熙《中华新韵》尚在同一韵部下列出入声韵，而当代如秦似《现代诗韵》、李兆同《新诗韵》、高元白《新诗韵十道辙》、白雉山《汉语新诗韵》、谢德馨《中华新诗韵》等均未收入声韵。

人的普遍原则"[1]。如果就语义来说，经过了一个世纪的发展，国语词汇意义的丰富性的确不是任何一个区域的方言所能媲美的；可是就语音上来说，国语的词汇量再丰富，其声音仍然没有太大变化，反而更趋标准化、统一化，套用西渡的话来说，这也是一个"封闭的语言系统"。前文提到的杜甫诗中这些入声字用吴语区方音大多能读得出入声效果，而在国语中就不能。[2]可见旧韵不但有着活生生的方言基础，且其声音效果也并非国语所能涵盖。新文化运动以来对这个问题有很多讨论，以下试举二例。

梁启超1925年7月3月给胡适的信中谈到诗韵的南北音问题：

> 去年八月那首"月"字和"夜"字用北京话读来算有韵，南边话便不叫了（广东话更远）。念起来总觉不嘴顺。所以拆开都是好句，合诵便觉情味减。这是个人感觉如此，不知对不对。[3]

梁启超所说"去年八月"那首诗即胡适的《也是微云》。该诗第二节云：

> 不愿勾起相思，
> 不敢出门看月。
> 偏偏月进窗来，
> 害我相思一夜。[4]

"月"与"夜"在北京音中通押大致无碍，但在平水韵中断乎不可相通。在平水韵中，"月"是入声"月"韵的首字，"夜"则属于去声"祃"韵。在吴语中，

---

[1] 西渡：《写作的权利》，《守望与倾听》，中央编译出版社，2000年，第48页—50页。

[2] 王力说，中国所有方言系统中，与唐诗的声调"最不相符的是普通话"。见所著《汉语诗律学》上册，《王力全集》第17卷，中华书局，2015年，第137页。

[3] 丁文江、赵丰田编：《梁启超年谱长编》，上海人民出版社，2009年，第673页。

[4] 欧阳哲生编：《胡适文集》第9卷，北京大学出版社，1998年版，第244页。按，编者有注云："似是十四年稿。"不对。根据梁启超1925年7月3月给胡适的信中提到"去年八月"云云，此诗当作于1924年，也即民国十三年。

"夜"的韵母也正与"祃"一致，而与"月"相差很大，可证南方音与平水韵存在着关联性。[1]

第二个例子是瞿兑之署名"大弨"发表的《诗韵问题》。在此文中，瞿氏对平水韵与方言韵的关系作过一番探讨：

> 北方人读寒韵与删韵，绝不懂得有何分别。然而吴人读寒为 oen，读删为 an，毫不牵混。所以懂吴语的人方才知道寒删分韵大有道理。吴音读删覃又没有分别，然而粤人读删为 an，读覃为 am，也毫不牵混。所以懂粤语的人方才知道删覃分韵大有道理。阁君以原论为不协。这也是误以今日之北音为正音的原故。粤人读元韵的字都是 uen 的字，原论二字的确是协韵的。大抵粤人原出中古时代文化阶级，所以保存正音最多。例如齐韵的字可以与佳灰通，而不能与支通。庚韵的字可以与阳通，而绝不能与真通。尤其是入声的字，以七收尾的与以 p 收尾的，粤音分得极清楚。在别人要读过许多音韵书然后悟解出来的，在粤人简直村夫樵子都能脱口而出切合学理。……所以诗韵虽然不是现代的人做的，然他自有其演进之历史，可以合于现代之用。并且实际上粤人用的最多，吴人次之，北人又次之。阁君硬说他是古坟堆里用的，恐怕不确。[2]

徐凌霄（即引文所说的"阁君"）认为是旧韵"是古坟堆里用的"，瞿兑之相当不认同。瞿氏认为，吴人读"寒"与"删"、粤人读"删"与"覃"，韵部区分得非常明显，平水韵中各以此三字列为三个韵部，但在现代国语中此三字却被划为一体了；而"原"与"论"在国语中分属不同韵部的两个字，在粤人的发音中却被

[1] 陆志韦《再谈谈白话诗的用韵》认为"白话诗得用方言的韵脚"，可是又排斥平水韵，说："千不怕，万不怕，就怕白话诗用平水韵。这平水韵最不是东西。自从宋朝以来，他好像没有一个时候能符合任何一个方言的。"他的这段话当视为戏论。见燕京大学新诗学社主编《创世曲》（1947 年 12 月 16 日），第 30 页。

[2] 载《大公报·文学副刊》第 210 期（1932 年 1 月 18 日）第 2 张第 8 版，吴学昭在整理《吴宓诗话》时将瞿兑之此文附录于吴宓《诗韵问题之我见》一文之后。见《吴宓诗话》，商务印书馆，2005 年，第 145 页、146 页。

并为一处，平水韵亦均将之列于"元"韵。瞿氏还举了关于"通韵"的问题，比如"齐"韵的字常与"佳""灰"二韵相通，却不与"支"通韵；"庚"韵的字常与"阳"韵通，而不与"真"韵通。平水韵的这些"通韵"情况亦能在吴语、粤语中找到对应的例子。[1]瞿氏的这番评论，既是对新韵抹杀了南北发音的差异提出的质疑，又是对平水韵"自有其演进之历史，可以合于现代之用"做出了实践上的例证。

第三，从交流角度来说，也就是从语言的工具论上来说，当然需要确定一个统一的读音标准，发音的标准化是百年来汉语改革的重要内容，否则来自各个方言区的人们交流起来就会有困难；可从语言的艺术性的角度来说，问题就要复杂得多。陈寅恪《从史实论〈切韵〉》一文云：

> 大抵吾国士人，其平日谈论所用之言语，与诵习经典讽咏诗什所操之音声，似不能完全符合。易言之，即谈论唯用当时之音，而讽诵则常存古音之读是也。[2]

一语道出古人对待作为交流工具的语言与作为诗歌创作的语言有着很明显的区分。在两者分离的状态下，很多诗人尤其是生长于南方的诗人[3]，他们的口语很可能会被创作的语言所影响，往往会讲不好"官话"。据说，梁启超广东口音很重，戊戌变法前他与光绪帝相对，因为不会讲官话，读"孝"为"好"，读"高"

---

[1] 笔者的方音属于吴语系统，"庚"韵下属的"庚""更""羹"三字的韵母与"阳"韵的发音非常相似。

[2] 陈寅恪：《金明馆丛稿初编》，生活·读书·新知三联书店，2015年，第408页。

[3] 民国诗人，不论新旧，南方人占大多数，近代以来唯一的北方诗派即河北派，其代表人物张之洞、张佩纶等人在民元以前就已去世，故而陈衍在《石遗室诗话》中提到"北人能诗者少"，符合当时的诗坛现实。见张寅彭主编《民国诗话丛编》第1卷，第271页。

为"古"，无法传达意思，光绪很为失望，仅赐梁六品顶戴。[1]章太炎的余杭口音很重，他讲课必须有人做翻译。[2]周作人也感叹道："习性终于不能改变，努力说国语而仍是南音。"[3]清末以来的言文一致运动就是要改变国语普及率过低这一现状，从黄遵宪到胡适等人的努力恢复了诗与日常说话语言的联系，是他们的贡献。艾略特《诗的音乐性》也提到过：

> 诗不能偏离我们日常语言太远……不能失去与不断变化的普通交流语言的联系。
>
> Poetry must not stray too far from the ordinary everyday language… It cann't afford to lose its contact with the changing language of common intercourse.[4]

但是另一方面，诗的语言与日常听说的语言却往往会有差异。艾略特所谓"不能偏离太远"，也正是考虑到了两者存在着的差异性，故而他会补充道：

> 任何诗当然永不可能与诗人言谈听闻所用的语言完全一致。

---

[1] 根据杨鸿烈《回忆梁启超先生》一文的记录："据王照说，梁氏初次被光绪皇帝召见，清朝制度，举人被召见后，即得赐入翰林，最下亦不失为内阁中书，但梁氏不会讲官话，口音差池，如读'孝'字为'好'，读'高'字为'古'，于是君臣间相对，无法传达意思，光绪很为失望，仅赐梁六品顶戴，仍派他在报馆做个主笔，大家都替他惋惜。"见夏晓虹编《追忆梁启超》，生活·读书·新知三联书店，2009年，第239页、240页。

[2] 据钱穆回忆，某年章太炎来北京（当时称"北平"）做演讲，"旧门人在各大学任教者五六人随侍，骈立台侧。一人在旁作翻译，一人在后写黑板。太炎语音微，又皆土音，不能操国语"。见所著《师友杂忆》，生活·读书·新知三联书店，2005年，第174页。又据胡厚宣回忆，1932年3月28日，章太炎在中国大学做演讲，吴承仕写黑板，钱玄同倒香茶，黄侃作翻译，胡氏说："太炎先生一口余杭话，北方学人听不懂，所以需要翻译。"见司马朝军、王文晖著《黄侃年谱》引胡厚宣《黄季刚先生与甲骨文字》一文，湖北人民出版社，2005年，第353页。

[3] 周作人（知堂）：《桑下丛谈》，《同声月刊》第3卷第5号（1943年7月15日），第1页。

[4] T. S. Eliot, 'The Music of Poetry', see T. S. Eliot, *On Poetry and Poets*, New York：The Noonday Press, 1961, p.21.

No poetry, of course, is ever exactly the same speech that the poet talks and hears. [1]

换句话说，作为交流工具的语言与作为诗歌创作的语言分离程度较大，自然不妥；但是前者完全覆盖了后者，将旧韵或方言的一些特殊音响效果排斥于语用范畴之外，对于诗而言也并不有利。艾略特《诗的音乐性》一文又说：

（诗的音乐）一定潜藏于诗人所在的"地方"的普通语言中。

It must be latent in the common speech of the poet's place.

他这个话针对的是当时所谓的英语标准化运动，虽然他故意掩饰地说：

我现在的目的并不是要抨击到处都在使用的标准化英语或 BBC 英语。

It would not be to my present purpose to inveigh against the ubiquity of standardized, or "BBC" English. [2]

他还以曾聆听过叶芝朗诵自己写的诗为例强调：

听他朗诵自己的作品就会意识到，爱尔兰诗的美多么需要依赖爱尔兰语的说话方式。

To hear him read his own works was to be made to recognize how much the Irish way of speech is needed to bring out the beauties of Irish poetry. [3]

在上世纪二三十年代，国语运动如火如荼，许多新诗人对艾略特所说的"诗人所

---

[1] T. S. Eliot, 'The Music of Poetry', see T. S. Eliot, *On Poetry and Poets*, p.23.

[2] T. S. Eliot, 'The Music of Poetry', see T. S. Eliot, *On Poetry and Poets*, p.24.

[3] T. S. Eliot, 'The Music of Poetry', see T. S. Eliot, *On Poetry and Poets*, p.24.

在的'地方'的普通语言"与标准语之间的矛盾也有所警觉，并认为在诗里可以适当运用一些方言。闻一多《诗的格律》一文就说：

> 土白是我们新诗的领域里一块非常肥沃的土壤。[1]

朱湘《评徐君志摩的诗》一文继续阐发了闻一多的看法：

> 某一种土白中有些说话的方法特别有趣，有些词语极为美丽，极为精警，极为新颖，是别种土白或官话中所无的，这些文法的结构同词语便是文人极好的材料，可以拿来建造起佳妙的作品。从前爱尔兰的辛格（Synge）就是走的这条路，他作出了些极高的被人称为散文诗的戏剧来。[2]

民国时期来自各地的诗人往往并不完全根据当时确立的"国音"来写新诗。《国音新诗韵》出版后，赵元任自信"写新诗就可以本书为标准"[3]，但颇具反讽的是，由于当时新诗人大多为南方人之故，却并不将这部书当作是用韵标准。他们做新诗时押方言韵竟是诗坛的一个突出现象。比如卞之琳《望》（1931 年）首四行：

> 小时候我总爱望清明的晴空，
> 把它当做是一幅自然的地图：
> 蓝的一片是大洋，白云一朵朵
> 大的是洲，小的是岛屿在海中；[4]

---

[1] 闻一多：《诗的格律》，《闻一多全集》第 2 卷，第 138 页。

[2] 朱湘：《中书集》，第 316 页。

[3] 赵元任：《中国音韵里的规范问题》，《赵元任语言学论文集》，商务印书馆，2002 年，第 518 页。

[4] 江弱水、青乔编：《卞之琳文集》上卷，安徽教育出版社，2002 年，第 112 页。

卞之琳《无题三》(1937 年) 第二节:

> 门荐有悲哀的印痕，渗墨纸也有，
> 我明白海水洗得尽人间的烟火。
> 白手绢至少可以包一些珊瑚吧，
> 你却更爱它月台上绿旗后的挥舞。[1]

卞之琳是江苏海门人，乡音极重。[2]《望》一诗中的"图"与"朵"，《无题三》中的"火"与"舞"，在《国音新诗韵》中不可协韵，但用吴音念来，却是有韵脚的。

卞之琳的老师徐志摩也是一位押方言韵的高手，他的《这是一个懦怯的世界》:

> 披散你的满头发，
> 赤露你的一双脚；
> ……
> 人间已经掉落在我们的后背，——
> 看呀，这不是白茫茫的大海?[3]

此诗中的"发"与"脚"，"背"与"海"在《国音新诗韵》中也不可协韵，但在吴音读来，却朗朗上口。

再如他的名诗《再别康桥》:

---

[1] 江弱水、青乔编:《卞之琳文集》上卷，第 72 页。

[2] 江弱水在 2018 年接受张宇欣的采访时曾提到:"卞先生 19 岁到了北京大学念书，大半辈子生活在北京，晚年仍然一口的江苏海门口音。他讲话，我每次只能听懂三分之二，但我认为卞的语言敏感远远超出徐。"见张宇欣《江弱水:最顶级的诗人，同时知道古典和西方的伟大》，《南方人物周刊》2018 年第 29 期（2018 年 9 月 24 日），第 58 页。

[3] 《徐志摩全集》第 1 卷，上海书店，1995 年，第 19 页、20 页。

> 寻梦？撑一支长篙，
>
> 　向青草更青处漫溯，
>
> 满载一船星辉，
>
> 　在星辉斑斓里放歌。[1]

此诗共七节，每节四行，偶行押韵，所引为第五节。如果根据《国音新诗韵》所列的韵部，该节的韵脚"溯"与"歌"并不协韵，但在吴语中，两者的韵母都是"o"（虽然声调不同）。

这种情况在徐氏的新体译诗中也有出现。比如他翻译歌德的《威廉·麦斯特的学习时代》（*Wilhelm Meisters Lehrjahre*）第二部第十三章演奏竖琴的老人所唱的词句：

> 谁不曾和着悲哀吞他的饭，
>
> 谁不曾在半夜惊心起坐，
>
> 泪滋滋的，东方的光明等待，——
>
> 他不会认识你啊，伟大的天父。[2]

这里，"饭"与"待"、"坐"与"父"在北京音中固不押韵，但在徐氏家乡话中却音韵和谐。[3]

"九叶"诗人用方言韵或旧韵也不在少数。如郑敏《金黄的稻束》：

> 静默。静默。历史也不过是
>
> 脚下一条流去的小河。[4]

---

[1]《徐志摩全集》第1卷，第329页。

[2] 徐志摩的译诗收入胡适《译葛德的 Harfenspieler》一文，见欧阳哲生编《胡适文集》第9卷，北京大学出版社，1998年，第242页。按，最后一行格式略作调整。

[3] 笔者曾请海宁籍的友人朗读过这四个字，确实如此。

[4] 章燕主编：《郑敏文集·诗歌卷》上册，北京师范大学出版社，2012年，第9页。

第一行"默"与"过"押了近似的韵（单元音"o"与复元音"uo"），与第二行的末字"河"的韵母在国语中相差甚远。可是如果按照东南方言，"过"与"河"读来却非常和谐。平水韵中，"过"与"河"也同属下平五歌部，用韵完全一致。

方玮德曾发出过疑问：

> 吾人既以旧体诗之音韵为束缚矣，则所谓新诗之音韵，仍本之于古乎？抑另求之于方言乎？[1]

从上文的分析可以见出，虽然语言标准化运动的努力一直在进行，但民国时期很多新诗的用韵仍如方玮德所说，是"本之古"或"另求之于方言"。所以赵元任感叹当时诗人："连到做'新诗'的都还是押的旧韵。"[2]王力也说："旧韵部还没有和新诗人完全脱离关系。"[3]诚然，经过百年来国语运动的推广，当代新诗人大多都能说国语，但这并不意味着旧韵或方音对于新诗就毫无意义。一方面，从周德清确立"中原音韵"到20世纪的国语运动这七百多年间，已然形成了一个共同语或标准语的传统，这对于统一的多民族国家的形成、各个方言区人们的相互交流都有着巨大作用。另一方面，各地方言（尤其是南方方言）往往有国语并不具备的独特发音，它们保存了大量的旧韵，是旧韵的现实基础，是对国语的重要补充。

那么，诗歌用韵究竟该用何种语音？吴宓当时提出了这样一个方案：

> 予以为在今新诗（语体诗）可作，旧诗亦可作。作新诗者，如何用韵，尽可自由试验，创造适用之新韵。非予今兹所欲讨论。若夫作旧诗者，予意必当严格的遵守旧韵。[4]

---

［1］ 方玮德：《再谈志摩》，《玮德诗文集》，上海时代图书公司，1936年，第119页。

［2］ 赵元任：《国音新诗韵》，"序"第1页。

［3］ 王力：《汉语诗律学》下册，《王力全集》第17卷，第857页。

［4］ 吴宓：《诗韵问题之我见》，《吴宓诗话》，吴学昭整理，商务印书馆，2005年，第143页。

吴宓认为，对于旧诗来说比较明确，仍须用旧韵，即平水韵[1]；而对于新诗来说，则可以自由试验，创造出适合的新韵。经过国语运动的普及，在新诗创作领域，语言标准化已成定局，但存在未必都是合理的。当代新诗的最大问题仍是音乐性之缺乏，这与作为交流工具的语言完全覆盖了作为艺术创作的语言这一状况不无关系。荻原朔太郎在 20 世纪 30 年代曾引周作人的观点，认为现代汉语尚未形成"艺术的语言"，即使有像波德莱尔、魏尔伦这样的天才出现，他的才华也只能在小说与散文领域中去施展，而很难在诗歌领域有大成就。[2]盛成也说过：

> 新诗改革，不从声音入手；而用国语的白话，这是子音的最下乘。以
> 至读来，与呼吸抵触，与脉搏龃龉，与生理奋斗，与口舌为难。[3]

这些看法并非没有道理，比如王维《观猎》的首联"风劲角弓鸣，将军猎渭城"，倘用国语来读，单调索然；而如用"保存正音最多"的粤语来读，就铿锵雄沉，仿佛真让人听到了迅疾猛烈的风势与呼呼作响的弓声。[4]从这个角度来说，语言能产生诗人，诗人却无力逃脱语言。从白话文运动开展至今已过百年，诗的语言问题依然有待完善的解决，当然，如钱锺书调侃的那样，"否认有问题也不失为

---

[1] 民国初年曾彝进主张用国音来写旧诗，但不管是在民国时期还是在当代，严肃的旧诗写作者一般都不使用国音。在他们看来，旧韵是古典诗歌传统的一个重要方面，不能轻易废弃。

[2] 〔日〕荻原朔著，魏晋译：《中国诗坛与日本诗坛》，《世界文学》第 1 卷第 2 期（1934 年 12 月 1 日），第 351 页、第 352 页。按，关于这个问题，同为日人的长濑诚在《中国文学与用语》中有所回应，他说："言语造诗人还是诗人造言语，虽尚有考察的余地，但言语对于诗及戏剧关系重大，吾人大约皆无异论。……现代中国语文的猥杂是受了异形式的外来语文的侵蚀，过渡的混乱状态，我想。"他基本认可荻原朔的看法，只是稍为乐观，文章最后一部分说："我总想：中国决不会因为使用那种猥杂的语言，作那种不文学的文章，就永久产生不出艺术的诗与戏曲。……我与国人皆为现在中国语文的猥杂悲，可是确信，过了这好比生产之苦似的过渡期，前途是光明的。"（朱自清译）见朱乔森编《朱自清全集》第 3 卷，江苏教育出版社，1996 年，第 67 页、70 页、71 页。

[3] 盛成：《谈诗》，《盛成文集》，安徽文艺出版社，1999 年，第 139 页。

[4] 例子见江弱水著《诗的八堂课》，商务印书馆，2017 年，第 54 页、55 页。

解决问题的一种痛快方式"[1]。

三

20世纪80年代中期以来，新诗人热衷于自由诗的写作，比较重视诗的意象表现，而不大重视诗的声音效果，对于用韵避之犹恐不及，似乎一旦用了韵脚，就不符合所谓的"语言的自然节奏"。这其中的原因很多，一方面固然可看成是对此前政治抒情诗以及朦胧诗风的反动；另一方面，这与当代视觉文化的崛起更有着直接关系，"眼睛成为最忙碌的感官"[2]，新诗写作也受此影响。

新体译诗同样如此。只要对照一下不同时期里尔克《秋日》("Herbsttag")一诗的中译本，就能了解不同文化环境中的诗人有着不同的艺术取向。试以此诗第三节为例，冯至的译本是：

> 谁这时没有房屋，就不必建筑，
> 谁这时孤独，就永远孤独，
> 就醒着，读着，写着长信，
> 在林荫道上来回
> 不安地游荡，当着落叶纷飞。[3]

北岛的译本是：

> 谁此时没有房子，就不必建造，
> 谁此时孤独，就永远孤独，
> 就醒来，读书，写长长的信，

---

[1] 钱锺书：《诗可以怨》,《七缀集》, 生活·读书·新知三联书店，2002年，第130页。

[2] 周宪主编：《当代中国的视觉文化研究》, 译林出版社，2017年，第2页。

[3] 刘福春编：《冯至全集》第9卷，河北教育出版社，1999年，第431页、第432页。

在林荫路上不停地

徘徊，落叶纷飞。[1]

里尔克原诗第三节的押韵格式是 abbab。[2] 冯至没有步趋原韵，但仍着意于韵脚的安排，而北岛就完全没有这种考虑。比如被北岛认为是"概括里尔克一生的主题"的两行诗："谁此时没有房子，就不必建造，/ 谁此时孤独，就永远孤独"，他将冯至原来的"房屋"换成了"房子"，将"建筑"换成了"建造"，笔者实在不明白这样的改换究竟有何意义。在冯至的译本中，"屋""筑""独"三字都押了韵脚，改换之后，音乐性荡然无存。再如最后两行，在冯至的译本中，"回"与"飞"押了近似的韵；而北岛的译本中，竟以"地"作为倒数第二行的尾字。北岛唯一考虑的就是画面性或视觉性，他自评道：

> 从开端的两句带哲理性的自我总结转向客观白描，和自己拉开距离，像电影镜头从近景推远，从室内来到户外，以一个象征性的漂泊意象结尾。最后三句都是处于动态中：醒来，读书，写信，徘徊。而落叶纷飞强化了这一动态，凸现了孤独与漂泊的凄凉感。[3]

分析得的确很有画面感和动态效果，但问题是，冯至的译本也具备这个特色，而又有北岛的译本并不具备的声音优势。

用韵本质上是一种重复，就是让后面的诗行与前面的诗行构成一种呼应，将两种意义上并不密切的词通过它们的声音而紧密关联起来，使之成为一个整体。这个道理，什克洛夫斯基曾提到过：

> 不是因为韵是谐音，而是因为韵是重复——是回到前面已说过的词。

---

[1] 北岛：《时间的玫瑰》，江苏文艺出版社，2009 年，第 70 页。

[2] 因为不对里尔克原诗作具体分析，故而不再附上原诗文本。可见 Rainer Maria Rilke, *Gesammelte Werke*, Zweiter Band, Frankfurt am Main und Leipzig: Insel Verlag, 2003, p.150.

[3] 北岛：《时间的玫瑰》，第 73 页。

韵脚似乎在诡异，为什么如此相似的词意义却不相同。在诗歌里，这种多种意义的联想的发挥与冲撞，是靠韵脚和诗节结构来实现的。[1]

韵脚不是越多越好，也不是越少越好，像老舍《华山》一诗，洋洋 188 行，每行押韵，且一韵到底，乏味至极。[2] 用韵之目的是要使诗在"迷人的单调"与"多采的变化"中保持一种平衡，从而让人进入一种有别于日常语言效果的"出神状态"。[3] 自由诗废弃韵脚，而又要让诗不显得那么散乱，就必然需要运用另外一种形式的重复来弥补。保罗·福赛尔《诗的格律与诗的形式》一书在谈到自由诗的韵律时指出：

> 失去了某种格律，自由诗就倾向于通过另一种形式的重复，即用短语或句型的明显重复来加以弥补。某种特殊而有意味的重复几乎就是某类现代自由诗的标志。
>
> Free-verse lines, deprived of pattern in one dimension, the metrical, tend to compensate by employing another kind of pattern, conspicuous repetition of phrases or syntactical forms. A special kind of significant repetition is almost the hallmark of a certain school of modern free verse.[4]

国内青年学者李章斌对此也有探讨，他认为 80 年代中期以后的新诗写作不大注重"稳固平衡的同一性"的"格律"，却在不少诗作中仍然存在"流动的同

［1］〔苏联〕什克洛夫斯基著，刘宗次译：《散文理论》上册，百花洲文艺出版社，2010 年，第 138 页、第 139 页。

［2］载《文史杂志》第 1 卷第 3 期（1941 年 5 月 1 日）。见上海书店出版社 2016 年根据原刊影印《文史杂志》第 1 册，第 176—180 页。

［3］〔爱尔兰〕叶芝著，林骧华译，孙骊校：《诗歌的象征主义》，《现代西方文论选》，上海译文出版社，1983 年，第 56 页。

［4］Paul Fussell, *Poetic Meter and Poetic Form*, New York: Random House, 1965, p.79.

一性"的"韵律"。[1] 故而，自由诗重复使用某些短语或句子与格律诗使用韵脚的理由本质上是相同的，前者的好处在于丰富多样，后者的优点在于简洁有力。但如果废除了韵脚，又并无另外一种形式的重复加以弥补，而只经营诗的意象表现，追求诗的画面效果，要产生一首优秀的中文诗（尤其是有一定长度的中文诗）就会比较困难。[2] 换句话说，在某种意义上，放弃用韵，又不注重以其他重复形式来加以弥补，等于是自废武功，将原本可以由韵脚来承担的一部分意义，全都交由语序、结构、用词来承担了。也好比人原本是两条腿跑步可以达到终点，现在突然变成单脚跳跃，这显然对于人的体能与技巧都提出了更高的要求。

艾略特《三思"自由诗"》讲得非常到位：

> 对于语言而言，拒绝押韵并非避重就轻，恰恰相反，它是避轻就重。当韵脚那悦耳的回声不复存在，用词、句子结构、语序的优劣就立见分晓。
>
> The rejection of rhyme is not a leap at facility; on the contrary, it imposes a much severer strain upon the language. When the comforting echo of rhyme is removed, success or failure in the choice of words, in the sentence structure, in the order, is at once more apparent.[3]

艾略特说得没错，但其实即便他自己的诗，也大量使用了韵脚，且常常是行内韵与行间韵并用，首韵与尾韵齐发，还屡用虽不能算严格意义上的押韵却常被当成是韵脚的"头韵"（alliteration，又译"协字"）。比如《四首四重奏·东科克尔》第一部分第二节最后十行：

---

[1] 李章斌：《"韵"之离散：关于当代中国诗歌韵律的一种观察》，《中国当代文学研究》2020 年第3 期，第 61 页。

[2] 罗念生《谈新诗》一文也提到过这个意见："如果我们要写一篇长的叙事诗或史诗恐怕就不能采用这形体。"他所说的"这形体"就是指自由诗。见所著《从芙蓉城到希腊》，《罗念生全集》第 10 卷，第 535 页。

[3] T. S. Eliot, "Reflections on 'Vers Libre'", see T.S. Eliot, *To Criticize the Critic and Other Writings*, London: Faber and Faber, 1965, p.188.

Earth feet, loam feet, lifted in country mirth

Mirth of those long since under earth

Nourishing the corn. Keeping time,

Keeping the rhythm in their dancing

As in their living in the living seasons

The time of the seasons and the constellations

The time of milking and the time of harvest

The time of the coupling of man and woman

And that of beasts. Feet rising and falling.

Eating and drinking. Dung and death. [1]

这十行诗用韵之频繁、丰富，真让人目不暇接。第一行以"earth"始、以"mirth"终；第二行反之，以"mirth"始、以"earth"终，以此形成对应，并同时押了首韵与尾韵。第三行"nourishing"与"keeping"构成行内韵，并与第四行的"dancing"、第五行的"living"、第七行的"milking"、第八行的"coupling"、第九行的"rising"与"falling"以及第十行的"eating"与"drinking"构成行间韵。第六行的"seasons"与"constellations"又构成行内韵。第九行的"feet"与"falling"构成头韵。最后一行以"death"结束，再次呼应第一行的"mirth"与"earth"；并且，"dung"与"death"又构成了头韵。此外，第六行至第八行都以短语"the time of"开始，也构成一种重复，类似首韵的效果。原诗用韵如此密集，又如此多样，仿佛让人听到了村庄中男女围着篝火舞蹈的节奏，也仿佛让人感受到日月推移、四季变更，人们劳作、交媾、欢娱、死亡的短暂的一生。从《烧毁的诺顿》到《东科尔克村》，"时间"的主题得到了进一步的深化。

现在，我们回过头再来打量民国时期新旧诗坛关于用韵的种种讨论，会觉得他们已经较为深入地触及这一问题的方方面面。当章太炎说《诗》由口授，非

---

[1] T.S. Eliot, *The Complete Poems and Plays 1909–1950*, New York: Harcourt, Brace and Company, Inc., 1952, p.124.

秦火所能焚"[1]，我们意识到，灾难能毁书籍中之诗，而不能灭人人口中之诗。但如果没有了书籍，当代绝大部分自由诗可能连作者自己都无法记起。只有那些讽诵于口、音义俱佳的诗才能直达我们灵府的深处，绵延不息，它们是人类文化最宝贵的黄金。

---

[1] 章太炎：《经学略说（上）》，《章太炎全集·演讲集》下册，上海人民出版社，2015年，第880页。

姓名制度
——文史研究的一把重要"钥匙"

张雪松 [*]

> 与职官制度、历史地理、年代学和目录学一样，姓名制度也是文史研究的一把
> 重要"钥匙"。本文从姓氏，名、字，字派谱系三个部分，相对全面系统地论
> 述了姓名制度在历史上的发展演变，以及姓名制度在长时段历史发展中蕴含的
> 丰富文化信息，并着重强调了在利用姓名制度进行文史研究时，应该注意的主
> 要问题。

20世纪50年代北京大学历史系邓广铭先生提出历史研究的"四把钥匙"：职官制度、历史地理、年代学和目录学。职官制度、历史地理和年代学是用来分析历史的时间、地点、人物的工具；目录学是指搜集史料的门径的学问。邓广铭先生的这一说法，在我国的文史学界有着广泛影响。笔者认为，除了上述四把钥匙之外，姓名制度也是研究文史的一把重要"钥匙"，尤其在史料相对匮乏的上古、民族、底层民众、宗教史的研究中非常重要，应引起研究者，特别是初学者的高度重视。

---

* 　张雪松，笔名雨山。香港中文大学文宗系博士，中国人民大学哲学院佛教与宗教学理论研究所
副教授，北京大学佛教研究中心兼职研究员；先后出版学术专著五部：《法雨灵岩》《唐前中国
佛教史论稿》《汉魏两晋南北朝佛教史》(季羡林、汤一介主编《中华佛教史》第一卷)、《佛教
"法缘宗族"研究》《有客西来　东渐华风》。

一、姓

在中国古代社会，大约周代开始逐渐形成了姓、氏，《左传》记录了大量先秦贵族男女的姓、氏名称。秦汉以来，中国的姓氏基本定型。后世周边少数民族改易汉姓等历史事件，不断丰富我国的姓氏。从战国末期以来，我国姓氏方面的论著不断增长，对我国姓氏名称数目、来源衍化、地望分布与迁移，都有很多论述。大约汉代开始，我国常用姓氏就固定在五百个左右，姓氏总数则发展到数千个。其间虽有少数民族改用汉姓，朝廷赐姓，仆从主姓，因避讳改姓等情况，但大体而言，中国人的姓氏是非常稳定的。

《左传·隐公八年》：

> 公问族于众仲。众仲对曰："天子建德，因生以赐姓，胙之土而命之氏。"

后世常将"因生以赐姓"理解为因其出生地而得姓。许慎《说文解字》卷十二下的女部中有不少女字旁的姓，按照许慎的说法，这些姓都得之于该姓始祖的出生地："姜，神农居姜水以为姓"，"姬，黄帝居姬水以为姓"，"姚，虞舜居姚虚因以为姓"。然而这种看法很可能是有问题的。远古人类因为渔猎、游牧生产，流动性是比较大的。从中国古籍文献来看，在盘庚迁都之前，酋邦（早期国家）也是经常迁徙，很难说固定在某个地域。姓的最早起源来自于地缘关系的可能性不是很大。将人的族姓和地域紧密地联系起来，与汉代的察举制度有密切的关系。汉武帝以来，全国郡县都依人口比例，定期向中央朝廷举荐孝廉。地方首长举荐的人选，往往从本地的名门望族中拣选，故汉代以来的姓氏谱牒尤重郡望。

我国的姓，起源于氏族部落族徽一类的标记，后衍化为标记血缘宗族的标记。姓，与血缘关系密切，周人有"同姓不婚"的传统，故从《左传》来看，西周、春秋时代，都是女子称姓，一看便可知是否能与其通婚。当时若有来路不明、不知其姓的女子，若想与其通婚，则需要占卜是否同姓，才能决定是否可以通婚。正所谓："取妻不取同姓，故买妾不知其姓，则卜之。"而对于当时的男子来说，则不称姓，而称氏。《左传》所记春秋时代二百五十五年，男子均不称姓，国君称国（或说以国为氏），卿、大夫、士称氏，庶人无氏。郑樵在《通志·氏族略》中说：

> 三代之前，姓氏分而为二，男子称氏，妇人称姓。氏所以别贵贱，贵者有氏，贱者有名无氏。今南方诸蛮，此道犹存。古之诸侯，诅辞多曰："坠命亡氏，踣其国家。"以明亡氏则与夺爵失国同，可知其为贱也。

氏，与给男子封地有直接关系。欧洲人姓名中有"冯"（von），常常为贵族；即某某地"的"某某人，有封地者一般为贵族。这与先秦庶人无氏，贵族有氏，情况比较接近。而且如果失去封爵封地，氏也会随之失去。我国金代少数民族政权实行过"黑白号姓"的制度，亦与封地及贵贱等级有比较密切的关系，元姚文公燧《牧庵集·布色君神道碑》：

> 金有天下，诸部各以居地为姓，章庙病其书，以华言为文不同，敕有司定著而一之，凡百姓。金源郡三十八、广平郡三十皆白书；陇西郡二十有八、彭城郡十有六皆黑书。其等而别者甚严。

《金史·百官志》等材料对此亦有记载，唯细节存在一定差异。

商周时期，无论男女，姓名都不连用，正如郑樵感叹的那样：

> 奈何司马子长、刘知几，谓周公为姬旦，文王为姬伯乎？三代之时，无此语也。（《通志·氏族略序》）

依据周代礼仪，女子通婚前才能将名告诉夫家：

> "男女非有行媒，不相知名"者，相知男女名者，先须媒氏行传昏姻之意，后乃知名，见媒往来，传昏姻之言，乃相知姓名也。故《昏礼》有

六礼，二曰问名。（《礼记注疏》卷二 ）

故女子更不可能姓名连用作为称呼。当时未婚女子一般在姓前冠以孟（伯）、仲、叔、季；婚后则在娘家姓前加丈夫的氏。女子婚后的这种称呼，在商代就已经出现，以其父家、夫家的族徽名称作为其名称的前后缀。

从本质上说，姓、氏都是对人群的一种标志性划分，不过姓偏重于血缘，氏则与地缘关系密切。同一部落血缘成员可以分居几处，故姓、氏是对人群的二层划分。商代同姓可以通婚，故不存在姓、氏这种二层划分。所以从严格意义上说，没有后世姓氏意义上的"姓"。但从血缘部落标记的意义上讲，周代的姓与商代有一定的延续关系。《国语·晋语四》：

司空季子曰："同姓为兄弟。黄帝之子二十五人，其同姓者二人而已，唯青阳与夷鼓皆为己姓。青阳，方雷氏之甥也。夷鼓，彤鱼氏之甥也。其同生而异姓者，四母之子别为十二姓。凡黄帝之子，二十五宗，其得姓者十四人为十二姓。姬、酉、祁、己、滕、箴、任、荀、僖、姞、儇、依是也。唯青阳与苍林氏同于黄帝，故皆为姬姓。同德之难也如是。昔少典娶于有蟜氏，生黄帝、炎帝。黄帝以姬水成，炎帝以姜水成。成而异德，故黄帝为姬，炎帝为姜，二帝用师以相济也，异德之故也。异姓则异德，异德则异类。异类虽近，男女相及，以生民也。同姓则同德，同德则同心，同心则同志。同志虽远，男女不相及，畏黩敬也。黩则生怨，怨乱毓灾，灾毓灭姓。是故娶妻避其同姓，畏乱灾也。故异德合姓，同德合义。义以导利，利以阜姓。姓利相更，成而不迁，乃能摄固，保其土房。今子于子圉，道路之人也，取其所弃，以济大事，不亦可乎？

黄帝的传说开始流行于战国时代，相传黄帝之子得姓者十四人，为十二姓，后世中国人的姓氏都追溯到黄帝，一开始是当时的贵族，后遍及所有姓氏的平民，凡有姓氏者皆为炎黄子孙，这对于在古代构建家国一体的中华民族共同体意识，具有十分重要的意义。

在古代，少数民族取汉姓，便成为融入中华民族共同体的一个重要标志。现在我国南方部分地区存在同一个姓氏下各房分属不同民族的情况。另外，比较值得关注的是我国少数民族中有一个姓氏下存在若干个亚姓的情况，费孝通、王同惠夫妇对广西瑶族的调查中，最早涉及了这方面的内容，瑶人为方便通婚，将同姓分成两个以上的亚支，"就近开亲"的传说是试图给"同（汉）姓"结婚一个合理解释。我国回族中也常有类似的现象，像明末著名回族哲学家李贽，祖籍福建，其家族就分林、李二姓；清初著名伊斯兰教学者舍蕴善，祖籍河南，其家族就分魏、舍两姓。回族的这种姓氏现象是否为方便打破"同姓不婚"，尚待进一步研究。

姓，来源于上古的血缘部落，同姓不婚、同姓同德、异姓异德的说法具有一定的历史根据。周人祭祀用"尸"，需选用异姓来辅助"尸"："乃议侑于宾，以异姓。议犹择也。择宾之贤者，可以侑尸。必用异姓，广敬也。"此意在说明不仅同姓，而且异姓也敬畏"尸"，说明"广敬"。但到秦汉之后，姓氏合一，人人皆有姓氏，姓氏在标记部落族源的功能弱化乃至丧失，但社会上还流行同姓同德的观念，造成许多牵强附会。南宋郑樵在《通志·氏族略》中对此前历代的姓氏源流著述进行了批评：

> 其书虽多，大概有三种：一种论地望，一种论声，一种论字。论字者则以偏旁为主，论声者则以四声为主，论地望者则以贵贱为主。然贵贱升沉，何常之有，安得专主地望？以偏旁为主者可以为字书，以四声为主者可以为韵书此，皆无与于姓氏。

郑樵的说法是有道理的，不过以地望、字形、音韵来讨论姓氏者，仍代不乏人，其间不乏占卜算命等社会心理基础，因此影响仍然广泛。例如《西游记》中孙悟空，本来自称石猴，姓石，后来须菩提祖师让他改姓孙：

> 祖师道："既是逐渐行来的也罢。你姓甚么？"猴王又道："我无性。人若骂我，我也不恼；若打我，我也不嗔，只是陪个礼儿就罢了。一生无

性。"祖师道："不是这个性。你父母原来姓甚么？"猴王道："我也无父母。"祖师道："既无父母，想是树上生的？"猴王道："我虽不是树上生，却是石里长的。我只记得花果山上有一块仙石，其年石破，我便生也。"

祖师闻言，暗喜道："这等说，却是天地生成的。你起来，走走我看。"猴王纵身跳起，拐呀拐的走了两遍。祖师笑道："你身躯虽是鄙陋，却像个食松果的狲猢。我与你就身上取个姓氏，意思教你姓'猢'。猢字去了个兽旁，乃是古月。古者，老也；月者，阴也。老阴不能化育，教你姓'狲'倒好。狲字去了兽旁，乃是个子系。子者，儿男也；系者，婴细也。正合婴儿之本论。教你姓'孙'罢。"

在这里，《西游记》作者体现出来的是以人（始祖）的脾气秉性为姓的观念。孙悟空行动作为像狲猢，故以此确定姓氏。又以偏旁字部来论姓，去其兽旁方为人，但"胡"为老阴，不能生育，其意不佳；而"孙"为子孙之意，有本性童贞婴儿的含义，故决定姓孙。《西游记》的这段讨论，体现了中国古人对姓氏含义的许多认识。但实际上，秦汉之后，中国人普遍拥有姓氏，姓氏只是一个家族的标志，很少承载族群特质等其他信息。

中国人一直有奴随主姓的传统，这也是包括平民、贱民在内的所有中国人能够普遍拥有姓氏的重要原因之一。佛教传入中国后，僧人中一度流行弟子跟随师父的姓氏。4世纪上半叶之前，汉人尚不能合法出家，故早期中国佛教僧侣都来自国外，其汉文姓氏均为其来源国家的名称。即便后来汉人允许出家，在东晋道安统一"释"姓之前，也都随各自师父，多姓支（月支）、安（安息）、竺（天竺）、于（于阗）、康（康居）、帛（龟兹）等姓。从东晋道安开始，逐渐统一为"释"姓，《出三藏记集·道安法师传》载：

初魏晋沙门依师为姓，故姓各不同。安以为大师之本，莫尊释迦，乃以释命氏。后获《增一阿含》，果称四河入海，无复河名，四姓为沙门，皆称释种。既悬与经符，遂为永式。

道安早年师从佛图澄，僧传中说佛图澄"本姓帛氏"，一般认为龟兹人本无姓氏，佛教传入龟兹等地后，当地佛教徒皆在名前冠以佛陀（Buddha），音译为白、帛、佛图等，佛图澄当属此例。西域、天竺来华梵僧此例甚多，例如佛驮跋陀罗、佛陀耶舍、佛大先等等。道安提倡僧侣皆以佛陀释迦牟尼之"释"为姓，或受西域此风的直接影响。

同一宗教信仰者，名字中带有相同的字，这种起名方式在我国出现很早。最有名的当属晋代大书法家王羲之、王献之父子了。据统计，王羲之辈中，人名中有"之"字者共十二人；子辈中，羲之七子的名字中全有"之"字，同族十五人名中有"之"字；孙辈有十二个"之"字人名；曾孙辈有十三人名带"之"字；玄孙辈有九人名带"之"字；五世孙有四人带"之"字。五世孙后，族人衰微，以"之"字作人名者不复见。前后历时五代凡二百余年。王氏是天师道世家，一般认为"之"与北斗信仰有关，是道教信徒的标志。白莲教以"普、觉、妙、道"四字为信徒"定名之宗"。"普、觉、妙、道"并非辈份派号，而是师徒父子、远近亲属的信徒，或都用"普"字为名，或都用"觉"字为名。最终大体形成了男"普"女"妙"的起名方式，并由此在分散各地的信徒中建立起宗门联系。

白莲教这种组织形式，也被当时和后世众多教门组织所利用，即明清所谓的"一字教"。这种"一字教"实际上是某一教派、教门的标志，其作用更近似于"姓"而非"名"。中国民间流行让小孩拜某个神明为契爷，即认干爹。小孩拜神明为干爹、干妈后，往往会起一个与神明有关的名字，例如孙中山先生出生地香山县翠亨村，全村几乎都拜北帝为干爹，之后都会起一个帝某的名字，因此孙中山先生有一个名字叫"帝象"。这个"帝"字的符号作用就有点类似于姓。福建一些地区，有信徒拜陈靖姑（闾山教三奶派）为干亲，会在名字中带一个"奶"字，因此我们会在一些男子的名字中看见"奶"字，这个"奶"字也有类似"姓"的功能。在田野调查中，从南方一些地方的碑刻中发现，同一个人，生前姓某姓，死后却变成另外一个姓。按照当地传说，其始祖受惠于某人，故世代为其家仆。生时报恩，姓恩公家的姓；死后认祖归宗，恢复原姓。传说背后可能有隐蔽户口、逃税等多种原因。明清军户，在戍边之地，以宗族姓氏构建起新的社会组织，成边军士有时会以当地地名、某神明的名字（如关公之关姓）中某一个字，或具有共同特征的某一个字，当作成边地新组建宗族组织的共同姓氏。

二、名字

中国人的名，并没有像世界上许多国家固定到若干个名。中国人的名字从古至今，基本上是由父亲或师长起名，或本人成年后改名。在英文、法文、德文等许多国家的语言文字中，男子名、女子名都是分别固定为若干个，给初生儿起名时，是根据性别，从这若干个名字中挑选一个成为初生儿的名字，而不是由父母师长新"发明"一个名字。我国穆斯林等宗教信徒起经名、教名，也是依据男女性别从已有名字中挑选一个。这样，英法等国的名，很像中国百家姓里的姓，都是固有的，只是姓是继承下来没有选择，而名则是可以挑选，但不能新创造。现今一些外语初学者为自己起外文名字，因文化差异，随意选择自认为有美好寓意的词语当自己的名字，这种起名方式在中国文化中是正常的；而在其他很多国家文化中，如果所选词语不是约定俗成的人名词，就会被认为很奇怪，甚至闹笑话。

中国人的谥号，是在有社会地位的人（帝王、后妃、士大夫等）死后，对其进行褒贬评价。周文王、周武王是否为谥号，颇有争议，但谥号至迟在春秋战国时期已经普遍流行。秦始皇统一中国后，认为"子议父，臣议君"，臣下议论君主、儿子议论父亲不足取法，一度废除谥法，代之以始皇、二世、三世的数字。西汉又恢复谥法，并流传至近代。除了朝廷公议已故皇帝、后妃、重要大臣的谥号，也有私谥，主要是亲朋好友对亡者追赠的表彰性荣誉称号。由于谥号的褒贬含义比较固定，在一定意义上，谥号在最初流行的时候，有点类似于欧美许多国家从固定的名称中选择一个作为名字，只不过谥号不是给出生婴儿，而是给已经去世的人。

根据已故重要人物生前的事迹评定谥号的取名方式，很类似于唐宋以来给神明加以封号的做法。唐宋以来盛行根据神明的灵验事迹，通过地方官上报获批封号，封号的字数亦标志一定的等级，字数越多等级越高。这种神明封号，宋代以降，主要分为由朝廷颁发的"国封"和由江西龙虎山张天师颁发的"道封"两个系统。除了给神明颁发封号，唐宋以来给重要的僧人、道士也有赐师号的活动，大体与此类似。师号在一些特定的时代也可以通过花钱捐纳获得。当然，取谥号、各种封号也并非完全没有自主性，议定谥号者也有一定自由"创作"的空间。谥号，最初一般为一两字，故先秦、两汉都可以用谥号称呼已经去世的皇帝。但唐代，谥号一下增加到七字。如唐玄宗时将唐高祖李渊的谥号从"神尧"增加为"神尧大圣"，再增为"神尧大圣大光孝"，李世民的谥号由"文武圣"增加为"文武大圣"，再增为"文武大圣大广孝"。这样就很难用谥号来称呼，而改用君主死后祭祀时用的名称——"庙号"（"高祖""太宗"）。清代皇帝的谥号更长，像乾隆皇帝的谥号有 23 个字。乾隆时下令加谥重镌以往皇帝的谥号。沈阳故宫博物院藏有"清太祖努尔哈赤谥册套盒"，极尽奢华。套盒内藏的"谥宝"是单体蹲龙纽，刻纹内填金，纽孔系明黄丝绳。宝文是满汉朱文合璧，左侧满书六行，右侧篆书汉文四行三十一字："太祖承天广运圣德神功肇纪立极仁孝睿武端毅钦安弘文定业高皇帝之宝"，原本供奉于北京太庙。明清一位皇帝一般只用一个年号，故常用年号称呼皇帝。在文献中看见古代重要人物的谥号或者皇帝去世后的庙号等称呼，便可断定该文献写于当事人死后，这些都是重要的历史信息，对于文献考据辨伪，都是重要的线索。

除了谥号等特例之外，中国人的名，大多不是从固定的若干个名字中选取，而是由父母、师长，甚至自己来起名、改名，因此在名字中就会保留有更多的历史信息，甚至反映出不同时代的特点，这点尤其值得我们注意。当然，中国人的名字也不是随意起的，起名也有许多规矩，先秦时被总结为五种起名的方式和六种忌讳（"六避"），很多学者用后世避讳的视角来看待"六避"，但实际上这在当时更应该被视为一种对起名禁忌的总结。

《左传·桓公六年》：

> 公问名于申繻。对曰："名有五，有信，有义，有象，有假，有类。以名生为信，以德命为义，以类命为象，取于物为假，取于父为类。不以国，不以官，不以山川，不以隐疾，不以畜牲，不以器币。周人以讳事

神，名，终将讳之。故以国则废名，以官则废职，以山川则废主，以畜牲

则废祀，以器币则废礼。晋以僖侯废司徒，宋以武公废司空，先君献、武

废二山，是以大物不可以命。"

鲁桓公夫人生子，桓公问申繻起名的原则。申繻提出起名的方法有五种：（1）信
（生）：以出生婴儿身上的特别标记（胎记等）为名，如唐叔虞，出生时手掌纹路
像虞字。（2）义（德）：寄托吉祥寓意为名，如周文王名昌，周武王名发。（3）象
（类）：以婴儿样貌（或身体的部分样貌特征）的相似物命名，如孔丘，因其额头
像丘陵而得名。（4）假（物）：用婴儿出生时相关事物来命名。如有人（一说鲁
昭公）馈赠孔子鲤鱼，故其子名鲤。（5）类（父），取新生儿与父亲类似之处命
名。如鲁桓公之子与其父是同一天所生，故取名同。

另外取名时，有六种避讳：（1）取名时要避开国家名称；（2）避开官职名
称；（3）避开山川名称；（4）避开疾病名称；（5）避开牲畜名称；（6）避开祭祀
用的玉器等礼器名称。之所以产生这些避讳，是因为周人原本忌讳神名，而国君
死后，受到供奉祭祀，故对已死国君之名，将像对待神名一样忌讳。如果国君之
名采用国家名称、官职名称、山川名称，其死后则要改国号，改官制，给山川更
名；如果国君之名采用祭器、祭品之名，其死后进行祭祀时会给礼法造成混乱。
以往就出现过为此更改官职名称、山川名称的案例。我们从中可以看出，春秋时
代，对国君名字的避讳制度已经产生，这是源自于对神名的避讳，在君主死后方
才对其名字进行避讳。从"晋以僖侯废司徒，宋以武公废司空，先君献、武废二
山"来看，这种对君主名字的避讳是当时刚产生的，因此在施行过程中造成了一
定的混乱。其后人们总结出为君主儿子起名的"六避"原则，这项制度才日益成
熟。申繻总结的五种起名方法其实也主要适用于君主、贵族，但我们从中可以看
出周代人起名的一般倾向性和常见做法。

商代并无这种春秋时周人避讳已死君主名字的制度，因为商代的帝王虽本
有其名，死后则会按照十个天干取一个庙号，商人用干支记日，十个天干是十日
一旬，故学界常将用天干所起的名字称为日名。例如商朝的实际建立者汤，在甲
骨文中被称为"唐"或"成"（传世文献中也将汤称为"成汤"），而其庙号则为

"大乙",传世文献中记为"天乙"。汤之前的祖先,即为"自上甲六示"。每组以某个天干为首的祖先都是比较重要的先王。传世文献一般认为商王的庙号取自其生日(或忌日)之天干,但实际上从现有资料看,很难有确证说商王庙号取自生日或忌日。陈梦家说:

> 卜辞中的庙号,既无关于生卒之日,也非追名,乃是致祭的次序;而此次序是依了世次、长幼、及位先后、死亡先后,顺着天干排下去的。[1]

我们目前能看到、最可靠的古人名字,是从商代开始的。甲骨卜辞中,有很多人名。除了以干支命名的商王及其配偶(一个王有时有数位配偶)之外,甲骨卜辞中也记录了大量从事占卜活动的贞人(卜人),以及接受商王命令的人,这些人名(或人的称谓)的用字量比较大,有些字在甲骨卜辞中还比较少见,有些字似乎仅用作人名。但商代是否存在固定的人名,成为专属字(词),笔者认为这种可能性很低。因为甲骨卜辞中很多人名也是常用字,不仅仅用在人的称谓上;而且就甲骨文本身的特点,字符数量不是十分庞大,并非一事一物即造一字,常常有借音字这种现象,因此也不大可能出现某些人名(或人的称谓)的专属字。甲骨卜辞中少数只出现在人名的字,如 （化）、 （韦）等,后世也都非人名的专属字。

大体来讲,中国人是先有名,后来姓氏才普遍用于人的称呼之中。先有名,后有姓,是世界各国比较普遍的现象,像英文中琼森(Jonson)这个姓,就是从约翰(John)这个名衍生出来的;类似的还有 Jackson 这个姓和 Jack 这个名。除了后缀"-son"之外,在父名前加前缀"Mac-"或"Mc-"为姓,在英语中也十分常见,例如姓氏 McDonald 就是 Donald(人名)之子的意思。很多国家和民族,没有姓氏,或者只有少数贵族才有姓氏。在历史发展过程中,普通老百姓才逐渐开始拥有姓氏。我国古文中的"百姓",原本亦特指贵族,秦汉之后姓氏才在我国普及。像日本,普通老百姓有姓,是近代明治维新时的政府强力推行的结果。

---

[1] 陈梦家:《殷虚卜辞综述》,中华书局,1988 年,第 405 页。

很多民族始终没有姓氏，一般采取父子（或母子、亲属之间）连名的方式，我国大约有三十余个少数民族采用过连名制度。清代大学者俞樾提到：

> 国朝余庆远《维西见闻记》云：么些，即《唐书》所载么些兵是也。无姓氏，以祖名末一字、父名末一字加一字为名，递承而下，以志亲疏。愚谓此即古人以王父字为氏之遗意也。[1]

俞樾将纳西族的父子连名制与先秦贵族以祖父之字为氏的制度联系起来。《春秋公羊传》中提到"以王父之字为氏"，王父即祖父，杨宽先生将其解读为一种父子连名制，后又有学者结合先秦祭祀用尸、昭穆制度，对此问题进行了许多发挥。凌纯声先生认为"父子连名制"是东南亚古文化特征之一，"亲从子名制是连名文化的原式；父子（包括母子和亲子）连名制是本式；世代排名制是变式"。即父母有子后，父（及母）之名会因子名做相应改变，这是父子连名的原初形态。如果按照这种理解，"以王父之字为氏"，也可以理解为有子孙后，子孙之氏成为祖父之字。字，先秦时已经存在，秦汉时并非人人皆有字，魏晋时开始普遍流行。这里的"字"，取从名中衍生出字之意，字本意为孕妇生子，《说文解字》卷十四下："字，乳也。从子在宀下，子亦声。"字为产子之意，由产子而衍生出名字之字，似比较符合亲从子名制。子名中带父名（或其中一部分）是最典型的父子连名制；而后父子连名制度化，连名的方式规范化，形成谱系，按照世代排名（家支一类的谱系）来施行连名，则是连名制在后世衍化的结果。我国明清盛行的家族派辈诗、派字谱，其实就带有这种世代排名制的父子连名方式的色彩，近世佛道教等教团以及其他行业师徒，亦常采用这种派辈字谱连名的方式。我国已故学者刘浦江教授对辽代契丹人名的父子连名制作过非常深入的研究。

除了姓、名之外，还有字，有些人还有谥号。字，春秋战国时期就已经出现了，但并非人人都有字。字的制度化，跟儒家礼仪有直接的关系。儒家的贵族举行成人礼（士冠礼）时，有一个环节是由所请宾客为新成年者取字，《礼记·曲

---

[1]（清）俞樾：《茶香室丛钞》，中华书局，1995年，第137页。

礼》：男子二十，冠而字；女子许嫁，十五而笄，笄而字。"冠而字之，敬其名也。"行冠礼而成人，此后以字代名，非父君不得称其名。宾客在取字时还会说一番祝福的话：

> 字辞曰："礼仪既备，令月吉日，昭告尔字。爰字孔嘉，髦士攸宜。宜之于假，永受保之，曰伯某甫。"仲、叔、季，唯其所当。（《仪礼·士冠礼》）

取字之后，成年士人的名称就应该是排行（伯、仲、叔、季），加上新取的"字"，再加上"甫"（或夫）。早期的"字"为单个汉字的情况比较常见，后世则一般为双字，受佛教等外来文化影响，三个字的字在唐代也有流行，如罗振玉《范氏夫人墓志铭跋》云：

> 《志》称夫人姓范，讳"如莲花"。案：唐人妇人名字多用三字。《优婆夷未曾有塔铭》："优婆夷，讳未曾有。"此与"如莲花"，均以三字为名者也。《杨君夫人韦氏志》"夫人讳檀特，字毗邪梨。"《比丘尼法愿塔志》"法愿，字无所得"，《卢公夫人崔氏墓志》"夫人名绩，号尊德性"，则以三字为字。此外尚不少，聊著数事，以广异闻。

秦汉时，也并非人人皆有字，之后则取字的情况比较普遍了。《白虎通义·姓名》："或旁其名为之字者，闻名即知其字，闻字即知其名。"字与名之间，一般都具有一定的关联性。

本文所讲的姓名制度，从狭义上讲就是中国传统社会中最常见的"姓"加"名"，兼及字、号。而广义的姓名制度，则泛指对人物的专指称呼。今人多只有名，但古人有名、字、号等多种称呼。古时为对他人表示尊重，一般不称名，而称字号，如果对古人的字号不熟悉，就不知所指。宋代文献学家王应麟对以往错谬，颇多纠正，如《困学纪闻》卷十一：

> 战国有两公孙弘，一在齐，为孟尝君见秦昭王；一在中山，言司马憙
> 招大国之威求相。与汉平津侯为三。《韩子》云：公孙弘断发而为越王骑，
> 是又一人也。

王应麟指出战国时有两位公孙弘，不得混为一人。但王应麟本人有时自己也会犯类似错误，《困学纪闻》卷十二：

> 《食货志》李悝为魏文侯作尽地力之教。《货殖传》云：当魏文侯时，
> 李克务尽地力。以《艺文》考之，《李克》七篇在儒家（子夏弟子为魏文
> 侯相），《李悝》三十二篇在法家。相魏文侯富国强兵尽地力者，悝也，非
> 克也。《货殖传》误。（《史记正义》云：刘向《别录》亦云李悝。）

孙钦善先生指出李悝、李克确为一人，王应麟辨误不当，李悝兼学儒法，其著作被分为两类不足为奇。

中国古代人物名称繁杂，重名者甚多，从南北朝时期开始，我国开始出现论述中国古代史籍中重名现象的专著，出现了"同名录"一类的著作。除了正史等古籍中的重名现象，佛教僧侣和少数民族中的重名现象，或由翻译等原因造成中国古籍中僧侣、少数民族人物一人多名现象也非常多。例如东晋时代著名翻译大师鸠摩罗什，也被翻译为鸠摩罗什婆、鸠摩罗耆婆，或意译为童寿。不仅音译容易造成译名的差异，意译有时也会因之造成差异，例如印度著名唯识学家天亲（音译婆薮槃豆），唐代玄奘法师则改译为世亲（音译伐苏畔度），玄奘《大唐西域记》卷五："伐苏畔度菩萨（唐言世亲。旧曰婆薮盘豆，译曰天亲，讹谬也。）"

笔者曾经考证过著名西域求法僧人昙无竭，即是求那跋陀罗的弟子法勇，由此可以补充昙无竭回国后的许多事迹。再举一例，现在一般认为是法眼宗祖师清凉文益的名句"何须待零落，然后始知空"，实际作者为五代诗僧谦光，故后人误将法眼与谦光错判为一人，如清人李调元辑《全五代诗》中误认为谦光为法眼禅师清凉文益的另一名讳，"谦光，金陵人，一号法眼"，法眼禅师是浙江余杭

人，与谦光绝非一人。又宋人因避讳，谦光改写为谦明，宋代以来文人诗话，对南唐僧谦明多有提及，文学史论者亦常由此误认为两位诗僧。实则谦明应即谦光，系避宋太宗赵光义之讳，谦光写为谦明。宋太宗赵光义本名赵匡义，其兄赵匡胤即位后，因避讳更名为赵光义。赵光义即位后，因其名讳为常见字，避讳造成太多麻烦，后又更名赵炅。

避讳，在我国有着悠久的历史，历代研究者也甚多。近代陈垣先生在《史讳举例》中指出：

> 民国以前，凡文字上不得直书当代君主或所尊之名，必须用其他方法以避之，是之谓避讳。避讳为中国特有之风俗，其俗起于周，成于秦，盛于唐宋，其历史垂二千年。[1]

避讳大体上分为公讳和私讳，公讳主要是针对当代或本朝皇帝名讳以及孔子等圣人名讳。汉唐时公讳主要是当朝和先代的皇帝名讳，孔子的名字并不特意避讳。北宋徽宗大观四年（1110）避孔子讳，改瑕邱县为瑕县，改龚邱县为龚县。政和八年（1118）又下旨避老子讳，并禁止名字中带有君、皇、圣、天以及龙、玉、帝、上等字。明太祖洪武二年（1369）四月，命翰林院定官民书礼仪式，"禁革民间名字有先圣先贤、大国君臣并汉晋唐宋等字者，中书省臣具奏行之"。由此，宋明以来除了皇帝名讳，一些带有神圣意义、特别是御用、皇家独享的字眼，国人取名字时亦须避讳。

私讳是针对某人祖先的名讳，不仅本人不得提及自己祖先的名讳，他人也不能当面提及别人祖先的名讳。《礼记·曲礼上》：

> 礼，不讳嫌名。二名不偏讳。逮事父母，则讳王父母；不逮事父母，则不讳王父母。君所无私讳，大夫之所有公讳。《诗》《书》不讳，临文不讳。庙中不讳。夫人之讳，虽质君之前，臣不讳也；妇讳不出门。大功小

---

[1] 陈垣：《史讳举例》，中华书局，2004年，第1页。

功不讳。入竟而问禁，入国而问俗，入门而问讳。

先秦时期避讳并不是十分严格，不忌讳谐音，二字之名不必都避讳，如果父母不在世了，则不必避讳祖父母的名讳。君主不避讳臣子家的名讳。《诗经》《尚书》中未有避讳，作文时不须避讳。女子的名讳，只在后宫家中避讳，朝堂上不避讳。但避讳之风，后世日趋严密，南北朝时已经出现因避讳而辞官的案例，虽非定制，但也可称一时风尚；到了唐代，《唐律疏议·职官律·府号名称犯父祖名》甚至以法律规定："诸府号官称犯祖父名，而冒荣居之者，徒一年。"唐代文豪韩愈对于当时避讳盛行的现象特撰写《讳辩》进行批判，提到诗人李贺因父名晋肃，为避父讳（"晋""进"同音）而不举进士的荒唐现象。不过不仅公讳，私讳在明清仍然有一定影响，例如《红楼梦》中林黛玉的母亲叫贾敏，林黛玉便避讳敏字：

> 雨村拍手笑道："是极。我这女学生名叫黛玉，他读书凡'敏'字他皆念作'密'字（太平闲人评：黛玉以口舌取祸，病在敏，病在疏也。读敏为密，所以示戒），写字遇着'敏'字亦减一二笔。"

在古代避讳研究成为一种专门的学问，为避讳而更改人的姓名、地名、书名等事物称呼、写法，非常普遍。它既给人们阅读研究古籍造成困难，但也为研判作者、时代、版本等提供了重要的线索。自陈垣先生的《史讳举例》开始，现代意义上的避讳学为研究和利用避讳现象，提供了重要的科学指导。

中国人的称呼十分复杂，有姓名、字号、谥号以及各种封号，乃至小名等。例如中国人耳熟能详的《西游记》，里面对孙悟空的称呼不下二三十种：石猴、美猴王（"千岁大王"）、猢狲、孙悟空（悟空）、弼马温、齐天大圣（孙大圣、大圣爷爷）、妖猴、泼猴、心猿、孙行者（行者）、毛脸雷公嘴的和尚、猴头、猴哥、大师兄、老孙、孙外公、斗战胜佛。这些名称对于熟悉《西游记》故事的人来说，一看便知是孙悟空，但如果把这些名称都音译或意译为外文，估计会让外国人眼花缭乱，不知所云了。这些称呼中，有些是按亲属或准亲属（师徒）及其排行称呼，有些是按官职称呼，有些是带有派辈的名字，有些是按照人的某些特性而固定化的称呼，有些还是绰号。因此熟悉各类古代文献中同一人物的对应关系十分重要，否则很容易将二（多）人误为一人，张冠李戴，混淆史实；或将一人误为两（多）人，丢失很多本可以联系起来的历史信息。

近代国际学界，在破译尚未知晓的古代文字时，在泥板、金石、草纸上反复出现的神明和国王的名称，往往是最早破译的单词，成为破译的重要突破口。甲骨卜辞的破译也是如此。而大量出土的简牍，户口公牍占有相当大的比例，其中人的姓名称呼是这些公牍中的重要内容，解读出其中隐含的历史信息，通过人名信息将散见的史料串联起来，都对相关史料解读工作有着至关重要的意义。中古则有大量新出土的墓志铭、造像铭以及大量的邑社文书等材料，都有大量的人名信息。即便是近世，找出不同材料中的相同人名的关系也是十分重要的。马西沙先生在中国民间宗教史的研究中，将明清官方邪教案件公牍中涉及的人名与各教派神话传说中的祖师谱系对应起来，将中国民间教派的神话传说落实到具体的历史事实中，其研究方法可以说具有典范性。宝卷、善书等民间文献中的人名，经常使用隐语，如弓长祖、飘高祖等，甚至使用大量字谜盘诗等形式隐晦地记录姓名，尤其值得注意。

近代历史上，同一人物由于有大量的笔名、化名，为相关研究造成了许多困难。一旦能够确定不同时期、地域中的不同名称所指为同一人，往往能够极大推动相关的研究工作。例如笔者曾经考证 20 世纪中叶香港佛教界著名的东北三老之一定西法师即是伪满时期的佛教领袖。我国台湾地区在 20 世纪中后期的"戒严"时代，禁止大陆作者、学者的书籍在台湾出版流通，为此台湾当时出现了一大批将大陆作者名字改头换面的"盗版书"，像复旦大学郭绍虞《语文通论》及《续编》在 1976 年由台北华联出版社署名朱自清，印行《语言通论》。贺昌群《元曲概论》被台湾商务印书馆署名贺应群，李泽厚《美的历程》被元善书店署名李泽加以翻印，胡云翼《唐诗研究》被宏业书局署名胡云加以翻印，冯友兰的《中国哲学史史料学初稿》被牧童出版社翻印为冯冈《中国思想史资料导引》等等。这些盗版书，皆出自名家之手，初学者一不小心加以误引，难免贻笑大方。

近年来随着"历史人类学"的兴起，特别是郑振满先生对"民间文献"的大力推动，族谱、契约、碑刻等大量民间文献成为文史研究者的重要研究对象。这些"新材料"中，人名既是重要内容，同时同一个人名也是将这些不同类型民间文献乃至官方文献串联起来的重要利器，尤其值得我们重视。在一定意义上说，对于姓名材料的学术敏感，应该是沟通传统史学和新史学的一把重要钥匙。

三、字派谱系

先秦时，不论男女，便习惯用行辈来称呼，伯（孟）、仲、叔、季，都是同一父母所生。秦汉大体沿袭了这种行辈的方式。但在唐代，人们习惯的排行则是同曾祖父或同祖父的人一起排行，例如韩愈是韩十八、白居易是白二十二，秦少游是秦七，元稹是元九。这种行辈变化应该跟中国家庭结构变迁有直接关系。先秦，中国贵族中大宗、小宗区分严格。战国到秦汉，所谓的"汉型家庭"一般是三代五口之家；唐代实行礼法合一，父母甚至祖父母在世时，不得分家，否则"徙三年"，所以"唐型家庭"的人口一般都多于五口，以祖父母为核心，故采用堂兄弟的大排行。近世的三口之家，不再以祖父母为核心，而是以父母为核心，祖父母不过是被赡养在某个儿孙家中，故近世以来的行辈，再度变为同父母子弟之间的排行。岑仲勉先生的《唐人行第录》中搜录了唐人以行辈称呼型者1443人，数量颇为可观；亦有学者编辑过《宋人行第考录》。

以数字为名，除了行辈排行，元代也有以父母生子时年岁相加之和为名的习俗，这种方式主要是底层老百姓使用。俞樾《春在堂随笔》卷五：

> 徐诚庵见《德清蔡氏家谱》有前辈书小字一行云：元制，庶人无职不许取名，止以行第及父母年齿合计为名，此于《元史》无征。然证以明高皇所称其兄之名，正是如此，其为元时令甲无疑矣。

近代著名历史学家吴晗先生也认为：

> 宋元以来的封建社会，平民百姓没有职名的一般不起名字，只用行辈

和父母年龄合算一个数目作为称呼。[1]

如朱元璋本名重八，即他出生时父母年岁相加为 64。

先秦时，行辈后常加"甫"或"父"字作为男子的美称；后世行辈后则多加"郎"。明田艺蘅《留青日札·沈万三秀》：

> 元时称人以郎、官、秀为等第，至今人之鄙人曰不郎不秀，是言不高不下也。

清王应奎《柳南随笔》卷五：

> 江阴汤廷尉《公余日录》云："明初闾里称呼有二等，一曰秀，一曰郎。秀则故家右族颖出之人，郎则微裔末流群小之辈。称秀则曰某几秀，称郎则曰某几郎。人自定分，不可逾越。"

除了郎、秀二等之外，清人亦有称明初分为哥、畸、郎、官、秀五等。清人俞樾引清高士奇《天禄识余》注云：

> 洪武初，每县分人为哥、畸、郎、官、秀五等，家给户由一纸，哥最下，秀最上。每等中又各有等，钜富者谓之万户三秀，如沈万三秀。

如此则"沈万三秀"的"三秀"非是其家中兄弟排行，而是户等。但从现有记载来看，明初平民行辈称"郎"，有权势者行辈称"秀"，较为常见。中国许多民间宗教的法派，如师教、香花和尚等，早期亦多用巫教色彩比较明显的"郎号"，如赖五十九郎、杨心三郎、周显三郎等，而后来受到建制性佛道教的影响，不少法派也开始用派字谱、派辈诗来取名。

---

[1] 吴晗：《朱元璋传》，人民出版社，1985 年，第 2 页。

同一代中"横向"的行辈，明代以来中国人又开始普遍流行以"派字谱"为特征的"纵向"的派辈谱系的取名方法。从南北朝时，便出现了兄弟之间的名字中有相同部分的现象。如果是单字名，则取相同的偏旁部首。这种取名方式的出现，使得同一辈人中嫡长子与其他诸子的地位，在一定意义上是平等的，是大宗、小宗制度瓦解后的一种表现。

中国人纵向的谱系编制出现很早，司马迁撰写《史记》时就曾采用过《世本》。《世本》早已散失，《汉书·司马迁传》："《世本》，录黄帝以来至春秋时帝王公侯卿大夫祖世所出。"今《大戴礼记》中"帝系"一篇，应是《史记·三代世系表序》中提到的《五帝系牒》一类的著作。汉代设"宗正"来执掌皇室的谱牒编修，汉代的士大夫也大都编辑自己的家谱。东晋、南北朝谱学大兴，出现了全国性的百家谱，东晋贾弼之撰写十八州一百十六郡各士族大姓的《百姓谱》七百十二卷，南朝王僧孺撰写有《十八州谱》七百十卷，《百家谱集抄》十五卷。东晋南北朝诸家的《百家谱》在唐代之后都亡佚了。

在唐代，世家大族的政治、经济地位都急剧下降，但社会声望仍然很高，唐太宗时遍索天下谱牒，考订真伪，合二百九十三姓，千六百五十一家，分为九等，修成《氏族志》一百卷。唐高宗时又修《姓氏录》。唐宪宗在元和七年（812）命太常博士林宝辑《元和姓纂》。《元和姓纂》亡于明代，清代修《四库全书》时从《永乐大典》中将《元和姓纂》辑出。据岑仲勉先生等人考据，《新唐书·宰相世系表》主要利用了《元和姓纂》的世系部分，郑樵的《通志·氏族略》主要利用了《元和姓纂》的姓源部分。

宋代以来，主要是四家修谱，其中以北宋欧阳修的《欧阳氏谱图》和苏洵的《苏氏族谱》对后世影响最大。欧阳修的《欧阳氏谱图》分序、图、传三部分。序是论述得姓源流概况。图是家族世系图，五世一幅，第二幅起于本宗的五世祖，以此类推。传是该家族的世传、行传，即依世次列出各人的小传，包括名、字、科举、仕宦、迁徙、生卒、葬地、婚姻以及其他重要事迹。世传也是五世一断，只记本支。苏洵的《苏氏族谱》有序、表、后录上下。序是谱例。表是世系表，但自高祖至子侄，只记六世，苏洵的表是取小宗之法，故谱是从其高祖开始。后录上篇叙述得姓源流，下篇记录高、曾、祖、父的事迹。总体而言，后世族谱采用欧阳氏谱的要比采用苏氏谱的多得多，而且明清至今的大量族谱都是数支合修，凡参与修谱者都入图传，不再五世一断。

我们知道，明初制定的礼仪制度，品官之家可以依朱熹的《朱子家礼》祭祀四代，但庶民只可祭两代（后改为三代），实际上普通百姓依靠远祭始祖作为敬宗收族主要方式的做法，在明中前期是非法的。但是到了嘉靖皇帝时，由于他本人就出身小宗，在当时的礼仪之争中，是支持民间祭祀始祖的。"允许祭祀始祖，即等于允许各支同姓宗族联宗祭祖，此举在社会上产生了巨大影响。"[1] 可以说，此后明清社会"宗祠遍天下"的局面，是由此开始的。修订族谱，订立族规，也是在嘉靖以后开始大规模流行起来的，并得到官方的认可与支持。根据历史学家常建华先生对明代族规的研究，"明代族规的兴起更是明代宗族组织化的产物。明代嘉靖以后宗族修谱并制定族规盛行，这与当时宗族建立的兴盛一致，是宗族组织化以宗族法控制族人的反映"[2]。当然，宗族的兴起，本是中国历史文化各方面因素长期发展的结果，嘉靖朝的礼仪改革只是为其崭露头角提供了一个合法的环境。

明清族谱蓬勃发展除了必要的谱序、世系图表外，还增加了历次修谱的旧序、族人被封官的敕诰、祖先图像及赞、祠堂图、墓地图、宅基图、族产及相关买卖契约文书、祖先传记和艺文、族规、祭祀礼仪文书等。各姓氏跨地域的统谱也开始流行。甚至在一些地区，一些宗族将族谱视为类似祖宗神像一样的神圣物品，在重要节庆会定期围绕族谱举行一些类似宗教仪式的活动。此外，费孝通先生在其名著《江村经济》中提到，民国江南一些地方"举行丧礼期间，邀请保管家谱的和尚在死者面前念佛经……从此，死者的名字便由和尚记载在家谱中，列入祭祀的名册"[3]。佛教僧人保管和记录家谱，颇不合儒家礼教，初看很让人起疑。实则，笔者以为江南僧人保管的并非是通常意义上的家谱，而是"门眷"制度的产物。门眷制度，明代开始，已经在江南盛行。明宪宗贵妃、明世宗的祖母邵氏（卒于 1522 年），是浙江昌化人，因天长寺僧原为其家门眷，故清明文人笔

[1] 赵克生：《明朝嘉靖时期国家祭礼改制》，社会科学文献出版社，2006 年，第 207 页。

[2] 费孝通：《江村经济》，北京联合出版公司，2018 年，第 72 页。

[3] 常建华：《试论明代族规的兴起》，《明清人口婚姻家庭史论：陈捷先教授、冯尔康教授古稀纪念论文集》，天津古籍出版社，2002 年，第 144 页。

记对此多有提及。门眷是寺院僧侣、民间仪式专家，乃至"贱民"，宝卷宣唱者对某一固定区域、某些特定世俗家族进行垄断性宗教仪式服务的制度化表现，其内容主要记录该世俗家族历代宗亲和忌日、葬地等相关信息。

佛教、道教以及民间教派，乃至伊斯兰教门宦等，也逐渐采用了师徒世系谱牒的方式来组织教团。佛教禅宗通过本派祖师追溯到"西天二十八祖"乃至释迦牟尼佛，形成传法是从佛陀至今完整的"法卷"。中国穆斯林的家谱也常溯源到从穆罕默德经过"十二伊玛目"到传入中土的某位"圣裔"开基祖。

佛教僧侣祭拜佛、祖，本就不受政府太多干涉；明中后期整个中国社会，宗族兴起的大潮，更加刺激了中国佛教宗派的勃兴。而政府对度牒控制的失效，乃至到清中叶将实行千余年的度牒制度废除，也使得佛教自身不得不进行自我规范，这在客观上不断要求佛教各派别强化法统谱系上的规范管理。晚清民国以来，"正宗道影""列祖联芳集""星灯集""某某堂宗谱"这类类似族谱式的东西还在不断编辑、刻印。当然近代佛、道教并不是完全沿袭世俗宗族家谱的做法，其重要特色在于，其族谱不一定要全部收入全族（全派别）的人名，这样做即使不是不可能，也成本太大，更新周期要求太高。派辈诗的使用，是近代佛、道教各宗派谱系的最大特点，这样做既起到了收族合异的作用，又最大限度地降低了成本；在不丧失辨别真伪，保持宗派认同的前提下，带有很大的灵活性，为自身谱系的编织留下了很大的发展空间。

派辈诗类似于一种父子连名制。因为中国人口繁多，而常用姓氏仅数百个，同姓甚多，故姓氏的族源标志性功能是比较弱的。僧人更是统一姓释，不能起到表明宗派身份的作用。故明代开始大量流行通过不同的派辈诗作为不同宗族或不同宗派的标志。此外，通过派辈诗也比较容易区分家族成员之间的辈分关系。我国北方有些小型家族，有一代取单字名、一代取双字名的习惯，通过名字的字数区别辈分。这种做法对于人口庞大的宗族就不适用了。

元代的虞集《清微太和宫记》：

> 宫中道士，甲乙相传，名以别之，以"元洞太乙，正道常存"为次。

这里的"元洞太乙，正道常存"这几个字恐非我们非常熟悉的明清以来的派辈诗，而是为了区别同一代弟子用的，类似分房用的字号，跟谱系性的派辈诗不同。即一位大师的徒弟，依据某个字谱，分别给同一代弟子起名，起到分房或区别同一代弟子之间地位的作用。例如现在台湾佛光山教团，僧众都是星云大师弟子，但每隔几年新收弟子会换一个字号，以示资历区别；再如德云社中学员依云、鹤、九、霄字号起艺名，同为郭德纲弟子，但因入门先后，须用不同的字号。《西游记》中，孙悟空的师父须菩提亦是如此：

> 祖师道："我门中有十二个字，分派起名，到你乃第十辈之小徒矣。"
> 猴王道："那十二个字？"祖师道："乃广、大、智、慧、真、如、性、海、
> 颖、悟、圆、觉十二字。排到你，正当'悟'字。与你起个法名，叫做
> '孙悟空'好么？"猴王笑道："好！好！好！自今就叫做孙悟空也！"正
> 是：鸿蒙初辟原无姓，打破顽空须悟空。

按照之前给孙悟空指路的樵夫的说法"那洞中有一个神仙，称名须菩提祖师。那祖师出去的徒弟，也不计其数，见今还有三四十人从他修行"，则须菩提祖师现有"悟"字辈弟子三四十人，而且"悟"字已经排到第十。若每个字，收三四十人，则须菩提已经收了三四百弟子。这十二个字应该都是须菩提弟子用的；如果按照后世的派辈诗理解，则孙悟空的师父须菩提当是"颖"字辈，但须菩提名字中并没有颖字。

无论佛教，还是道教，派辈诗都是明代才开始普遍流行了。《西游记》提到的派辈诗"真如性海"，与临济宗突空智板（1381—1449）所传字派："智慧清净，道德圆明，真如性海，寂照普通"有些类似，《西游记》大约写于万历年间，其时代略晚于突空智板，或受到当时流行的临济宗派的派字谱影响。全真教的派字谱与佛教比较类似。除了宗教团体，大量的行会、帮会，也常常用派辈诗来规范祖师爷的历代子弟名称，用来规范社团内部的辈分和职权的高低。例如素有天下第一大帮之称的漕运青帮前身"安清道友"。据清《漕运汇选》所载"三宝佛门　临济根源"：

清（清心秉正）静（静坐常思）道（道德修真）德（德配天地），文
（文昌化解）成（成其正果）佛（佛心皈依）法（法度无边），仁（仁义永
信）伦（伦常在怀）智（智勇双全）慧（慧思普渡），本（本枝茂盛）来
（来历清白）自（自心悟悔）信（信用为根），元（元初自始）明（明心见
性）兴（兴家立业）礼（礼门义路），大（大发慈悲）通（通行我国）悟
（悟道成心）学（学道成真）。

后有上海兴字班廖老前人，住上海小东门人，到杭州家庙内，约同三庵众徒，叩
求祖爷大发慈悲，乩笔判下后二十四字：

万（万数归一）象（象注元天）依（依皈佛门）归（归敬三宝），戒
（戒谨守规）律（律始黄钟）传（传道自西）宝（宝象佛法），化（化渡众
生）渡（渡有善缘）心（心存正直）回（回头是岸），普（普化众生）门
（门路正大）开（开发善缘）放（放法开道），广（广大无量）照（照及万
方）乾（乾元为首）坤（坤德载功），代（代代流传）发（发直大道）修
（修身为本）行（行善当先）。

此后再续二十四代：

绪（绪流传统）结（结成义气）崑（崑山美玉）计（技巧如神），山
（山门似海）芮（芮光明亮）克（克己复礼）勤（勤俭为本），宣（宣传吾
道）化（化度众生）转（转念明心）忱（忱意和平），庆（庆吉同漕）兆
（兆辉吉祥）报（报答师恩）魁（魁星在斗），宜（宜慎诸事）执（执中守
正）应（应报因果）存（存心正直），挽（挽救狂澜）香（香烟不断）同
（同心患难）流（流传安清）。

诗曰：学精三藏妙义，究竟半字非有，体用定力无斯，方可趋凡
证圣。

清代安清帮所尊祖师，"前三老"是金祖、罗祖、陆祖，"后三老"是翁祖、钱祖、潘祖。尊达摩为始祖，真正的第一代祖师为金碧峰禅师，道号"清源"；其下罗祖道号"净（静）清"；第三代陆祖道号"道元"；陆祖下第四代祖师三人，江苏常熟翁雍（道号"德惠"）、江苏武进钱坚（道号"德正"）、杭州钱塘潘清（道号"德林"）。这些祖师虽不免传说成分，但构建起派字谱的前四代：清、静、道、德。该派字谱传至第十九代"兴"字辈时，众人在祖庙公开扶乩，用祖师爷临坛亲授的神话方式，乩（"乩"）笔续写派辈二十四字。此后再续二十四字，以"绪"为始，应是谐音"续"；终于流传安清之"流"。通过不断续写的派字谱，来安排组织各地历代安清帮成员。这种利用派辈诗的组织方式，从形式上看，受到佛教禅宗的直接影响。

我们现在常见之僧名，常常为四字，不知者甚至目为日本人。四字僧名，前两字为"字"，后两字为"名"，"名"中两字的第一个通常是派辈用字，可以省略，故有时为三字。如明末名僧密云圆悟，"密云"是字，"圆悟"是名，密云圆悟亦可略称为密云悟，尊称密云悟祖。称呼僧名，有时前两字不用"字"，而用僧人常住之地名或寺庙名，故密云圆悟，因其常住天童寺，故又可称为天童圆悟。这是明清以来最常见的僧人称呼。宋代则与此不同，宋代若僧人名、字连用，则是名在前、字在后，名中表示行辈的字一般省略，例如北宋文字禅的代表人物惠洪字觉范，连称为"洪觉范"，《罗湖野录》的作者南宋临济宗僧人晓莹字仲温，连称为"莹仲温"。

僧人出家剃度会根据其剃度师的宗派谱系（剃派）起一个名字；将来接法，还可以根据其传法师的宗派谱系（法派）起一个名字。近代以来有接多次法的情况，故僧人可以有多个法名。僧人使用不同的名字，代表着不同的宗派归属和相关的辈分及权利义务关系。道教的情况与此类似，全真派入道冠巾时会有一个名字；受戒传法时会有一个新的名字（正一派相对应的是授箓传度授职）。只是因为道教全真派传授天仙大戒成为律师时，仍然使用全真龙门派的派辈诗，这样就有可能出现入道冠巾和成为律师这两次起名都使用的是同一个派辈诗，这与佛教不同（佛教的剃派和法派不会重复），这样就要拨一个字，就出现辈字跳跃的情况。近年来也有主张在龙门派辈诗之外另立律师派辈诗的，即所谓"暗派"。

另外，明代佛、道教各大寺观丛林都汇总了各派的派辈诗，考察前来挂单者的法号及其是否会背诵派辈诗。清代中后期广泛流传有所谓"天下和尚一本经"之称的《禅门日诵》中收录了《宗、教、律诸家演派》记录了佛教主要派辈的派辈诗，日本《卍续藏经》中收入的《宗、教、律诸家演派》，为光绪十六年（1890）"吴中南禅沙门守一空成重编"。沈阳太清宫《宗派别》、北京白云观《诸真宗派总簿》、辽宁本溪铁刹山八宝云光洞《道教宗派》这三种现存道教派辈诗总录，都是以全真道各派的派辈诗为主体，兼及正一道各派别；从上述文献来看，至少在清中后期，全真道各主要派别的派辈诗已经被汇编成册，收藏于全真道十方丛林之中，用以甄别挂单道士的真伪。与佛教的《宗、教、律诸家演派》被编入《禅门日诵》的情况类似，道教《诸真宗派总簿》的雏形，也在 19 世纪被编入《玄门必读》之中。

中国民间宗教教派中，除了强调四海皆兄弟的"一字教"类型，也有通过派字谱系确定辈分尊卑的大量教门，其具体做法与佛道教没有本质性的区别。民间宗教的某些教派，通过正统宗教的派辈诗起名，向正统宗教靠拢；正统宗教也通过新的派辈诗的确立，来收编某些民间教派，例如有学者研究，近代佛教领袖虚云法师通过新续法眼宗派辈诗，收编了很多福建当地的罗祖教徒。

在中国传统社会，将某个特定家族的祖先奉为地方神明，或将地方神明转化为某个家族的祖先，是比较常见的宗教现象。曹新宇先生将中国民间教派的神灵祖师进入地方宗族谱系视为"地方化"。也有学者认为全真教派字谱的产生，可能受到居家道士族谱的影响。

不论是宗教团体的世系谱牒，还是宗族谱系，都有大量虚夸和伪冒的成分。一方面我们要甄别材料的真假，同时也应该重视这些造假成分中体现出来的文化价值认同意义。宗族谱牒中的虚假成分主要是远祖世系及祖先官爵等，现存宗谱中常见的做法是将历代正史中同姓的将相名人拼凑一下，或者在《新唐书·宰相世系表》中挑选一系，再将本族祖先追溯敷衍几代连上该系的最后一人。故相对而言，族谱中宋代以前的世系可靠的很少，而明清以来的世系则可靠的成分保留较多，值得重视。另外，一些年代较早的谱序也包含有重要资料，但后人增改、甚至托名伪造谱序的情况也很常见。

现今公私收藏的族谱数量是十分惊人的，而且大量民间文献还在不断涌现。如何甄别利用好这些史料，从家族宗法、组织制度，乃至社团、宗教结社等多角度来运用谱牒类史料，从带有各种标志性特色的人名和派辈名中解读出我们需要的历史信息、组织模式和思想内涵，是我国文史学习者和研究者的重要课题。如果能认识到姓名制度的重要性，确实运用好这把重要的"钥匙"，势必能发挥沟通传统史学和新史学的桥梁作用，并且在"数字人文"的新时代，人名和谱系是最方便计算机技术检索和甄别的，必将极大地推动学术研究。

史籍所见中古（汉—宋）宗庙禘祫年月校理

马清源[*]

中古宗庙禘祫年月安排的主要依据有三：一为东汉及东晋以来的历史旧制；二为东汉末年郑玄《鲁礼禘祫义》所构造的禘祫理论；三是《公羊传》何注徐疏对"三年一祫、五年一禘"的解读。本文在理清上述禘祫年月安排理论的基础上，对史籍所见中古（主要指汉代至宋代）王朝宗庙礼制中的禘祫年月安排记载做出较为系统的校理。一方面梳理历代正史礼志及礼官上奏等所涉及的禘祫年月安排，按时间顺序排列；另一方面对相关记载做出校勘及解读。

　　禘祫礼是中古宗庙祭祀中最重要的祭祀活动，其产生来源于儒家经书，并随着国家祭祀制度的儒家化而确立。秦及西汉早期，并无此种祭祀方式，西汉中后期元帝时开始，宗庙祭祀制度儒家化，禘祫礼方与宗庙迭毁制度同步逐渐建立。不过据现有史料，西汉末期及东汉时期的禘祫制度尤其是禘祫年月安排之具体情形并不明朗，除去记载缺失，儒家经典相关记载简略及其造成的经学解读多样性也是一个重要原因。事实上，一方面儒家经典中除去零星的禘祫记载外，并没有给出明确、系统的禘祫年月安排说明；另一方面，讨论禘祫最重要的理论依据——《公羊传》"五年而再殷祭"及《礼纬》"三年一祫、五年一禘"等语存在多种解释可能。这也导致在两汉时期，并无为儒者所统一接受的禘祫理论。

　　东汉末年，郑玄作《鲁礼禘祫义》，综合《春秋》经并《公羊传》、《左传》等的相关记载，在经学史上首先构造出了系统的鲁礼禘祫年月安排理论。尽管这

* 　马清源，男，1986年生，山东昌邑人，历史学博士，山东大学儒学高等研究院博士后、山东省图书馆副研究馆员。研究方向为古籍版本学与经学史等。

套理论基于鲁礼而得，但因《礼记·明堂位》有"鲁，王礼也"云云之语，"以此相准况"可知天子礼，故而郑玄之论事实上也为王朝宗庙禘祫礼构建了理论基础。郑玄的禘祫理论较为完美地解决了儒家经典中的不同记载，且随着郑玄在礼学中独尊地位的确立，其禘祫理论成为影响后世宗庙禘祫实行的最重要的因素之一。郑玄的推论过程，今不详述，[1] 简而言之，郑玄认为：

正常情况下，每一新君即位，为先君服"三年丧"（一般为二十七月）毕之次月祫（此为终丧之祫），次年春四月吉禘，此后以"吉禘"为基准计算禘祫，三十九月后于七月祫（即三年一祫），祫后二十一月于四月禘（即五年一禘），禘祫各自间隔五年（即五年而再殷祭）。略如下表所示：[2]

1 （新君元年）	2 祫 （禫后）	3 吉禘 （四月）	4	5	6 祫 （七月）	7	8 禘 （四月）
			9	10	11 祫 （七月）	12	13 禘 （四月）
			14	15	16 祫 （七月）	17	18 禘 （四月）
			19	20	21 祫 （七月）	22	23 禘 （四月）
			24	25	26 祫 （七月）	27	28 禘 （四月）
			29	30	31 祫 （七月）	32	33 禘 （四月）
					……		

[1] 可参拙作《构造禘祫——论郑玄之推论依据及特点》，《原道》2016年第1辑。

[2] 按，此据鲁三年丧均不满二十五月的情况列，故丧终之祫在新君二年，实际上若严格按照郑玄三年丧毕之禫祭后（丧后二十七月禫）行丧终之祫的理论，则丧终之祫亦可能在新君三年举行。若此，表格后之禘祫年月均后移一年。

《公羊传》中"五年而再殷祭"及其对"祫"祭的理解，是推论禘祫年月安排最重要的依据之一。对于禘祫年月安排，《公羊传》何注徐疏也给出了自己的解释，具体而言，何休认为禘祫从先君数，一旦确定一个禘祫起点，即连续不断，中间不因先君丧、新君即位等特殊情况而重新计算起点，惟三年丧内，废禘祫大祭不行。何休的禘祫年月安排说尚存模糊之处，徐疏则对其作了进一步明确，即每三年举行一次祫祭，每五年举行一次禘祭，禘祫各自纪年，不相通数。可简化为下表所示（假定元年禘祫并作）：

1 禘祫	2	3	4 祫	5	6 禘	7 祫	8	9	10 祫
11 禘	12	13 祫	14	15	16 禘祫	17	18	19 祫	20
21 禘	22 祫	23	24	25 祫	26 禘	27	28 祫	29	30
31 禘祫	32	33	34 祫	35	36 禘	37 祫	……		

不过，这种禘祫年月安排方式存在其固有缺陷，既不符合五年之内两殷祭的原则，另外每隔十五年就会出现禘祫同年举行的情况，也违反"祭不欲数，数则烦，烦则不敬"（《礼记·祭义》）的原则，故而除唐玄宗、宋神宗时曾因各种原因短暂实行过之外，历代几乎没有照此安排禘祫年月之情况出现。[1]

此外，东汉以后，宗庙同堂异室，禘祫二祭均以合祭已迁祧、未迁祧神主为常，实际区分并不明显。所以东晋南朝时，宗庙禘祫即不特意区分而统称为殷祠（殷祀），实际年月安排也简化产生每三十月一殷（如甲年四月殷，则至丙年十月殷，再至己年四月殷，如此类推）的制度。三十月一殷之制其实并无任何经义依据，只因为中分五年，简单易行，反而在相当长时间内，取代基于经典创造、实行不便的郑说，成为王朝实际礼制中最流行的禘祫年月安排方式。略如下表所示：

---

[1] 唐宋时期尤其是宋代出现的禘祫"各自纪年、不相通数"年月安排的具体原因，笔者另有专文。

1 禘	2	3 祫	4	5	6 禘	7	8 祫	9	10
11 禘	12	13 祫	14	15	16 禘	17	18 祫	19	20
21 禘	22	23 祫	24	25	26 禘	27	28 祫	29	……

　　如果我们作一个并不十分恰当的类比，以东汉末年为界，宗庙祭祀中的禘祫年月安排明显可分为有无郑玄理论"指导"两个阶段。郑玄禘祫理论产生之后，同东汉以来尤其是东晋南朝的历史旧制一起，成为影响后世王朝宗庙祭祀中禘祫年月安排的两个最重要因素。不少深受郑玄理论影响的礼官，颇有改造彼时所行礼制，使之偏向郑玄理论的努力，但是礼官的礼学背景各异，其对郑玄学说的理解也有正有误，[1] 简便易行的历史旧制顽强地发挥强大影响力。其结果，郑玄理论或旋行旋废，或在实践中掺杂旧制（如多依东汉以来的旧制定祫的时间为十月，而非郑玄认为的七月）等，而完整的郑玄禘祫理论，几乎从未实行过。此外，丧期是否举行禘祫大祭，不同的历史时期也有不同的认识、不同的做法；特殊情况改变原有正常禘祫时间的状况也不鲜见。在以上诸因素的共同影响下，中古宗庙禘祫祭祀年月安排呈现出了丰富多变的面貌。

　　近年来，学界不乏对禘祫礼的礼制史研究，但由于学术分工的不同，多数研究者的研究重心放在礼制的具体行用及解读上，而对禘祫所涉及的礼学根据稍有忽略。先前，台湾高明士先生《礼法意义下的宗庙——以中国中古为主》一文所附《宗庙祭祀统计表》曾对魏晋至唐代的宗庙祭祀情况（涉及禘祫礼）作过一梳理，[2] 不过该表并非其讨论的主体内容，在具体解读上也存在某些偶然疏失。本文在笔者探讨禘祫二祭礼学根据及其礼制实践的基础上完成，酌附相关考订，基

─────────

[1] 如《隋书·礼仪志》认为南朝梁实行"三年一禘、五年一祫"的制度，即是礼官（或史官）对梁代三十月一殷禘祫安排的错误解读（笔者另有专文）。

[2] 高明士：《礼法意义下的宗庙——以中国中古为主》，收入高明士编《东亚传统家礼、教育与国法（一）：家族、家礼与教育》，华东师范大学出版社，2008年，第55页—71页。后亦收入氏著《中国中古礼律综论——法文化的定型》，商务印书馆，2017年，第152页—170页。

本涵盖史籍所见、[1]从汉代禘祫礼产生至宋代禘祭消亡这一长时段（为方便叙述，本文将其定义为中古）的禘祫年月安排情况，或许可为相关研究者提供一可靠、系统的中古宗庙禘祫年月安排参考资料。

一、西汉

1. 平帝元始五年（公元 5 年）：禘或祫

五年春正月，祫祭明堂。[2]（《汉书·平帝纪》）

汉旧制三年一祫，毁庙主合食高庙，存庙主未尝合祭。元始五年，诸王公列侯庙会，始为禘祭。[3]（《后汉书·张纯传》载张纯于光武帝建武二十六年上奏语）

元始五年，始行禘礼。[4]（《续汉书·祭祀志》引张纯上奏之语）

按：西汉时，宗庙及祭祀制度的儒家化始于元帝年间，此前并无禘祫之制。元帝时改造宗庙祭祀制度，《汉书·韦玄成传》载匡衡谢毁庙语有"间岁而祫"之文，然无确切祫祭记载可考。平帝年间，王莽秉政制礼，元始五年之禘祫祭祀，为史籍所见王朝宗庙祭祀制度中实行禘祫礼的最早记载。不过诸书所载此年大祭，或禘或祫，并不一致。《后汉书·张纯传》当处李贤注："平帝元始五年春，祫祭明堂，诸侯王列侯宗室助祭，赐爵金帛。今纯及《司马彪书》并云'禘祭'，盖禘、祫俱是大祭，名可通也。"其说或是。又或此年禘祫并作，亦未可知。

---

[1] 部分禘祫年月有多处记载且无疑问的，仅列常见出处。

[2] （汉）班固撰，（唐）颜师古注：《汉书》卷一二《平帝纪》，中华书局，1962 年，第 358 页。

[3] （南朝宋）范晔撰，（唐）李贤等注：《后汉书》卷三五《张曹郑列传·张纯》，中华书局，1965 年，第 1195 页。

[4] （晋）司马彪撰，（南朝梁）刘昭注补：《续汉书·祭祀志下·宗庙》，《后汉书》，中华书局 1965 年，第 3194 页。

二、东汉

2. 光武帝建武十八年（公元 42 年）：禘

元始五年，诸王公列侯庙会，始为禘祭。又前十八年亲幸长安，亦行此礼。[1]（《后汉书·张纯传》载张纯于光武帝建武二十六年上奏语）

按：此为史籍所见明确记录禘祭举行时间的最早记载。

3. 章帝建初五年（公元 80 年）秋八月：禘

秋八月，饮酎高庙，禘祭光武皇帝、孝明皇帝。[2]（《后汉书·章帝纪》）

按：明帝崩后未别立庙，神主藏于世祖庙更衣别室，"其四时禘祫，于光武之堂"（《后汉书·章帝纪》），开后世宗庙同堂异室之先河。

三、三国

4. 蜀汉昭烈帝章武元年（221）夏四月：祫

章武元年（221）夏四月，大赦，改年。以诸葛亮为丞相，许靖为司徒。置百官，立宗庙，祫祭高皇帝以下。[3]（《三国志·蜀书·先主传》）

按：此年四月祫祭，非通常之七月或十月祫。盖先主四月称帝，当月即立宗

[1]《后汉书》卷三五《张曹郑列传·张纯》，第 1195 页。

[2]《后汉书》卷三《肃宗孝章帝纪》，第 142 页。

[3]（晋）陈寿撰，（南朝宋）裴松之注：《三国志》卷三二《蜀书二·先主传》，中华书局，1982 年，第 890 页。

庙，合祭诸汉帝。

5. 曹魏齐王正始二年（241）二月：袷
6. 曹魏齐王正始三年（242）：禘

魏明帝以景初三年正月崩，至五年二月袷祭，明年又禘。[1]（《文献通考·宗庙考·袷禘》）

按：所谓明帝"景初五年"即齐王曹芳正始二年。此系马端临引后周显德年间国子司业聂崇义说。聂上书言宗庙"累迁及追尊未毁者，皆有禘袷"，并引前代"故事"九条，此为其一。正始年间禘袷之事，《三国志》等不载，据现存资料考其史源，似源自《魏书》载北魏宣武帝景明中孙惠蔚上言。据《魏书·礼志》所载，孙惠蔚上言"又案魏氏故事，魏明帝以景初三年正月崩，至五年正月，积二十五晦为大祥。太常孔美、博士赵怡等以为禫在二十七月，到其年四月，依礼应袷。散骑常侍王肃、博士乐详等以为禫在祥月，至其年二月，宜应袷祭。"[2]是孙惠蔚仅言若依郑义四月袷，若依王义二月袷，未言曹魏终采何说。聂崇义直以为二月袷，未详所据。且据曹魏明帝君臣喜好郑说之常理推测，正始二年四月袷可能性更大，列此存疑。

7. 曹魏齐王正始六年（245）十一月：袷

冬十一月，袷祭太祖庙。[3]（《三国志·魏书·三少帝纪·齐王芳》）

按：此年之袷距上禘，当依郑义。

---

[1]（元）马端临：《文献通考》卷一〇二《宗庙考十二·袷禘》，中华书局，2011年，第3119页。
[2]（北齐）魏收：《魏书》卷一百八之二《礼志四之二》，中华书局，1974年，第2760页。
[3]（晋）陈寿撰，（南朝宋）裴松之注：《三国志》卷四《魏书四·三少帝纪·齐王芳》，第121页。

四、西晋

8.武帝泰始七年（271）四月：禘

晋武帝泰始七年四月，帝将亲祠，车驾夕牲，而仪注还不拜。[1]（《宋书·礼志一》）

按：此系《宋书》所载前代殷祭（禘祫）故事，东晋以后禘祫统称殷祠（殷祀），故此不明载禘祫之名，据举行时间在四月，当为禘祭。

9.武帝太康十年（289）四月：祫

十年夏四月，……太庙成。乙巳，迁神主于新庙，帝迎于道左，遂祫祭。[2]（《晋书·武帝纪》）

按：本年之祫通泰始七年之禘计算，若中无变故，则禘后三年祫，乃用郑义。祫用四月，非常所用之十月，或因新庙成之故。

五、东晋

东晋南朝时，宗庙大祭不特区分禘祫，统称殷祠（殷祀、殷祭）。

10.元帝建武元年（317）三月

晋元帝建武元年三月辛卯，即晋王位，行天子殷祭之礼，非常之事

---

［1］（南朝梁）沈约：《宋书》卷一四《礼志一》，中华书局，1974 年，第 349 页。
［2］（唐）房玄龄等撰：《晋书》卷三《武帝纪》，中华书局，1974 年，第 79 页。

也。[1]（《宋书·礼志一》）

按：此殷祭系《宋书·礼志》追记前代故事，记于殷祠（禘祫）之下，非郊天。

11. 成帝咸康六年（340）七月

乾又引晋咸康六年七月殷祠，是不专用冬夏。[2]（《宋书·礼志三》周景远议引）

按：此年七月殷祭，不知何故。

12. 穆帝永和二年（346）十月

穆帝永和二年七月，有司奏："十月殷祭，京兆府君当迁祧室。……"[3]（《宋书·礼志三》）

13. 穆帝永和十年（354）四月

臣寻永和十年至今五十余载，用三十月辄殷，皆见于注记，是依礼，五年再殷。[4]（《宋书·礼志三》载孔安国上书所言）

按：通永和二年十月及下升平五年十月殷祭计算，本年殷祭在四月。

---

［1］《宋书》卷一四《礼志一》，第 350 页。

［2］《宋书》卷一六《礼志三》，第 456 页。

［3］《宋书》卷一六《礼志三》，第 450 页。

［4］《宋书》卷一六《礼志三》，第 454 页。

14. 穆帝升平五年（361）十月

　　臣寻升平五年五月，穆皇帝崩，其年七月，山陵，十月，殷。[1]（《宋书·礼志三》载孔安国上书所言）

　　升平五年十月己卯，殷祠，以穆帝崩后，不作乐。[2]（《宋书·礼志三》）

　　按：并未因穆帝崩而废殷祭，唯去乐而已。

15. 废帝（海西公）太和元年（366）十月

　　兴宁三年二月，哀皇帝崩，太和元年五月，海西夫人庾氏薨，时为皇后，七月，葬，十月，殷。[3]（《宋书·礼志三》载孔安国上书所言）

　　按：哀帝兴宁三年（365）二月崩，至太和元年（366）十月，丧期未毕；该年七月海西公皇后又崩，而本年十月殷祭照常举行，未因丧而废，与后安帝隆安三年（399）因丧而废殷祭不同。

16. 废帝（海西公）太和六年（371）十月

　　海西公太和六年十月，殷祠。[4]（《宋书·礼志三》载徐广之言）

　　按：当年十一月，海西公为桓温所废，是太和六年又为简文帝咸安元年。

---

[1]《宋书》卷一六《礼志三》，第454页。
[2]《宋书》卷一六《礼志三》，第457页。
[3]《宋书》卷一六《礼志三》，第454页。
[4]《宋书》卷一六《礼志三》，第455页。

17. 孝武帝宁康二年（374）十月

孝武皇帝宁康二年十月，殷祀。[1]（《宋书·礼志三》载徐广之言）

按：通上太和六年殷祭计，此年当于四月举行殷祭。是以徐广言："若依常去前三十月，则应用四月也。于时盖当有故，而迁在冬，但未详其事。"此年殷祭改四月为十月，当是四月时仍在简文帝丧期内之故。

18. 孝武帝太元元年（376）十月

太元元年十月殷祠，依常三十月，则应用二年四月。[2]（《宋书·礼志三》载徐广之言）

按：徐广所言"太元元年十月殷祠，依常三十月，则应用二年四月"，是以宁康二年十月殷为据。本卷载徐广之言后，又载左丞刘涧之等议："太元元年四月应殷，而礼官情失，逮用十月，本非正朝，以失为始。"或计算有误，若排除宁康二年之特殊情况，应用太元元年十月；若以宁康二年为据，则应用太元二年四月。

19. 安帝隆安三年（399）

太元二十一年十月应殷，烈宗以其年九月崩。至隆安三年，国家大吉，乃修殷事。[3]（《宋书·礼志三》孔安国上书引范泰之议）

按：孝武帝太元二十一年（396）十月应殷祭，因当年九月孝武帝崩而实际

---

[1]《宋书》卷一六《礼志三》，第455页。
[2]《宋书》卷一六《礼志三》，第455页。
[3]《宋书》卷一六《礼志三》，第455页。

未举行，延至隆安三年丧毕方才举行。此为东晋时因丧而废殷祭之明确记录。又，据上太元二十一年十月应殷，及此下元兴三年四月应殷。此隆安三年之殷祭，当为禘，在四月。

20. 安帝隆安五年（401）十月

又文皇太后以隆安四年七月崩，陛下追述先旨，躬服重制，五年十月，殷。再周之内，不以废事。[1]（《宋书·礼志三》载孔安国上书所言）

按：文皇太后隆安四年（400）七月崩，未因之而废殷祭。

21. 安帝元兴三年（404）十月

初元兴三年四月，不得殷祠，进用十月。[2]（《宋书·礼志三》）

按：本年因桓玄一族叛乱，安帝遭挟持，颠沛流离。故本该当年四月举行之殷祭直至十月方举行。

22. 安帝义熙四年（408）四月

初元兴三年四月，不得殷祠，进用十月，若计常限，则义熙三年冬又当殷，若更起端，则应用来年四月。[3]（《宋书·礼志三》）

按：据三十月一殷计算，元兴三年（404）十月殷后，下次殷当在义熙三年

［1］《宋书》卷一六《礼志三》，第454页。
［2］《宋书》卷一六《礼志三》，第454页。
［3］《宋书》卷一六《礼志三》，第454页。

四月。若以本应举行殷祭的元兴三年四月计算，则下殷当在义熙二年十月（冬），故《宋书》此言"义熙三年"当为"义熙二年"之误。所谓"若更起端，则应用来年四月"，"来年"方为义熙三年。司徒王谧、丹阳尹孟昶等人认为安帝重登帝位、义熙改元，"理同受命"。"尚书奏从王谧议，以元年十月为始也"，则后四年四月当殷祭，通计下义熙九年四月殷祭无差。

23. 安帝义熙九年（413）四月

安帝义熙九年四月，将殷祭。诏博议迁毁之礼。[1]（《宋书·礼志三》）

六. 南朝宋

24. 文帝元嘉六年（429）十月

元嘉六年九月，太学博士徐道娱上议曰："祠部下十月三日殷祠，十二日烝祀。……"[2]（《宋书·礼志四》）

按：徐道娱上书反对当年十月既举行殷祠，又举行烝祀（时祭），结果文帝"寝不报"。

25. 孝武帝孝建二年（455）十月

宋孝武帝孝建元年十二月戊子，有司奏："依旧今元年十月是殷祠之月。领曹郎范泰参议，依永初三年例，须再周之外殷祭。寻祭再周来二年

---

[1]《宋书》卷一六《礼志三》，第451页。
[2]《宋书》卷一七《礼志四》，第462页。

三月，若以四月殷，则犹在禫内。"下礼官议正。[1]（《宋书·礼志三》）

按：据此，孝建元年（454）十月当殷，礼官以尚在文帝丧期，奏请依永初三年例，丧毕再行殷祭，下礼官议。郎官周景远"谓博士徐宏、太常丞朱膺之议用来年十月殷祠为允"。孝武帝"诏可"，故二年十月当有殷祭。

26. 孝武帝大明七年（463）七月

大明七年二月辛亥，有司奏："四月应殷祠，若事中未得为，得用孟秋与不？"领军长史周景远议："案《礼记》云：'天子祫禘祫尝祫烝。'依如礼文，则夏秋冬三时皆殷，不唯用冬夏也。……今若以来四月未得殷祠，迁用孟秋，于礼无违。"参议据礼有证，谓用孟秋为允。诏可。[2]（《宋书·礼志三》）

按：本年四月当殷祭，有司奏："四月应殷祠，若事中未得为，得用孟秋与不？"从周景远议，以"天子祫禘祫尝祫烝"，夏秋冬三时皆可殷。"参议据礼有证，谓用孟秋为允。诏可。"故当年七月应殷。又，周景远以祫论禘，亦可见彼时禘祫同为殷祭，不甚区分。

七、南朝齐

27. 高帝建元元年（479）十月

冬十月……己卯，车驾殷祠太庙。[3]（《南齐书·高帝纪下》）

---

[1]《宋书》卷一六《礼志三》，第455页。

[2]《宋书》卷一六《礼志三》，第456页。

[3]（南朝梁）萧子显：《南齐书》卷二《高帝纪下》，中华书局，1972年，第35页。

28. 武帝永明五年（487）四月

　　夏四月〔庚午〕，车驾殷祠太庙。[1]（《南齐书·武帝纪》）

29. 武帝永明十年（492）十月

　　冬十月……甲午，车驾殷祠太庙。[2]（《南齐书·武帝纪》）

　　按：本年四月当殷祭，疑因武帝同母弟大司马豫章王萧嶷薨，延至十月。

八、北魏

30. 宣武帝景明二年（501）秋七月：祫
31. 宣武帝景明三年（502）春（当为四月）：禘

　　仰寻太和二十三年四月一日，高祖孝文皇帝崩，其年十月祭庙，景明二年秋七月祫于太祖，三年春禘于群庙。亦三年乃祫。[3]（《魏书·礼志四之二》引太常卿崔亮上言）

　　按：太和二十三年（499）四月，孝文帝崩。宣武帝二年、三年之禘祫，系依郑义。崔亮此言"三年乃祫"，系指三年丧毕祫，非"三年一祫"之意。崔亮上书本论宣武帝（孝文帝子）崩后禘祫安排，另言："谨准古礼及晋魏之议，并景明故事，愚谓来秋七月，祫祭应停，宜待三年终乃后祫禘。"诏曰："太常援引古今，并有证据，可依请。"据此又可知，宣武帝崩后二十七月丧毕禫祭之次月，

---

[1]《南齐书》卷三《武帝纪》，第53页。
[2]《南齐书》卷三《武帝纪》，第60页。
[3]《魏书》卷一〇八之二《礼志四之二》，第2762页。

即孝明帝熙平二年（517）四月当有祫祭，次年之熙平三年四月当有禘祭，史料无载。

九、北齐

32. 孝昭帝皇建二年（561）正月：禘

二年春正月辛亥，祀圜丘。壬子，禘于太庙。[1]（《北齐书·孝昭纪》）

33. 后主天统二年（566）正月：祫

二年丙戌春正月辛卯，祀圜丘。癸巳，祫祭于太庙。[2]（《北齐书·后主纪》）

按：北齐有记载之禘祫均系于正月圜丘大祭之后，非于四月或七月（十月）。

一〇、唐

34. 太宗贞观十六年（642）四月：禘

《贞观礼》，祫享，功臣配享于庙庭，禘享则不配。当时令文，祫禘之日，功臣并得配享。贞观十六年，将行禘祭，有司请集礼官学士等议……[3]（《旧唐书·礼仪志六》）

贞观十六年四月己酉，光禄大夫、宗正卿纪国公段纶卒，太宗甚伤

---

［1］（唐）李百药：《北齐书》卷六《孝昭纪》，中华书局，1972年，第83页。
［2］《北齐书》卷七《后主纪》，第98页。
［3］（后晋）刘昫等撰：《旧唐书》卷二六《礼仪志六》，中华书局，1975年，第996页。

悼，为不视朝，将出临之，太常奏禘、祫祭致斋不得哭，乃止。[1]（《文献通考》引聂崇义上书）

贞观十六年四月癸丑，有司言将行禘祭，依今礼，祫享功臣并得配享于庙廷，禘享则不配，请集礼官学士等议。[2]（《文献通考》引聂崇义上书）

按：《旧唐书·礼仪志》所载与《文献通考》所引可互相印证，可知本年禘为四月。

35. 高宗上元三年（676）十月：祫

前上元三年，有司祫享于太祖庙。[3]（《通典·吉礼·禘祫下》）

高宗上元三年十月，将祫享于太庙。[4]（《旧唐书·礼仪志六》）

按：《通典》该处另载："时议者以《礼纬》'三年一祫，五年一禘'，《公羊传》云'五年而再殷祭'，两义互文，莫能决断。"太学博士史玄璨引郑玄《禘祫志》，上奏以为"禘后隔三年祫，以后隔二年禘"云云，"自此禘祫之祭，依璨议"。

36. 玄宗开元四年（716）冬（十月？）：禘

况夏崩冬禘，不亦太速乎![5]（《通典·吉礼·兄弟不合继位昭穆议》引孙平子上书所言）

---

［1］《文献通考》卷一〇二《宗庙考十二·祫禘》，第 3120 页。

［2］《文献通考》卷一〇二《宗庙考十二·祫禘》，第 3120 页。

［3］（唐）杜佑撰，王文锦等点校：《通典》卷五〇《礼十·吉礼九·祫禘下》，中华书局，1988 年，第 1397 页。

［4］《旧唐书》卷二六《礼仪志六》，第 996 页。

［5］《通典》卷五一《礼十一·吉礼十·兄弟不合继位昭穆议》，第 1427 页。

按：本年六月，太上皇睿宗崩。此"禘"或为祫。

37. 玄宗开元六年（718）秋七月：祫
38. 玄宗开元七年（四月？）：禘

开元六年秋，睿宗皇帝丧毕，祫享于太庙。[1]（《通典·吉礼·禘祫下》）

玄宗开元六年，睿宗崩丧毕而祫，明年而禘。[2]（《文献通考·宗庙考·祫禘》）

按：自开元六年后，三年一祫，五年一禘，各自计年，不相通数，导致有禘祫大祭同年并作的情况发生。又，《文献通考》所云六年祫、七年禘符合实际情况，但睿宗崩在开元四年，开元六年丧毕，此云"开元六年睿宗崩"，或衍"崩"字。

39. 玄宗开元十七年（729）四月：禘

十七年四月十日，禘享太庙九室，命有司摄行礼。[3]（《通典·吉礼·禘祫下》）

40. 玄宗开元二十七年（739）四月：禘

自后[4]相承三年一祫，五年一禘，各自计年，不相通数。至二十七年，凡经五禘七祫。其年夏禘讫，冬又当祫。[5]（《通典·吉礼·禘祫下》）

---

［1］《通典》卷五〇《礼十·吉礼九·祫禘下》，第1398页。
［2］《文献通考》卷一〇一《宗庙考十一·禘祫》，第3105页。
［3］《通典》卷五〇《礼十·吉礼九·祫禘下》，第1399页。
［4］笔者注：指开元六年秋，睿宗丧毕，祫享于太庙后。
［5］《通典》卷五〇《礼十·吉礼九·祫禘下》，第1398页。

按：玄宗开元六年至二十七年，禘祫各自计年，不相通数。综合十七年禘以及二十七年禘祫本当同年并作之情况推算，则开元六年、九年、十二年、十五年、十八年、二十一年、二十四年、二十七年祫，开元七年、十二年、十七年、二十二年、二十七年禘。其中开元十二年当禘祫并作。开元二十七年亦本为禘祫并作之年，太常上奏，改当年祫祭为时祭，以后采取三十月一殷的旧制。

41. 代宗广德二年（764）冬：祫

广德二年……其年冬祫。[1]（《文苑英华》载权德舆贞元十五年《迁庙议》）

42. 德宗建中二年（781）十月：祫

建中二年九月，太常博士陈京上疏言："今年十月，祫享太庙……"[2]（《通典·吉礼·禘祫下》）

建中二年九月四日，太常博士陈京上疏言："今年十月，祫享太庙……"[3]（《旧唐书·仪礼志六》）

至建中二年十月，将祫飨，礼仪使颜真卿状奏……[4]（《旧唐书·礼仪志六》）

按：此年九月陈京所奏，《旧唐书》《唐会要》所载，其言既有"今年十月，祫享太庙"语，又有"然今年十月，禘享太庙"之句，前后不同。惟《通典》前后均作"祫"，是。点校本《旧唐书》即据《通典》改。

［1］（宋）李昉等编：《文苑英华》卷七六三《议》，中华书局，1966年，第4009页。

［2］《通典》卷五〇《礼十·吉礼九·祫禘下》，第1400页。

［3］《旧唐书》卷二六《礼仪志六》，第1000页。

［4］《旧唐书》卷二六《礼仪志六》，第1004页。

43. 德宗贞元十二年（796）：祫

贞元十二年，祫祭太庙。[1]（《旧唐书·礼仪志六》）
十二年十月辛亥，祫祭于太庙。[2]（《册府元龟·帝王部·奉先三》）
贞元十二年，祫祭太庙。[3]（《文献通考·宗庙考·祫禘》）

按：《册府元龟》卷五九一《掌礼部·奏议》载给事中陈京贞元十九年上奏（第7062页），有贞元"十二年禘"之语，然若十二年禘，则与上下禘祫时间均不能相合。《唐会要》卷一四《禘祫下》叙此作"贞观十二年，祫祭太庙"，据上下文"贞观"显是"贞元"之误。[4]则此年为祫无疑。

44. 德宗贞元十五年（799）四月：禘

今年夏四月，禘享于太庙。[5]（《文苑英华》载权德舆贞元十五年《迁庙议》）

45. 德宗贞元十七年（801）：祫

十七年祫。[6]（《册府元龟·掌礼部·奏议第十九》引给事中陈京上奏语）

[1]《旧唐书》卷二六《礼仪志六》，第1010页。
[2]（宋）王钦若等编：《册府元龟》卷三〇《帝王部·奉先三》，中华书局，1960年，第329页。
[3]《文献通考》卷一〇一《宗庙考十一·祫禘》，第3110页。
[4] 按：上海古籍出版社2006年版点校本《唐会要》已校出，见该书第365页。
[5]《文苑英华》卷七六三《议》，第4009页。
[6]《册府元龟》卷五九一《掌礼部·奏议第十九》，第7062页。

46. 德宗贞元十九年（803）四月：禘

今年夏，禘祫于太庙。[1]（《册府元龟·掌礼部·奏议第十九》引贞元
十九年三月给事中陈京上奏语）

二十四日，有司行禘享于太庙。[2]（《唐会要·禘祫下》）

按：《旧唐书·礼仪志六》载陈京三月上书后，有"二十四日禘祭"、
"二十四日，祫太庙"等语；《唐会要》亦于三月事下连言"二十四日，有司行禘
享于太庙"；《册府元龟》亦同。但《册府元龟》载陈京上奏更详，明言"今年
夏，禘祫于太庙"，则《旧唐书》等剪裁各人上奏及实际禘祭月份成文时，或剪
裁失当，以致禘月不明。

47. 武宗会昌六年（846）十月：祫

会昌六年十月，太常礼院奏："十月十三日，太庙祫享，庙庭配享功
臣……[3]（《唐会要·杂录》）

48. 宣宗大中四年（850）四月：禘

四年五月，宗正少卿李从易奏："……窃见今年四月十三日禘享，功
臣配食者，单席暴露，列在殿庭，虽有风雨，亦不移避。……"[4]（《唐会
要·杂录》）

---

[1]《册府元龟》卷五九一《掌礼部·奏议第十九》，第 7062 页。

[2]（宋）王溥等撰：《唐会要》卷一四《禘祫下》，上海古籍出版社，2006 年，第 366 页。

[3]《唐会要》卷一八《杂录》，第 433 页。

[4]《唐会要》卷一八《杂录》，第 434 页。

49. 僖宗光启元年（885）四月：禘

僖宗自兴元还京，夏四月，将行禘祭……[1]（《旧唐书·礼仪志五》）

50. 昭宗文德元年（888）四月：禘

文德元年四月，将行禘祭，有司引旧仪……[2]（《唐会要·禘祫下》）

51. 昭宗大顺元年（890）：禘

大顺元年，将行禘祭，有司请以三太后神主祔飨于太庙。[3]（《旧唐书·礼仪志五》）

一一、五代

52. 后唐明宗长兴二年（931）四月：禘

后唐长兴二年四月，禘享于太庙。[4]（《文献通考·宗庙考·祫禘》）

53. 后周太祖广顺三年（953）七月：祫

三年七月，太常上言："祭礼宗庙之祀，三年一祫以孟冬，五年一禘以孟夏。恭惟追尊四庙，经今三年，准礼合改十月孟冬荐享为祫。"从

---

［1］《旧唐书》卷二五《礼仪志五》，第968页。
［2］《唐会要》卷一四《禘祫下》，第367页。
［3］《旧唐书》卷二五《礼仪志五》，第964页。
［4］《文献通考》卷一〇二《宗庙考十二·祫禘》，第3119页。

之。[1]（《册府元龟·帝王部·奉先第四》）

54. 后周世宗显德五年（958）六月：禘

六月……癸酉，禘于太庙。[2]（《旧五代史·周书·世宗纪》）

一二、北宋

55. 太祖乾德二年（964）四月：禘

自乾德二年孟夏行禘享之礼。[3]（《太常因革礼·吉礼·有司摄事》引《礼阁新编》所载太常礼院上奏语）

乾德二年，禘于太庙。[4]（《宋史·礼志二十六》）

56. 太祖乾德四年（966）十月：祫

乾德四年九月，太常礼院状："……合以今年十月荐享太庙为祫享，仍遍享七祀。"诏可。[5]（《太常因革礼》引《礼阁新编》）

按：太祖年间，采取三十月一祫之安排。

［1］《册府元龟》卷三一《帝王部·奉先第四》，第 342 页。
［2］（宋）薛居正等撰：《旧五代史》卷一一八《周书九·世宗纪第五》，中华书局，1976 年，第 1574 页。
［3］（宋）欧阳修等编：《太常因革礼》卷三九《吉礼十一·有司摄事》，影印清阮元编《宛委别藏》本，江苏古籍出版社，1988 年，第 517 页。
［4］（元）脱脱等撰：《宋史》卷一二三《礼志二十六·忌日》，中华书局，1985 年，第 2888 页。
［5］《太常因革礼》卷三九《吉礼十一·有司摄事》，第 517 页。

57. 真宗咸平二年（999）十月：祫

　　咸平二年八月，太常礼院上言："……宜改将来孟冬荐享为祫享。"诏可。[1]（《太常因革礼》引《礼阁新编》）

　　真宗咸平二年八月，太常礼院言："……宜改孟冬荐享为祫享。"[2]（《宋史·礼志十·禘祫》）

58. 真宗大中祥符五年（1012）：禘

　　大中祥符五年禘祫，孝惠、孝章、淑德三皇后神主自别庙赴太庙，祔于简穆皇后神主之下。[3]（《太常因革礼》引《国朝会要》）

　　按：据咸平二年十月祫推算，本年之禘祫当为四月禘。

59. 真宗天禧二年（1018）四月：禘
60. 仁宗天圣元年（1023）四月：禘

　　仁宗天圣元年，礼官言："真宗神主祔庙，已行吉祭，三年之制，又从易月之文，自天禧二年四月禘享，至今已及五年，合行禘礼。"遂以孟夏荐享为禘享。[4]（《宋史·礼志十·禘祫》）

　　按：真宗丧期以日易月，仁宗未因真宗丧而废禘祭。

---

[1]《太常因革礼》卷三九《吉礼十一·有司摄事》，第 517 页—518 页。

[2]《宋史》卷一〇七《礼志十·禘祫》，第 2579 页—2580 页。

[3]《太常因革礼》卷三九《吉礼十一·有司摄事》，第 518 页。

[4]《宋史》卷一〇七《礼志十·禘祫》，第 2580 页。

61. 仁宗天圣六年（1028）四月：禘

62. 仁宗天圣八年（1030）十月：祫

八年九月，太常礼院言："自天圣六年夏行禘享之礼，至此年十月，请以孟冬荐享为祫享。"诏恭依。[1]（《宋史·礼志十·禘祫》）

63. 仁宗嘉祐四年（1059）十月：祫

嘉祐四年十月，仁宗亲诣太庙行祫享礼。[2]（《宋史·礼志十·禘祫》）
癸酉，祫于太庙，大赦。[3]（《续资治通鉴长编·仁宗·嘉祐四年》）

按：如按三十月一祫之制，则此年祫与上次有记载之祫祭时间不能相合。是仁宗年间，禘祫年月安排或有变更。

64. 英宗治平二年（1065）十月：祫

65. 英宗治平三年（1066）四月：禘

二年二月，翰林学士王珪等上议曰："……其禘祫年数，乞一依太常礼院请，今年十月行祫祭，明年四月行禘祭。……"[4]（《宋史·礼志十·禘祫》）

按：若以三十月一祫推算，治平元年十月当祫，有司奏以丧期不应殷祭。治平二年，王珪等上议改二年十月祫，三年四月禘，是参用郑玄说。

---

[1]《宋史》卷一〇七《礼志十·禘祫》，第 2580 页。

[2]《宋史》卷一〇七《礼志十·禘祫》，第 2580 页。

[3]（宋）李焘：《续资治通鉴长编》卷一九〇《仁宗·嘉祐四年》，中华书局，2004 年，第 4595 页。

[4]《宋史》卷一〇七《礼志十·禘祫》，第 2582 页。

66. 神宗熙宁八年（1075）四月：禘

67. 神宗熙宁八年（1075）十月：祫

礼院言："……自熙宁八年四月禘于太庙，至今五年。今年孟夏荐飨，请改为禘。"从之。[1]（《续资治通鉴长编·神宗·元丰三年》）

故熙宁八年既禘又祫，此有司之失也。……昨熙宁八年四月行禘飨，十月行祫飨。[2]（《续资治通鉴长编·神宗·元丰四年》载中书上书所言）

按：本年禘祫同年，是之前又出现禘祫各自记年、不相通数之时间安排。

68. 神宗元丰元年（1078）十月：祫

69. 神宗元丰三年（1080）四月：禘

元丰元年十月行祫飨，三年四月行禘飨。[3]（《续资治通鉴长编·神宗·元丰四年》载中书上书所言）

按：元丰四年十月，神宗从礼文所之奏，废禘祭，故元丰三年之禘为宋代最后一次禘祭，此后宗庙合祭仅余三年举行一次之祫祭。自此，禘祭实际上退出了王朝礼制舞台。

70. 神宗元丰四年（1081）十月：祫

中书言："……昨元丰三年四月已行禘礼，今年若依旧例十月行祫飨，即是比年频祫，复踵前失。今欲通计年数，皆三十月而一祭，当至五年

---

[1]《续资治通鉴长编》卷三〇三《神宗·元丰三年》，第7380页。

[2]《续资治通鉴长编》卷三一六《神宗·元丰四年》，第7649页。

[3]《续资治通鉴长编》卷三一六《神宗·元丰四年》，第7649页。

冬祫。"诏依见行典礼。又言禘祫不当废时祭。从之。[1]（《续资治通鉴长编·神宗·元丰四年》）

按：中书虽奏改元丰四年祫为五年祫，然神宗下诏"依见行典礼"，故仍为四年祫。

71. 神宗元丰七年（1085）十月：祫

（元丰七年九月乙丑）礼部言："……伏请自今祫飨……"诏恭依。[2]（《续资治通鉴长编·神宗·元丰七年》）

按：此年之祫上距元丰四年之祫恰好三年，正合"三年一祫"之制，此亦可证元丰四年依旧祫祭。

一三、南宋

72. 高宗建炎二年（1128）：祫

高宗建炎二年，祫享于洪州。[3]（《宋史·礼志十·禘祫》）

73. 高宗绍兴二年（1132）：祫

绍兴二年，祫享于温州。[4]（《宋史·礼志十·禘祫》）

[1]《续资治通鉴长编》卷三一六《神宗·元丰四年》，第 7649 页。
[2]《续资治通鉴长编》卷三四八《神宗·元丰七年》，第 8362 页。
[3]《宋史》卷一〇七《礼志十·禘祫》，第 2584 页。
[4]《宋史》卷一〇七《礼志十·禘祫》，第 2584 页。

按：《宋史》卷一〇七《礼制十·禘祫》载："南渡之后，有祫而无禘。"

74. 孝宗乾道三年（1167）十月：祫

孝宗乾道三年，礼部太常寺言："孟冬祫享，……"[1]（《文献通考·宗庙考·祫禘》）

75. 光宗绍熙五年（1194）闰十月：祫

绍熙五年闰十月……孟冬祫享，先诣四祖庙室行礼，次诣太庙逐幄行礼[2]。（《文献通考·宗庙考·祫禘》）

按：本年七月，光宗被迫内禅，宁宗继位。

76. 宁宗庆元二年（1196）十月：祫

庆元二年四月，礼部太常寺言："已于太庙之西，别建僖祖庙，及告迁僖、顺、翼、宣帝后神主诣僖祖庙奉安。所有今年孟冬祫享，先诣四祖庙室行礼，次诣太庙，逐幄次行礼。"[3]（《宋史·礼志十·禘祫》）

---

[1]《文献通考》卷一〇二《宗庙考十二·祫禘》，第3131页。

[2]《文献通考》卷一〇二《宗庙考十二·祫禘》，第3133页。

[3]《宋史》卷一〇七《礼志十·禘祫》，第2589页。

张燮《自鸣钟铭》及其历史意义

刘 涛*

张燮在万历三十四年（1606）曾为两广总督戴燿之子戴城撰写《自鸣钟铭》。此自鸣钟可能来自利玛窦，经林秉汉转赠戴城。张燮对自鸣钟的认识受到王应麟的影响，却因林秉汉缘故将自鸣钟历史改溯中国古代漏刻。研究这一问题，对《利玛窦中国札记》人物研究多有裨益。

张燮（1573—1640）字绍和，福建漳州府龙溪县人，所撰《东西洋考》至今享誉海内外。目前，张燮《自鸣钟铭》未得到学术界应有的关注。陈庆元《张燮年表》一文未述及张燮《自鸣钟铭》。[1] 贾敏《论自鸣钟对中西文化交流的作用与影响》一文未提及戴燿次子戴城曾收藏自鸣钟。[2]

基于张燮对自鸣钟的认识具有重要的研究价值与现实意义，本文将围绕张燮《自鸣钟铭》，搜集文集、《明实录》、地方志等史料，还原张燮《自鸣钟铭》的创作过程，揭示张燮所铭自鸣钟的由来，探索张燮对自鸣钟的认识来源。

---

* 刘涛，男，1985年生，福建漳平人，肇庆学院肇庆经济社会与历史文化研究院研究员、龙岩学院闽台客家研究院研究员，主要研究方向为历史人类学、闽学。

[1] 参见陈庆元《张燮年表》，《南京师范大学文学院学报》2013年第1期。

[2] 参见贾敏《论自鸣钟对中西文化交流的作用与影响》，《文艺生活·文艺理论》2017年第6期。

一、张燮曾为自鸣钟撰写铭文

（一）张燮引经据典解读《自鸣钟铭》

张燮《自鸣钟铭》记载：

> 铸自凫氏，节纪壶人。触机斯转，集候乃因。启钥应律，传响疑神。不疾不徐，众妙具陈。[1]

张燮在铭文中多引经据典：

（1）"凫氏"，语出《周礼》："凫氏为钟。"[2]

（2）"节纪"，语出《汉书》："陛下承八世之功业，当阳数之标季，涉三七之节纪，遭无妄之卦运，直百六之灾阨。"[3]

（3）"壶人"，语出《文选·任昉〈齐竟陵文宣王行状〉》："清猋与壶人争旦，缇幙与素濑交辉。"[4]

（4）"候"，语出《黄帝内经素问》："岐伯曰：'五日谓之候，三候谓之气，六气谓之时。'"[5]

[1]（明）张燮撰：《霏云居集》卷三三《铭》，（明）张燮撰：《张燮集》第 1 册，陈正统主编，中华书局，2015 年，第 622 页。

[2]（汉）郑玄撰：《周礼注》卷一一《冬官考工记第六·凫氏》，明嘉靖刻本，第 5 册，中国国家图书馆藏，第 19 页 b。

[3]（汉）班固撰，（唐）颜师古注：《汉书》卷八五《谷永杜邺传第五十五·谷永》，北宋刻递修本，第 32 册，中国国家图书馆藏，第 17 页 a。

[4]（南朝梁）萧统辑，（唐）李善注：《文选》卷六〇《行状》，金陵书局清光绪八年（1882）刻本，第 10 册，中国国家图书馆藏，第 6 页 a。

[5]（唐）王冰注：《补注释文黄帝内经素问》卷二《六节藏象论篇第九（新校正云：按全元起注本在第三卷）》，赵府明嘉靖刻本，第 1 册，中国国家图书馆藏，第 8 页 b。

（5）"启鑰"，即"启籥"，语出《尚书注疏》："启籥见书，乃并是吉。"[1]

（6）"应律"，语出朱熹《楚辞集注》："应律兮合节，灵之来兮蔽日"[2]，朱熹注："律，谓十二律，黄钟、大吕、大簇、夹钟、姑洗、中吕、蕤宾、林钟、夷则、南吕、无射、应钟也。作乐者以律和五声之高下。"[3]

（7）"疑神"，焦竑《庄子翼》援引《庄子》记载："孔子顾谓弟子曰：'用志不分，乃疑其神'"，认为"'乃疑其神'本作'凝'，以下文照之，当作'疑'，今从东坡更定。"[4]

张燮开篇溯源中国古代制钟名家凫氏，述及掌管漏刻的专职人员以钟作为计算时间的工具。自鸣钟通过机关让其转动，要经过五天才算通过。打开自鸣钟锁住的机关，发出的声响与中国古代十二律相契。自鸣钟走的速度不紧不慢，展现众多的妙趣。

《利玛窦中国札记》记载：

> 直到当时为止，中国人从没有听说过钟表这种东西，那既新鲜又使他们感到神秘。[5]

自鸣钟经罗明坚经肇庆传入中国。张燮故里福建漳州府境内的月港虽是世界大航海时代中国唯一合法的对外开放口岸，却与自鸣钟关系不大。戴城所藏自鸣钟应

[1]（唐）孔颖达撰：《尚书正义》卷一二《周书·金縢第八》，日本弘化四年丁未（1848）十二月影宋本，第12册，中国国家图书馆，第14页a。按，中国国家图书馆作"日本弘化四年（1847）"，查《尚书注疏》该书式部少甫林炜所撰《影钞宋椠〈尚书正义〉序》落款："弘化四年岁次丁未十二月"，由弘化四年丁未十二月初一已是1848年1月6日，可知有误，据此修订，详见该书第1册，第6页a；卷一二，该书原作《尚书注疏》。

[2]（宋）朱熹撰：《楚辞集注》卷二《离骚九歌第二·东君》，清乾隆五十三年（1788）听雨斋刻套印本，第3册，中国国家图书馆及天津图书馆藏，第22页b。

[3]（宋）朱熹撰：《楚辞集注》卷二《离骚九歌第二·东君》，第23页a。

[4]（明）焦竑辑、王元贞校：《庄子翼》卷五《达生第十九》，明万历十六年戊子（1588）刻本，第6册，中国国家图书馆藏，第14页a。

[5]〔意〕利玛窦、〔法〕金尼阁著：《利玛窦中国札记》卷二，何高济、王遵仲、李申译，何兆武校，中华书局，1983年，第150页。

从西方经广东传入中国。张燮《答施正之》记载：

> 漳乘成自多门，杂锦与布，承命急觅一部，以博笑资，《物产注》《风
> 俗考》《兵防考》是绍和拈笔。[1]

此"漳乘"指万历癸丑（1613）《漳州府志》，张燮曾为该志《物产》作注，对漳州物产及其海外贸易商品多有了解。

张燮《自鸣钟铭》追溯自鸣钟历史应从西洋溯源，不应溯源中国古代漏刻。似乎题目与内容自相矛盾，文不对题。铭文后半部分又详述自鸣钟的特点，似乎又未离题，铭文内容似乎前后不一。

《利玛窦中国札记》记载：

> 中国音乐的全部艺术似乎只在于产生一种单调的节拍，因为他们一点
> 不懂把不同的音符组合起来可以产生变奏与和声。……但对于外国人来说，
> 它却只是噪杂刺耳而已。[2]

利玛窦指出中国音乐与西方音乐的不同，张燮对自鸣钟声音的理解显然有所偏差。张燮似乎误将西方自鸣钟溯源中国漏刻？

（二）张燮为戴城所藏自鸣钟撰写铭文

张燮《自鸣钟铭》出自《戴利藩四铭（有引）》其二。该引文记载：

> 利藩名家快人，华林修韵，倾倒不近，栖托转佳。服器能鲜，谢康乐
> 之诡异；宾朋徐庾，曹陈思之诽谐。寝处被山泽之间，筌蹄忘鱼兔之外。

---

[1]（明）张燮撰：《霏云居续集》卷五四《尺牍五》，《张燮集》第2册，第917页。
[2]〔意〕利玛窦、〔法〕金尼阁著：《利玛窦中国札记》卷一，第23页。

比出四制，索余为铭。虽乏令音，敢云阁笔，聊书以归之。[1]

此"利藩"即"戴利藩"，张燮《戴公子利藩墓志铭（后赠户部主事）》记载：

君讳城，字利藩，总督少保大司马凤岐公之仲子也。[2]

戴城，字利藩，两广总督、太子少保、兵部尚书戴燿的次子，漳州府长泰县人，改良漳州产福船，备受张燮称道。[3]"谢康乐"指谢灵运，"曹陈思"指曹植。张燮认为戴城有谢灵运、曹植的风范。此"四制"，分别指张燮所作《玉如意铭》《自鸣钟铭》《竹杖铭》《木瓢铭》。[4]玉如意、竹杖、木瓢均产自中国，唯独自鸣钟来自西方。

（三）张燮在万历三十四年（1606）为藏于簪云楼的自鸣钟撰写铭文

张燮《自鸣钟铭》出自张燮《霏云居集》，陈庆元《张燮年表》考证："按《霏云居集》所载诗文始于万历十三十二年（1604），止于万历三十九年（1611）"[5]，此"万历十三十二年（1604）"有误，应作"万历三十二年（1604）"，即《霏云居集》收录诗文始于万历三十二年（1604）到万历三十九年（1611）。

自鸣钟自罗明坚经广东肇庆传入中国。张燮《霏云居集》仅载《送戴利藩适粤省亲尊大司马》[6]，"戴利藩"即戴城。"粤"指广东。"亲尊大司马"指戴城之父兵部尚书衔戴燿。戴城前往广东探望戴燿，自鸣钟应与之有关。查《送戴利

---

[1] （明）张燮撰：《霏云居集》卷三三《铭》，《张燮集》第 1 册，第 621 页。

[2] （明）张燮撰：《群玉楼集》卷五〇《墓志铭》，《张燮集》第 3 册，第 853 页。

[3] 参见刘涛《戴城改良的福船与大航海时代漳州月港发展考》，《闽商文化研究》2019 年第 1 期。

[4] （明）张燮撰：《霏云居集》卷三三《铭》，《张燮集》第 1 册，第 622 页。

[5] 参见陈庆元《张燮年表》，《南京师范大学文学院学报》2013 年第 1 期。

[6] （明）张燮撰：《霏云居集》卷九《七言律诗二》，《张燮集》第 1 册，第 207 页。

藩适粤省亲尊大司马》之前为《赠沈士弘将军》[1]，“沈士弘”即沈有容，字士弘。陈庆元《张燮年表》考证：万历三十四年（1606）秋，沈有容擢升浙江都阃，张燮有诗相送。[2]张燮《赠沈士弘将军》作于此间。《送戴利藩适粤省亲尊大司马》有“秋风飒沓唤杯醒”[3]，应作于万历三十四年（1606）秋。

戴城自鸣钟放置何处？张燮《戴公子利藩墓志铭（后赠户部主事）》记载：“晚乃筑楼于郊林水澨，修竹万竿。”[4]戴城，“竟以庚申某月捐馆舍，距生庚辰年，仅四十有一耳”[5]，卒于万历庚申（1620），生于万历庚辰（1580），年仅四十一岁，万历三十四年（1606）虽年仅三十五岁，已是其人生当中的最后几年。“少保既得请还山，以簪云楼为绿野”[6]，此“少保”指太子少保戴燿，万历三十六年（1608）革职为民后隐居簪云楼，簪云楼即戴城所筑之楼。

张燮《集戴利藩公子簪云楼时余有别约将归亨融强拉之住》[7]，此“亨融”指戴燝，字亨融，戴城的堂叔。[8]张燮做客簪云楼，戴城请其为所藏自鸣钟撰写铭文。

二、戴城自鸣钟来自林秉汉

（一）戴城之父戴燿未获赠自鸣钟

关于戴城之父戴燿，《明神宗实录》记载：

（万历二十六年八月丙辰）命戴燿以原官改总督两广军务兼理粮饷、

[1]（明）张燮撰：《霏云居集》卷九《七言律诗二》，《张燮集》第1册，第207页。

[2] 参见陈庆元《张燮年表》，《南京师范大学文学院学报》2013年第1期。

[3]（明）张燮撰：《霏云居集》卷九《七言律诗二》，《张燮集》第1册，第207页。

[4]（明）张燮撰：《群玉楼集》卷五〇《墓志铭》，《张燮集》第3册，第853页。

[5]（明）张燮撰：《群玉楼集》卷五〇《墓志铭》，《张燮集》第3册，第854页。

[6]（明）张燮撰：《群玉楼集》卷五〇《墓志铭》，《张燮集》第3册，第854页。

[7]（明）张燮撰：《霏云居集》卷九《七言律诗二》，《张燮集》第1册，第203页。

[8] 参见刘涛《明代东南文坛名家戴燝年谱》，《闽台文化研究》2018年第1期。

带管盐法、巡抚广东地方。[1]

《明神宗实录》又载：

> （万历三十六年十月）丁卯，革总督两广兼巡抚广东地方、兵部尚书
> 戴燿职为民，以钦州失事也。[2]

戴燿自万历二十六年（1598）到万历三十六年（1608）担任两广总督，其时两广总督署设于肇庆。戴城自鸣钟是否来自戴燿？

王泮在肇庆知府任上曾协助利玛窦制造自鸣钟，后来成为戴燿的下属。万历《广东通志》记载：广东承宣布政使司左布政"王泮，山阴人，进士，二十七年任"[3]。王泮在万历二十七年（1599）出任广东左布政。戴燿在万历二十六年（1598）出任两广总督兼广东巡抚。王泮担任戴燿的下属两年。《明神宗实录》记载：

> （万历二十八年十月）戊寅，都察院左都御史温纯等疏参……布政使
> 王泮取辱有无，难以悬断，既擅离任，岂容再莅，合所吏部，酌议其争殴
> 始末，仍合督按二臣，分别轻重，核实具奏。允之。[4]

此"督臣"指两广总督戴燿。万历二十八年（1600），时任广东布政使王泮遭到弹劾，戴燿曾奉命对王泮进行考察，溯及肇庆知府任上。戴燿对自鸣钟应有了解，戴燿是否对自鸣钟感兴趣？

[1]《明神宗实录》卷三二五，万历二十六年八月上，台北"中央研究院"历史语言研究所校印：《明实录》第11册，1962年，第6029页。

[2]《明神宗实录》卷四五一，万历三十六年十月下，第8532页。

[3]（明）戴燿修：万历《广东通志》卷一〇《藩省志·秩官》，万历三十年（1602）刻本，第5册，第29页a。

[4]《明神宗实录》卷三五二，万历二十八年十月上，第6593页。

《利玛窦中国札记》记载：

> 广东省总督听到澳门的情况，就发布命令征集全省的水陆军队。[1]

该书备注"广东省总督"："德礼贤考为何士晋。——中译者注"[2]，此"广东省总督"即两广总督，德礼贤认为时任两广总督是何士晋。该书又载：

> 当总督获悉澳门叛乱时，他就命令广东驻军的将领，叫做总兵（Sompin）的，调动该省的全部兵力，火速出发去攻占澳门城。然而，这位将军很精明地考虑到这样一次行动的巨大消耗以及一次不肯定的叛乱可能肯定引起的一场战争。[3]

该书备注："何士晋——中译者注"[4]，认为时任两广总督仍是何士晋。又称：

> 龙华民神父听到整个故事时，就决定亲自拜访总督，以便澄清全部事件并解救黄明沙修士。[5]

此"总督"，该书仍认为是何士晋。

此为郭居静事件。方豪《中国天主教史人物传》一书认为时任两广总督是戴耀。到底孰是孰非？

何士晋担任两广总督始载《明熹宗实录》："（天启五年四月甲午）两广总督

[1]〔意〕利玛窦、〔法〕金尼阁著：《利玛窦中国札记》卷五，第525页。
[2]〔意〕利玛窦、〔法〕金尼阁著：《利玛窦中国札记》卷五，第525页。
[3]〔意〕利玛窦、〔法〕金尼阁著：《利玛窦中国札记》卷五，第532页。
[4]〔意〕利玛窦、〔法〕金尼阁著：《利玛窦中国札记》卷五，第532页。
[5]〔意〕利玛窦、〔法〕金尼阁著：《利玛窦中国札记》卷五，第533页。

何士晋"[1]，即天启五年（1625）担任两广总督。郭居静事件发生在万历三十四年
（1606），时任两广总督正是戴燿。

为何德礼贤将戴燿误认为是何士晋？究其原因，应与德礼贤参考的雍正《广
东通志》有关。雍正《广东通志》记载：总督（俱兼两广）何士晋"三十四年
任"[2]，戴燿则被记作："二十六年以兵部侍郎兼右佥都御史任"[3]，认为戴燿在万
历二十六年到万历三十四年担任两广总督，何士晋在万历三十四年担任两广总
督。雍正《广东通志》显然有误，由此造成德礼贤以讹传讹。

《利玛窦中国札记》所谓何士晋之举实则戴燿所为：

> 广东省会里到处宣扬着打仗的谈论，皇帝也接到了报告动乱的奏章，
> 指控那些曾批准修建碉堡和墙的人。整个事情给在北京的神父们造成一种
> 很棘手和危险的形势。[4]

> 总督已经知道黄明沙修士因受刑而死去，也知道澳门的骚乱威胁已平
> 息下来；但他假装对整个事件一无所知，对来函不作答复。这在他那方面
> 是一种姿态，借以达到他表示受控者无辜的目的。[5]

> 看来无疑的是，总督充分了解案情的全部真相；本来有罪的原告是会
> 判以死刑的，假如不是罪犯买通了总督的一个亲戚替他乞命的话。[6]

戴燿曾使利玛窦在内的天主教传教士产生危险，戴燿的亲戚曾接受诬告郭居静的
原告贿赂，戴燿又听取其亲戚的意见宽待原告。因此，"翌年，按照中国习惯，
对全体官员和法官进行了总考核"[7]，查《明神宗实录》记载："（万历三十五年五

---

[1]《明熹宗实录》卷五八，天启五年四月上，台北"中央研究院"历史语言研究所校印，《明实录》
第13册，1962年，第2697页。
[2]（清）郝玉麟修：雍正《广东通志》卷二七《职官志二》，第4页b。
[3]（清）郝玉麟修：雍正《广东通志》卷二七《职官志二》，第4页b。
[4]〔意〕利玛窦、〔法〕金尼阁著：《利玛窦中国札记》卷五，第526页。
[5]〔意〕利玛窦、〔法〕金尼阁著：《利玛窦中国札记》卷五，第533页。
[6]〔意〕利玛窦、〔法〕金尼阁著：《利玛窦中国札记》卷五，第536页。
[7]〔意〕利玛窦、〔法〕金尼阁著：《利玛窦中国札记》卷五，第536页。

月）乙亥，吏部给事中刘道隆言"，"戴燿各以闻言在告"，"竟以越趄败终"[1]。《明神宗实录》又载："（万历三十四年正月癸巳），户科给事中沈凤翔劾两广总督戴燿老迈卑庸，不足弹压。"[2]郭居静事件发生在万历三十四年（1606）正月，显然戴燿于此先后遭到弹劾，均与郭居静事件有关。

《利玛窦中国札记》未载利玛窦、龙华民曾相赠戴燿（包括该书备注的何士晋）自鸣钟，戴燿还曾因郭居静事件两次遭到弹劾，显然戴燿未获赠自鸣钟。

戴燿与憨山德清关系密切，却因此不可能获赠自鸣钟。《利玛窦中国札记》记载：

> 他当时在这里有一位特别的代表，那就是我们在前面已提到过的那个和尚，他被皇上下令去驱逐出北京，流放到广东省。他到这里后住在离城约二十英里的南华寺。因为他是个名人，所以即使是个流放犯，还是吸引了很多的追随者。追随他的教义的人与日俱增，像他这类人是很容易因受人欢迎而得意忘形的，他也就由此招摇过市。他很了解神父们在做什么，超出了神父所能意识到的。他还知道神父们盼望着有一天偶像崇拜的活动会动摇和垮台。所以他决定运用他的权威阻止这一个咄咄逼人的危险。[3]

该书备注"按此人即憨山，俗名蔡德清。——中译者注。"[4]憨山德清卓锡南华寺，对龙华民等人非常了解，虽未提及自鸣钟，但是对罗明坚、利玛窦通过自鸣钟进入中国之举，应有所了解。万历二十八年（1600），戴城前往肇庆省亲戴燿，遭人袭击，并引发民变；戴燿遣总兵王化熙出兵镇压也无济于事，最后只能依靠憨山德清相助，平息民变。为此，戴燿遣王化熙代为致谢憨山德清，表示愿为南华寺护法。直到万历三十六年（1608），戴燿遣冯时可探访憨山德清，同意为憨山德清修葺南华寺宝月台，发文南韶道帮助募捐。戴燿在憨山德清与利玛窦之争

[1]《明神宗实录》卷四三一，万历三十五年五月上，第8189页。
[2]《明神宗实录》卷四一七，万历三十四年正月上，第7877页。
[3]〔意〕利玛窦、〔法〕金尼阁著：《利玛窦中国札记》卷五，第499页。
[4]〔意〕利玛窦、〔法〕金尼阁著：《利玛窦中国札记》卷五，第499页—500页。

中，显然支持憨山德清。

（二）戴城自鸣钟既非购置也非戴燿下属相赠

戴城是否有能力购置自鸣钟？

张燮为戴城之妻林氏所撰祭文《祭戴姻母林孺人文》记载：

> 利薮自图书数卷而外，唯有澄醪□□及登山屐几两耳。[1]

戴城钱财无多，无法购置自鸣钟。

张燮《戴公子利薮墓志铭（后赠户部主事）》记载：

> 每省觐抵五羊，所经属吏致馈，必谢却之，曰："余丑赵长平，使亭
> 长知田禾公子乎。"[2]

此"五羊"应作肇庆。戴城每次前往广东肇庆探望戴燿，戴城均婉拒戴燿沿途官
吏相赠物产。戴城自鸣钟并非戴燿部属相赠。

（三）戴城自鸣钟很可能来自林秉汉转赠

张燮《祭戴姻母林孺人文》记载："方林观察与少保公为莫逆交，因以孺人
缔盟"[3]，"林观察"指林秉汉，"少保公"指戴燿。林秉汉与戴燿为莫逆之交，戴
城由此成为林秉汉的女婿。

《利玛窦中国札记》记载：

> 幸好当时有一位大官，属于中国人所称为道里一级的，来到该城。[4]

---

[1]（明）张燮撰：《霏云居集》卷三八《祭文三》，《张燮集》第 1 册，第 696 页。

[2]（明）张燮撰：《群玉楼集》卷五〇《墓志铭》，《张燮集》第 3 册，第 853 页。

[3]（明）张燮撰：《霏云居集》卷三八《祭文三》，《张燮集》第 1 册，第 696 页。

[4]〔意〕利玛窦、〔法〕金尼阁著：《利玛窦中国札记》卷四，第 460 页。

该书备注："德礼贤认为即林秉汉或马文卿——中译者注。"[1]

龙华民"1599年，就在纪念旅行世界的使徒彼得和保罗的节日以后，他开始在离城不远的马家（Michia）坝作这项传教。从这里他旅行到附近的住地，不断地奔波了几年，情形如下"[2]，万历二十七年（1599）之后的"几年间"，到万历三十四年（1606）郭居静事件之前。

万历《广东通志》仅载：广东巡按御史"马文卿，贵州卫人，万历壬辰进士"[3]，其继任"顾龙祯"，"二十七年任"[4]，顾龙祯在万历二十七年（1599）出任广东巡按御史，马文卿是顾龙祯的前任，即万历二十七年（1599）之前担任广东巡按御史。林秉汉则是"万历乙未进士，三十年任"[5]，万历三十年（1602）出任广东巡按御史。

《明神宗实录》记载：

> （万历三十三年二月）己酉，广东巡按御史林秉汉条陈时事。……秉汉降五级，调极边方。[6]

林秉汉在万历三十三年（1605）因条陈时事，遭谪贬。

《利玛窦中国札记》记载：

> 他以后不久到北京去，在北京他拜访了神父们，把他近来和韶州神父们的关系告诉了利玛窦神父。他们俩都小心翼翼地不去触及过去的上告的问题。[7]

---

[1]〔意〕利玛窦、〔法〕金尼阁著：《利玛窦中国札记》卷四，第460页。

[2]〔意〕利玛窦、〔法〕金尼阁著：《利玛窦中国札记》卷四，第441页—442页。

[3]（明）戴燿修：万历《广东通志》卷一〇《藩省志·秩官》，第34页b

[4]（明）戴燿修：万历《广东通志》卷一〇《藩省志·秩官》，第34页b

[5]（明）戴燿修：万历《广东通志》卷一〇《藩省志·秩官》，第35页a。

[6]《明神宗实录》卷四〇六，万历三十三年二月下，第7574页。

[7]〔意〕利玛窦、〔法〕金尼阁著：《利玛窦中国札记》卷四，第462页—463页。

利玛窦在万历二十九年（1601）抵达北京，此"他"应指林秉汉，并非马文卿。

德礼贤提及林秉汉或马文卿，应与参考雍正《广东通志》所载有关。

乾隆《广东通志》记载：巡按御史"马文卿，贵州人，进士"[1]，"林秉汉，漳州人，进士"[2]。李应魁"三十四年任"[3]，由此造成德礼贤认为林秉汉或其前任马文卿。

林秉汉，《利玛窦中国札记》记载："龙华民神父从前曾见过他两次"[4]，"几个朋友前来祝贺神父们有了这样一位有力的保护人"[5]，林秉汉事后还与利玛窦相会，与之关系密切，不排除获赠自鸣钟。

林秉汉因言获罪，很可能将自鸣钟就近转往戴燿，赠送戴城。戴城前往肇庆省亲，由此获赠自鸣钟。张燮深知此内幕。张燮《林伯昭先是疏论楚事违时相意嗾其私人上章丑诋伯昭因坐贬官今朝议稍伸台省屡疏荐君铨曹请召君还为侍御史虽未报可然直气已不终埋矣聊次始末歌以为赠》[6]，"伯昭"即林秉汉，字伯昭。张燮《祭林伯昭侍御文》记载："余子与君女俱未生，而盟已成也"[7]，张燮与林秉汉是儿女亲家。张燮《戴公子利藩墓志铭（后赠户部主事）》记载：戴城"盖君所构盟尽豪华，独燮为松石间知己。君意中所推许，辄绍和元朋也，他不屑屑也"[8]。张燮是戴城的知己。张燮《亡女戴孺人行状》记载："戴大司马在粤，遣客来致殷勤，以仲子利藩之子冢孙金为请"[9]，"戴大司马"指戴燿，在两广总督任上为戴城之子戴金向张燮的长女张英慧求婚。张燮与林秉汉、戴燿、戴城关系密切。张燮《林伯昭竞秀山房记》记载：林秉汉"归卧竞秀山下""与人交，若

［1］（清）郝玉麟修：雍正《广东通志》卷二七《职官二》，《钦定四库全书》，乾隆二年（1737）抄本，第 10 页 b。

［2］（清）郝玉麟修：雍正《广东通志》卷二七《职官二》，第 10 页 b。

［3］（清）郝玉麟修：雍正《广东通志》卷二七《职官二》，第 10 页 b。

［4］〔意〕利玛窦、〔法〕金尼阁著：《利玛窦中国札记》卷四，第 461 页。

［5］〔意〕利玛窦、〔法〕金尼阁著：《利玛窦中国札记》卷四，第 462 页。

［6］（明）张燮撰：《霏云居集》卷三《七言古诗》，《张燮集》第 1 册，第 67 页。

［7］（明）张燮撰：《霏云居续集》卷四七《祭文一》，《张燮集》第 2 册，第 794 页。

［8］（明）张燮撰：《群玉楼集》卷五〇《墓志铭》，《张燮集》第 3 册，第 854 页—855 页。

［9］（明）张燮撰：《霏云居续集》卷四六《行状》，《张燮集》第 2 册，第 784 页。

讷若拙，徐露端谨"[1]，张燮《戴公子利藩墓志铭（后赠户部主事）》记载：戴城
"刚肠嫉非，气有不平，醉中咄咄狂叫"[2]，林秉汉虽置有山房，为人低调，戴城
则嫉恶如仇，自鸣钟由戴城保管最为妥当。而且戴城"逢神祠多狎侮之，绝不信
世间有因果事"[3]，与林秉汉对利玛窦、龙华民的看法相近。

三、张燮认识自鸣钟的来源

（一）张燮对自鸣钟的认识与谢肇淛无关

谢肇淛、冯时可、顾起元均述及自鸣钟，历来对张燮与谢肇淛、冯时可、顾
起元交游及其自鸣钟认识未有考证。[4]

谢肇淛《五杂俎》记载：

> 西僧利玛窦有自鸣钟，中设机关，每遇一时辄鸣，如是经岁无顷刻差
> 讹也，亦神矣。今占候家时多不正，至于选择吉时，作事临期，但以臆断
> 耳。烈日中尚有圭表可测，阴夜之时所凭者漏也，而漏已不正矣，况于山
> 村中无漏可考哉？故知兴作及推禄命者，十九不得其真也。余于辛亥春，
> 得一子，夜半，大风雪中，禁漏无声，行人断绝，安能定其为何时？余固
> 不信禄命者，付之而已。[5]

此"辛亥春"即万历三十九年辛亥（1611）春。谢肇淛述及利玛窦，认为自鸣钟
自利玛窦传来中国。

---

[1]（明）张燮撰：《霏云居集》卷二八《记一》，《张燮集》第 1 册，第 549 页。

[2]（明）张燮撰：《群玉楼集》卷五〇《墓志铭》，《张燮集》第 2 册，第 854 页。

[3]（明）张燮撰：《群玉楼集》卷五〇《墓志铭》，《张燮集》第 2 册，第 854 页。

[4]参见杨燕清《〈张燮集〉研究》，闽南师范大学 2018 年硕士学位论文，第 28 页—34 页；何娟
《冯时可研析》，上海师范大学 2012 年硕士学位论文，第 43 页—50 页。

[5]（明）谢肇淛撰：《五杂俎》卷二《天部二》，明刻本，第 1 册，中国国家图书馆藏，第 40 页 b
—41 页 a。

蔡景康《〈五杂俎〉研究》一文考证:《五杂俎》最后完成于万历四十年（壬子）到万历四十二年甲寅（1614），万历四十三年乙卯（1615）付梓，万历四十四年丙辰（1616）刻成。[1]张燮《自鸣钟铭》写于万历三十四年（1606）秋，谢肇淛《五杂俎》尚未成书。张燮《霏云居集》最早收录张燮与谢肇淛诗二首、书信一篇。张燮《夏日谢在杭奉使归榕城诗以讯之》,"衣制正逢荷芰绿，盘开频数荔枝红"[2]。张燮《寄谢在杭工部》:

> 顷兴公来书，谓在杭奉使还里，荔子新熟，对擘玉浆啖之，以此见骄，远道同心人不得不妒耳。[3]

"在杭"即谢肇淛，字在杭。张燮《出榕城大雨追悔谢在杭宅留宿不驻二首》,内有诗句"五月裘能在"[4]，谢肇淛曾邀张燮下榻于此。陈庆元《张燮年表》一文考证:张燮在万历三十五年（1607）夏，过会城，谢肇淛留小酌。张燮此三篇诗文作于此行，即万历三十五年（1607）夏五月，张燮已作《自鸣钟铭》。不排除张燮与谢肇淛交谈中涉及自鸣钟。谢肇淛对自鸣钟的看法很可能参考张燮《自鸣钟铭》对自鸣钟的观点。

（二）张燮对自鸣钟的认识与冯时可无关

冯时可《篷窗续录》记载:

> 西人利玛窦有自鸣钟，仅如小香盒，精金为之。一日十二时，凡十二次鸣。[5]

---

［1］ 参见蔡景康《〈五杂俎〉研究》,《厦门大学学报》(哲学社会科学版) 1996 年第 2 期。

［2］ (明) 张燮撰:《霏云居集》卷一三《七言律诗六》,《张燮集》第 1 册，第 294 页—295 页。

［3］ (明) 张燮撰:《霏云居集》卷四九《尺牍十》,《张燮集》第 1 册，第 855 页—856 页。

［4］ (明) 张燮撰:《霏云居集》卷一五《七言排律》,《张燮集》第 1 册，第 345 页。

［5］ 转引自贺圣迪《明清间上海民俗的西化》,《社会科学战线》1995 年第 1 期。

张燮《同日得冯元成邹彦吉二观察书至时冯视兵东粤而邹里居梁溪有怀二首》[1]，该诗在张燮《丁未除夕初霁》之前，此"丁未"指万历三十五年丁未（1607），《同日得冯元成邹彦吉二观察书至时冯视兵东粤而邹里居梁溪有怀二首》作于万历三十五年丁未（1607）之前。

查《明神宗实录》记载：万历三十七年七月丁未，升"广东佥事冯时可为云南右参议"[2]。冯时可应在万历三十四年（1606）视兵东粤，即"广东"，时任广东佥事。

张燮《寄冯元成观察》述及"殆比偶与王百谷屈指时髦，始知明公侧侧阶容贤，多所剪拂，益动仆有鞭弭周旋想"[3]，"冯元成"即冯时可，字元成。"王百谷"即王稚登，字百谷。张燮与冯时可交游始于张燮和王稚登交往，张燮在与王稚登交往中提及冯时可。

张燮有诗《去冬访王百谷不值兹北归初晴握手凡鸟榭中会百谷方毕其季子婚》[4]，按陈庆元《张燮年表》一文考证，张燮在万历三十五年（1607）夏过吴，访王百谷。[5]该诗应作于此间。所谓"去冬"指万历三十四年十二月八日抵姑苏，十日前往无锡，张燮访王百谷不值应在此间，只是陈庆元《张燮年表》未载张燮于此访王百谷不值。

张燮《与冯元成观察》附元成冯时可报札："生平臭味，幸共握手，真千载一日也。"[6]该书信收录张燮《霏云居续集》，该集收录诗文自万历四十年（1612）到万历四十七年（1619）仲夏，张燮在此期间与冯时可相会。[7]张燮与冯时可往来书信未述及自鸣钟，张燮《自鸣钟铭》对自鸣钟的认识未与冯时可交流。

［1］（明）张燮撰：《霏云居集》卷五《五言律诗二》，《张燮集》第1册，第125页。

［2］《明神宗实录》卷四六〇，万历三十七年，第8691页。

［3］（明）张燮撰：《霏云居集》卷四三《尺牍四》，《张燮集》第1册，第764页。

［4］（明）张燮撰：《霏云居集》卷一〇《七言律诗三》，《张燮集》第1册，第231页。

［5］参见陈庆元《张燮年表》，《南京师范大学文学院学报》2013年第1期。

［6］（明）张燮撰：《霏云居续集》卷五二《尺牍三》，《张燮集》第2册，第873页。

［7］参见陈庆元《张燮年表》，《南京师范大学文学院学报》2013年第1期。

（三）张燮对自鸣钟的认识与顾起元无关

顾起元《客座赘语》记载：

> （利玛窦）所制器有自鸣钟，以铁为之，丝绳交络，悬于簴，轮转上
> 下，戛戛不停，应时击钟有声。器亦工甚，它具多此类。利玛窦后入京，
> 进所制钟及摩尼宝石于朝。上命官给馆舍而禄之。[1]

顾起元《客座赘语序》落款"万历丁巳夏"，《客座赘语》成书于万历四十五年丁
巳（1617）夏。

顾起元曾与张燮交往。张燮《词盟纪咏（有引）》其二十《顾司成邻初》[2]，
"顾司成邻初"即顾起元，字邻初。该诗收录在张燮《霏云居集》。然而，张燮与
顾起元其时尚未交往。张燮《顾太初司成招饮宅上（太初顾起元诗附）》[3]，"顾
太初"即顾起元，字太初。从张燮"早知麟角推牛耳，谩说龙头重虎闱"[4]，顾起
元"早知吟就招青桂，岂待功成访赤松"[5]可知，张燮与顾起元交往始于此时。
查陈庆元《张燮年表》记载：张燮在万历四十三年（1615）冬，北上赴考，入金
陵。[6]此"金陵"即南京。顾起元与张燮交往应在此间。张燮《顾太初司成招饮
宅上（太初顾起元诗附）》应作于万历四十三年（1615）冬，迟于张燮《自鸣钟
铭》写作时间十一年。

张燮对自鸣钟的认识未受顾起元的影响，张燮与顾起元相会南京，顾起元
《客座赘语》尚未刊行，虽然张燮与顾起元诗文唱和中未述及自鸣钟，但不排
除张燮与顾起元交谈时提及自鸣钟，顾起元对自鸣钟的认识很可能受到张燮的

[1]（明）顾起元撰：《客座赘语》卷六，明万历四十六年刻本，第6册，第24页b。
[2]（明）张燮撰：《霏云居集》卷二《五言古诗》，《张燮集》第1册，第43页。
[3]（明）张燮撰：《霏云居续集》卷一二《七言律诗一》，《张燮集》第2册，第278页。
[4]（明）张燮撰：《霏云居续集》卷一二《七言律诗一》，《张燮集》第2册，第278页。
[5]（明）张燮撰：《霏云居续集》卷一二《七言律诗一》，《张燮集》第2册，第278页。
[6]参见陈庆元《张燮年表》，《南京师范大学文学院学报》2013年第1期。

影响。

（四）张燮对自鸣钟的认识来自王应麟

《利玛窦中国札记》多次记载王玉沙，历来对王玉沙未有考证。该书记载王玉沙始于利玛窦"抵达英德后几天，县官邀请他们去游赏碧落洞（Pelotum）村的美丽洞窟……他们在这里遇见南雄城的前任副佐。他已被升任更显赫的官职，现在是巡阅官，以官方督察的身份在此巡视"。书中说：

> 次日，他们和巡阅官一起返回韶州，他在他的官船上招待他们。由于官员们的友谊，工作飞跃前进，肇庆的官员们到这里来时，总要来拜访。[1]

该书注释"巡阅官"，称："按此人为南雄同知王应麟（玉沙），意大利文称他的官职是 Ci-aiuen（察院）——中译者注。"[2] 该书又载：

> 碰巧这位总督从南京省某个市长那里得来一幅世界地图，原是利玛窦神父在肇庆所作的。

该书备注：此"市长"，"据意大利文的记载，他是 Guaniusca（王玉沙），镇江府的知府。——中译者注。"[3] 该书又称：

> 在镇江他们不断受到许多官吏和名流的包围。公众庆祝的兴奋平静下来之后，他们就准备动身去南京，知府为他们旅行准备了一艘大船，由公费开支，这是知府所享有的特权。这种旅行是有安全保障的，利玛窦神父很乐于利用这一点，他们于 1599 年 2 月 6 日到达南京，走到住处已不需

---

[1]〔意〕利玛窦、〔法〕金尼阁著：《利玛窦中国札记》卷三，第 250 页。
[2]〔意〕利玛窦、〔法〕金尼阁著：《利玛窦中国札记》卷三，第 250 页。
[3]〔意〕利玛窦、〔法〕金尼阁著：《利玛窦中国札记》卷四，第 321 页。

要像那样小心谨慎了。[1]

该书备注：此"知府""即王玉沙——中译者注。"[2]王玉沙时任镇江府知府。

张燮《通议大夫巡抚应天等处右副都御史赠右都御史玉沙王公行状》记载：

> 公字仁卿，世居浦之白沙里。父赠公某，以避倭徙居郡城之南溪，故
> 公自号玉沙，不忘始也。[3]

王应麟，字仁卿，号玉沙，即《利玛窦中国札记》所载"王玉沙"。王应麟"生于嘉靖乙巳八月二十五日，薨于泰昌元年十一月二十三日，享年七十有六"[4]，即生于嘉靖二十四年乙巳（1545），卒于泰昌元年（1620）。王应麟"庚辰成进士，释褐为溧阳令"[5]，"戴星五载"，"竟量移南雄郡丞以去"，"戊子冬，公署郡篆"[6]，"壬辰擢润州守"[7]，王应麟在万历八年庚辰（1580）中进士，初授溧阳知县，五年后，为万历十三年（1585），迁任南雄府同知，万历十六年戊子（1588）署南雄府篆，万历二十年壬辰（1592）任镇江府知府。王应麟早在南雄任上就与利玛窦相交，万历二十七年（1599）为利玛窦前往南京保驾护航，经其手转赠利玛窦在肇庆所绘世界地图。虽未提及自鸣钟，但从王应麟护送利玛窦前往南京，随后提及"大家都急于看到利玛窦带来的自鸣钟"[8]。利玛窦在镇江已携带自鸣钟，王应麟下令用公费护送利玛窦，利玛窦此时可能提及自鸣钟，王应麟对自鸣钟有一定了解。

王应麟与张燮关系密切：

---

[1]〔意〕利玛窦、〔法〕金尼阁著：《利玛窦中国札记》卷四，第341页。

[2]〔意〕利玛窦、〔法〕金尼阁著：《利玛窦中国札记》卷四，第341页。

[3]（明）张燮撰：《群玉楼集》卷五二《行状一》，《张燮集》第3册，第877页。

[4]（明）张燮撰：《群玉楼集》卷五二《行状一》，《张燮集》第3册，第881页。

[5]（明）张燮撰：《群玉楼集》卷五二《行状一》，《张燮集》第3册，第877页。

[6]（明）张燮撰：《群玉楼集》卷五二《行状一》，《张燮集》第3册，第878页。

[7]（明）张燮撰：《群玉楼集》卷五二《行状一》，《张燮集》第3册，第878页。

[8]〔意〕利玛窦、〔法〕金尼阁著：《利玛窦中国札记》卷四，第341页。

公（王应麟）与先仪部为同籍，而先大夫又相善也。燮以父行事公，乃公必欲进秩分庭，翻忘失序，睹天披雾，已非一朝。最后获缔丝萝，而公奄而长逝。[1]

此"先仪部"指张燮的伯父张廷栋。"同籍"指同年。万历癸丑《漳州府志》记载：（隆庆）四年举人"张廷栋，龙溪人，廷榜兄，庚辰进士"[2]，"王应麟，龙溪人，庚辰进士"[3]，张廷栋与王应麟是隆庆四年（1570）同科举人，又是万历八年庚辰（1580）同科进士。王应麟是"福建漳州府龙溪县民籍"[4]，张廷栋"福建漳州府龙溪县民籍"[5]，王应麟与张廷栋又是同县民籍出身。"先大夫"指张燮之父张廷榜。王应麟与张燮是世交。张燮的伯父与王应麟同年，张燮之父与之交好，张燮对王应麟以父事之。张燮与王应麟结成儿女亲家后，王应麟方才去世。

王应麟有"女二"，"次配不肖燮仲子于垒"[6]，王应麟次女嫁给张燮次子张于垒。王应麟"女孙六"，其六"配衢州司理戴君壎子玑"[7]，"戴君壎"即戴壎，是戴城的异母弟，[8]王应麟有孙女六人，其中最小的孙女许配给戴壎之子戴玑，成为戴城的侄媳。

王应麟的门生"蒋少宰孟育，其高足之最者也"[9]。"蒋少宰孟育"即蒋孟育，是王应麟最有名的高足，又是张燮的挚友，与张燮齐名"霞中十三子"。王应麟与张燮关系如此密切，是否张燮对自鸣钟的认识来自王应麟，抑或戴城的自鸣钟来自王应麟？

［1］（明）张燮撰：《群玉楼集》卷五二《行状一》，《张燮集》第 3 册，第 882 页。

［2］（明）闵梦得修：万历癸丑《漳州府志》卷一七《人物志二·国朝乡举》，厦门大学出版社，2012 年，上册，第 1233 页。

［3］（明）闵梦得修：万历癸丑《漳州府志》卷一七《人物志二·国朝乡举》，上册，第 1233 页。

［4］《明万历八年进士题名碑录（庚辰科）》，《明清历科进士题名碑录》，台北华文书局股份有限公司，1969 年影印本，第 2 册，第 982 页。

［5］《明万历八年进士题名碑录（庚辰科）》，《明清历科进士题名碑录》第 2 册，第 980 页。

［6］（明）张燮撰：《群玉楼集》卷五二《行状一》，《张燮集》第 3 册，第 881 页。

［7］（明）张燮撰：《群玉楼集》卷五二《行状一》，《张燮集》第 3 册，第 881—882 页。

［8］ 参见刘涛《明末名宦戴燿侧室陆氏买地券背后的故事》，《福建史志》2020 年第 3 期。

［9］（明）张燮撰：《群玉楼集》卷五二《行状一》，《张燮集》第 3 册，第 877 页。

王应麟与利玛窦关系密切,《利玛窦中国札记》却未提及利玛窦曾相赠王应麟自鸣钟。张燮为王应麟所撰《行状》称:

> 公在官所都,馈遗一切谢却,所受独图籍数卷,曰:"倘并此麾去之,恐阳休之笑人。"[1]

王应麟仕宦期间婉拒馈赠,仅获赠数卷图书,虽未提及西方友人利玛窦,实则源于张燮有意避而不谈。王应麟未获利玛窦相赠自鸣钟,却对自鸣钟有深入了解,张燮很可能围绕自鸣钟向王应麟请益,张燮《自鸣钟铭》及其自鸣钟认识为王应麟所知。

四、结语

综上所述,得出以下三点结论:

第一,张燮对自鸣钟的历史认识并非有误,实则与林秉汉有关。戴燿、林秉汉仕途折戟,导致《利玛窦中国札记》未有提及,曾任广东参议的戴燿在《霏云居集序》也未指出自鸣钟由来。[2]

第二,张燮、戴燿、戴城虽是闽南海洋历史文化名人,[3]此自鸣钟却经广东肇庆传入闽南。张燮与戴燿、林秉汉、王应麟世代交好,张燮所撰《自鸣钟铭》促进闽南侨乡社会对自鸣钟的认知。

第三,新时期自鸣钟历史文化研究,应在文献分析的基础上,重点进行文本分析,重建史实,还原文本书写的过程,探索人物的思想来源。

---

[1] (明)张燮撰:《群玉楼集》卷五二《行状一》,《张燮集》第 3 册,第 881 页。

[2] 参见刘涛:《明代东南文坛名家戴燿年谱》,《闽台文化研究》2018 年第 1 期。

[3] 参见刘涛《明末张燮寄赠戴燿端砚背后的故事——端砚与世界大航海时代及其海洋文学渊源考》,《地方文化研究》2019 年第 2 期;刘涛《明代两广总督戴燿年谱》,《闽台文化研究》2018 年第 4 期。

传教士来华与明清历法改革

臧 勇 *

中国传统历法在明朝中后期日益不适应现实，《大统历》对日食预测多次失误，引发了精英阶层的改历呼声，修改历法成为当时的迫切需要。而此时恰逢西方耶稣会传教士陆续来华，他们带来了西方最新的天文历法成果，在中国皇帝和士大夫官员的支持下，他们参与了中国传统历法的修订工作，使得历法改革成为可能。但这一过程伴随着曲折艰难，改革派和保守派的斗争贯穿于整个历法修订实施过程，最终改革派胜出，使用两千多年的传统农历完成了崭新的变革，代表这一变革成果的《崇祯历书》与《时宪历》得以实施。

一、修历成为必要
——传统历法不适应现实

明朝取代元朝后，对历法并没有做革新，元朝使用的是《授时历》，明朝继承了这一历法，更名为《大统历》，只对其做了一些细微改动。其中在日食的计算上，《授时历》采用的是中国传统的三限计算法来计算日食的初亏、食甚和复原，同时又受了印度《九执历》和伊斯兰《回回历》的影响，采用了后者的几何模型，对计算公式做了改革，但仍然用了传统历法的数值计算，特别是采用了固定的日月视直径，因此仍然是不准确的。除此之外，在日食的初亏、食甚和复原时间计算上，《授时历》采用的仍然是对称计算法，即日食视初亏和视复原时刻关于视食甚时刻对称，但实际上受太阳黄经和地理纬度等因素影响，在地球上观

---

* 臧勇，男，山东诸城人。深圳大学人文学院讲师，研究方向为西方哲学、中西文化比较。

测到的日食的视初亏、视食甚和视复原时间并不对称。[1] 由于这些原因，明朝使用《大统历》预测日食时间，多次出现严重错误。

根据《明史》的记录，从景泰到嘉靖年间，钦天监对于日月食的预测就已经反复出现失误，而万历年间的日食预测失准，则直接地引发了明朝的历法改革之争。在万历三十八年（1610），礼部日食推算不准，在这次日食测算中，礼部推算到十一月壬寅朔（12月15日）日食，但推算日食的初亏时间比实际初亏时间早了30分20秒，而预报食甚时间在下午3时42分36秒，实际出现在4时整。而复圆时间预报在5时，实际复圆时间在日落之后无法确认。兵部官员职方郎范守己上疏要求惩治钦天监官员，并称若误差是历法造成，则应该修订历法。次年钦天监官员周子愚提出建议：

> 大西洋归化远臣庞迪我、熊三拔等携有彼国历法，多中国典籍所未备者，乞视洪武中译西域历法例，取知历儒臣率同监官将诸书尽译，以补典籍之缺。(《明史·卷三十一·志第七》)

此建议在当时未被官方采纳，加上随后南京教案发生，修历一事被搁置，但礼部在这次事件之后还是请徐光启、李之藻等入京参与历法工作，徐光启与熊三拔等传教士开始翻译西方历法著作，并研制小型天文仪器。

崇祯二年（1629），五月乙酉朔（6月21日），钦天监测量日食再次失误，日食初亏时间与复圆时间均比实际时间差两刻钟，而同时徐光启依靠传教士的帮助，运用西法测量却相当精确，符合天象。

《明史》载：

> 大明崇祯二年五月乙酉朔日食，礼部侍郎徐光启依西法预推，顺天府见食二分有奇，琼州食既，大宁以北不食。《大统》、《回回》所推，顺天

---

[1] 唐泉、滕艳辉:《中国古代的日食起讫算法》,《内蒙古师范大学学报》(自然科学版) 2009 年第 5 期。

食分时刻，与光启奏异。已而光启法验，余皆疏。帝切责监官。……于是礼部奏开局修改。乃以光启督修历法。(《明史·卷三十一·志第七》)

崇祯皇帝责怪钦天监，他在五月初三又传谕内阁：

钦天监推算日食前后刻数俱不对。天文重事，这等错误，卿等传与他，姑恕一次，以后还要细心推算。如再错误，重治不饶。[1]

崇祯显然极其重视日食测验，认为是"天文重事"，这与中国历法的特殊性密切相关，在中国两千多年的封建和君主社会当中，天象的变化被视为是某种至高意志的体现，这一意志是对人间现象的反映和表达，在这种天人合一解释模型之下，天象以灾异或祥瑞对君主的行为进行警告或肯定，日月食即是重要的天象示警信号，表示君臣要调整自己的行为，以保证王道仁政的实施。即使唐宋以后人们能对日月食进行预测，它的这一功能也没有丧失[2]，发挥着校正君臣行政举动的作用。因此日月食预测失误，是朝廷无法容忍的行为。面对皇帝崇祯的责备，钦天监官员只好据实说，《大统历》继承《授时历》已久，他们只是在开国二百六十年后遵守旧法而已，若因循守旧下去，以后仍然会出差错。

徐光启抓住时机，向崇祯皇帝详尽地叙述了采用西法修改《大统历》的必要性，他说：

近世言历诸家，大都宗郭守敬法，至若岁差环转，岁实参差，天有纬度，地有经度，列宿有本行，月五星有本轮，日月有真会、视会，皆古所未闻，惟西历有之。而舍此数法，则交食凌犯，终无密合理。宜取其法参互考订，使与《大统》法会同归一。(《明史·卷三十一·志第七》)

---

[1] （明）徐光启著，王重民辑校：《徐光启集》（下册），中华书局，1963年，第319页。

[2] 陈侃理：《儒学、数术与政治：灾异的政治文化史》，北京大学出版社，2015年，第228页。

李之藻也乘机进言：

> 惟西法精密，悉合天象，历试不爽。昔年天学臣利玛窦最称博洽，其学未传，遽婴疾弃世，至今士论惜之。今尚有其徒侣邓玉函、龙华民等，居住赐宇，精通历法天文，宜及时召用，饬令修改。[1]

礼部就此再奏请开设历局修改历法，而此时徐光启也已经升任礼部左侍郎，掌管了礼部的行政工作。礼部上书明朝廷请求按照万历三十九年（1611）的建议设立历局修改历法，由徐光启主持历局工作。这一建议终于得到明政府批准，崇祯二年（1629）在北京宣武门内设立历局，李之藻也参与督修工作，当年及次年传教士邓玉函、龙华民和罗雅谷、汤若望等也先后入局。至此徐光启以六十八岁高龄带领一批中国官员和西方耶稣会传教士团结协作，开始了编修《崇祯历书》这项划时代的历史工程。

二、修历成为可能
——耶稣会与西学入华

如果没有耶稣会士入华，明清的历法修订就是一项难以想象和完成的任务。但耶稣会士究竟发挥了怎样的作用，为何有这一历史的巧遇？这要从耶稣会的特点说起。耶稣会由西班牙人罗耀拉（1491—1556）创立，它的创立目的是应对宗教改革新教冲击，重振天主教会，维护教皇权威。1540 年获得教皇保罗三世批准，成为合法天主教团体。从耶稣会的建立与发展看，它有如下基本特征：其一，实行军事化等级制的管理模式。耶稣会创始人罗耀拉本人是军队出身，他在 1521 年西班牙与法国的战斗中双腿负伤，在养伤时他阅读了很多宗教小册子，发生信仰危机，决心护教，成为基督教战士，1534 年他创立了耶稣会。罗耀拉的军事背景使得耶稣会在建立之时即模仿军队编制，有一套等级严格的管理

---

[1] 王治心：《中国基督教史纲》，上海古籍出版社，2004 年，第 98 页—99 页。

系统，会长对会员有绝对控制权。其二，重视教育。罗耀拉起草《耶稣会章程》初稿时，在第四部分即专门论述教育问题，这成为耶稣会教育发展的纲领文件。1599年制定《教育章程》作为学校组织、教材、教法的统一规章，指导耶稣会学校的全面工作。耶稣会的教育继承了以前的人文传统，分为四艺（Quadrivium）三科（Trivium），即算术、几何、音乐和天文，语法、修辞和逻辑。耶稣会学校曾培养出不少著名的学者、思想家和科学家，对16世纪至18世纪科学的发展产生过积极的作用。而也正是耶稣会士在欧洲所受的教育，成为他们在中国从事科学活动的基础。第三，积极推行海外扩张。耶稣会的对外传教以欧洲海外殖民扩张为背景，来扩大天主教在海外的影响力和势力范围，增强对新教的抗衡力量。这一做法得到了西班牙和葡萄牙这些天主教国家的支持，而当时西班牙、葡萄牙已经在非洲、美洲和亚洲等地区扩展了自己的殖民地，因此耶稣会借助他们的支持在这些地区迅速发展起来。而耶稣会士进入中国，就是通过葡萄牙人租借的澳门实现的。综上种种，耶稣会严格的管理、良好的教育和积极的对外传播，都为他们进入中国发挥作用做了铺垫。

万历到崇祯年间，耶稣会开始在中国发展起来，从1583年至1775年期间，共计有四百余位传教士在华活动。从上面耶稣会宗旨可以看到，耶稣会来到中国的目的主要是传教，但他们为何又采取了传播科学技术和文化的方式来进行？这与中国本土强大的儒家文化传统有关，它对外来信仰产生了一种自然的排斥。所以利玛窦这批早期传教士意识到，需要用其他的方式来接近中国的官员士大夫，融入中国社会。而对于缺乏现代科学和技术的中国来说，把西方这些现代文明成果带到中国，满足中国社会的需要，进而影响中国人，"以自己的特殊方法吸引人们的灵魂"[1]。虽然耶稣会士的主观目的是为了传播信仰，但客观上这一做法，推动了西方自然科学和人文科学进入中国。这一时期，耶稣会士翻译、撰写了许多种有关天文、历算、地理学、物理学以及语言学的著作，把西方科学技术和人文科学传播到中国。其中影响显著的有如下作品，数学有利玛窦口授、徐光启笔译的《几何原本》；地理学有利玛窦编著的世界地图和艾儒略的《职方外纪》；

---

[1]　何高济等译：《利玛窦中国札记》，中华书局，1983年，第347页。

物理学有邓玉函口授、王徵绘译的《奇器图说》；语言学有利玛窦《西字奇迹》和金尼阁《西儒耳目资》，这也是汉语拼音和汉字拉丁化的先声。而天文历算学的成就，即《崇祯历书》。参与历法修订改革的几位主要人物，都有良好的教育背景。利玛窦跟从著名的数学家、天文学家克拉维斯学习天文学，克拉维斯与开普勒、伽利略是好友。参与修撰《崇祯历书》的耶稣会士邓玉函（1576—1630），是猞猁学院（意大利科学院前身）院士，也与开普勒、伽利略是好友。参与明清历法改革的汤若望（1592—1666），他的天文学老师格林伯格，是克拉维斯在罗马学院教授职位的后一任。耶稣会重视教育的传统，和来华传教士良好的科学教育背景，为中西文化以历法为突破口进行沟通交流，埋下了伏笔。

上文提到，在传教士来到中国之前，明朝官员士大夫已经发现《大统历》预测日月食不准，并酝酿进行历法改革。万历年间，改历的呼声更为突出，官员范守己在万历十三年（1585）所上的"十二议：历法"中即提倡改历，后来与周子愚、徐光启一起参与历法改革。1595 年，历法家朱载堉上呈《圣寿万年历》《律历融通》二书，提出改历的建议。在这个背景之下，利玛窦来华传播科学恰逢其时，1583 年，作为耶稣会传教士的利玛窦登陆广东，在中国南方度过十八年，在 1601 年进入北京，直到 1610 年去世。在北京居住这段时间，利玛窦一方面传播数学和天文学知识，一方面阅读掌握中国经典，对中国文化采取了包容吸收的态度，这使得他在中国士大夫群体中建立了良好形象，并影响了一大批人。利玛窦也敏锐地察觉到中国历法面临的问题和改革机会，并试图利用这一机会接近皇帝，扩大其影响力，他在向万历皇帝"贡献方物"的表文中特别提出：

> 天地图及度数，深测其秘；制器观象，考验日晷，并与中国古法吻合。倘蒙皇上不弃疏微，令臣得尽其愚，披露于至尊之前，斯又区区之大愿，然而不敢必也。[1]

---

[1]（清）黄伯禄编，韩琦等校：《正教奉褒》，《熙朝崇正集》，中华书局，2006 年，第 259 页—260 页。

但这一想法没有被万历采纳，官方主动修历由此搁浅。

利玛窦并没有放弃这一可使耶稣会在中国站稳脚跟的机会，想继续借助历法改革之机扩大影响力。但实事求是地看，1610年利玛窦去世之前的来华传教士，虽然掌握了一些数学和天文知识，然而尚不足以承担修改历法这种极其专业的工作。在利玛窦去世时，耶稣会士带到中国来的主要是宗教书籍，而带来的天文学书籍除了一些历法书外，只有《日晷》《〈天球论〉注释》《星盘》三部著作。[1]利玛窦自己也清醒地意识到这点，他转而向罗马教廷求助。万历三十三年（1605）五月，利玛窦向罗马阿耳瓦列慈神父发出了呼吁，希望迅速派遣精通天文学的耶稣会士来华，以迎合中国改历的需要：

> 最后我有一件事向您要求，这是我多年的希望，迄今未能获得回音。此事意义重大，有利传教，那就是派遣一位精通天文学的神父或修士前来中国服务。因为其它科技，如钟表、地球仪、几何学等，我皆略知一二，同时有许多这类书籍可供参考，但是中国人对之并不重视，而对行星的轨道、位置以及日、月食的推算却很重视，因为这为编纂《历书》非常重要。我估计，中国皇帝每年聘用二百人以上，花费很大钱，编纂历书，且成立钦天监专司此职；目前中国使用的历书，有《大统历》与《回回历》两种，对推算日月食，虽然后者较佳些，但均不准确。宫里宫外各有两座修历机构，宫内由太监主持；宫外则设在南京雨花台，由学人主持。可惜他们除遵循先人所留下来的规律进行推算外，其它可说一概不知。[2]

除利玛窦外，其他在华耶稣会士也陆续向总会呼吁派遣懂历算天文学的成员来华，包括接替利玛窦任在华耶稣会总长的龙华民，也要求入华的天主教神父必须先修天算课程。利玛窦等人的呼吁得到了罗马的积极回应，在罗马教皇和耶稣总

---

[1] 杜昇云等主编：《中国古代天文学的转轨与近代天文学》，中国科学技术出版社，2012年，第83页。

[2] 〔意〕利玛窦著，罗渔译：《利玛窦书信集》下，台北光启出版社，1986年，第302页。

会支持下，1618 年金尼阁从罗马返华时，带来 7000 多部书籍和许多天文仪器，以及三位重要的精通天文算学的耶稣会士——邓玉函、罗雅谷和汤若望。这批珍贵资料、仪器和科学人才的输入，大大加快了历法的修订进程，而这批传教士也在接下来的历法改革中发挥了极其重要的作用。

三、中西合作
——《崇祯历书》与《时宪历》的诞生

上文已经提到，1629 年 9 月，在崇祯皇帝支持下，历局正式开始办事。徐光启（1633 年去世，后由李天经继任）亲自督领挑选人员、制造仪器，征召官员李之藻入局，并先后聘请西方传教士龙华民、邓玉函、罗雅谷、汤若望等人参加编译天文学书籍和修订历法。

历局成立后，徐光启主持工作，首先拟定了历法修正十事，包括岁差岁实、日月五星的实行与视行、黄赤交角、周天经度和地球经纬度的测定等，作为历法改革的总体目标，其次制定历法的总体框架，划分为"节次六目"和"基本五目"两个方面，并提出了融汇中西的指导思想，"会通中西历法归一"，将"西方历法的材质"融入大统历的"型模"，避免当年《大统历》与《回回历》的并行现象。而来华传教士受聘入局后，都积极参与历法改革工作。邓玉函在来华传教士中最为博学，通晓多国语言，在历局中参与了历书的总体设计，进入历局半年时间内编著了《测天约说》《大测》等著作，编写各种换算表十卷，和历局人员指导合作，制造了诸多重要天文仪器，包括七政象限大仪两座，测量纪限大仪一座。这些工作为历法的修订成功打下了坚实基础。邓玉函去世后，徐光启于崇祯三年（1630）五月又上疏崇祯皇帝《修改历法请访用汤若望罗雅谷疏》，称赞汤若望、罗雅谷与邓玉函水平相仿，推荐他们入局有助于历法的继续修订，崇祯皇帝批准了两人参与修历。而汤若望和罗雅谷也没有辜负众人期望，在历局里积极从事历书的编译，制造各种天文仪器，计算日月五星交食躔度，并承担教学工作，培养历局人才，使得很多中国士人迅速掌握了最新的天文学理论。继徐光启之后主持历局和历书编译工作的李天经对这些人的工作给予了高度评价，称赞他们"融通度分时刻于数万里外，讲解躔度交食于四五载中，可谓劳苦功高矣"[1]。

从1629年到1634年，在这批人的努力下，历时五年，历局五次进呈书稿，终于完成了《崇祯历书》的编纂工作。这是中国历史上第一次系统地、大规模地引进欧洲天文学，最终编纂出了《崇祯历书》这样一部大型天文学百科全书。

《崇祯历书》围绕明朝天文历法机构在天体运动计算以及历书编修方面的实际需要，针对中国本土历法在理论与实践上的不足和差误，以欧洲天文学家第谷及其弟子的《新编天文学初阶》为基础，同时参考了托勒密、哥白尼、开普勒等人的著作，形成了一套以第谷天文学体系为框架、带有中国特色的天文学体系。它既有天文学理论与天文表，又有基本的三角学与测量学知识以及相关的天文仪器知识，涵盖了日月五星和恒星运动的观测、数学处理与具体计算，是中国天文学史和西学东渐史上的里程碑。

1633年徐光启去世，一年后，《崇祯历书》的编纂工作宣告完成，李天经接手历局工作，将编纂成果进呈给崇祯皇帝。但此时却发生了东西历局的争论，保守派势力的阻挠声音，让崇祯延缓了对该历法的颁布实施。何谓东局、西局？西局即徐光启所带领的历局，而东局的设立则缘于保守派势力的阻挠。崇祯四年（1631）河北布衣魏文魁向礼部进呈历书《历测》《历元》，认为自己历书正确，请求采用，而不必用西人之法变革华夏历法。崇祯七年（1634）魏文魁参与钦天监组织的一次日食预测，这次预测的成功更加增添了他的底气，崇祯皇帝试图令魏文魁参与徐光启的历局工作，显然双方都不愿合作。崇祯无奈，便令魏文魁在京城东部设立历局，时人称为东局；徐光启在宣武门所设历局，称为西局。东局在后面几次星象日月食观测对垒中都败给了西局，崇祯便在1638年下令解散东局。但这场争论却使崇祯犹豫不决，加上钦天监官员也在其中作梗，延缓迟滞了颁布《崇祯历书》的进程。还有一个重要原因是崇祯皇帝本人一直主张"中西法会通，不可偏执、务求划一"，但徐光启虽主张会通，实际大量采用西法，在诸多内容上直接翻译接受了西方天文学和历法成果，使得崇祯并不放心，也因此搁置了对新历法成果的颁布推行。

---

［1］ 方豪：《中国天主教史人物传》，宗教文化出版社，2007年，第231页。

而明末李自成起义爆发，《崇祯历书》完成后不久，明末朝廷也已陷入动荡。经过新旧两派势力的斗争后，崇祯皇帝终于在 1644 年决定颁行新历，可惜这一决定还未实施，李自成即攻入北京，推行新法之事功败垂成，在明朝未能实施。清军 1644 年入关，一年多后，参与明朝历法修订的汤若望，将他改编过的《崇祯历书》改名为《西洋新法历书》呈报清廷。

汤若望献书，得到了清廷的重视，而清朝恰好取代明朝，正有顺应天命修改历法的政治需要，因此清朝统治者决定采用这一历法。礼部上疏请为此历法定名，睿亲王多尔衮称"宜名'时宪'，以称朝廷宪天又民至意"（《清史稿·时宪志一》），由此清廷将其定名为《时宪历》（清乾隆时避讳，改称《时宪书》）。《时宪历》脱胎于《崇祯历书》，吸收了近代天文学的最新成果，采用了西方的最新几何模型和算法，准确程度一举超越了大统历及之前的中国历代历法。

汤若望向清廷呈献历法的当年，清朝政府就对此历法进行校验。史书记载"八月丙辰朔午时，日食二分四十八秒，大学士冯铨，同若望赴观象台测验覆奏，惟新法一一苟合，大统、回回二历俱差时刻"（《清史稿·志·卷二十·时宪一》），可见《时宪历》之精准，胜于大统历和回回历等旧历法。顺治皇帝对德国传教士汤若望非常崇信，采用了这一历法成果，并任命汤若望为钦天监正，尊其为"玛法"（满语意为爷爷），赐"通玄教师"尊号。

然而这一系列动作引起了守旧派的强烈不满和反对，以大臣杨光先等人为代表，开始对此进行阻挠。顺治十七年他向礼部呈《正国体呈》，表达对汤若望以西法取代中法的不满。顺治皇帝在文化上没有强烈的本土主义观念，所以他在位时对这些指控没有理会。康熙执政后，1664 年 7 月杨光先在鳌拜等人支持下，又向礼部呈书《请诛邪教案》，指责：《时宪历》封面题写"依西洋新法"五字，表示汤若望企图"窃正朔之权"以予西洋，明示天下以大清奉西洋正朔，来毁灭中国正教，而惟天主教独尊；并称大清王朝无疆历祚，而《时宪历》只编了 200 年，这是让大清短祚。此时鳌拜集团执政，康熙权力不稳，康熙三年（1664）11 月，鳌拜集团下令逮捕汤若望及其助手南怀仁、利类思、安文思等，同时将赞成西历的李祖白等 5 名中国官员下狱。康熙四年（1665）3 月，辅政大臣鳌拜等支持杨光先，定汤若望死罪，钦天监五位部门负责官员被处死，《时宪历》被废止。

恰好此时天上出现彗星，地上发生地震，朝野上下人心恐慌，以为狱诉不公、天象示警，而孝庄太后认为汤若望为先帝顺治信任之臣，判处死刑实在过分，命令速行释放。史书记载：

> 汤若望本拟处死，其余教士俱杖充。但次日地震，又连日地震五次，辅臣要求清狱。南怀仁等获赦出狱……皇太后谕令释放。[1]

因此传教士幸免于死，南怀仁等被关押教士得以释放。但李祖白、宋可成等中国科学家官员仍被斩决，新历仍被废除，大统历被重新启用，杨光先升为钦天监副，不久又升为钦天监正。次年，即康熙五年（1666）七月，汤若望死于寓所。

这场保守与维新、科学与愚昧的中西历法之争，一直延续到康熙亲政之后。而杨光先主持的钦天监先后采用落后过时的大统历、回回历，错误百出。虽然他借政治斗争担任了钦天监最高官员，但他并不能胜任天文数学的研究和实测。

康熙皇帝对新旧两派的争论采取了开明立场，让双方公开辩论，事实上这也表示出他对新法的一种支持。康熙多次召杨光先与南怀仁到宫中当众测验，结果每次都证明南怀仁测算正确，而杨光先并不会计算。康熙七年（1668）大臣会议，请皇帝裁决。康熙决定以实验的方法检测双方观点正谬。他谕令双方"勿怀夙仇，各执己见，以己为是，以彼为非，互相竞争"，宣布"孰者为是，即当遵行，非者更改，务须实心将天文历算详定，以成至善之法"[2]。康熙命代表大统历的杨光先、代表回回历的吴明烜、代表西历的南怀仁，分别用各自的算法推算正午日影所指之处。三次实地测验，杨、吴有误，南怀仁均无误。康熙又令测立春、雨水二节气及月、火、木星之运行。杨、吴"逐款不合"，南怀仁"逐款皆符"。

但杨光先固守旧观念，痛斥道：

---

［1］ 方豪：《中国天主教史人物传》，宗教文化出版社，2007年，第342页。

［2］ （清）黄伯禄编，韩琦等校：《正教奉褒》，《熙朝崇正集》，中华书局，2006年，第304页。

> 臣监之历法，乃尧舜相传之法也。皇上所正之位，乃尧舜相传之位
> 也。今南怀仁，乃天主教之人。焉有法尧舜之圣君而奉天主教之法也？南
> 怀仁欲毁尧舜相传之仪器……则尧舜以来之诗书礼乐、文章制度皆可废
> 也！[1]

并称"宁可使中国无好历法，不可使中国有西洋人"，这些观点折射出改革变法时保守力量的复古与顽固。

在这新旧力量斗争时刻，处于关键地位的康熙没有拘泥于传统观念的束缚，而是选择尊重科学实证主义精神，站到了传教士南怀仁一边，对杨光先的错误予以了否定和驳斥。1669 年初康熙下令"将杨光先革职，交与刑部，从重议罪可也"，并于同年二月授予南怀仁钦天监副职务。虽然南怀仁坚辞不就，但康熙仍让南怀仁领取俸禄，主管钦天监事务。这是继汤若望之后，中国历史上再次由外国传教士主管中国天文最高机构。康熙八年（1669）五月除掉鳌拜，南怀仁等借此时机，指控杨光先、吴明烜是鳌拜党羽，请求将杨光先"即行处斩，妻子流徙宁古塔"，为死去的汤若望昭雪。康熙赦免了杨光先，但准许为汤若望平反昭雪。1669 年 12 月 8 日，康熙帝赐地重新埋葬汤若望，御赐祭文一篇，镌刻在汤若望墓碑的上，称赞他"鞠躬尽瘁，臣子之芳踪，恤死报勤，国家之盛典"，这一祭文体现出中国官方对这一位来自德国的传教士高度的评价和认同，充分认可了他在中国历法改革中的贡献和地位，至此《时宪历》得到顺利推行，改革派取得了最终胜利，明清历法改革也完成了使命，中西文化交流取得了积极有效的成果。

回顾这段历史可以看到，如果以实证和科学精神作为判别历法优劣和选择何种历法的标准，答案不言而喻，然而为何这一变更却要历经近百年才得以实现？究其根源，是本土文化中心主义面对外来文化时的陌生不适感而引发身份认同危机，从而进行顽强的排他与抵抗，这点在明末东局、西局的历局之争和清初杨光先、南怀仁两派对峙中都可以看到。明末东西历局之争时，代表东局的魏文魁在批驳徐光启的历法成果时，指责对方所用技术是"外夷之历学，非中国之历

学也，魁不可得而知也"，对于这种民族主义压倒科学实证主义的行为，徐光启感慨"争气者勿与言""不直者道不见"，魏文魁隐退后代替他接管东局的郭正中称"自尧舜以来，迄今四千二百七十年，其间修改七十余次，创法十有四家，未有端用西法者"，而称"中法不可尽废，西法不可专行"[1]，文化保守主义的心态取代了科学理性的态度，传统夷夏之防的观念根深蒂固，成为历法变革的根本阻力。清初政权更替，但文化保守主义观念依然牢固，成为很多官员士大夫头脑中难以剥离的意识形态，杨光先即是典型代表，他以旧有历法"乃尧舜相传之法"，皇帝之位"乃尧舜相传之位"为理由拒绝变革，认为南怀仁等是"以西洋之仪器"毁坏"尧舜之仪器"，破坏祖宗制度文章，这种以夷变夏行为绝不可接受。诸如此类种种行为，反映出当时精英阶层里普遍存在的一种身份焦虑，当他们面对西方外来文明中的优秀成果时，原有的文化自尊感遭到了冲击，对陌生异己的不同质文化产生出一种本能的排斥，而如果放弃原有观念、接受异域文化，自我的身份归属认同又会面临挑战。是夷是夏成为一个难题，如何缓解身份认同与身份焦虑，成为这批士人迫切需要解决的问题。而对这一问题的解决，也产生了两种路径，一种路径是继续维护本土中心论，提出西学中源说，王锡阐、梅文鼎、戴震等属于前者，一种是开放包容，支持引入西学思想，徐光启、李之藻等属于后者。清朝取代明朝后以华夏自居，如何处理这一问题成为统治者同样要考量的事情，康熙看到"西学中源"说有利于缓解当时精英层身份焦虑，于是在自己文章《御制三角论》中加以提倡，并得到梅文鼎的极力称赞：

《御制三角论》言西学贯源中法，大哉王言，著撰家皆所未及。[2]

这一说法巧妙地化解了夷夏之防和以夷变夏的担忧，把原来的文化自卑转身一变成为一种文化自豪，虽然此说并无充足论据，却使得很多士大夫不再对西学先进

---

[1] 杜昇云等主编：《中国古代天文学的转轨与近代天文学》，中国科学技术出版社，2012年，第103页—106页。

[2] 徐海松：《清初士人与西学》，东方出版社，2000年，第358页。

330

理论抱有敌意和排斥态度，从而能积极学习最新的天文历法思想，它客观上促进了西学的推广传播。但无论何种路径，对西学的容纳吸收已经成为难以阻挡的历史大势，而现代科学思想和理念，也渐进在中国传播开来。

Biography │ 学人述忆

三尺讲台上的风采
——记北大中文系的四位老师

王景琳[*]

　　时光荏苒，离开北大中文系本科课堂于今已有四十多年了。而我自己也从曾经精力充沛、从不知疲倦的年轻学生变成了两鬓斑白却仍执着地站在三尺讲台的"教书匠"。每当我走上讲台，总会情不自禁地想起我在北大中文系读书的一幕又一幕。

　　我是恢复高考后第一年就幸运地考入北大的 77 级学生。当时的北大中文系，老一辈学者教授如游国恩、吴组缃、林庚等老先生已退居二线，不再为本科生开设基础课。他们或专注于学术研究，或带研究生，或开设讲座、专题课等等。我记得那时每逢有老先生的讲座或专题课，必定场场爆棚，往往开讲前半个多小时教室里就已挤得水泄不通。印象很深的是吴组缃先生开设的"古代小说史概论"课，慕名前来听课的学生远远超过预期，开课前教室门就被堵得严严实实的，竟然连前来讲课的吴先生也挤不进来，以至于学校不得不临时换了两次教室，课才

　　* 王景琳，生于宁夏灵武，祖籍天津。1977 年考入北京大学中文系，1984 年获北京大学文学硕士学位，曾任教于中央戏剧学院戏剧文学系。现为加拿大政府外语学院汉语言文化教师。自 20 世纪 80 年代以来，主要从事中国古代文化与文学研究，发表数十篇论文，主要著作有《中国古代寺院生活》《鬼神的魔力：汉民族的鬼神信仰》《中国鬼神文化溯源》及长篇小说《缘分》，与徐匋合作有《词体及其发展》《金瓶梅中的佛踪道影》《比目鱼校注》《历代寓言名篇大观》《庄子散文选》《媒妁与传统婚姻文化》《庄子文学及其思想研究》《庄子的世界》(获 2019 年中国好书奖) 等著作，并主编《中国民间信仰风俗辞典》《先秦散文精华》，撰写《红楼梦大辞典》诗词韵文部分。

正式开场。那场面，绝对跟今天的年轻人追星有一拼。当时北大中文系著名教授学者云集，吴组缃、林庚、王力、王瑶、吴小如、周祖谟、朱德熙等老先生的讲课魅力与神韵，已多有文章描述，我就不再赘述。这里只补充几位如今也大名鼎鼎而当初却还是初出茅庐的中青年教师，如周先慎、孙玉石、谢冕、乐黛云先生等，凭着自己的记忆，试着勾勒出他们当年在三尺讲台上的风采。

于细微处见功力的周先慎老师

不知是从何年何月形成的传统，北大中文系的学生习惯上将所有资深教师无论男女，统统尊称为先生。自打上了中文系，我也是这么称呼老师的。譬如，见了吴组缃先生称吴先生，见了林庚先生称林先生，见了陈贻焮先生称陈先生。每次见我研究生导师褚斌杰先生，当然也总是称之为褚先生。凡事，似乎总有例外。中文系偏偏有这么一位资深教师，多年来每次相见，我从未在其尊姓大名后冠以先生，而每每以老师称之。这位享有如此"特殊待遇"的老师，便是教古代文学的周先慎先生。如此称呼周老师，原因其实有些好笑。我来自大西北，西北人往往前后鼻音分不清，一不留神就会把周先生叫成了周先慎。尽管20世纪70年代末早已不是"天地君亲师"，见了老师必得鞠躬作揖的年代，但倘若当面直呼老师名讳，那也是大不敬的。所以，每次见到周先慎先生，我总是习惯地称之为周老师。

周老师主讲明清文学史。周老师第一次给我们班上课时，我们已经学过了先秦两汉、魏晋南北朝、隋唐五代、宋元文学史，也听过众多知名学者教授的专题讲座，有机会见识了许许多多名师的风采。上明清文学史前，我心里其实是有几分隐忧的。先秦诸子散文、汉赋、魏晋南北朝诗歌骈文，乃至唐诗、宋词、元曲，上文学史课之前虽也有较多接触，但毕竟流传下来的作品浩瀚繁多，授课老师都是挑选自己最有独到见解的作品介绍给大家，文学史课大都上得精彩而又有新意，学生也都学得专注认真。我自己更是如此，而且每次上课总是笔记做得极为详尽，惟恐落掉任何一句点睛之笔。

可明清文学就不一样了。明清文学最大的成就是那几部古典小说。除了《金瓶梅》仍属禁书以外，其余哪部小说同学们不是已经翻来倒去看过好几遍？且不说四大名著《水浒》《西游记》《三国演义》《红楼梦》，就是《聊斋志异》《儒林外史》《三言二拍》中的人物、故事，哪个文学七七级的同学不是烂熟于心，如数家珍？尽管七七级同学求知欲极强，学习起来如饥似渴，但这毕竟已是大学第二年的下半年，刚上大学时那种对北大中文系、对老师们的神秘感、新鲜感已逐渐褪去，在这样的情况下，周老师的明清文学史又能讲出什么花样来？

文学史是文学专业的基础课。与专题课、赏析课不同，老师课上主要介绍的是作家、作品与史的线索。要能把学生都如此熟悉的明清小说讲得出彩，同时又要有一家之见，委实不易。出乎意料的是，周老师的明清文学史课颇得明清章回小说的精髓，一上来便先声夺人。他绘声绘色的讲述，波澜迭起的起承转合，一方面讲明清文学发展的线索，一方面又糅合进周老师自己多年明清小说的研究成果。不论是讲述作品，还是分析人物，周老师特别擅长通过细节的分析来挖掘人物性格的发展，阐述自己的见解，有时就是一句话，甚至一个字，经周老师一分析，都能翻出新意来。直到今天回想起周老师分析《水浒传》"逼上梁山"的情景仍是栩栩如生，动感、画面感十足。

"逼上梁山""官逼民反"是贯穿《水浒传》故事发展、人物刻画的一条主线。《水浒传》中的众好汉无一例外都是被逼上梁山的，但同样是一个"逼"，由于众英雄的出身不同、背景不同，其表现形式也不同。周老师分析林冲的被"逼"，特别强调林冲在《水浒传》中刚刚出现时，他的"忍"，且能"忍辱"、忍常人所不能忍，甚至胆小怕事有些窝囊的一面。要我们细读林冲得知妻子受辱时找到高衙内的描写：

> 当时林冲扳将过来，扳着他的肩胛，却认得是本官高衙内，先自手
> 软了。

周老师抓住"先自手软了"这句在读小说时很容易滑过去的话展开分析，说作为八十万禁军教头的林冲原本有地位、有俸禄、有家产、有娇妻，可他供职于高太尉手下，深知那一拳打下去，这一切地位、俸禄、家产乃至娇妻就都没有了，甚

至还会有牢狱之灾、杀头之祸。因此，尽管受此奇耻大辱，虽"怒气未消，一双眼睁着瞅那高衙内"，却"先自手软了"。这一句说明"逼上梁山"是有一个过程的。但周老师又说，林冲虽然能"忍"，但如果他只是一味地"忍"而不反抗，如果在林冲的性格中没有英雄情结，他最后不会杀人，也不会上梁山，也就显示不出一个"逼"字。因而在得知自己的结义兄弟陆谦成为高衙内的帮凶之后，林冲买了一把解腕尖刀去找陆谦，还砸了陆谦的家。周老师说，这就是林冲英雄本色的一面。不过，这个情节，看似他是"忍"不下去了，但实际上却还是在"忍"。因为他只去找了帮凶陆谦而不涉及主犯高衙内，这说明在林冲的性格中，只要能活下去，他还会忍。接着，周老师又通过林冲发配沧州、野猪林、风雪山神庙、火烧草料场等一系列在我们读《水浒传》时不曾留意的细节，分析林冲是如何一忍再忍，直到无论如何"忍"都没有活路，无路可走，最终不得不"逼上梁山"的全过程，要我们把重点放在抓其中所展示出的社会背景，以及英雄由"忍"到"反"的人生经历上。说实话，我对林冲这位梁山好汉的认识以及对小说"逼上梁山"之"逼"的主题的理解，是在周老师的课堂上完成的。

周老师的课，讲的虽然都是人人耳熟能详的故事，其深度和广度却足以引人入胜。

周老师讲课的另一个特点是在细微处、在比较中见功力。我至今记忆犹新的是周老师对武松的分析。武松出身于市民，有着英雄的气节，但也有着市民的谨慎。周老师在课上着重讲了"武松打虎"与"杀嫂"两段，特别要我们注意小说是如何刻画武松既是常人又是英雄的。周老师说，武松连喝八大碗酒，还要过冈，与常人"三碗不过冈"相比，是英雄本色，可是在景阳冈上看到老虎真的向他扑过来的时候，"武松被那一惊，酒都作冷汗出了"，却又显示出他常人的一面。还有，武松上冈的一路随着天色渐暗，曾两次看落日。这既是作者在交代时间，却又通过场景的描绘表现出武松内心的紧张，这也是常人的内心活动。但武松又是英雄，所以他会继续往前走。在看到官府的文书，得知冈上确曾有虎伤人时，武松也曾犹豫过："武松读了印信榜文，方知端的有虎。欲待转身再回酒店里来"，这又符合常人的心态。但假如此时武松真的返回去，便又不成其为英雄了。正因为武松是英雄，尽管心中存有疑虑，他还是提着哨棒走上冈去。"我回去时，须吃他耻笑，不是好汉，难以转去。"

我还记得周老师在讲这一段时，特别提醒我们留意武松手中的那根哨棒，说那根哨棒在小说中前后提到过十多次，但真正用到哨棒时，原本应打在老虎身上的第一棒却打在了树上：

（武松）双手轮起哨棒，尽平生气力只一棒，从半空劈将下来。只听得一声响，簌簌地将那树连枝带叶劈脸打将下来。定睛看时，一棒劈不着大虫，原来打急了，正打在枯树上。

周老师分析道，武松"打急了"说明他是常人，常人碰到这种情况都会急，更可能是怕。尽管武松"打急了"，却没有怕。一哨棒没打在老虎身上，说明武松与常人一样，遇到老虎也会紧张。不过，倘若这一棒真打在老虎身上，下面武松徒手打死老虎的英雄气概就没有了着落。听了周老师的这一番分析，不能不让人佩服他抓细微处的功力。这样的细节，一般读者是不会如此留意的，也不会作这样精细的分析。实在地说，这样的分析是很见功力与学问的。

周老师讲课不仅擅长抓故事细节，而且擅长对人物进行比较分析，特别通过对细节的比较，揭示人物性格的独特之处。还记得周老师在讲林冲"先自手软了"时说，假如是鲁智深碰到这样的事，一定不管那人是不是高衙内，一拳头肯定是已经砸下去了，但又一定不会把高衙内打死。因为鲁智深属于粗中有细的英雄。要是换做李逵，毫无疑问必定是一板斧就把高衙内劈成两半了。周老师还给大家分析武松与李逵打虎的不同，说同样是打虎，李逵杀死一头小虎之后，见另一头钻进了虎洞，也不管洞里是不是还有别的老虎，想都不想就跟着钻了进去。假如换做武松，他是无论如何不会贸然钻进老虎洞的，他必定先要观察四周，在确保安全的前提下才会去杀虎。所以一头钻进老虎洞的只能是李逵，这是由李逵草莽英雄的性格决定的。而出身于市井小民、时时为自己留有后路、处事谨慎的武松就绝不会这么做。

周老师还把《水浒传》中的三个下级军官放在一起比较，从他们一步步被逼上梁山的不同经历，说明小说是如何展示人物形象的。鲁智深出身行伍，性格豪爽，路见不平便拔刀相助，做事考虑后果，却又"义"字为先，当军官不成便去当和尚，当和尚不成则上梁山当好汉，在上梁山的众好汉中做事最为痛快，因为他"赤条条来去无牵挂"。而武松出身市井，因打虎而成为都头，按照武松的性格，他会由此一步步升迁，与兄嫂一起生活下去，无论谁都不可能将他拉上梁山。所以他在"杀嫂"之后不会像鲁智深拳打镇关西那样一走了之，而是选择到官府自首。直到"大闹飞云浦""血溅鸳鸯楼"后才被逼上梁山。而同样是下级军官的杨志却与鲁智深、武松又有不同。杨志出身将门之后，押送花石纲翻了船，但仍对朝廷心存幻想，拒绝了梁山的挽留。后来杀了泼皮牛二，受到梁中书的赏识，重又燃起了杨志的希望之火，直到生辰纲被劫，才迫不得已与鲁智深一道占了二龙山落草。在三人之中，杨志出身最为显贵，上山的道路也最为曲折。周老师在课堂上就是这样把作品中的人物一个个地剖析给我们看，讲得头头是道，学生也听得兴趣盎然。

周老师讲课是将学术研究与赏析融为一体的。他对讲课十分投入，十分尽心，以至于我总是觉得周老师是把教课当作学问来做的。在讲到《水浒传》中宋江担心自己死后，不服他人管的李逵会闹事，便让李逵喝了毒酒时，当时周老师一拍桌子，愤愤地说："这是什么态度。"我在我们班书《文学七七级的北大岁月》"一份抹不去的记忆"一文中特别谈到了这个场景："我不知道别的同学注意了没有，当时我被周老师投入的神情震动了，这一幕到今天犹在目前。"

周老师的明清文学史课上得相当成功，周老师也成为中文系深受文学专业学生欢迎的老师之一。我一直以为周老师在教我们班之前曾多次讲过明清文学史，这段文学史对他已是轻车熟路。直到十多年前，我从我们的班书中才获知事实并非如此。班书中收了周老师自己写的一篇回忆文章《难忘最是师生情》，他说：

也许七七级的同学们至今还没有人知道，给他们上课时，我刚调到古代文学教研室不久，是第一次讲明清文学史。我相信恐怕没有哪位同学看出过，因为这是我的第一次，曾表现出丝毫的拘谨、紧张和胆怯，因为我确实不曾有过这样的心理和表现。这一方面是因为，当时真的很敬业，认真地备课，把多年的研习所得和学术积累（虽然有十年的荒废）全盘端出来。但是更为重要的是，77级同学们听课的热情和积极认真的学习态度，就是对我最大的支持，使我有了充分的自信。……在他们之前或之后，逃课的人，每届都有，但他们没有，我敢说，一个也没有。听课精神饱满，全神贯注，不要说打瞌睡，就是松弛懈怠的表情也看不到。因为他们愿意听，喜欢听，有很高的接受的热情，我自然就讲得很认真、很投入。每当我从他们的眼神中看出一种会心的交流时，心里就升起一种喜悦，甚至产生一种幸福感。这是一种教与学在情感和思想上交融的境界。[1]

在这里我需要补充的是，正是因为有了周老师的敬业、全身心的投入，并且把自己多年的研究成果、研究心得毫无保留地倾囊相授，讲得如此声情并茂，才能吸引住学生，让大家听得陶醉入迷，不愿下课。教与学是相辅相成的。

离开北大后，我再也没有见过周老师，也没有过任何书信往来。特别自1991年8月离开中国远走他乡后，由于教学任务繁重，我很少回国，也很少与师友同学联系，自然也难得听到周老师的消息了。今年4月21日清晨醒来，在我们班的微信群看到周老师去世的消息，瞬时间与周老师不多的交往，还有随他上课的情景，恍然仍是昨日的事情。

虽远犹近的孙玉石先生

有的人无论从时间还是空间距离上，虽然离你很近，甚至是朝夕相处，你却觉得与他／她相距甚远，而有的人虽然一直离你很远，但在朦胧之中，却觉得近在咫尺。这种距离感完全与时间、地点无关，仅仅是一种心灵的感受。对我来说，孙玉石老师便是这样一位与我虽远犹近的师长。

上大学时，我比较早地就给自己确定了古代文学的研究方向。因此，对现代文学、当代文学、文艺理论等课的任课教师，大都采取了一种"敬而远之"的态

---

[1] 周先慎：《难忘最是师生情》，岑献青主编《文学七七级的北大岁月》，新华出版社，2009年，第394页。

度。"敬"是发自内心的、由衷的。教现代文学的孙玉石老师、袁良骏老师，教当代文学的谢冕老师，教文艺美学的胡经之老师等等，当时还相当年轻，虽还说不上著作等身，却已在各自的领域取得了可观的学术成就，其为人的品格与风范则更是让人钦佩敬重。而"远"却是无心的、下意识的。由于研究方向不同，大学、研究生期间自然与这几位老师少了许多私下的交流，造成了事实上的生分。不过，即便如此，记忆中的孙玉石老师似乎从来就没有真正与我远离过，他的身影不时在学生宿舍还有我们班组织的各种活动中出现，直到今天。

孙玉石老师是第一位给我们讲授现代文学史课的老师。孙老师最让我感动的，是他的坦诚，他的不矫情，他的真实，他的谦逊。据孙老师自己透露，给我们七七、七八级文学专业上课，是他1965年研究生毕业留校后第一次给本科生上现代文学史课，总共备课的时间还不到半年，就"仓促'上阵'"[1]了，因此，当时他的心情竟然丝毫不比学生轻松。他回忆自己这段讲课经历时这样说道：

> 七七、七八级从已经是著名作家的陈建功到刚自高中毕业的苏牧这样一批"老少"学生，还有刚走进北大的第一批研究生钱理群、吴福辉、凌宇、赵园等顶尖的"才子"，满满腾腾坐了一屋子的人。刚踏上踩一脚还有些颤悠的讲台地板，面对一大片充满兴奋也充满期待的眼睛，我的心怦怦直跳。这时我确然感到一种来自经验不多的内心压力，一种来自知识虚空底气不足的忐忑不安。
>
> 对于给学生讲课，特别是给二百多学生系统讲现代文学史课，我说自己当时内心有很"害怕"的感觉，确实不是今天故意编造的一种矫情或者客套的饰语。
>
> 这些战战兢兢中开始的讲课实践，使我自真正意义上迟来的教书生涯开始，就体味到了一把做一个北大中文系教师的最大幸福和快乐。[2]

---

[1] 孙玉石：《七七级：一首读不完的诗》，岑献青主编《文学七七级的北大岁月》，新华出版社，2009年，第377页。

[2] 孙玉石：《七七级：一首读不完的诗》，岑献青主编《文学七七级的北大岁月》，新华出版社，2009年，第377—378页。

孙老师的这几句话，我读了好几遍。每读一遍，都有着不同的感受：有钦佩，有尊重，但更多的还是感动。当初坐在课堂里聆听孙老师讲课时，我坐得离讲台很近，却丝毫没有察觉到孙老师内心深处隐藏着的紧张与不安。只是后来自己也当了多年的教书匠，各种各样的讲台站多了，才身临其境地体会出孙老师所表露的是怎样一种毫无掩饰的坦诚。如今的孙老师早已在中国现代文学研究界奠定了自己的学术地位，但现而今还有哪一位名头响亮的大家肯如此老老实实地承认自己的第一次，自己曾经站在讲台上的忐忑呢？

　　孙老师不但是我们七七级同学的老师，也是大家的朋友。在七七级同学心中，他一直都是极受大家尊敬的良师益友。在课上，他给我们讲民国初期五四运动的发生与影响，讲文学革命的兴起、发展、过程和意义，讲"新旧"文学的论战，讲白话文运动的得失，讲鲁迅的小说与诗歌，讲众多文学社团流派，特别是文学研究会和创造社的文学主张；在课下，他时常与班上同学就现代文学史上所涉及的种种文学现象进行交谈探讨，完全把同学当作同事朋友般对待。这种师生间的互动，用孙老师自己的话来说，使得他与我们班的"老少"爷们儿，"成了心心相通的朋友，成了站在同一起跑线上与时间竞赛的拼命者。我们同是心灵'荒原'上互为传递薪火的播种人"[1]。也正因为如此，我们班同学也与孙老师之间建立起了一种独特的师生关系。每次班级举办活动，孙老师和他的夫人张菊玲老师都成了大家邀请的对象，仿佛他们也是我们的同窗一般。

　　孙老师后来又为七七、七八级开设了"中国新诗流派"和"中国象征派诗研究"两门专题讨论课。由于与其他课程时间相冲突，我没有选修，但仍从同学们的口中听到了很多有关孙老师的传闻。孙老师的专题讨论课很有自己的独到之处。1979 年，几乎所有大学本科的课都是教师的独角戏。课堂提问是师生间唯一的一种互动形式，而孙老师的专题讨论课却颇为开风气之先。作为主讲，他先给选课的学生开列出一份现代主义新诗作品的书单，在课堂上重点讲授自己对这些作品的研究心得、一己之见，然后便与学生一起进行讨论分析，并有计划地安

---

[1]　孙玉石：《七七级：一首读不完的诗》，岑献青主编《文学七七级的北大岁月》，新华出版社，2009 年，第 378 页。

排学生写作品分析报告，轮番上台讲解。后来，孙老师主编《中国现代诗导读》（1917—1938）以及《中国现代诗导读》（穆旦卷）时，特意把同学们写的读书报告与自己的讲述一并收入其中。书籍出版后，孙老师还千方百计找到当时参与写作的同学，郑重其事地在书上签上自己的名字，专程把书籍送到他们手中。卢仲云兄 1991 年任职于新华社香港分社。作为中文系系主任的孙老师曾应邀赴港讲学访问。他行前特意打听了小卢在香港的电话，为他带去了最新出版的《中国现代诗导读》的签名本，还在书的扉页写上了"此书是师生心血的共同结晶，愿永记那些难忘的时光"这样动情的话。

今天，每当我看到所谓的学者教授整天忙于炒作自己，哗众取宠，剽窃成风，甚至把学生当成自己的雇工，就十分感慨于当年的学者教授是如何尊重学生的创造与成果，如何提携鼓励学生，对待同学就像对待朋友同行一样，那么热忱谦逊，不掠美，不贪功，无私念。几年前，《文艺报》记者曾采访过孙老师，其中问到的一个问题是：

> 您当初进行的一些探索，现在已经成为了学界的"共识"甚至"常识"。那么，话题回到您的课程本身，因为"讨论课"现在也是大学研究生教育的一种主要形式，能否谈一下您在这方面的经验？

孙老师非常坦率地回答说：

> 至少这样使我的教学与研究真正实现"教学相长"。学生在课上的发言，很多都成为了刺激我日后继续思考甚至修正自己已有观点的灵感。[1]

孙老师做人乃至做学问之真、之坦诚、之实在，在当今学术界一片浮躁虚夸氛围中，无疑是一股清流。

孙老师教我们时，尽管他自己说这是他第一次给本科生开中国现代文学史

---

[1] 李浴洋：《历史云波中的新诗研究——孙玉石教授访谈录》，《文艺报》2016 年 11 月 18 日。

课，但课上得十分出色，颇见功力。当时我们只知道孙老师是王瑶先生的开山大弟子，是王瑶先生在北大带的第一代研究生，却不知道当年研究生选拔过程中颇具时代特色的轶闻趣事。据说，在那个时代，谁可以做研究生，选谁做研究生，不但不需要事先征求指导教师的意见，就连学生本人也毫不知情，一切都由组织指派，个人没有任何的选择余地。孙老师就是在五五级的毕业典礼上，才突然获知自己的毕业去向是留校做王瑶先生研究生的。而作为导师的王瑶先生，同样事先没有参与任何的笔试、面试，直接收到的是将由自己指导的研究生名单。传闻还说，王瑶先生曾一度气得拒绝接受，但最后还是不得不服从了组织的安排。不过，幸运的是，很快王瑶先生就发现，孙老师是名副其实的有见解、有才华、出类拔萃的优等生。1963 年《北京大学学报》第一期刊登了孙老师撰写的《鲁迅对中国新诗运动的贡献》一文。这篇文章本来是孙老师提交的一份读书报告，王瑶先生阅后认为很有价值，便径直推荐了出去。直到学报把文章清样送交孙老师校对时，他才知道王瑶先生把自己的文章推荐发表了。对王瑶先生来说，这可能是件举手之劳的小事，但对于还是研究生的孙老师来说，却是王瑶先生对自己学术能力的肯定。由此也可见出王瑶先生对孙老师的赏识。

老话说，"名师出高徒"，的确不假。孙玉石老师走上讲台，给我的第一印象便是位庄重儒雅、矜持睿智的谦谦君子。他个子不高，目光炯炯，不苟言笑。说起话来，不疾不徐，沉稳自若，还带着一点东北口音。孙老师讲课的最大特点，是逻辑严密，条理清晰，用词准确，没有半句废语赘言。无论是谈论作家作品，抑或流派社团，出口成章，俨然就是一篇结构严谨、资料详实、论据充分的学术论文。事实上，孙老师有好几部学术著作都是在他的课堂讲稿的基础上发展而成的。例如他的《野草研究》《中国初期象征派诗歌研究》《中国现代诗导读》等就都源自于他的讲稿。

讲授现当代文学，无外乎要讲时代背景、作家个人经历、作品内容以及艺术特点等等，孙老师自然也不例外。但是，孙老师讲课的另一个鲜明特点，是他非常重视对文献资料的挖掘与整理，所引用的每一条资料都要把出处、来源交代得一清二楚。孙老师对资料使用的这种一丝不苟的学术态度，给我的印象特别深。

后来看到孙老师称自己的这种做学问方法"基本都是朴学的方法"，[1]立刻就理解了孙老师为什么要花费如此大的精力去挖掘每一条资料了。孙老师这种极为严谨的治学态度，不但为我们学生做学问树立了榜样，也赢得了他的同事的敬重。洪子诚老师就说，孙老师对治学的严谨态度已经到了"坚持尽可能靠近、进入'历史现场'，期望重现事情发生的细节、氛围、情境"[2]的境地。温儒敏说：

> 孙玉石几十年投身学术与教学，对学问有一种类似宗教的真诚，容不得半点掺假或差错。他写文章，一个论点，一条史料，甚至一个注解，都要反复斟酌，毫不马虎。[3]

我特别欣赏温儒敏所说的这种近乎"宗教的真诚"，这几个字确实不但极为传神地描绘了孙老师的治学态度，而且真切地透露了孙老师做人的与众不同之处。这种真诚，应该说不光是孙老师的治学之道，也是他的做人之道。在孙老师那里，做学问与做人是难以切割的。也正因为如此，近年孙老师每每提及当代学界浮躁虚夸之风的盛行，总是愤激不已，甚至决绝地说出"早知如此，当初就该选修考古学或语言学这样硬碰硬的学问"的话，可见其内心的纯粹。

大学期间，我仅仅上了孙老师的一门课，虽然没有资格对孙老师的教学作全面的评价，不过，就是这一门课，也让我获益良多。上大学之前，除了领袖的著作以外，只有鲁迅的书可读。不过，读懂鲁迅并非易事。记得我在课余就曾特意向孙老师请教过对《野草》中《秋夜》的理解。《秋夜》是鲁迅散文诗中的名篇，其写作手法深受西方象征派的影响，作品中浸透着一种诡异幽深、凄美孤冷的情绪，其中所描绘的形形色色的意象，更是扑朔迷离，虚实交叠，隐晦艰涩。特别当我试图按照七十年代末、八十年代初解读鲁迅的既定模式去理解体会作者在文

---

［1］ 李浴洋：《历史云波中的新诗研究——孙玉石教授访谈录》，《文艺报》2016 年 11 月 18 日。

［2］ 洪子诚：《纪念他们的步履：致敬北京大学中文系五位先生》，《南方文坛》，2020 年 7 月 13 日，见"中国作家网"www.chinawriter.com.cn。

［3］ 温儒敏：《王瑶先生的大弟子孙玉石》，见"温儒敏的博客"，2015 年 12 月 22 日，http://blog.sina.com.cn/s/blog_59432ccb0102w2m0.html。

中所寄寓的象征意义时，深感读得遍数越多，想得越深，疑问也就越多，对作品也就越感到无解。例如，一般的解读是，"枣树"象征着鲁迅坚韧不拔、孤傲不羁的战斗品格；"奇怪而高的天空"，象征摧残善良美好生命的恶势力；而"小粉红花"，指的是被恶势力欺凌摧残的弱小群体；"小青虫"则比拟向往光明不惜牺牲的年轻人；如果文中的每一个意象都可以这样诠释的话，那么，"窘的发白"的月亮到底象征着什么，"夜游的恶鸟"又究竟是正面的还是反面的，还有发出"夜半的笑声"的"我"却"不愿意惊动睡着的人"要表现一种什么样的情绪与心境，等等。我把自己的这种种困惑都跟孙老师讲过后，得到的最有意义的教导是，要用一颗诗人的心去体会鲁迅的散文诗，而不要首先把鲁迅放在一个"战士"的框架里，用简单的非黑即白的思路去体验鲁迅的诗，特别是这种象征意味浓郁、意境朦胧的诗作，更要避免像索引派那样去解读，事事处处都要在现实社会中找到对应之物，用这样的方法和思路研究文学、研究诗作，不可避免地会把文学作品混同于战斗檄文或者政治评论。在文学批评还只限于现实主义与浪漫主义这两把尺子的年代，孙老师的话至少给我的思路打开了一扇新的窗户，让我嗅到了一股清新的文学批评之风。后来，孙老师把自己的研究重点之一放在了对新诗的解读上，没准我当年的那个问题还是其中的一个契机呢。

这件事也让我联想到文学课堂教学的问题。固然课堂教学是高等教育的一个重要环节，但具体到文学课堂，文学当如何教，课程当如何设置？最近我在"百度"上发现北大学者陈平原君已经在这方面进行了十分有益的探索与思考。囿于海外一隅，我暂时还无法读到陈平原君的原著，但仅仅从"百度"的介绍中，我可以断定，他已经在从"文学课堂的追怀、重构与阐释"的角度，试图为中文系课堂教学的发展，开辟出一条颇有价值的思路。"百度"词条给我提供的另一条很有意思的信息，是陈平原君在他的《"文学"如何"教育"》一书中所提及的一位位著名的教书先生："康有为、鲁迅、杨振声、黄侃、沈从文、顾随、钱穆、孙玉石……"这个排名本身，很能说明孙玉石老师在中文系名师榜上的地位。据说，陈平原君在他的书中"透过这一个个记录在历史上的姓名以及他们当时的课堂状况"，"探讨了学科化之前的文学、新文学如何学院化等诸多问题"。也就是说，孙老师的教学方式与教学成就，在某种程度上已成为研究探索文学课堂如何教育的一个成功范例。

除了课堂教学的成就，孙老师在现代文学研究领域的学术贡献主要体现于两个方面：一个是对现代新诗，特别是对现代象征派诗歌的研究，一个是对鲁迅的研究。可惜隔行如隔山，我实在没有资格对孙老师的学术成就妄作议论。

到如今我离开北大校园已经几十年了。几十年来，由于身居海外，再也没有见过孙老师。不过，从我们班的微信群中，还是可以断断续续地得知孙老师的情况。知道孙老师早已退休，离开了他耕耘多年的讲坛，但他始终与我们班同学保持着密切的联系。2012 年，我们班组织了一次赴南京观赏油菜花的聚会，同学们戏称这个旅游团为"菜花团"。在同学们发来的照片、视频中，我看到比同学们大 20 来岁的孙老师跟同学们在一起的时候，笑得那么开怀、那么灿烂，才知道原来在课堂上不苟言笑的孙老师，心中跳动着的其实是一颗充满活力的年轻的心。

从我们班的微信群上得知，孙老师退休后，和孙师母（中央民族大学张菊玲教授）将自己 10378 册藏书以及十余幅名人字幅无偿捐献给了大连民族大学图书馆。该馆为此专门建立了"长白书屋"，以鼓励莘莘学子奋发向上。前不久，我们班主任张剑福老师和几位同学代表全班前去看望孙老师。孙老师身体、精神状况都很好。衷心祝愿孙老师健康长寿。

激情永在的谢冕老师

谢冕老师的学生或者了解他的人都知道，谢老师浑身上下都洋溢着一种如同青春躁动般的激情，他爱诗，爱诗的语言，就连他的学术著作也写得像诗一样。年轻时，他的激情直接喷薄燃烧于他的诗歌中；而到了中年，他的激情则喷发在他的三尺讲台上，渗透在一部部他所精心编写的大部头著作中，也倾注于他对一切新生事物的鼎力支持上；到了老年，他的这股激情非但没有随着鬓发苍苍、步履渐缓而衰退，反而越来越有了几分"老夫聊发少年狂"的豪气：他率领着手下一班"谢家军"，闯荡"江湖"，驰骋于新诗创作与研究的文坛，并且更多了些"率性而为"的"出格"之举，诸如一年一度的"谢饼大赛"，号称争做谢老师

"身体好，食欲酒量好、兴致好"的"三好学生"之类，都足以见出其童心未泯、激情依旧的真性情。不夸张地说，谢冕老师是教授、学者群中地地道道、货真价实的"老顽童"。

谢冕老师是福建人，1932 年出生在福州。受时代的鼓舞，17 岁的谢老师便投身革命，穿上了军装，开始了他的军旅生涯。1955 年退役后考入北京大学中文系。北大中文系五五级是一批比较特殊的学生，其中既有高中毕业直接参加高考的普通学生，也有调干生。不过，那一年的调干生与之前最大的不同，是那一年的调干生都必须以同等学历参加高考，并达到同样的录取分数，才可以被大学录取。当时，与谢老师一同以调干生身份考入北大中文系的，还有后来的文学评论家陈丹晨，文艺理论家、学者张炯。在这个意义上，我们七七、七八级与北大五五级有某种相似之处，这就是同班同学之间的年龄相差悬殊。

认识谢冕老师大约是 1979—1980 年间，在中文系为我们七七级、七八级学生开设的当代文学课上。这门课是由几位老师合作教授的，除了谢冕老师以外，还有洪子诚、张钟、佘树森三位老师。谢冕老师教我们时，已经 40 多岁，但是按照当时的标准衡量，还算是青年教师。他走上讲台教我们的第一堂课，首先让我们感受到他的年轻的，还不单单是他的年龄，更是他激情澎拜、神采飞扬的"少年才子"气质。据说谢老师年少时，的确曾热衷于写诗，十几岁便有诗作在报刊上发表。虽然至今我还不曾读过谢老师的任何一首诗作，但他的诗情不但涌动在他的散文诗歌评论中，更流淌喷发在给我们讲课的每一瞬间。

谢老师说起普通话带着很重的福建口音。对我这样的纯北方人来说，听懂他的普通话是需要一段适应时间的。谢老师似乎也知道自己说话的特点。每次开讲时，他都尽量控制住自己的情绪，语速快慢适中，声调平缓稳当，吐字也就更清楚。可是用不了多久，谢老师就会被自己所讲的内容所感动，特别一讲到他所钟情的诗歌，讲到诗的内容、风格与特色，他很快就完全沉浸于诗的世界，声调也就随之越来越高，语速越来越快，精神也越来越振奋，于是乎"手之舞之，足之蹈之"。从最初静止地站在讲台，到在讲台附近来回不停地走动，再到走下高出地面尺余的讲台区域，直接踱步到阶梯教室第一排座位前的空地上，从教室的左边走到右边，再从右边踱到左边。除了必须停下来板书以外，谢老师常常是不到下课铃响口不停，步不停，始终保持着口若悬河、激情奔放的动态。据说，北大中文系只有谢冕老师没有病历。我猜想，这大概一来是由于谢老师的身体素质好，二来恐怕与他上课时总在教室里走来走去有关。那两个小时走下来，加在一起，少说也有几公里。这得是多好的健身活动！

谢老师的课，讲得很精彩。第一，他上课总是带着他那特有的诗人的激情：乐观、兴奋、明朗、浪漫；这种激情往往可以直接感染学生的情绪，让学生随着他的讲授，与他一起激动，一起亢奋，一起沉醉。谢老师的课堂气氛总是十分活跃。他一讲起诗来，那种陶醉忘形、眉飞色舞、如痴如狂、手舞足蹈的形象与神态，完全不像是一位四十多岁的老师，更像是一位二十出头的年少诗人。谢老师还爱笑，说到有意思的事，他往往自己先就开怀大笑起来，笑得那么忘情，那么清脆爽朗，单纯地如同孩童，很自然地让学生都受到感染。同学们都很喜欢听谢老师激动时讲课，也很欣赏讲课时激动的谢老师。

第二，谢老师上课的语言永远是带着诗意的。他很少用直白的教科书式的语言或者深奥晦涩的学术语言。他十分擅长使用短促而节奏鲜明、富于韵律而又画面感强烈的语言讲述文学现象，讲述诗歌的发展，例如：

> 我们以为是传统的东西，往往是凝固的、不变的、僵死的，同时又是与外界隔裂而自足自立的。其实，传统不是散发着霉气的古董，传统在活泼泼地发展着。
>
> 接受挑战吧，新诗。也许它被一些"怪"东西扰乱了平静，但一潭死水并不是发展，有风，有浪，有骚动，才是运动的正常规律。[1]

又如：

> 能够全面代表伟大的五四时代精神的，是鲁迅，而能够以全新的诗歌意象概括一个全新的时代的诗人，则是郭沫若。郭沫若以女神之再生，以

---

[1] 谢冕：《在新的崛起面前》，《光明日报》1980 年 5 月 7 日。

凤凰涅槃，以天狗吞日，以充满激情的声音和想象力向我们托出了一个鲜活生动的狂飙突进的时代。[1]

在他的课上，类似这样充满诗意的语言，再配上他那极富穿透力的声音，时时在课堂的上空回旋往复。

如果说，上谢老师的课有什么缺憾的话，那就是上他的课，最难的事是记笔记。我们上大学的时候，既没有现在如此方便的录音设备，也没有可以随身携带的笔记本电脑，课堂笔记全是用笔一笔一笔地记在笔记本上。谢老师这种肢体与声情并用，以声调、动作、神情、诗一样的语言授课的独特方式，学生无法抗拒地把目光牢牢地聚焦在他的身上。就彷佛是在观赏一部舞台聚光灯下的独角戏，观众很难把视线从台上主角身上移开，低下头去边听边做笔记。谢老师的课，的确不是让人听的，而是让人观赏的。更何况，一旦谢老师情绪调动起来，"进入了角色"，他的语速也随之大大加快，这种种因素都迫使我不得不放下笔，聚精会神地连听带观赏，生怕错过了精彩的部分。四年本科下来，在我所有课的课堂笔记中，谢老师的课，我所记的课堂笔记最少，收获却并不因此而减少。相反，却让我充分感受到谢老师在中文系的独特性。

谢老师与我们文学专业七七级，还有着一种特殊的缘分。凡是我们班来自北京的同学都知道，谢老师受大学的委派，担任了北京地区中文系的招考官，因此所有北京的同学都是谢老师一个个亲自挑选来的。这也使谢老师与我们班结下了一种蕴含着极为复杂特殊感情的情谊，谢老师为我们的班书《文学七七级的北大岁月》一书写的《相聚在新时代——记北大中文系一九七七级》文章中曾这样动情地写道：

不仅仅是事关教育复兴，不仅仅是事关师生情谊，也不仅仅是事关知识传承或者文学发展，我此时提笔写这篇文字的缘由，都是，又都不是。

[1] 谢冕：《诗与时代——在北大新时代诗歌座谈会上的发言》，2019 年 9 月 4 日，见 https://www.sohu.com/a/338713888_661863。

命运安排我们相逢、相识，安排我们一起度过难忘的时光，这是由于什么？不说社会盛衰，不说时代进退，甚至也不说众生哀乐，不说这些宏大的话题，但就我个人而言，我把我和七七级这个集体的相遇和相知，堪称是我个人生命的一个重大的庆典——意味着新生，光明，希望，还有幸福的重大的庆典！

都说1977级的出现是中国当代教育史的一件大事，是的，但也不仅仅是。我更愿把它的出现看成是一个预言，一个象征，或者更是一个标志。一抹彩云在中国的天空升起，它划分了夜晚和黎明，停滞和进步，封闭和开放，愚昧和文明！ 1977级，它就是披着那朵祥云降临人间的。它的出现是一种绝境中的希望和新生的福音。它告知了一个新时代的降临。

不难想象，这一年我与七七级猝然相遇，曾经带给我多大的惊喜！……至少对我个人而言，我和七七级的相遇，不仅意味着我找到了他们，更意味着我重新找到了自己，找到了我曾经的梦想，找到了与我的生命相伴随的我今后的学术道路，我的事业和幸福。

读了谢老师的这篇文章，不难理解当年谢老师是怀着怎样一种心境走上讲台的，他之所以那么富于激情，那么激情澎湃，是因为他终于实现了自己的梦想，找到了与其生命相伴随的路。

从上世纪70年代末认识尚属中年的谢老师到如今，40多年过去了。谢老师也已年近九十。虽然他早已从教学一线退了下来，可仍旧身退事业不退，人老心不老。有关他所参加的各种活动的消息仍不时地从各种各样的媒体传来。我相信，无论谢冕老师的年龄如何增长，他的心永远年轻，他永远是一位活脱脱的"老顽童"。

比较文学的掌门人乐黛云老师

乐黛云老师出生在一个颇为西化的家庭，父亲是贵州大学英文系教授。耳濡目染，乐老师自幼便阅读了大量的外国文学作品，尤其对英国文学情有独钟。

1948年，年仅17岁的乐黛云在贵阳参加大学考试，目标锁定北大英语系。没想到阅卷的沈从文先生非常赏识她的文学才华，在沈从文的鼓励下，乐黛云老师转读中文系。彼时北大中文系名教授云集。大学一年级，教国文的是沈从文，教现代文学作品选读的是废名，教《说文解字》的是唐兰，全都是名头响亮的一代大家。在众多名师的指点下，乐老师一方面继续潜心于西方文学，另一方面与中国文学结下了不解之缘。不妨说，正是因了沈从文，乐黛云老师才有了这样得天独厚的机缘，找到了将西方文学与中国文学连接在一起的契合点，为她日后培育出一棵枝叶繁茂的比较文学参天大树播下了颗粒饱满的种子。

年轻的乐老师，身上流淌着以天下事为己任的热血。20世纪40年代末的北京战云密布。乐老师冒着生命危险，积极投身学生运动，秘密为地下党工作。蒋介石政府在迁往台湾前夕，曾送机票给众多文化名人，邀请他们前往台湾。据说沈从文也在其中。当时北平中共地下党得知沈从文对他的学生乐黛云十分赏识，师生关系比较密切，便派乐老师前往劝说沈从文留下。沈从文后来果真留在了大陆，不知是不是乐老师的劝说起了决定性的作用，也不知假如沈从文当初去了台湾，命运又会有何不同。

我见到乐老师，大约是1980年前后，我上大三的时候。有一天，北大三角地贴出了乐老师将举办一个比较文学讲座的海报。那时节，比较文学正热，十分抓人眼球，但比较文学的现状究竟如何，研究当从何入手，近现代有哪些比较文学的研究成果，国际比较文学界的状况，以及中国比较文学的发展方向等一系列问题，鲜有系统的介绍。乐老师开办的这个有关比较文学的讲座，适逢其时。看完海报，当即决定去听乐老师的讲座。当晚，一个大大的阶梯教室挤得水泄不通，连讲台两侧的空地、过道的台阶都坐满了人。我去得略晚，只能坐在靠后的台阶上。讲座的具体内容已经想不起来了，隐隐约约记得乐老师提出了"要让全世界都听到中国的声音"的口号，很是振奋人心。她的口才以及阶梯教室里的火爆场面至今仍历历在目。

听过乐黛云老师的讲座以后，我一直期盼着乐老师会给我们七七级本科开一门有关比较文学的课。但直到毕业也没有。忘了是大三还是大四了，我们终于等来了乐老师开设的选修课"茅盾研究"。

上大二时，我就已经确定了古代文学的研究方向。一般来说，在各种各样的选修课中，我总是优先选择与古代文学有关的课程。尽管我的课程表已经排得很满，就连与古代文学有关的课都时常让我难以取舍，我还是毫不犹豫地选了乐黛云老师的"茅盾研究"。我决定选这门课的原因有三：一是之前听过乐老师关于比较文学的讲座。她看问题角度的新颖、敏锐以及出色的口才给我留下了很深的印象，相信她的课一定会突破当时的研究框架，在方法论方面给人以启迪。其二是自己已经读过茅盾大量的作品，记忆尚新，用不着再花很多时间去读原作。其三是我的学分已够，这门课可以纯粹当作是一门文学欣赏课来上，如果有所感悟，就写一篇读书报告，多得一个学分。否则的话，就只当是听了一个学期的讲座课。这就是当时有很多古代文学、文献专题课可供选修的情况下，我仍旧选了乐老师的"茅盾研究"的原因。大学四年间，这也是我选的唯一一门现代文学的专题课。

印象中，选这门"茅盾研究"专题课的人不太多，大约有二三十人，以七七级的同学居多。据说，自乐老师 1958 年初离开讲台以来，这还是她第一次为中文系本科生开课。

乐老师的第一堂课并没有直接讲茅盾，而是先介绍了国共合作失败、北伐失败的特定历史背景，然后把讲解重点放在那个时代三位代表作家鲁迅、郭沫若、茅盾的比较上。乐老师认为，同是投身于时代洪流的知识分子，这三位作家的作品代表了当时知识分子的三种政治倾向。关于这一点，我凭着记忆在网上找到了她的有关论述。乐老师是这样说的：

> 鲁迅、郭沫若和茅盾恰好代表了革命知识分子在革命转折关头的三种不同类型。白色恐怖使鲁迅感到先前的攻击社会如一箭之入于大海，正因为未真正威胁反动派，才作为废话而得以存留。这促成了鲁迅投身实际革命的决心，他是在革命失败的关头参加革命的。郭沫若则不同，革命失败所引起的仇恨和激愤，使他一时看不清实际条件，恨不得一切知识分子都能在一夜之间"获得无产阶级意识"。他是因为要革命而走上了不利于革命的、脱离群众的路。茅盾又是另一种情形：革命夭折给他带来的是痛苦

的思索，是暂时离开革命的漩涡，重新审视自己走过的路，是经过一段曲折回流，重新汇入革命队伍。他暂时离开了革命，为的是以后更正确地走革命的路。[1]

乐老师还将鲁迅与茅盾小说的创作背景做了一番比较。她认为，鲁迅写的是许多具有新思想的知识分子在与自己的封建家庭的决裂中的痛苦挣扎，在茅盾的小说中已经很少看到新型的知识分子与封建家庭的斗争，而是脱离了封建家庭之后"漂"在城市中的知识分子的幻灭、动摇与追求。乐老师更进一步认为，茅盾小说中知识分子的形象是在新时期对鲁迅小说中的知识分子形象的发展，也是对形势发生了巨大变化后、在新形势下知识分子何去何从的探讨。乐老师就是通过这样细致又有见解的比较，让我们切身感受到那个时代知识分子的痛苦与奋斗，也让我们看到了处于同一洪流中以不同眼光看社会的知识分子的群像。

乐老师的茅盾研究，不仅将鲁迅、郭沫若、茅盾这三位同时代的大家放在一起加以比较，而且也运用比较的方法分析、阐释同是茅盾作品中的主人公形象。《蚀》三部曲——《幻灭》《动摇》《追求》是茅盾的代表作。这部作品生动地展示了那个特定时期一群知识分子从犹豫彷徨到坚定革命信念的人生轨迹。其实，这种人生轨迹就是茅盾本人走过的人生之路，也是茅盾创作心理路程的展现。乐老师通过对小说中几位"漂"在城市中的女主人公的心理活动的分析与刻画，说明茅盾是如何在这一组女性知识分子的群像的塑造中，展露其本人的人生之路与心路历程。在这门课上，乐老师还特别比较了《蚀》与茅盾的另一部代表作《子夜》的异同。

开"茅盾研究"课时，乐老师已涉足比较文学。虽然她的课无关比较文学，但我觉得，她是把比较文学的研究方法用在了现代文学的研究上。乐老师的"茅盾研究"课讲得相当成功，很受欢迎，其灵魂就是"比较"。而我在乐老师的课上最大的收获也是学会了"比较"的方法。这种比较可以是同一时期、同一形式、同一题材的不同作家的比较，也可以是同一作家不同时期的作品中所描写的

---

[1]　乐黛云：《跨文化之桥》，北京大学出版社，2002年，第354页—355页。

艺术形象的比较，从比较中，来发现作者心路的演变与艺术形象发展的轨迹，来研究那一个时期历史的演进以及文学思潮嬗变的过程。

大约是从大四开始，乐老师突然就从大家的视野中消失了。等到她重出江湖，再次现身未名湖畔，活跃在国内的学术界，时间已进入 1984 年。那一年我刚好研究生毕业，开始任教于中央戏剧学院戏文系。初上大学时，文学教学与研究很清楚地分为中国文学与外国文学两大块，而中国文学又分古代、现当代以及文学理论几大类。20 世纪 80 年代开始，颠覆了传统的单一学科建制，交叉学科的建立成为一时风尚，比较文学一下子发展得如火如荼，颇为引人注目。不过，由于自己的研究领域限定在古代文学，对比较文学的发展仅仅是偶尔关注一下而已。直到 84 年秋，冯友兰、张岱年、朱伯崑、汤一介等先生发起成立中国文化书院，我突然惊喜地发现，乐黛云老师已俨然成为中国新兴的比较文学学科的掌门人，跨文化研究领域的旗手。原来，过去的几年，乐老师先后受邀于世界学术顶尖级的美国哈佛大学与加州伯克利大学做访问学者、研究员，花了几年的时间，在比较文学研究最前沿潜心钻研，硕果累累。一回到国内，顾不上歇息，便全身心投入了新兴学科的建设，成为北京大学比较文学与比较文化研究所的创建人、奠基者。自此，乐黛云老师的名字便与中国的比较文学研究紧紧联系在了一起。

乐黛云老师在比较文学领域的腾飞，最终成为中国比较文学领域的掌门人，固然与她在北大的大学生活以及早期对现代文学的研究密不可分，然而，对她一生影响更大的，还是她与汤一介先生在北大的相识、相知、相恋，并结为伉俪，从此两人相互扶持一生。如今，凡是知道乐黛云的人都知道汤一介，知道汤先生的人也都知道乐老师。从 20 世纪 40 年代末、50 年代初在北大相识、相爱到 2014 年汤先生去世，北京大学校园的大道小径，特别是碧波荡漾的未名湖，见证了乐老师与汤先生 60 多年所共同经历的风风雨雨，记录了他们之间的恩恩爱爱，两人也成为中国学界又一对比翼齐飞的学术夫妻。如今在互联网上不管是输入两人中哪一位的名字，乐黛云、汤一介这两个名字几乎总是同时出现。乐老师曾不止一次说过，她与汤一介先生"非一般市井夫妻"[1]。最能说明乐老师与汤先生一生相互扶持、结伴而行的是汤先生的散文《同行在未名湖畔的两只小鸟》，文中这样写道：

> 未名湖畔的两只小鸟，是普普通通、飞不高也飞不远的一对，他们喜欢自由，却常常身陷牢笼；他们向往逍遥，却总有俗事缠身！现在，小鸟已变成老鸟，但他们依旧在绕湖同行。他们不过是两只小鸟，始终同行在未名湖畔。

说得多么温馨，又多么深情。这一对在未名湖畔盘旋翱翔一生的鸟，为北大增添了多少活力与景色！

我在北大上学六年半，只上过乐黛云老师"茅盾研究"一门课，却从没机会面对面地受教于汤一介先生。1991年我离开中国赴美探亲，以为此生再也没有机会聆听二位先生的教诲了。不想，这样的机会竟然不期而至。1991年秋，我妻子徐匋在美国缅因州的Colby大学东亚系任教，住在一个叫渥特维（Waterville）的小镇。一天，我们收到缅因州另一所著名大学Bowdoin东亚系主任史教授（忘了他的英文姓名，只隐约记得中文姓是史）打来的电话，邀请我们参加他们系主办的一个学术讲座，主讲人竟是北大哲学系汤一介教授与中文系乐黛云教授。接到电话，我们都很兴奋，当即就答应说一定前往参加。我们知道，如果错过这个机会，很可能就永远错过了。特别是在异国他乡能够见到曾经教过自己的老师岂非人生一大快事！

放下电话，我们才意识到我们面临的一个现实问题是，如何从Colby去Bowdoin。两所大学之间相距虽只有80多公里，在北美，这点路真不算什么，开车连一个小时都用不了。可是那时我和妻子都不会开车，也没有车。在缅因州那个偏僻的小地方，我们居住的小镇连公共汽车都没有，更不要说火车了。仅有的灰狗长途汽车也不到Bowdoin那里去。明明知道汤先生和乐老师近在咫尺，却去

---

[1] 李昶伟：《乐黛云：旁观汤一介、汤用彤》，《新京报》2016年1月14日。

不了。妻子见我实在想去，便打了一圈电话，终于找到一位学生愿意开车陪我们。那天我们提前一个多小时就出发了，不幸的是，学生的老爷车在途中抛了锚，怎么也发动不起来。只见他趴在车下折腾了大半个钟头，车才好不容易又跑了起来。

等我们到达讲座的教室时，汤先生已经开讲了有 20 多分钟。我们只好悄悄地在教室的后面坐下。环视四周，只见在座的有 Bowdoin 大学东亚系系主任史教授和另一位华裔女教师以及二十几位学生。汤先生讲的是中国传统文化的传承问题，史教授现场翻译。大约 40 来分钟后，汤先生讲完，有一个短暂的休息。我走上前去与乐老师聊了十来分钟，得知她这些年一直在北美从事比较文学与文化的研究。休息结束后，乐老师概括地就中国社会发展前景、存在的问题以及目前文学发展情况做了一个简单的报告，仍由史教授担任翻译。然后，是在场听众提问时间。由于当时中国还没有像后来那么开放，所以大家的问题多半还是集中在当时的社会现状以及未来发展上。就是在那次讲座上，我发现乐老师不仅仅是一位学者、教授，而且还怀着一腔年轻人的热血。讲座结束后，史教授邀请我们与乐老师、汤先生共进宵夜，可是因时间已晚，送我们来听讲座的学生担心天太晚又黑，万一汽车再坏在回去的路上，会是很大的麻烦。特别缅因州地广人稀，那时还没有手机，在高速公路上找到人家打电话叫拖车实在很不容易。他说的也是实情。来的时候我就注意到，我们一路上开了近一个小时，不但来往的汽车稀少，就是路边也没见到什么人烟。所以我不得不与乐老师、汤先生匆匆告辞。

在 Bowdoin 大学听乐黛云老师、汤一介先生的讲座，是我出国 30 多年来在北美参加的唯一一次有关中国文学、传统文化的学术性讲座。这也是我最后一次见到乐黛云老师与汤一介先生、在国外见过的唯一教过我的老师。那一次虽然是去也匆匆，归也匆匆，毕竟听到了两位大师级老师的讲座。特别是在那个连中国人都少见、中国话都很少听到的小地方，能与乐老师与汤先生相见，听他们用中文讲中国传统文化、讲中国文学，感到十分亲切，也算得上是人生一大快事了。

大哉一诚天下动

——难忘南大哲学系三年

翟奎凤 [*]

我是 2002 年从安徽大学中文系跨专业考上南大哲学系的。

在安大四年，虽然学的是中文，但更多时间都是随着兴趣看了很多跟中国哲学有关的书了。实际上，当时看的好多都不是正经的中国哲学专业方面的书，从学术的角度来看，都是些"杂书"。大学时曾热衷气功，看了不少道家、佛家方面的典籍和一些传统文化普及方面的书，比如南怀瑾先生的书，我那时差不多都看过。

准备考研的时候，通过校园里一位信佛的居士、主教楼门卫高师傅，认识了安大硕士毕业、当时在南大读博的杨国平师兄，他给我的一些信息和历年试题对我考研帮助很大。我后来初试成绩是 390 多分，专业第一，应该说考研是我所有考试中最顺利的一次，运气很好，复习的一些重点都考到了。面试的时候，就住在杨国平宿舍。当时复试，我感觉自己表现得并不是很好。我是跨专业，凭兴趣，没有太多专业学术训练，不客气地说就是野路子出身。面试时，我印象中洪修平老师微笑着，很和蔼。白欲晓老师博士刚毕业，留校工作，也参加了我们那次面试，他本科也是安大中文系的。很感谢南大录取了我。

初到南京、南大，还是很新奇的。2002 年南大百年校庆，当时感觉校园整

---

[*] 翟奎凤，安徽亳州人，1980 年生，现为山东大学哲学与社会发展学院教授，青年长江学者，主要研究方向为《周易》与儒家哲学，兼及道家、中医、佛学思想。

得很漂亮，清新雅致，晚上有很多灯光打在草坪上、树上，光与绿的融合，给人感觉舒心温馨，校园氛围蓬勃向上，有浓郁的学习学术氛围。南园音乐喷泉好像也是那时新弄的，喷泉随着音乐舞动，上学和吃饭的路上都要从那里路过，给我们的学习生活增添很多快乐。当时校园里经常放校歌"大哉一诚天下动"，很雄阔，很有力量和感染力。但当时只是一种感觉——沉雄厚重，透露的就是校训说的那种诚朴雄伟的精神。那时对整个校歌的歌词内容还没有太留意。后来专门研究儒学，校歌的旋律经常浮现在脑海，"如鼎三足兮，曰智曰仁曰勇""千圣会归兮，集成于孔"，可以说南大校歌是最尊孔的。前几年我曾专门写过一篇文章，以南大、清华、浙大校歌为例，考察近代儒家文化的社会影响。这样，我对南大校史和校歌词曲作者江谦、李叔同才有了更深的了解（有意思的是，江谦、李叔同晚年皆皈心佛法）。南大、清华、浙大校歌都集中体现了儒学和古典文化的精神。南大歌词相对来说大概是最短的，但听起来最有力量感，很有感染力，特别是开头一句"大哉一诚天下动"，很大气，雄壮中洋溢着一种神圣的使命感。南大校训也是"诚"字当头，"诚朴雄伟"潜移默化地影响着我们，为人为学的根本都是诚字立脚，笃定朴实，力戒浮华，我也常以此自勉。校歌、校训所展现的南大精神，其实也正是中华民族博厚、高明、广大精神的集中体现。

　　我那时对佛学禅宗很有兴趣，入学前就看过洪修平先生的《禅宗思想的形成与发展》一书，所以选了洪老师作导师。当时中国哲学专业有洪修平、赖永海、徐小跃三位博导，记得徐老师有次比较几位老师的风格，大概是说洪老师是"明如镜"，赖老师是"默如雷"，自己是"宽如海"，好像还有一句"和如风"是说李书有老师。专业课方面，洪老师、赖老师、徐老师、孙亦平老师、杨维中老师、王月清老师、伍玲玲老师等都给我们上过课。老师上课的神情，或慷慨激昂，或娓娓道来，至今历历在目。我曾认真拜读过赖老师的《中国佛性论》，受益匪浅。那时著名雕塑家吴为山也在南大哲学系任教，方向是宗教艺术方面，他也给我们上过课，还带我们爬过栖霞山，看六朝石刻。政治公共课方面，张异宾老师、侯惠勤老师等名家的课都给我们留下深刻印象。

　　南大三年，哲学系、南大乃至南京的学术文化氛围都滋润着我们心灵和精神的成长。南大鼓楼校园虽然不大，但紧凑精致，氛围很好，生活也很方便。我们有空也常去听各种学术讲座，在小礼堂曾听过余光中先生的演讲，也去旁听过其他系的课，如中文系沈卫威讲胡适，王彬彬上现代文学讲到太平天国，社会学系翟学伟讲面子，现在都还有印象。校园里经常桂花飘香，和王振钰、孙奎刚还有其他同学在校园里经常散步聊天的场景也很难忘。我们去过南大博物馆好多次，里面展示的很多著名校友的辉煌事迹对我们也都很鼓舞。我那时二十多岁，精力正旺盛，紫金山中山陵、明孝陵、灵谷寺、总统府、夫子庙等南京有名的景点都跑过很多次。有次跟李仲清徒步去南京长江大桥散步，还听他高谈阔论了一番，好像是议论到左宗棠。鸡鸣寺、玄奘寺、栖霞寺、静海寺、毗卢寺等好多寺庙也去过，玄武湖经常去，莫愁湖也去过几次。南京历史文化厚重，名人故居，各种遗址，星罗密布，可以说整个城市就是一部活生生的历史文化教科书。

整体感觉，南大学习氛围宽松自由，各方面的资源很好。我觉得只要自觉、认真，有兴趣，都能学好。中国哲学专业虽然是以佛学为主，但我们做什么方向都可以。我最初是想做佛学的，但最后还是将硕士论文题目定为《晚年孔子与易道儒学——以帛书〈易·要〉为视角的讨论》。2005年毕业那年，洪老师在美国访学，当时系主任徐小跃老师作为代导师给我们签字答辩。其实现在回过头来看自己的硕士论文，感觉还是有很多不足，热情有余，学术论证的严谨性、深入性还是欠缺的。但答辩时老师们对我的评价挺高，徐老师、王月清老师说了好多肯定的话，当时很受鼓舞。

准备考博的时候，我同时报了南大、北大，后来都过线了。洪老师主动给陈来老师打电话，帮我推荐，现在想起来还是非常感动。洪老师严谨的治学态度和儒佛道三教融合的方向对我影响都很大。我后来研究的方向主要是儒学、周易方面，但对佛学甚至道家道教也一直很有兴趣，认同儒佛道三教融汇会通的治学理念。在今天来说，我们确实应该从总体上来研究传统文化，中华文化作为一个整体，与西方进行对话融通，要有这种开放的态度。我觉得这种开放的精神是南大、南大哲学系的重要风格。浸润在南大哲学系三年，具体学习到什么知识是一个方面，其实另一个方面也许更为重要，就是那种无形的学风学脉、气息感染、精神熏陶，学习、生活、交往各种环节和细节构成的一种整体气氛。

记得是2003年我们研一春季学期的时候，孙伯鍨先生去世了。我和那一届不少同学都自发去参加了追悼会。当时张异宾老师作了一个简短发言，张老师非常动情地谈到孙先生的学术贡献和人格精神，几度哽咽，至今还印象深刻。

有一次徐小跃老师请已经退休的周继旨先生作报告。周先生很有激情，对学生也很热情。听完报告，我还送了他一段路回家。我是安徽亳州的，跟他算是小老乡。送他的路上，他滔滔不绝地跟我说了好多，记得有些是关于冯友兰的。周先生今年春季也过世了。后来看他的简历，才了解他一生非常传奇。

南京三年总体上很愉快，有很多难忘的记忆。研一的时候，青岛路那边有很多早餐小吃摊，有段时间喜欢跟刘张华去那边吃馄饨；南园东南角小粉桥、拉贝故居旁有个鸭血粉丝馆，也去过多次。平时在跟同学的交流中也学习到很多，现在清华教书的李成旺，浙大的马迎辉（当时自学德语，很刻苦），武大的陈世锋是学马哲、西哲、科哲的，但是通过跟他们交流也学习到不少。我们宿舍的吴朝阳、孟亚明、李晓明睡觉前经常开"讨论会"。我跟现在南大任教的刘鹿鸣师兄交流也比较多，觉得他有学问有思想。当时也有些同学师兄关注现代新儒家，耳濡目染，都学习到一些。那几年还有好几位出家人跟我们一起学习，有苏州西园寺过来的，还有加拿大、韩国以及东南亚国家过来的，有和尚，也有尼姑。那几年离南大不远的金陵神学院常开圣诞晚会，我们也去过。南大、南京这种多元的学习氛围，现在想起来还是挺有意思，也很难得。同学们感情都很好，记得硕士毕业的时候，我连打印硕士论文的钱都没了，崔恒借给我两三百。秦俊曾想考中央编译局俞可平的博士，他觉得我字写得好，让我帮他抄写过自荐信。现在任职中宣部的罗林做过班长，那时就觉得很稳重，对同学很关心。在省委办公厅任职的刘登科、在安徽工程大学教书的刘聪住隔壁宿舍，也常串门聊天。我父母那时都在常州打工，我也常去常州。有次春节基本上是在学校过的，省宣传部在职读研的陈清华平时不在学校住，大概是想考博，跑来宿舍住了些天，那段时间跟他交往多。还有同学林仕尧、张志建、黄晓兵、张早林、杨善友、朱钧、刘春生、余飞、姚继冰、段传彬、邱国辉、高阳、申庚科、徐志成、徐江顺、高永旺等等，男生密集住在18楼四层，大家平时交流多，很融洽，后来很多同学也都读了博士。有一年玄武湖为了建隧道，把水都抽干了，跟几位同学去那里抓了一些鱼回来。那时同学相互关心，好多同学帮助过我，现在大家在各自岗位上，都发展得很好，想起来非常怀念。

因为喜欢《周易》，那时南京紫金山天文台有位老先生叫赵定理，也是南大校友，安徽人，研究《周易》与古天文，我去拜访过多次，后来跟赵老师也有比较多的交往。在南京时还认识了安徽籍书法家文备先生，他笃信佛教。还有现在任职阿里巴巴的朋友李嘉平，也是那时认识的。他们在精神上、经济上都给我过帮助，想起南京这座城市，是很温暖的。

那时文科楼前面有段时间有教练太极拳的，我也跟着学了段时间，也是那个时候认识刘怀玉老师的。快毕业的时候，有次跟同学从行政楼那边出东北小门，邂逅蒋树声校长。本来擦肩而过，我看着像蒋校长，就回头去看，想跟校长打个招呼。没想到蒋校长很亲切，主动跟我说了好一会，大意是教导我们，要做到四个"learn"：learn to do（学会做事），learn to be（学会做人），learn to study（学会学习），learn to together（学会合作）。蒋校长说话语重心长，朴素实在，至今时常想起来。

感谢南京，感谢南大，感谢哲学系。没有母校母系的哺育，没有老师的教导，就没有我们的今天。记得每年毕业，校园里经常挂"今天我以母校为荣，明日母校以我为荣"这句横幅。我们一直以母校母系为荣，众多著名校友、前辈师长的光环照耀着我们；也希望有一天我们也能做到，母校母系以我们为荣，能够延续南大的光与热，给未来者以力量。

在这烦嚣、诡谲多变、充满竞争的世界里，我也常常反省自己，要牢记校歌校训所强调的诚朴二字，在此基础上扩之以雄伟，充之以励学，实之以敦行。最后，长吟当歌，谨以母校校歌为颂，向母系一百年致敬：

大哉一诚天下动。如鼎三足兮，曰知、曰仁、曰勇。
千圣会归兮，集成于孔。下开万代旁万方兮，一趋兮同。
踵海西上兮，江东。巍巍北极兮，金城之中。
天开教泽兮，吾道无穷。吾愿无穷兮，如日方暾。

相信在中华民族伟大复兴的历史进程中，母系在新百年必将会更加辉煌！

既为经师，更为人师

——我所了解的李景林老师

张　辉[*]

　　半月前，突然听闻博士导师李景林老师已经退休，颇感意外，在这之前没有听到任何这方面的消息。回想起追随老师学习的四年，各种感慨一时涌上心头。

　　汉人曾言"经师易遇，人师难遭"，说的是单纯传授知识的老师容易遇到，而为人师表的却很难遇到。其实在为学与为人已经发生分离，知识高度专门化的今天，一个人上学期间能够遇到真正传授理论知识的老师已属不易，能遇到在为人方面做出表率的老师更是难得。幸运的是，在二十多年的求学生涯中，我自己遇到了在为学和为人两方面都为我树立了人生标杆的老师。下面我从为学和为人两方面谈谈我向老师学习的感受。

一

　　作为一个学者，学术就是他的生命。在学者频频出圈，动辄走红的今天，能够真正不为外界纷扰所诱惑，不断坚持学术思考和理论创造才是一个真正学者的底色。在李老师四十余年的中国哲学研究中，学术的思考和理论的创造一直贯穿其中。下面是我学习李老师学术思想的一点肤浅体会。

---

　　*　　张辉，1988 年生，河南三门峡人，哲学博士。现任河南财经政法大学经济伦理研究中心讲师，主要研究方向为儒家哲学。

第一，当下中国的哲学研究中，基本上分为中、西、马三大部分（其实马也是西的一部分），各部分画地为牢，各自为政。虽然学界一直提倡打通三者，但现实中基本停留在口号层面上，这造成研究中国哲学和研究西方哲学的学者多局限在自己的领域内，很少做真正有效的沟通交流。具体到当前中国哲学研究中，或是出于对以往简单粗暴用西方哲学模式剪裁中国传统哲学做法的排斥，或是囿于视野和知识的狭窄，中国哲学的研究很多停留在单纯中国的语境下解读，即便是引述一些西方哲学的内容，也多是一些在外在形式上的对比。与之相比，读李老师的中国哲学研究文章，能强烈感受到深厚的西方哲学功底，尤其是德国古典哲学背景。这种借用西方哲学来解读中国传统哲学的做法，并不是简单的形式上的对比或比附，而是内在的实质上的比较，蕴含着中西哲学比较的深意。李老师借用西方哲学来分析中国哲学内涵的做法，既彰显了中国传统哲学的特色，并在这一对比中丰富和深化了中国传统哲学的内涵。老师提出的"儒学是教化的哲学"这一论断即体现了这一方法特色。本来，教化明显是一个儒家的话语，老师借用西方黑格尔、伽达默尔、罗蒂的讲法，赋予了教化"普遍化""保持"和"转化"的含义，既彰显了儒学作为独立的"哲理的系统"的一面，也突出了儒学关注人的存在实现的教化功能的一面。李老师对西方哲学的这一化用，丝毫不让人觉得突兀和生硬。这也给我们做出了示范，即在中国哲学的研究中既没有必要出于对西方哲学的警惕而一律排斥，也没有必要担心对西方哲学的借用会落入中国出材料西方出理论的窘境，恰当的对比和化用，反而能够相得益彰，深化、丰富和发展中国传统哲学的内涵，使之参与到与西方哲学的对话当中。

李老师这种中西比较的研究进路是与 20 世纪 80 年代在吉林大学求学期间，深受邹化政先生思想和治学风格影响分不开的。邹先生熟稔德国古典哲学，在 20 世纪 80 年代又钻研儒家哲学，提出了许多今天看来依然富有远见的思想观点。李老师曾说，一个好的哲学系必须要有一个形而上学家，邹先生是真正的形而上学家。和邹先生一样，李老师重视和熟悉西方哲学，有自己一套哲学观念，这也使他的中国哲学史论述处处体现着哲学的思考和中西比较的意味。曾听说，李老师刚由吉林大学调至北师大时，一些学生惊讶地说中国哲学的老师还能讲康德、黑格尔，由此亦见兼具中西哲学视野和学养的不易。

第二，李老师的文章著述从表面看是在研究中国古代哲学史，其实背后透露出强烈的问题意识和对当下现实的回应。早在 20 世纪 80 年代末，李老师就思考如何对中国传统哲学进行新的诠释，以回应现实，与西方哲学对话。经过苦苦思考，李老师找到了教化这一概念，提出"儒学是教化的哲学"这一命题，直接回应着上世纪 80 年代至今一直讨论不休的"儒学是否是宗教"和世纪之交到现在学术界关注的"中国是否有哲学"以及儒学的未来发展和重建的问题。李老师的文章看似是纯粹的学理讨论，实则有明确的对话者。他说自己很少直接参与现实和学术热点讨论，但并不是不关注、不回应。正是自觉的问题意识和对现实的担忧与对儒学未来发展的关怀，使得李老师的研究体现出以身体道的学者的担当，学术研究和个体生命融为一体，我想这也正是教化哲学的内涵之一。

第三，将中国哲学史的研究融入到哲学思考之中，建构了以教化为核心观念的儒学诠释体系。当下，中国哲学的研究基本上是以哲学史研究的面貌呈现，哲学史的梳理工作很大程度上取代了哲学理论的思考，因而李老师在哲学史的研究中注重理论建构的研究模式在当下中国哲学界尤为难得。对于这种将哲学史的研究和哲学的理论思考结合起来的研究方法，李老师有着高度的自觉。有一次，我曾请教过李老师，说现在哲学史的研究主要是对历史上哲学家思想的解读，很难能看到个人的思想和对当下问题的理论回应，李老师回答说好的哲学史研究与哲学的思考是分不开的，只有有自己的哲学思考才能有效统摄哲学史材料，在哲学史的研究中体现一贯之道，而哲学思考同样离不开对哲学史的把握，在既有的哲学史基础上的哲学思考才会有价值和普遍性。近年来，中国哲学界对哲学史研究中单纯照着讲的不满和努力接着讲的尝试，业已为李老师的研究所实践。

在中国哲学的研究中，李老师一直考虑如何来解释中国传统思想和儒学这样一个问题。在 1989 年发表的《儒学的哲学精神与文化使命》一文中，李老师开始使用"教化"这一观念来对儒家思想做出现代解释，突显其本质精神以及与当下社会生活之间的关联。之后李老师围绕教化这一核心观念思考、解释儒家思想。一个时代的思想研究需要寻找一个核心观念和合适的诠释原则，这非常重要，也非常困难。李老师三十年前提出以"教化"作为理解儒学的核心观念，在今天愈见它的理论解释力、穿透力和建构力。

李老师深厚的西方哲学学养和精深的理论思考，使得他的儒学研究常常能够孤明先发、新意迭出、廓清迷雾。在郭店简、上博简中儒家重视情感的文献出土之前，李老师已敏锐地发现情感在先秦儒学中的重要性。在近年来学术界关于孟子、荀子人性论的研究中，各种观点纷纷出场，莫衷一是。对于孟子的性善论，宋明诸儒皆以为性本善，近来学界则有向善说、可善说、有善说等诸种论说。李老师坚持阐发古义，认为只有本善说才能确立中国文化中人的道德责任之必然性的形上依据，在发掘儒学精义基础上澄清对这一问题的误读。至于荀子的人性论，学界众说纷纭，除历代所持的性恶论外，又有性朴论、性恶心善、性朴欲趋恶等说，使这一问题变得更加复杂甚至混乱。李老师在这一问题上，通过深入分析荀子人性论的结构，得出荀子所言的性恶强调的是人性中没有现成的善，而非指人性中具有实质的恶。这一论断言之有据，实属中肯。

在学术评价严重指标化的环境下，李老师并不算高产，他常自谦自己写文章慢。其实在我看来，这是出于对文字的谨慎和思考的难度所致。李老师为文必有深意，不做空泛应景之虚文，即便是刊载在报刊上的小文章，也富有思想深度，耐人寻味，很值得琢磨。他也常提醒学生不要随意发表文章，告诫我们要一以贯之，不能让自己的观点互相打架。这种对学术负责甚至敬畏的态度在发表至上的风气下是多么可贵！

二

李老师是我在学术道路上的导师，更是改变我人生轨迹和命运的贵人。忆及八年前，5月初考博复试结束后，老师在只招一人而我面试排名第二的情况下，特向学校申请了一个名额。在这之前，我和老师素昧平生，为了一个陌生的学生向学校申请名额，这种运气又有几个人能遇到呢。直到现在，我清晰地记得那年6月3日中午暴雨滂沱，李老师打来电话，说学校名额申请下来了。当时我已在昌平找了工作，准备边工作边复习再考。对于向学校申请名额、培养经费由老师课题出的这件事，在我入校之后，李老师从未当面向我提及。我想这是出于关爱帮助年轻人，担心给我造成心理负担的原因吧。我生也愚钝，能够有机会读博，现在在高校从事中国哲学学习研究，这一切都有赖于李老师当初的帮助。假使没有遇到李老师，我或许早已混迹社会，与世浮沉了。一直以来，我将李老师视为改变我人生命运的贵人，铭记于心，并为自己拙于向老师表达感激之意深感不安。

在李老师六十寿诞时，受业弟子送了一幅"如沐春风"的书法作品，这四个字，老师完全是受之无愧的。宋明儒讲求气象，黄庭坚言周敦颐如光风霁月，程颢弟子说听老师讲学如坐春风里，每次和老师相处，我也有这种感受。犹记每周三下午李老师值班，一开始在向老师请教问题之前，我总会因自己的无知而感到担心和紧张，而老师的谦和与慈爱总能不自觉化解这一紧张于烟消云散中，继之便是富有洞见的提点，我也因此享有疑惑得到解答后的满足感。在校期间，我特别期待周三下午这段师生相处的时间，每次结束总有意犹未尽的感觉。如今回想起来，当时师生围坐一堂请教解惑的场景，犹历历在目。还记得数次在校园中走，遇到老师在后面骑自行车，快到身边总会骑慢下来叫一声名字，令我感动不已。这虽说是日常生活中的小事，但更能见到老师的人格和对学生的关爱。在师生关系冷漠、交恶频见报端的当下，能遇到这样的老师是可谓求学生涯的幸运。

李老师不但在学术上造诣深厚，而且视教书育人、培养学生为教师必须要守住的本分。追随老师读书的四年期间，每周三下午固定的师生见面交流答疑时间，李老师不论工作多么繁忙都会专门留出时间，每次早早到办公室等候学生，风雨无阻，还经常为此取消开会和调整其他事情安排。李老师曾说，他教书四十余年，从未出现过一次教学事故；还说，如果人生有第二次选择还会做老师。也只有出于对教育真正的热爱，才会有这样的感言。2018 年，李老师荣获北师大首届"四有"好老师金质奖章荣誉称号，这一称号主要奖励师德高尚、爱岗敬业、关爱学生、教风端正、教书育人、为人师表的专任教师，这也是学校对老师的认可。

梁慧皎在《高僧传》序录里针对以往所撰的名僧传，指出"名者本实之宾也，若实行潜光则高而不名，寡德适时则名而不高"，认为真正有修养和学问的未必有名，而名声在外未必有真学行。李老师曾用"高而不名"形容他的老师邹化政先生，我想用这四个字来形容他自己也是贴切的。

Book Review | 著作介述

《王船山体用思想研究》书评 *

杨　莉 **

一

中国哲学研究一个非常突出的特点，就在于它的诠释、建构与创新，是在"继人之志，述人之事"的经典解释中完成的。这意味着中国哲学总是在历史性视域中才能严格地获得其思想的展开与确立：这一进路或可称之为历史性意识。这种历史性意识，在田丰新作《王船山体用思想研究》（中国人民大学出版社，2020 年版）获得了一种独特的呈现。

从题目上看，该书可能会被视为针对船山体用概念的研究。但细读此书则会发现，作者提炼出的贯穿全书始终的船山"体用交藏互生"之义，与其说是"体用"概念，毋宁说是船山以及该书作者历史性意识的体现：即在生成流动中理解世界，同时避免意义与原则在变动中被消解。

在此种历史性意识的指导之下，该书选择从考查体用概念在王弼处的发源入手，揭示出王弼所赋予的"体用"概念的内在张力，并且指出正是这种张力，使"体用"逐渐取代"本—末""母—子"等概念，占据了中国哲学思辨的核心。

---

　*　本文系辽宁省社会科学规划重点项目"汉代宗教生命观研究"（批准号：L21AZJ001）阶段性成果。

　**　杨莉，宗教学博士，现为天津社会科学院哲学研究所副研究员，出版《民国时期天津文庙研究》，发表学术论文数十篇，承担、参与多项国家级课题和省部级课题，主要研究儒学儒教、宗教理论等。

沿此逻辑，此书第一章深入辨析了"体用"概念在道学诸儒中的多重意义及其不同面向的张力，借此勾勒出从程子到阳明的"体用"概念史。遗憾的是，船山最为服膺的张载的"体用"思想在本书中付诸阙如，对程朱体用论的考查也稍显简略，似乎对学界的相关研究吸收不足。相较之下，此书对阳明学用功颇深，且由此转入船山——此中用意容后详述。

此书的第二、三章，初看之下，似乎在讨论学界皆有相当成熟的研究。但正如序中所言，此书一直非常注意"详人之略，发人未发"的书写原则。作者对于成熟详备的研究，并未浪费笔墨，其所在意者，是在此基础上的继续推进，以期给出更加精深的阐发。譬如船山的"乾坤并建""性日生日成""气质中之性""以行统知""格致相因"等思想，学界相关论述颇丰，而此书独能在此之上推陈出新，给出更富于内在思辨性的解释。其不足之处，则在于过分重视文本的剖析，冗辞过多，影响阅读。好在作者对此亦有所反省，于每节节首自作提要，以便阅读。读者可借助提要概览，在需要处细读。

这里有两处需读者特别留意。一者为第三章最后一节，此乃全书承上启下之重要关节，绝不可略。二者为第四章，此章为本书真正用力之处——这一点从体量上即可看出，第四章几乎占全书一半分量。这样的安排固然予人以头轻脚重之感，但从某种程度上而言却又不得不为。因为，如果说第二、三章是对船山思想中内在历史性的提炼，那么第四章就是从根本上，与此历史性的直接对话。

二

如果说黄梨洲为明学的总结者，顾亭林为清学的开山者，那么船山则上为道学之殿军，下开清学之先绪。其与众不同之处在于，他不仅靠气学化虚为实，更由心性之论通贯四书与五经。田丰此书独具慧眼之处在于，在第三章末节通过对"知"的技艺性、情境性与实践性的考查，揭示出道学无论是"知先行后说"还是"知行合一说"，都蕴含着超历史的先天本体的预设，带来的后果就是在人伦生活中，无需倚重经史实学对人实践智慧的训练，依靠心体或性体即可达乎圣境。而在船山"交藏互生"的体用范式下，田丰从其四书学、心性论的诸多命题如"习与性成""格致相因""以行统知"之中揭示出，其工夫论的内在逻辑在于如何贯通心性领域与经史领域，使得四书、五经、历史，都成为学者理想人格中不可或缺的工夫环节。

在此过渡与拓展中，知与权构成了重要津梁。田丰总结道："'知'之中包含着合宜运用道德的实践判断力（良知），借助人—物关系合宜地实现道德目的过程中用物的技艺（巧）。除此之外，'知'还必须伴随有真诚中节的情感。"换言之，人如何能够依凭道理去合宜地判断，此即经权关系的关键。此书的第四章第一节用了四万余字，详细检讨了程朱及阳明的经权思想，以及由此引发的经史观念。进而在这个观念史背景下，考查船山如何汲取先秦儒学经权之精义，最终一针见血地指出，圣人作经固然是缘于人心灵明，但当"经"为政治伦理世界赋予形式之后，这个"历史性世界"则构成了后来人伦生活中理解与实践的限度。后人对"经"的解释与实践既是"权"，也是"经体"在"权用"中的历史性生成。显然，这样理解的"经""权"已经不再是个体的心性工夫，而是个体学问心德的先决条件，即"道"在民族历史性世界中的自我展开与结晶。

诚如船山所言，设身处地将自身放在历史情境中去，心中忧患古人之安危，斟酌古民之利病，玩味古圣贤应对之方，才能够真正获得"知"，从而资治。换言之，在船山这里，经史之学以士大夫工夫论而非知识论或政治学的形式，参与到"资治"之中：斯可谓此书的洞见。

事实上，船山尽管汲取了某些传统经学的方法与知识，并兼有清学式的考证训诂，但其主旨意趣则仍是宋学式的。这也决定了此书并没有以经学或史学研究方法来处理船山的经史著作，而是试图在其前三章提炼出的历史性体用视域下，发掘船山眼中经史之学的工夫论意义。不过，作者自己也已意识到，这样做尽管能够让某些思想结晶凸显得更加明晰，却也付出了许多代价。这不仅表现在许多经学、史学自身的丰富性内涵的缺失，也表现为一些基本体例上的缺憾。

就前者来说，如船山的"礼学"在此章仅处理为《学》《庸》与《礼记》整体的关系以及礼制教化的历史性问题，对船山《礼记章句》中探讨的大量问题几乎未有阐发。同样，《易》学也只是通过"占学一理"和"四圣一揆"来阐发经典在历史中的统一性问题，罕有触及易学的细致义理。《春秋》学的问题则更加复杂，因为，《春秋》与《资治通鉴》二者在传统中的地位完全不可同日而语，而在作者看来，似乎船山的《春秋》学著作与史论著作性质并无二致，于绎读方法上并未加区分。诚然，就船山两类著作的表面体例来看，作者这样做确有其道理；但就两类著作各自关切的着眼点，以及必须应对的不同传统来看，则失之笼统单薄。

就后者即体例问题来说，首先，此书的研究只涉及了《礼》《易》《春秋》，没有论及《诗》《书》。如果说《诗》学的缺席是因为船山本人相关义理著作较少的话，那么《尚书引义》作为船山对三代之治的阐发，其研究的缺席恐怕会造成义理整体性的不足。况且，如果我们将眼光放得更加宽广，那么完全可以不局限于《诗广传》，将《楚辞通释》《古诗评选》《唐诗评选》《明诗评选》等皆作为船山《诗》学的流裔，纳入研究范畴。其次，此书最后一节尽管是对船山整体历史思想的处理，但其对义理的提炼并不是源自对《读通鉴论》《宋论》的整体解读——其最核心的要义只是通过对《读通鉴论·绪论》的阐发获得，这其实与此书主张的船山精神有不契合之处。因为照作者之论，船山的史学精神并非是依靠某种高明心性工夫的超越，而是踏实细密地沉入历史情境之中的磨砺。如果仅仅依靠从《绪论》中拈出某种方法论形式，仍难免有高明玄虚之弊——这种由义例提炼思想的做法，多少与船山本人所主张的"春秋无常例""无立理以限事"精神有所不符。

当然，以上皆是求全责备之言。事实上，如果作者花大量篇幅析读船山史论，难免与此书主旨游离过远。就某种意义而言，此书最后一章的精彩洞见与其内在结构的缺憾，可能不仅仅是行文体例安排上的问题或是作者精力学养的局限，更是现代学术研究方法和中国传统著作精神的大异其趣。

三

以笔者阅读观感，此书除了表面的目录分章，即概念史追溯、天道体用、心性体用、经史体用这四部分的思想研究之外，还隐含着一条从阳明学开始的关于善恶与生成的历史性意识暗线，它构成了后面两章得以展开的内在逻辑。

众所周知，船山鉴于明亡之痛对心学与佛老大力批判，尤其对"无善无恶"之论多有激愤之语，因此以往的船山研究并未过度关注其对阳明学的吸收与继承。此书作者着力于概念史内在理路的辨析，故能独具慧眼地点出船山体用思想如何借助气学从阳明处转出新义，并以"天人之辨"将阳明"无善无恶"之论化虚为实。但是，此举也造成了一系列疑难。

首先，在阳明"一体两用"模式下，"照心"与"妄心"皆由"良知"本体发用而来。故而此"体"并非同质的绝对同一者，而是具有差异性与生成性的统一体。在田丰看来，船山才真正将"即本体即生成"原则贯彻到底，否则他无法提出"性日生日成"之说。然而，正如作者在第三章第三节分析此命题时提出的疑难那样：这里是否有个永远无法彻底剔掉的先天人性设定，它在何等意义上不同于传统道学要回复的心体或者性体。这个质疑在第四节分析"气质中之性"时进一步被推演为：既然船山认为人之气异于犬牛之气，那么人之气中必然有异于禽兽的某种共同之处，使得我们可以共称为人。此共同者如果理解为某种先天不变本体，则又将回到传统道学的体用论。于是此问题在第五节转化为继善成性的问题——去思考人性继之于天者究竟为何。依照作者的解释，船山的关键性方案是将气之德虚化为良能，从而为"生生之性"奠基，使得传统道学的性理或心理转变为虚德之性。善超出伦理学而具有存在论意义，"继善成性"与"性日生日成"都是对性之虚德的充实与丰富，是健顺良能在自身处的延续与推扩。

然而，性论的问题仍未完全解决，存在论解释终归不能替代伦理学规定。如果说仁义礼智作为形式性虚德只能在人的实践中不断被充实的话，那么在天"无善无恶"之虚德是如何在伦理世界获得其具体的善恶规定性的呢？作者倾向于此问题的最终解决必须通过历史世界来为人伦生活奠基，并如前所述，通过对"知"与"权"的析读将此问题导向经史领域：人以领会—应用历史的方式生成人伦世界，同时以这样的行动让自身进入历史，这是人与世界关系的基本结构，也是最根本意义上的体用经权结构。船山所做的，是将这个循环结构重新植根于经典与传统中，让儒者之统回归到坚实的大地，即书末论及的历史之心。

尽管如此，令人困惑的是，历史本身真能为人伦奠基吗？即便此历史有天道为之背书，不同于我们今天虚无主义泛滥下的生灭之海。但如果天道仅仅是无内容的"生生"本身，整个传统的仁孝礼乐文明，也不过是"生生"开显自身的一种可能，它在今天又如何能够为自身延续的合法性提供足够的辩护呢？当然，此疑难不仅属于船山，也属于我们。当今学界如"生生"哲学、"道体学"、"理本论"等的建构，都是对我们当下这种生存处境的回应。在此意义上，田丰此书在传统视域下对上述疑难抽茧剥丝地推进，虽然不能完全解惑，亦可说对此问题有相当助益。

论文摘要

"退向未来"
——20世纪中国旧诗的叙事与抒情
潘静如

摘　要：20世纪旧诗，在庚子事变、北伐、"九一八"、抗日战争等"民族—国家"议题上有广泛的书写，这与诗史传统密切相关。但如果局限在这个框架内，20世纪旧诗的价值就被削弱了。因为新文学本就是国族危机、国族意识的产物，"民族—国家"及与此相关的"革命""启蒙"是其题中应有之义，且愈到后来，愈加激烈而狭隘。旧文学因为被排斥在"革命""启蒙"的轨道之外，得以被"荒置"为作者"自己的园地"。在这种文学生态中，旧诗写作是个人的，但同时又往往是非私人的，最终以边缘、隐微的姿态介入并健全了20世纪中国的文学史与思想史。

关键词：旧诗；旧文学；文学史

雪芹原笔费思量
——从甲戌本《石头记》"秋流到冬尽"说起
陈传坤

摘　要：在中国古典小说《红楼梦》第五回《枉凝眉》一曲中，早期各抄本存在"秋流到冬尽"和"秋流到冬"之歧。由此入手，考察了现存诸多早期抄本《红楼梦》之异文呈现，辨析曹雪芹的原稿究竟是"秋流到冬尽"还是"秋流到冬"。并以此类推，考辨各本其他典型异文致讹之由。比如，原稿是"怀金"还是"悲金"、是"父兄"还是"父母"、是"庄子因"还是"庄子文"、是"团圆"还是"团圞"、是"云堆翠髻"还是"云髻堆翠"等，论证曹雪芹原笔应该是后者而非前者，试图说明程本的价值，并纠正学术界"脂优程劣"之习见。

关键词：红楼梦；版本；返祖；异文；原笔

论《红楼梦》作者署名与版本校理之百年嬗变
欧阳健

摘　要：以 1921 年上海亚东图书馆印行汪原放标校本《红楼梦》为标志，《红楼梦》进入了"新式标点时代"。与新式标点相伴随的是，《红楼梦》的"作者署名"及"版本校理"问题。一百年来，屡易其辙。在作者署名上，先后出现了"曹雪芹著""曹雪芹、高鹗著""曹雪芹著，无名氏续"等形态；而在版本校理上，程乙本、有正本、庚辰本、程甲本等都曾被作为底本。这既与百年来红学的发展有关，也与《红楼梦》整理本的市场导向、读者的完璧情结有关。其中，"程甲本"之作为"底本"，向来是取其"后四十回"，作为其他底本的一个补充。这不但违情悖理，而且也低估了程甲本的价值。作为"血脉贯通"的一百二十回足本，程甲本是信而有征、流传有绪的理想版本。

关键词：《红楼梦》；署名；冯其庸；庚辰本；程甲本

"庄子蔽于天而不知人"献疑
张　朋

摘要：在庄学日益繁荣进步的时代背景下，荀子"庄子蔽于天而不知人"这句著名评论实有进一步讨论的必要。荀子的这句评论涉及庄子思想和荀子思想的核心内容，非常集中地反映了二者天人观的差异。在说明荀子做出"庄子蔽于天而不知人"这句评论的思想背景之后，本文从天人概念辨析、天人观对比、荀子解蔽方法是否适用等方面对这句至今仍然经常被当作定论来引述的思想评论进行详尽讨论。最后的结论是：荀子"庄子蔽于人而不知天"这句批评是非常不准确的，而荀子之所以对庄子做出如此评价，在很大程度上是因为其对庄子思想的误解。

关键词：荀子；庄子；天人观

华严宗师判摄老庄的思想理路

师　瑞

摘　要：从慧苑、澄观、宗密再到德清，华严宗师对老庄的判摄呈现出由批判为主转为会通为主的趋势。然而无论批判也好，会通也好，他们的观点又具有高度相似性。如慧苑以老庄误认阿赖耶识为道，故判入"迷真异执教"；澄观既以真如类比道，又大力剖析佛道之异；宗密批老庄为外道迷执，有权而无实，又以元气为阿赖耶识之相分而会通之；而德清从会通的立场以老庄误认阿赖耶识为道，故归入"人天乘"。概而言之，华严诸宗师都以"三界唯心""万法唯识"之真理观统摄老庄之外道言教，进而或批判老庄为异教，或在辨析其异的同时融摄老庄入佛。当然，由于具体主张的不同，各宗师对老庄的批判与融摄有着程度上的差异。

关键词：华严宗；老庄；万法唯识；佛道交涉

反向格义，以西释中
——严复道家经典诠释学

李智福

摘　要：近代以来，随着西学入传，严复对《老子》《庄子》两部道家经典进行全面的西学化解释，可谓是反向格义、以西释中之典范。哲学作为一种周延的智慧，既是反映时代与地域的，又是超越时代与地域的，中国古代道家与近代西方哲学启蒙思想并非完全无关。严复会通道家与西学的哲学理念有：将老庄之"道"格义为西学之"第一因"与"存在"；将老庄哲学的"大化""变化"哲学格义为达尔文的"天演（进化）之道"；将老庄哲学的古典"自然主义"格义为西方的"民主政治"；将老庄哲学瓦解权威的思想格义为"启蒙主义"。严复始终认为中学与西学之间是一种互相遮拨、互相发明、正比消长的关系，在中国近代启蒙语境中，严复以西学解释道家哲学不失为一种有意义地中西会通。当然，检讨这两种"异质"的思想在互相"格义"中所面临的"意义困难"与"问题错误"也是必要的。

关键词：严复；老子评语；庄子评语；反向格义；解释学

《周易》伦理的空间化构造

甘祥满　贺拥军

摘　要：《易》卦六爻自上而下代表着天人地三才，人居其中，效法天地。《易传》认为，天尊地卑，贵贱有位；因之而乾尊坤卑、阳尊阴卑。六爻，不仅有预定的阴阳爻位的分别，而且初、二、三、四、五、上爻各有其特别的位置属性和价值分判。在刚柔相推之下，卦爻之间的阴阳性质与爻位关系通过承乘比应的形式而产生各种制衡和变化，使得固有的静态的位置关系和价值架构又多出种种复杂的、变化的动态结构，而《周易》的空间形象因此具有了褶皱的形态。褶皱的伦理空间，既有其利，也有其弊。

关键词：周易；伦理；空间；尊卑；褶皱

僧安道壹的"古意书体"及书刊实践
——入隋后的僧安道壹研究系列之三

张　强

摘要："书刊"是僧安道壹对自己的崖刻实践的命名，从艺术史的"追认"角度来说，其意义重大。本文以《曹植庙碑》为起点，把僧安书刊置于"古意书体"情境进行探讨，分析了由《曹植庙碑》关联的古代经验："形象体"与"象形体"。《曹植庙碑》是近乎完美的"古意书体"的全面实践，也同时使得僧安道壹宣告了"古意书体"美学的终结。因为，在"行草为王"的文人表现趣味里，有一种集体意志，它主要体现在要求个体表现状态的"自然而然"，在这种强力的美学意志面前，一切非直接性的表达、装饰性的表达以及更为多样化的表达，都被排斥在外。

关键词：书刊；书体；《曹植庙碑》；美学

读《先秦汉魏晋南北朝诗》札记
王培军

摘　要：《先秦汉魏晋南北朝诗》是逯钦立校辑的从先秦至南北朝这一时期的诗歌总集，也是中国诗的一部重要总集。本文为其阅读札记，具体探讨了曹操、王粲、徐幹、曹丕、曹植、阮籍、陆机、左思、张协、刘琨、陶渊明、谢灵运、袁淑、鲍照、沈约、何逊、蔡琰等十七位诗人之诗及民歌作品若干首，或解释其作意，或探讨其出典，或指出其脱胎之句，或比较诗艺之优劣，务为就诗论诗，写为二十二条，以供读诸家诗之参考。

关键词：《先秦汉魏晋南北朝诗》；诗歌；艺术

新诗用韵问题再考察
——以民国时期关于诗的用韵之争为讨论中心
潘建伟

摘　要：在古典诗学中，用韵至为重要。韵脚既是全句最精彩之一字，又是全诗相互关联照应之结点，是中国诗最重要的形式元素，因此新诗产生以来，对于用韵问题的争论也尤为激烈。无论是对于韵与中国诗的本质关系的认识，还是对于不同类型的韵脚与诗人情感关系的理解，或者对于新韵与旧韵关系的处理，民国诗坛都有着较为广泛而深入的讨论，尤其是章太炎、范罕、汪辟疆、胡怀琛、吴宓、瞿兑之等旧诗人及朱光潜等诗论家更是牢牢坚守着诗的音乐性立场。回顾民国时期的用韵之争，对于当代受视觉文化影响下的新诗创作或许会有某些启发，因为只有那些讽诵于口、音义俱佳的诗才能直达我们灵府的深处，绵延不息。

关键词：新诗；用韵；新韵；旧韵；自由诗

姓名制度
——文史研究的一把重要"钥匙"
张雪松

摘　要：与职官制度、历史地理、年代学和目录学一样，姓名制度也是文史研究的一把重要"钥匙"。本文从姓氏，名、字，字派谱系三个部分，相对全面系统地论述了姓名制度在历史上的发展演变，以及姓名制度在长时段历史发展中蕴含的丰富文化信息，并着重强调了在利用姓名制度进行文史研究中，应该注意的主要问题。

关键词：姓氏；名字；谱系

史籍所见中古（汉—宋）宗庙禘祫年月校理
马清源

摘　要：中古宗庙禘祫年月安排的主要依据有三：一为东汉及东晋以来的历史旧制；二为东汉末年郑玄《鲁礼禘祫义》所构造的禘祫理论；三是《公羊传》何注徐疏对"三年一祫、五年一禘"的解读。本文在理清上述禘祫年月安排理论的基础上，对史籍所见中古（主要指汉代至宋代）王朝宗庙礼制中的禘祫年月安排记载做出较为系统的校理。一方面梳理历代正史礼志及礼官上奏等所涉及的禘祫年月安排，按时间顺序排列；另一方面对相关记载做出校勘及解读。

关键词：宗庙；禘祫；殷祠；郑玄；《公羊传》

张燮《自鸣钟铭》及其历史意义

刘　涛

　　摘　要：张燮在万历三十四年（1606）曾为两广总督戴燿之子戴城撰写《自鸣钟铭》。此自鸣钟可能来自利玛窦，经林秉汉转赠戴城。张燮对自鸣钟的认识受到王应麟的影响，却因林秉汉缘故将自鸣钟历史改溯中国古代漏刻。研究这一问题，对《利玛窦中国札记》人物研究多有裨益。

　　关键词：张燮；戴城；林秉汉；王应麟；利玛窦

传教士来华与明清历法改革

臧　勇

　　摘　要：中国传统历法在明朝中后期日益不适应现实，《大统历》对日食预测多次失误，引发了精英阶层的改历呼声，修改历法成为当时的迫切需要。而此时恰逢西方耶稣会传教士陆续来华，他们带来了西方最新的天文历法成果，在中国皇帝和士大夫官员的支持下，他们参与了中国传统历法的修订工作，使得历法改革成为可能。但这一过程伴随着曲折艰难，改革派和保守派的斗争贯穿于整个历法修订实施过程，最终改革派胜出，使用两千多年的传统农历完成了崭新的变革，代表这一变革成果的《崇祯历书》与《时宪历》得以实施。

　　关键词：日食预测；历法；传教士；耶稣会；《崇祯历书》

CONTENTS

Shi Rui, *Analysis of the Thoughts that Masters of Huayan（华严）Judging Lao-tzu and Chuang-tzu*

Li Zhifu, *Reverse Ge-yi（格义）, Interpretation of Chinese Classics from the Western Perspective: Taking Yan Fu's Hermeneutics of Taoist Classics as an Example*

New Insight of Arts & Humanities

Gan Xiangman; He Yongjun, *The Spatial Construction of Ethics in the Book of Changes*

Zhang Qiang, *Historical Chirography and Its Carving Practice ——The Third of a Series of Research on Seng An Dao Yi（僧安道壹）in Sui Dynasty*

Wang Peijun, *Reading Notes on Poems of the Pre-Qin, Han, Wei, Jin and Southern and Northern Dynasties*

Pan Jianwei, *A Restudy of Rhymes in New Poetry -- Centering on the Debate on Rhymes in Poems in the Republic of China*

Zhang Xuesong, *the System of Family Name and Given Name: An Important Key to the Study of Literature and History*

Ma Qingyuan, *A Collating Study of the Month and Year Arrangement of the Di and the Xia Sacrifices Based on the Historical Records from the Han to the Song Dynasty*

Liu Tao, *Zhang Xie's Autochime Zhong Ming and its Historical Significance*

Zang Yong, *Missionaries Coming to China and Calendar Reform in Ming and Qing Dynasties*

Biography

Wang Jinglin, *A Record of the Four Teachers in the Chinese Department of Peking University*

Zhai Kuifeng, *Unforgettable Three Years in the Philosophy Department of Nanjing University*

编后记

　　《学衡》第三辑编校初竣，顿有释然之感，却不由得笔端踟蹰起来。窗外曦光未明，冷月清寒，偶有车声传来，反而愈添岑寂之感，不禁寄想千里之外大江奔腾，奋烈不止，必是广挟涓流，乃济沧溟。此亦犹如著文者沉潜往复，编刊者字斟句酌，心史纵横，深文隐蔚，斯人斯志千古不磨。

　　幸得北京大学魏常海先生之允，收录他关于东方哲学学科思考的讲稿。通过这篇娓娓道来的叙述，为我们揭开"东方哲学"作为一类概念、一门学问、一种学科在百余年间的发展与现状，感受到前辈学者在学术追求、学问兴替和世事变迁中始终坚守的理想与意志。"东方哲学"作为一门学科设置或有始终，但东方文化所缔造的思想意识已经化作万有；而无数的事例说明，学派、学科、学脉皆有兴衰，但一个学者有没有独特思考之文、是否著下真知灼见之书、对本学科有无功业可寻、对学生是否履行培养之责，才是对其最终、最严厉、最真实的考评。

　　本辑设有三个专题："20世纪中国旧诗"专题、红学专题和道家专题，但每一栏目内容都不作宽泛之论，好似编辑、作者与学界师友的会心之举。

　　其一，20世纪是一个新文学崛起、旧文学"退出"的世纪。但是，这种"退出"更多的是意识形态上的、文学史权力上的，而非事实上的。20世纪的旧诗书写，仍然有很多的内蕴值得发掘。潘静如《"退向未来"——20中国旧诗的叙事与抒情》来自于一场学衡讲座，意在展现旧诗被排斥在文学视野之外的意义：个人的，但又是非私人的，最终以边缘、隐微的姿态介入并健全了20世纪中国的文学史乃至思想史。参与讨论的郭文仪、张芬、李科、冯庆、谷卿等学者有着不同的学术背景，从不同角度发明、补充、修正乃至质疑了原文的预设，值得仔细阅读。

当今的诗歌研究，越来越过于无趣，匠气大于诗性。好在不全是这样。本集还收入王培军《读〈先秦汉魏晋南北朝诗〉札记》，正是所谓"古道犹存"者。文章是札记体，遇事而发。或导窾批郤，发诗人选炼之微；或旁抽远绎，见文学演进之迹。我们读了，格外愉快而有收获。个中趣味，只能俟读者自得之。潘建伟《新诗用韵问题再考察》聚焦的是新诗诞生后的"用韵"问题。这个问题在民国时期聚讼纷纭，相当多的诗人、批评家参与了进来。为什么呢？这既与古典诗歌的传统引力场相关，也与汉文字的特性相关，更与"新诗"早期的试验性相关。一连串的问题呼啸而来：韵与中国诗的关系如何？韵与诗人情感的关系如何？新韵与旧韵的关系如何处理？国语与方言在"韵"上的歧趋如何安置？外文诗能给中国新诗在用韵上提供什么借鉴？这些问题都得到了文章的绵密梳理。相信，这对于当今的新诗创作肯定会有启发。

诗有新旧，艺术亦然。古典艺术与现代艺术是两个不同的世界。在现代艺术世界，"标准"是一种奢望。"法书"或"法帖"这样的存在物只能求之于古典艺术世界。但假如我们单从"法书""法贴"去想象古人的艺术世界乃至艺术精神，则大错特错。张强《僧安道壹的"古意书体"及书刊实践》以僧安道壹的书刊美学系为窗口，向我们展示了曾经存在过的另一种美学趣味。僧安道壹是名垂青史的书刊大家，其崖刻石刊的真迹至今班班可见。文章对他的"古意书体"作了全面的剖析。为什么他的"古意书体"实践如此重要？这涉及我们对"古典"的认知。在我们的认知中，"二王"那样的性情书写无疑代表了正宗或主流的书法美学。但实际上，这是一种遮蔽或壅遏。道壹以各种"装饰手法"来进行自己的书刊实践，就带有了某种反抗或突破的意味。他的这些"装饰"并非全是自己的"发明"，形制上多前有所承，理念上也与过去的"天书"言说相关。但其价值不容抹杀。道壹以其"神性书写"试图证明，文字与书写本身绝对不仅是传达认读之意的工具，也具有独立的意义在其中。

其二，传统文学与文化几乎无所不包，然而，既上得庙堂、黉舍，又下得阛阓、江湖的，也许首推以下这两种学问：易学、红学。它们自带了"聚讼"体质。本期的两篇红学文章，都是对过去学术界"脂优程劣"一说的商榷。《雪芹原笔费思量》主要是从早期各类抄本的异文入手，考辨这些异文的来由，弄清楚了这些来由，便可推定曹雪芹的"原笔"。这是相当出色的工作，也许不能定谳，但却是"脂优程劣"论者所不能无视的。《论〈红楼梦〉作者署名与版本校理之百年嬗变》同样是对"脂本"发起了挑战，不过正像标题所昭示的，是以一百年来"作者署名""版本校理"的嬗变为线索加以商榷、驳议的。文章细致分析了《红楼梦》作者署名的变化，这既与特定时期的学术成果或"学术共识"相关，又与市场导向引起的打造"完本"《红楼梦》行动相关，还与一些学者的趣味相关。且不谈文章对程甲本优于脂本的论断是否无可置疑，单单文章提出的这一点就耐人深思：程甲本作为"血脉贯通"的一百二十回足本，我们有什么理由只截取其后四十回来作为"脂本"的拼凑物呢？

其三，"道家专题"部分收入三篇较为特别的文章，分别是关于儒家与道家、佛教与道家和西学与道家的具有比较视野的思考。《"庄子蔽于天而不知人"献疑》是目前针对荀子"误解"庄子问题研究得最为充分的论述，荀子所谓"庄子蔽于天而不知人"常常被作为思想史、哲学史上的定论，但作者从天人概念、天人观以及荀子自身的解蔽方法展开详尽探讨，表明荀子很大程度上错误解读了庄子的思想；《华严宗师判摄老庄的思想理路》选取了华严宗慧苑、澄观、宗密、德清等著名宗师对于老庄的评判，其中既可以看到中国佛学自身的思想特点，又能发现佛教进入中土后的变化，尤其是学派内部和异质性思想之间的碰撞；《反向格义，以西释中——严复老庄解释学发微》将老庄之学纳入更为广阔的中西思想对比、影响的讨论视域，通过严复这位在近代历史、思想史和文化史上具有重要地位的著名翻译家、思想家关于老庄的"新"解读，看到中西文化互相遮拔、互相发明、相互对话的关系与契机。以上三篇，各得其宜，言近旨远，可谓思想发覆之佳作。此外，与思想交流、文明对话相关的文章，还有《张燮〈自鸣钟铭〉及其历史意义》《传教士来华与明清历法改革》两篇。它们都涉及明清时传教士和西方文化对中国文化的影响。前者钩稽史料，展现一段特别的物质文化交流的历史片段；后者呈现一段思想互动之惊心动魄的历史过程，结合明清以来历史，读之令人掩卷深思，感叹不已。

自古以来，中国传统学术被统合于经史之内，但无论是经学、经典研究，还是文史之学都应立足新的思考，都应有新的发现。《〈周易〉伦理的空间化构造》一文是现代化的经典思想诠释，作者认为《易》卦六爻和《易传》"天尊地卑，贵贱有位"等设定，预定了爻位阴阳的分别，而且初、二、三、四、五、上爻各有其特别的位置属性和价值分判，于是在刚柔相推之下，卦爻之间的阴阳性质与爻位关系通过承乘比应的形式而产生各种制衡和变化，使得固有的静态的位置关系和价值架构又多出种种复杂的、变化的动态结构，《周易》的空间形象因此具有了褶皱的形态。作者提出的"褶皱的伦理空间"是值得当代易学关注的概念和思考方向。《姓名制度：文史研究的一把重要"钥匙"》一文不仅从姓氏，名、字，字派谱系三个部分论述了姓名制度在历史上的发展演变，作者还以其深湛的文史研究功底，揭示出姓名制度在长时段历史发展中蕴含的丰富文化信息，指出利用姓名制度进行文史研究的应用和问题，因而该篇无论在姓名制度之学还是研究方法上，都具有阅读价值和指导意义。《史籍所见中古（汉—宋）宗庙禘祫年月校理》在理清三种禘祫年月安排理论的基础上，对史籍所见中古（主要指汉代至宋代）王朝宗庙礼制中的禘祫年月安排记载做出较为系统的校理，体现出作者深厚的历史研究功底。该文一方面梳理历代正史礼志及礼官上奏等所涉及的禘祫年月安排，按时间顺序排列，另一方面对相关记载做出校勘及解读，内容清晰，考证详备，对礼制研究而言诚非易事，具有很高学术价值。

王景琳、翟奎凤、张辉三位学者在本期分享了他们在北京大学、南京大学、北京师范大学读书时的经历，尤其是那些令人终身受益的教诲、终身难忘的老师和终生追求的人文理想。在《三尺讲台上的风采——记北大中文系的四位老师》中，作者忆述亲身经历的周先慎、孙玉石、谢冕和乐黛云四位教授，对他们的学问、授课、性格、品行等等做了十分生动的回忆，读来意味无穷；《大哉一诚天下动——难忘南大哲学系三年》写的是作者在读硕士研究生时期的经历，富含同学之情、师生之谊、学校之爱，让人感到岁月流淌着的是充满真善美的欢乐颂歌，其实学校本来就应该如此，不是么？《既为经师，更为人师——我所了解的李景林老师》主要是作者攻读博士研究生的学习经历，让我们更为全面、贴近地认识了李景林老师。李老师在中国哲学界以"教化儒学"知名，从学校教育而言，教育感化自是其中之意。本期"学人述忆"所刊三篇文章，都是对自身教育经历的深情追忆，都印证了伟大的人民教育家陶行知的话："千教万教，教人求真；千学万学，学做真人。"

"著作介述"收入一篇书评，是对田丰所著《王船山体用思想研究》的解读。该书于 2020 年由中国人民大学出版社出版，获得多方好评。该书"详人之略，发人未发"，对王船山思想进行了深入的剖析解读，是近些年研究王船山思想和中国古代哲学的力作。

最后，本辑编辑出版过程中，得益学界许多师友、前辈学者的关照和帮助，尤其得到作者们的鼎力支持。出版过程漫长而繁琐，编辑过程中我们又反复提出核对、修改和疑问，另外还有几篇临近付印时却被撤下，这些都得到了作者的谅解。我们深表感谢！

胡士颍　潘静如
2021 年 11 月

图书在版编目（CIP）数据

学衡.第三辑/乐黛云主编；潘静如,胡士颖分册主编.—北京：
北京联合出版公司，2021.12
ISBN 978-7-5596-5628-5

Ⅰ.①学… Ⅱ.①乐… ②潘… ③胡… Ⅲ.①学衡派
—文集 Ⅳ.① I206.6-53
中国版本图书馆 CIP 数据核字（2021）第 209570 号

学　衡（第三辑）

主　　编：乐黛云
分册主编：潘静如　胡士颖
出 品 人：赵红仕
责任编辑：张永奇
书籍设计：黄晓飞
出版发行：北京联合出版有限责任公司
　　　　　北京联合天畅文化传播有限公司
社　　址：北京市西城区德外大街 83 号楼 9 层
邮　　编：100088
电　　话：（010）64243832
印　　刷：固安兰星球彩色印刷有限公司
开　　本：787mm×1092mm　1/16
字　　数：374 千字
印　　张：24.5
版　　次：2021 年 12 月第 1 版
印　　次：2021 年 12 月第 1 次印刷
ISBN 978-7-5596-5628-5
定　　价：68.00 元